二宮金次郎の一生

三戸岡道夫

栄光出版社刊

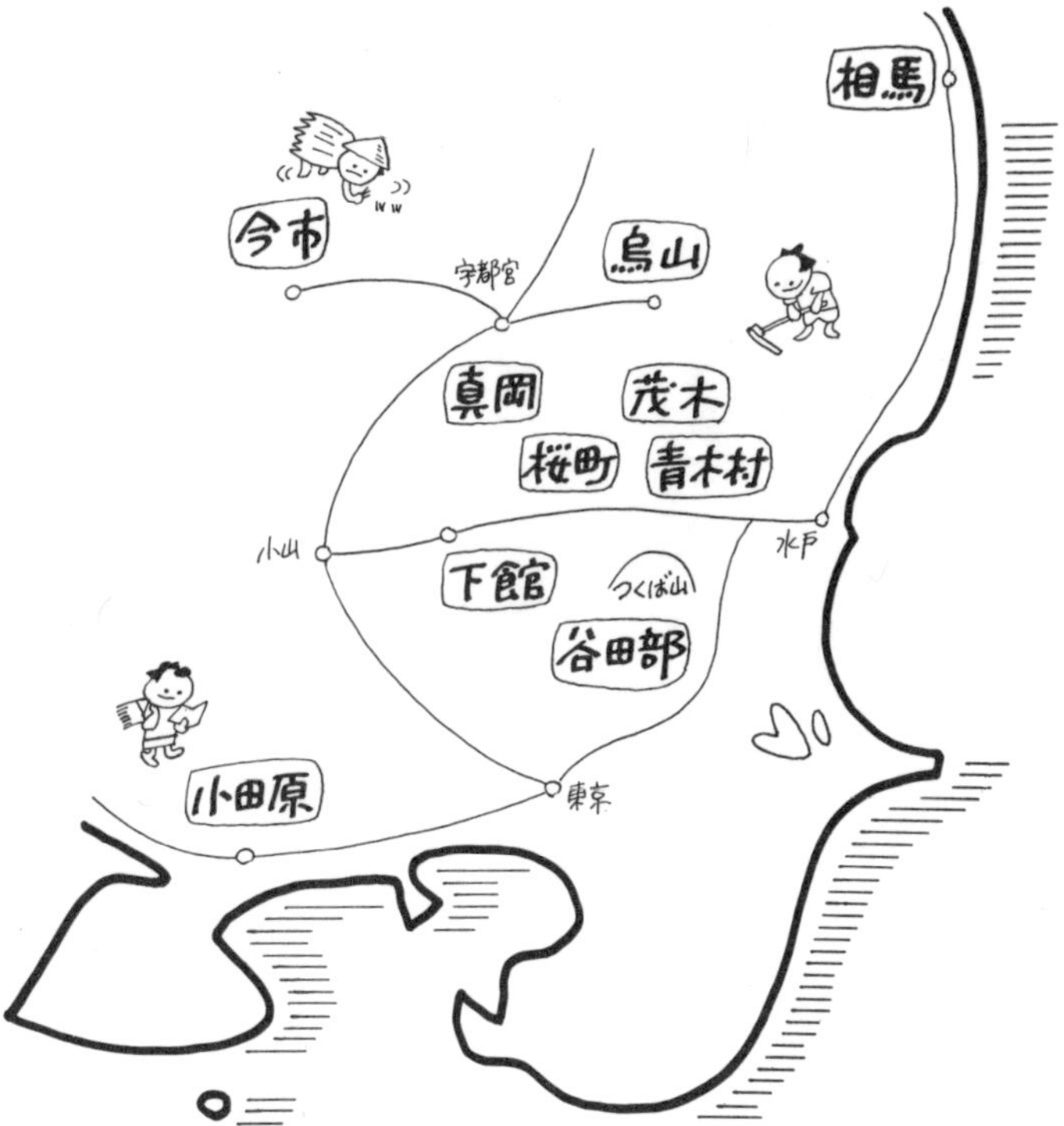
相馬
今市
烏山
宇都宮
真岡
茂木
桜町
青木村
小山
水戸
下館
つくば山
谷田部
小田原
東京

二宮金次郎の一生

目次

第一章　一家離散……七
第二章　生家を復興する……二七
第三章　服部家の奉公……五四
第四章　服部家の財政建て直し……八三
第五章　桜町領の復興事業……九五
第六章　士気を高める表彰……一二三
第七章　成田山での祈願……一六二
第八章　原野と化した青木村の復活……二〇七
第九章　谷田部・細川家の財政再建……二三〇
第十章　烏山藩の飢饉を救う……二五七
第十一章　金次郎を熱望する小田原民衆……二八一

第十二章　相模片岡村・大沢家の決断……三二〇
第十三章　大磯の商人孫右衛門の改心……三三〇
第十四章　江川太郎左衛門からの依頼……三四八
第十五章　下館藩の仁政……三五五
第十六章　相馬藩の復興事業……三七二
第十七章　藩の分度の確立……三九七
第十八章　幕臣への登用……四一六
第十九章　再びの真岡……四四五
第二十章　日光神領開発に最後の力を……四七六
第二十一章　全生涯を世のために……五〇三
あとがき……五二四
年　表……五二七

二宮金次郎の一生

第一章　一家離散

(一)

報徳の人と呼ばれる二宮尊徳の幼名は、二宮金次郎である。

二宮金次郎は、天明七年（一七八七）七月二十三日に、相模国足柄上郡栢山《かやま》村（現小田原市栢山）で生まれた。

小田原から小田急線に乗ると、三つめに富水《とみず》、四つめに栢山《かやま》という駅があるが、その辺一帯には酒匂川に沿って平野が開けている。二宮金次郎の生家はこの二つの駅の中間あたりにあり、すなわち東側に酒匂川、西側に小田急線といった立地条件で、現在でもその地に二宮金次郎の生家が保存されている。

さて、二宮金次郎の生まれた天明七年という年は、天皇は百十九代光格天皇の御代、徳川幕府では徳川家斉が十一代将軍になった年である。そして、松平定信が老中首座となり、大倹約令が公布されて、いわゆる寛政の改革が始まった年であった。

すなわち時代としては、前年の天明六年に田沼意次が罷免されて、田沼時代というはなやかな時代が終わり、経済面を中心に幕府政治の衰退に拍車がかかってきた時代であった。

天明三年頃からは飢饉や天災が打ちつづき、それにつれて百姓一揆なども頻発《ひんぱつ》していた。この天明七年の五月には、大坂で飢えた人の群が蜂起《ほうき》し、それが江戸へも及んで打ちこわしが起きるなど、全国的に騒然とした世相であった。

もちろん、金次郎は生まれたばかりの赤ん坊であるから、そのようなことは何も知らないわけであるが、金次郎の生まれた小田原藩とてもそうした世情の例外ではなかった。金次郎は、そのような世相の中で、両親が苦闘する家庭で育っていくのであった。

父は栢山村の百姓で、利右衛門といい三十五歳、母はよしといって二十一歳、金次郎はその長男として生まれた。

金次郎が生まれた当時の二宮家は、二町三反（一町歩は一ヘクタール）の田畑を持つ裕福な百姓家だった。だがこの財産を作ったのは、祖父の銀右衛門であった。銀右衛門は生まれつき剛毅で、勤倹力行の標本のような人だったといわれている。つねに家業に身を入れ、質素倹約につとめて、土地を買い集め、ついに二町三反歩の土地を持つ上層百姓の仲間入りを果たしたのである。二宮金次郎はその性格が、父よりも、むしろ祖父の銀右衛門に似ているように思われる。（もっとも父の利右衛門は銀右衛門の養子であるので、銀右衛門と金次郎との直接の血のつながりはないのであるが）。

したがって、金次郎が世に言われる極貧の生活に入ったのは、幼少を過ぎてからであり、生まれた当時からしばらくのあいだは、相当な財産を持った小地主の、平和な家庭に育ったわけである。

父の利右衛門は祖父の銀右衛門とはちがい、むしろ平凡な百姓であった。その上、

〈栢山の善人〉

と村人からほめられ、人がよく、思いやりのある人柄であった。人々の頼みに応えて施しをし

たり、また困っている人を助けるために、米や金を無利子で貸してやったりしていた。

しかし、善人という言葉の中には、ほめるだけでなく、『つけ入る隙のある気弱な人』という意味あいもある。気前よく施したり、貸したりしても、無理に取り立てたりすることをしないので、その結果、数年にして家は傾き、財産はことごとく散失して、極貧の底へと落ちぶれてしまったのだった。

しかしこの父利右衛門の、困った人がいれば助けてやらねばいられない善人ぶりや、また非常な読書好きが、後年の金次郎の、学問好き、そして、困窮している農民への援助の根底にあるように思われる。

要は金次郎は、父、母、祖父の、それぞれ異なった面を引き継いで育っていったといえよう。学問好き、困窮者への慈悲は父ゆずりであり、六尺豊かな体格は母ゆずりであり、そして、幅ひろい農業活動は、祖父ゆずりであった。

そのような中で金次郎が四歳になった寛政二年（一七九〇）に、弟の友吉が生まれた。

さて、禍《わざわい》は突然やってくるというが、金次郎が五歳になった寛政三年（一七九一）に、その禍が突然二宮家を襲った。金次郎の平穏無事な生活は、生まれて四年ほどしか続かなかったわけである。

寛政三年八月五日、南関東に暴風雨が荒れ狂い、小田原から江戸に至るまで沿岸に津波が発生し、陸地では家屋樹木が倒れて死者も出た。このとき相模国を貫流する酒匂川も坂口の堤が決壊して、東栢山をはじめとする一帯が濁流に呑まれ、水の去った後は豊かだった田畑は消え、砂礫《されき》の荒野と化してしまった。

　このため利右衛門の田畑もほとんどが流失し、石河原となってしまったのである。

　そこで利右衛門は、土石の下になった田圃を元にかえすために借金を重ねた。しかし他方、自分が貸した金は返してもらうことが出来ないので、次第に生活は苦しくなっていった。

　こうして、利右衛門の農地回復の苦闘が始まったわけであるが、その復旧はなかなか困難で、一家の生活はますます窮迫し、金次郎、友吉の二子をかかえた利右衛門の苦労は大変なものだった。その苦労する両親の姿が、幼い金次郎の目に焼きつき、それは生涯、金次郎の脳裏から消えない光景であった。

　しかし、利右衛門の苦労の甲斐あって、徐々に農地も復旧し、五年たった寛政八年（金次郎十歳の時）に、利右衛門は伊勢神宮へ参宮した。

　なおこの寛政八年（一七九六）には、大久保忠真《ただざね》が小田原藩十一万石の藩主となった。大久保忠真は生涯にわたって金次郎と深いかかわり合いを持ち、金次郎の人生の方向を決定した人物であるが、この時点の金次郎はまだ十歳であり、両者とも互いにその存在を知らないのはもちろんであった。

　なお翌寛政九年（一七九七）には、二宮家の総本家二宮伊右衛門家では、当主の義兵衛が死亡したが、相続者がないため、断絶した。この総本家復興の問題も金次郎の肩に重くのしかかってくるのであるが、それは後日のことである。

　それよりもこの年（寛政九年）、金次郎にとっての重大事件は、父利右衛門の発病であった。利右衛門は酒匂川の洪水以来、四、五年間、農地復旧に苦闘していたが、生来壮健とはいえず、農業よりもむしろ読書や風流事を好んだ人であったので、重なる苦労や無理がたたって、ついに病気になってしまったのである。金次郎十一歳のときである。

利右衛門は村の医者、村田道仙の治療を受けて、一度は回復したが、翌年（寛永十年）になって病気は再発し、それから後は病床に親しむようになってしまった。勢い、それまでは利右衛門の肩に乗っていたものが、一挙に十二歳の金次郎の上に降りかかってきたのだった。

まず酒匂川の堤防工事である。酒匂川は富士山の麓に端を発し、数十里をへて小田原へ入り、海へそそいでいるが、寛政三年の大洪水のように、たびたびの洪水は土砂を流し、堤防を破壊し、田畑を押し流し、民家へ災害を及ぼしていた。

そのため村では、毎年堤防普請の共同作業を行ったが、その作業に各家から一人ずつ、労役を出すことになっていた。ところが、利右衛門は病気で堤防工事に参加できない。そこで十二歳の金次郎が父に代わって、労役に出ることになった。

金次郎は大柄であったので、十二歳といっても身体の方は見劣りしなかった。しかし、なんといってもまだ子供である。力が足りず、一人前の仕事はできなかった。村人たちは、利右衛門の家の現状がわかっているので、誰一人苦情を言う者はなかった。それはかつて利右衛門が『栢山の善人』といわれたように、村人たちに恩恵を与えたことへの配慮もあったのであろう。

しかし金次郎は、そうした村人たちの恩情に甘えていなかった。金次郎は天を仰いで、

（まだ自分は力が足らなくて、一人前の務めをはたすことが出来ません。はやく大人にしてください）

と祈り、そして家に帰れば、

（村の人たちは貧しいのをあわれんで、わたしを一人前にみなしてくれるけれども、それではわたしの気持がおさまらない。なにか別の働きで、この埋め合わせをしなければならない）

そう考えて金次郎は、草鞋《わらじ》作りを始めたのである。草鞋は現代でいえば靴である。草鞋をはかない者はない。必需品である。金次郎は夜中に草鞋を作り、翌朝、草鞋を持って家を出た。そして、堤防工事に出てくる村人に、

（これはわたしの作った草鞋です。わたしはまだ子供で一人前の仕事ができないので、その穴うめに、昨夜この草鞋を作りました。どうか使ってください）

と言って渡そうと思った。しかし、それではあまりに恩きせがましい、それよりもむしろ草鞋を道ばたに捨てておけば気軽に拾って使ってくれるのではないかと思った。そこで、数足の草鞋を道に投げ捨てておいた。ところが道を通る村人たちは、

（草鞋を落として困っている人がいるわい）

と、誰も拾ってくれないのだった。そこで金次郎は、

（両足分を揃えて置いたから、拾わなかったのだ。片足分ずつばらばらに投げておけば、人の捨てたものだと思って、安心して拾ってくれるにちがいない）

そう思い、今度は片方ずつ撒布しておいた。すると通りかかった村人は、

「おや、草鞋が落ちている。ちょうど右足の方が破けて困っていたから、これは助かるわい。はき代えていこう」

と拾ってくれた。

こうして金次郎、は自分の力不足を草鞋作りで補っていたのであるが、後日、この草鞋が金次

郎の作ったものであることがわかると、

「金次郎さん、そこまでやらなくてもいいのに。やはり金次郎さんは善人の子供だな」

と金次郎をほめ、励ましてくれた。

しかし、金次郎はこの好意に甘えることなく、他の人々が休んでいる時間にも休まずに、一日中、一生懸命に働いた。そのため子供ながら土石の運搬でも、かえって大人にまさる仕事をこなし、村人を感心させた。

また金次郎は、草鞋を村人たちだけのために作ったのではなく、父のためでもあった。

父の利右衛門は酒が好きであった。しかし、病んでからは酒代にも困り、酒を飲むことが出来なかった。そこで金次郎は、夜中に作った草鞋を売って金に代え、それでわずかな酒を買い、父に飲ませたのである。酒は病気のためには薬とも考えられていた時代である。久しぶりの酒、それも子供が草鞋を作って買ってくれた酒に、

「ありがとう、金次郎。これは百薬にもまさる味だ」

と利右衛門は涙を流してよろこび、舌つづみを打った。

だが、さて、一番困ったのは利右衛門の薬代であった。ひどく貧乏で医者に払う薬代がなく、田畑を売る以外なかった。利右衛門は、

「二宮家の田畑は先祖伝来のものである。わたしの病気を治すために田畑を売ったのでは、不孝の罪はまぬがれない。そうかといって治療費や薬代を払わないわけにはいかないし……」

やむをえず田畑を売って、二両の金を作った。そして、医者村田道仙のところへ持っていった。村田道仙は、医は仁術と心得ている人であったので、すぐにはその金を受け取らず、

「あなたの家は貧乏だと聞いたのに、どうやってこの金を作ったのですか」

と聞くと、利右衛門は、

「おっしゃるように、わたしの家は非常に貧乏です。しかし、貧しいからといって、薬代を払わないようなことがあれば、世間へ顔むけが出来ません。まだわずかに田畑は残っております。それを売って作ったお金ですから、どうかご心配なさらないでください」

すると、村田道仙は、

「そうだったのですか。でも、わたしはあなたから薬代をもらわなくても、食うに困ることはありません。しかしあなたは、先祖伝来の田畑を失ってしまったら、これからどうやって妻子を養っていくのですか。わたしの薬代のために、妻子が難儀するのでは、見るにしのびません。どうか薬代などに気を使わないで、このお金ですぐ田畑を買い戻してください」

すると今度は、利右衛門が承知しなかった。そこで道仙は重ねて、

「利右衛門さん、遠慮することはありません。貧富は車のようなもので、回っているものです。いまは貧乏だといっても、いつ金持ちにならないとも限りません。いつか金が回ってきたときに、払ってくれればいいのですよ」

道仙の言葉を聞くと利右衛門は大いに感激して、何回もお礼を言い、道仙の厚意を受けることにした。しかし、どう考えても全額というわけにはいかない。

それで、二両のうち一両を無理やり道仙のところに置き、一両を持ち帰った。

金次郎は父の帰りが遅いのを心配して、家の前まで出て待っていた。するとそこへ、父が両手をふり上げながら、大よろこびで帰ってきた。

「一体どうしたのですか」

と聞くと、利右衛門は医師村田道仙の親切な扱いを金次郎に話し、

「この金でお前たちを育てることができると思うと、うれしくてたまらないのだ」

と答えた。それを聞いて金次郎も、

「それはよかったですね、さあ家へ入りましょう」

と医者の家の方角へ向かって両手を合わせた。こうして父親の持つ律儀な「善人性」が金次郎の中にも引き継がれ、また金次郎も道仙の仁の心に感動して、

(世のため、人のために、なにかをしなければならない)

という気持が、金次郎の中で育っていくのだった。

その翌年、十三歳になった金次郎は子守りに雇われて働きに出た。そして、お礼に二百文の金をもらった。金をもらうとその金で、金次郎は、苗売りが売り残した松の苗を二百本買った。そして、これを酒匂川の堤防に植えた。松の木の根は堤を丈夫にするという。父に代わって堤防工事に出た金次郎には、堤防工事の重要さが身に泌みてわかっていたのである。

このように金次郎は、子供心に洪水からいかにして村を守るかに腐心し、雨が降らなくても暇があれば堤防を見廻り、また自分の植えた苗が無事に育っているかを見て歩いた。そこで人々は、金次郎のことを土手《どて》坊主（土手とは堤防のこと）と綽名《あだ》した。

貧しい中でも松の苗を堤に植える、それは、

(貧しくても、自分のことだけを考えるのではなくて、世のためになることにも目を向ける)

という後年の二宮金次郎の原型をここに見るのである。

なお金次郎が十三歳のこの年（寛政十一年）、二番目の弟の富次郎が生まれた。

こうして貧しい中にも、父、母、金次郎、友吉、富次郎と、親子五人がひっそり肩を寄せ合って暮らしていったのである。

（二）

しかし、家族五人のそうしたささやかな生活も長くはつづかなかった。

三男の富次郎の生まれた翌年、寛政十二年（一八〇〇）になると、父利右衛門は再び重い病の床につき、次第に衰弱していった。そしてついに九月二十六日、四十八歳で死亡した。金次郎は十四歳で父を亡くし、母子四人の生活の負担が一挙に金次郎の肩に降りかかってきたのである。

母のよしと金次郎は、利右衛門の死をなげき悲しみ、その姿は村人の涙をさそった。しかし、村人が生活を助けてくれるわけではない。母子四人が力を合わせて生きていくしかない。乳呑子を抱えていたのでは、よしは仕事に出るわけにもいかず、意を決して金次郎に、

「お前と友吉は、どのようなことをしてでも、わたしが育てます。しかし、末の富次郎までは力がおよびません。三人とも育てようとすれば、いっしょに飢え死するのを待つようなものです。それで富次郎は他所《よそ》へ預けようと思います」

そう言って、西栢山村に住む奥津甚左衛門という、よしの弟の家に預けることにした。

よしが富次郎をつれて甚左衛門のところを訪れ、事情を話して頼むと、

「わかりました。わが子同様にかわいがりましょう。姉さんも身体に気をつけて頑張ってくださ

い」

と心よく引き受けてくれた。

よしは、よろこんで家へ帰り、

「奥津のおじさんはよろこんで引き受けてくれましたよ。これで安心です。これからは母子三人が力を合わせて、苦しみを乗り越えていきましょうね。おっかさんもこれまで以上に働きますよ。金次郎もしっかり頼みますよ」

と将来の希望などを語り合った。

ところが数日して、金次郎は母の様子がおかしいのに気がついた。それは、母は床に入っても寝つかれず、泣いている夜がつづいているのだった。心配した金次郎は、

「毎夜、お休みになれないのはどうしてですか」

と聞くと、よしは、

「富次郎を預けてからは乳が張って、その痛みで眠れないのです。でも、あと幾日かたてば、それも薄らいでくるでしょう。お前が心配する必要はありませんよ」

と答えたが、答え終わらないうちに、また涙にかきくれるのだった。乳が張って眠れないのもさることながら、富次郎を離した悲しみで夜も眠れないのである。その悲しみが金次郎の胸にびんびんと響いてくる。それに、

(母が乳が張って困るというのなら、母から引き離された富次郎も腹を空かして泣いているであろう)

と思うと、金次郎の頭に、母を求めて泣き叫ぶ、幼い富次郎の姿が髣髴《ほうふつ》として浮かび上がって

くるのだった。金次郎は矢も楯もたまらず、

「おっかさん、富次郎を奥津のおじさんのところへ預けましたが、でもよく考えてみますと、家に赤ん坊が一人いたところで、それほど生活費がかかるわけではありません。明日からは、わたしが朝はやく起きて久野山へ行って薪を取って売り、夜はおそくまで草鞋を作って、いま以上に一生懸命働きますから、どうか富次郎をつれ戻して下さい」

それを聞くと、母は瞼にあふれんばかりの涙をためて、

「すまないねえ、年はもゆかぬお前にそんな苦労をかけて……」

「いいえ、わたしももう十四歳です。身体もこんなに大きくなりました。死んだおとうの代わりは十分できます」

「お前は心のやさしい子だね。お前がそう言ってくれるのだから、富次郎が家へ戻ってくるようにしましょう」

よしは顔を輝かせながら、

「ではさっそく連れにいってきましょう」

とはやくも立ち上がって出掛けようとした。が、すでに時刻は子《ね》の刻（午前零時頃）である。

金次郎はそれを押しとどめて、

「おっかさん、もう深夜です。夜が明けたら、わたしが連れに行ってきます。この夜中に出掛けるのはやめてください」

「いいえ、いいえ、子供のお前が弟の面倒を見ようというのに、どうして母であるわたしが夜道をいといましょうや」

そう言って、よしは深夜にもかかわらず西栢山村まで出掛け、わけを話して富次郎を連れ戻してきたのであった。富次郎を抱いた母を中心に、左右から金次郎と友吉が取りすがり、母子四人がうれし涙にかきくれると、金次郎の中に、

（よし、明日からは死にもの狂いになって働くぞ）

という決意が雲のように湧き上がってくるのだった。

かくて金次郎の奮闘が始まったのである。

毎朝、金次郎は未明に起きて、薪を取りに行った。栢山村は平地なので、山林がなく、箱根山の東斜面にあたる、久野山、矢佐芝《やさしば》山、三竹《みたけ》山などが、入会山となっていた。金次郎はこの入会権のある山まで行って薪を取るわけであるが、そこまで一里（四キロ）の距離を金次郎は歩いて通い、薪を取ると、今度は二里の道を歩いて、小田原の城下へ売りにいった。

金次郎は幼い頃から父の影響もあり、勉強好きであった。六、七歳の頃から読書をはじめ『仮《か》名頭《ながしら》』、『実語教《じつごきょう》』というような、当時、誰でもが学ぶものをまず読み、十二、三歳の頃には、『大学』や『論語』読むようになっていた。

だから薪を背負って毎日、毎日、長い道を往復するだけでは、時間がもったいない。そこで勉学好きの金次郎は、『大学』という書物を懐に入れて、この往き帰りに本を読んだのである。田圃道を歩きながら読書する、誰も邪魔する者はいない。金次郎はその開放感から、声を出して『大学』を読んだ。するとよく頭に入った。

この金次郎の姿は、たちまち村中の評判になった。その頃、百姓のせがれ、それも貧困のどん底にある百姓が読書するなどということは、異例のことだった。

本を読む余裕があるのなら、もっとはやく歩くとか、薪をたくさん背負うとか、田圃を少しでも多く耕すとか、そうするのが百姓の知恵であり、生活信条であった。だから薪を背負いながらの読書姿は、村人にとっては、

（勉学好きの感心な少年金次郎）

という理想像よりも、

（百姓の分際にあるまじき変な人）

（少し頭がおかしいのではないか）

と映った。それで村人たちから金次郎は『キ印《じるし》（気違い）の金さん』などと呼ばれたりした。『土手坊主』につづいて、二番目の綽名をもらったわけであった。

金次郎は父の死後、多くの蔵書を生活のために売ってしまったが、しかし『論語』、『大学』、『農業全書抜粋写本』、『実語教』、『消息往来』など、十数冊は手放さなかったのである。

薪を小田原で金に代えて家に帰れば、母を助けて田畑を耕し、夜は縄をない、草鞋を作り、寸暇をおしんで働いた。

しかし、金次郎は、ただ、がむしゃらに働いただけでなく、その中から自分なりの仕事のやり方を研究し、覚えていった。

十四歳のある時だった。家に一丁しかない鍬《くわ》がこわれてしまったので、隣家へ借りにいった。しかし、隣家でもちょうど農作業の最中だったので、

「今は使っているから駄目だ。この畑仕事が終わらなければ、貸すわけにはいかない」

といって貸してくれなかった。考えてみれば当然である。金次郎は仕方なく家へ帰った。しか

し、家へ帰っても、鍬がないのだから仕事ができない。そこで再び金次郎は隣家へ出掛けていって、

「おじさんの仕事をわたしが手伝いましょう」

といって畑仕事を手伝った。金次郎の手伝いのおかげで畑仕事は早目に終わり、

「ありがとうよ、金次郎さん。これからは鍬のほかにも、何か要るものがあったら、遠慮なく言いなさい。何でもお貸ししますよ」

と感謝されながら、予定していたよりも早目に鍬を借りることができたのである。これなどは、金次郎が自分の仕事の中から得た『物を他人から借りるコツ』であり、また一挙両得の教え、農民の知恵というべきものであろう。

また畑の草取りについても、金次郎は少年なりに、大人も及ばぬ知恵を身につけていた。草が荒地や畑にはびこってしまったとき、普通は一番茂ったところから除草しようとする。

しかし、金次郎の考えは逆であった。一番茂ったところを除草するには手間がかかり、時間をとられてしまううちに、あまり茂っていない所の草まで茂ってしまい、そちらの草を取るのも大変になる。それよりは、繁茂したところは目をつぶって後まわしにし、草の少ないところから除草していった方が効率が上がり、全体として作業がはかどるという、合理的な考え方だった。

この考え方は、山林を切り開くときにも応用できた。大木の根などを苦労して取り除かなくても、そのままにしておけばいい。まわりをどんどん開墾していくと、数年たてば大木の根は腐って、自然に除去できるようになるのである。ただむやみに働くのではなく、頭を使い、全体的、長期的な見方で効果的に働けということである。これは後年、金次郎の一家の再興や、国の復興

のときに通じる考え方であり、金次郎の生涯の哲学の芽は、こうした少年時代の勤労の中から芽生えていったのである。

弟の友吉も十一歳になっていたので、富次郎の子守りをして母を助けた。

しかし、気を強く持っていても、金次郎もまだ十四歳の少年である。母と二人だけでは、田畑を耕すのにも力が足りなかった。そうかといって人を雇って、賃金を払えば、残るものは何程もなくなってしまう。一家は次第に追いつめられていった。

するとその年（寛政十二年）の暮れに、またもや田畑を売らざるをえない破目に追いつめられた。それは、父が死んだ時の医者への治療代や、葬式の費用、それに年末の支払いなどで、田畑に手をつけるよりほかに方法がなかったのである。

そこで七畝ほどの土地を、一両三分で喜与八という村人に売って、やっと年の瀬を切り抜けた。こうして金次郎は、母と力を合わせて一生懸命働いたのだが、貧困から脱出することはできなかった。いや脱出どころか、ますます貧困に追いつめられていった。

父の利右衛門が死んで、一年有余が過ぎた享和二年（一八〇二）、金次郎は十六歳になり、弟の友吉は十三歳、末弟の富次郎も四歳になった。その正月のことである。金次郎に思わぬショックな事件が起きた。

栢山村には大神楽《だいかぐら》といって、正月になると神楽が家々を廻り、五穀豊饒、家内安全を祈り祝って、一舞いする風習があった。その舞いのお祝儀には百文を出し、もし舞いを断る時でも、十二文を出すのが、しきたりになっていた。その大神楽が今年もやってきたのである。

しかし、その時金次郎の家には、わずか十二文の金さえなかった。

「どうしましょう」

と、よしはうろたえ、

「もしかしたら、神棚にでもあるかもしれない」

と探した。しかし、用意がないのだから、あろう筈はない。

「栢山の善人」と言われた父利右衛門が生きていた頃は、気前よく大神楽に祝儀をふるまったものである。いくらその父が死んだとはいえ、いちおう一戸を構えている以上、十二文すら無いというのを、人が信じてくれるであろうか。

「どうしよう」

と母子四人は額を集めて途方に暮れたが、いい知恵は浮かばず、結局、

「居留守を使って、お神楽に帰ってもらうしかありませんね」

という金次郎の意見に、

「そうするしかありませんね」

と、よしも賛成して、急いで入口の戸を閉め、居留守を使って息をひそめていた。

やがてお神楽がやってきて、

「おめでとうございます」

と戸をたたく。母子四人は息をひそめていた。

しかし、四歳の富次郎はそうはいかない。笛や太鼓のにぎやかなお囃子《はやし》に、

「お神楽を見たい、お神楽を見たい」

と、我慢できないのを、

「しっ、声を出さないで」

となだめすかして、奥へつれていき、母子四人が固まり合って、じっとしていた。

表からは、

「おめでとうございます」

とお神楽が戸をたたいて呼びかけてくる。しかし、いくら呼んでも反応がないので、大神楽は隣家へと移り、やがて足音が遠ざかっていった。

母子四人は顔を見合わせて、ほっとすると同時に、十二文さえ払えない貧しさが、悲しく、恥ずかしく、屈辱《くつじょく》の思いが母と金次郎の中をかけめぐった。

そんな大神楽事件のショックも影響したのであろうか、よしは急にやつれていった。そして、それを追っかけるようにして、次の悲しみがよしを襲った。よしの父の死亡である。

よしは、相模国足柄下郡曽我別所村の川久保太兵衛の娘であるが、その太兵衛が大神楽事件のあった年、すなわち享和二年（一八〇二）の三月二十四日に死亡したのである。

その葬式のときである。母は富次郎を背負い、金次郎は母の白無垢の喪服を持ってかけつけた。が、その葬式の当日、母の喪服や金次郎たち子供の着物が、あまりに見すぼらしいのを見て、親戚の者たちが、

「あなたたちは、葬式に出ないでくれ」

と焼香をさせなかったのである。

（父の葬式にも出席できないとは、何としたことであろうか）

と、よしはなげき悲しんで泣いた。しかし、どうすることも出来なかった。よしは泣く泣く帰宅したが、その悲しみと屈辱が、よしの心を打ち砕き、生きる気力を奪ったのかもしれない。

葬式から帰ると、よしはどっと病の床についた。金次郎たち子供が手を尽して介抱したが、その甲斐もなく、よしは十日間ほど病床に伏しただけで、享和二年四月四日、死亡してしまった。三十六歳であった。

こうして一年半ほどの間に、金次郎はあっという間に父を失い、母を失い、残されたのは十六歳の金次郎と十三歳の友吉、それに四歳の富次郎という、三人の兄弟であった。

父も母もいなくなった家の中は、急に空洞のようにがらんとした。幼い三人の兄弟に残されたものは、この空洞のような家と、六反ばかりの田圃であった。

この田圃は、水害で廃田となっていた土地を開発したものであるから、一反でせいぜい米五斗ほどと、通常の半分ほどの収穫しか望めなかった。しかし、荒地を開発した田圃であるから、二、三年は年貢が免除されている。それに家の敷地には畑もあるから、弟二人を養う見込みは立った。

六月の梅雨に入ると、田植えの時期が迫ってきた。すると親戚が手伝ってくれて、いちおう田植えは完了した。

しかし、田植えが終わってほっとする間もなく、享和二年六月二十九日に酒匂川はまた氾濫して、せっかく田植えの終わった金次郎の田畑もすっかり流され、土石の下に埋まってしまった。すなわち金次郎は、最後の砦《とりで》ともいうべき、わずかの田畑まで失ってしまったのである。

家財もつき果てたあばら屋に、子供三人では、いくら金次郎が働いたからといって生きていくことはできない。

そこで、親戚の者たちが集まって相談し、

「このままでは兄弟三人が飢え死するほかはない。親戚で預かって養育し、後日を待つ以外に手はないのではないか」

ということで、金次郎は父方の伯父にあたる萬兵衛のところへ、友吉と富次郎の二人は、母の実家である曽我別所村の川久保家へ引き取られることになった。川久保家は先日の葬式のとき、焼香も許されなかったという屈辱を受けた家であったが、幼い弟二人の養育のためには仕方がなかった。

こうして享和二年（一八〇二）七月、十六歳の金次郎は一家が離散し、ばらばらの人生を余儀なくされるのであった。

第二章　生家を復興する

（一）

こうして一家離散した金次郎は、伯父の萬兵衛の家へ引き取られたわけであるが、萬兵衛の家は金次郎の家の隣にあったから、隣の家に移っただけで、距離的に遠い場所に移ったわけではなかった。永年住み慣れた家は、いつも眼の前に建っていた。

しかし、その家はもう空き家である。一年半前まではそこに親子五人が貧しくても肩を寄せ合って生きていたのに、今はもう誰も住んでいない。その激変を思うと、金次郎の胸は悲しみで潰れんばかりだった。しかし、感傷にばかり浸ってはいられなかった。

（一生懸命働いて、いつかはきっと家を再興してみせる）

と固く心に誓って、金次郎は萬兵衛の家へ移ったのだった。

金次郎は伯父萬兵衛の家で、十六歳から十八歳まで、約一年半ほどを過ごすのであるが、もともと金次郎は働くのが好きである。だから金次郎はよく働いた。そして萬兵衛は、父親を亡くした甥を立派な百姓に仕立て上げようと、きびしく指導した。

金次郎は毎日、一生懸命に田圃を耕し、山に登っては薪を取り、柴を刈り、また酒匂川の堤防の普請工事にかり出されて力を尽くし、夜になれば必ず縄をない、莚《むしろ》を織り、草鞋を作り、休む暇がなかった。

　しかし、金次郎はただ働くだけでは満足しなかった。生来の向学心が燃え上がってきたのである。それに加えて金次郎の胸中には、離散した家の再興の念願がある。眼の前に空き家になった我が家を見るたびに、いつもその思いが金次郎の胸の中を駆けめぐる。眼の前の空き家が、早く帰って来てくれと、金次郎を呼んでいるような気がする。はやく立派に家を再興して、家に戻りたい。そして、遠く離れて住んでいる二人の弟を引き取ってやりたい。そのためには、

（はやく立派な百姓になることだ）

　と決意を新たにするのだった。しかし、立派な百姓になるには、ただ、がむしゃらに働くだけでは駄目だと思った。立派な百姓になるには知恵が必要である。それには学問をすることだ。しかし、昼間は忙しくて勉強する時間など、とてもない。そこで夜なべの仕事が終わった後、萬兵衛たちが寝静まるのを待って、読書に励んだ。

　ところがある夜、それを萬兵衛に見つかってしまったのである。そして、ひどく叱られた。

「学問などするのは、武士や名主のすることだ。百姓が学問などして、何になる。どれほど書物を読んでも、一文の得《とく》になるわけでもない。金次郎や、家を再興しようとするならば、一把の縄、一足の草鞋を作れ。そうすれば、五文、十文の得《とく》になる。学問などやめて、はやく寝よ」

　当時は、百姓には学問など要らぬ、百姓が学問などするのは百姓の堕落だというのが、一般的な考え方だった。生粋《きっすい》の百姓だった萬兵衛もそれと同じ考え方だったわけで、

（金次郎よ、お前もはやく大人になり、立派な百姓となって、家を再興せよ）

というのが願いだったのである。学問などするのは、その邪魔になる、百姓はひたすら百姓を

するのがいいというのが、昔かたぎの萬兵衛の考え方なのだった。

「金次郎や、お前には家もなく、田畑もない。わしに助けてもらって、ようやく命をつないでいる身なのに、学問などが何の役にたつものか。その上、一晩中行燈《あんどん》の灯を付けっぱなしにしているが、燈油もただではないぞ。お前が読書すればするほど、油がどんどん減っていくのだ」

油が減ると言われれば、なるほどその通りである。読書することに夢中で、そこまでは気がつかなかった。

「わかりました。わたしが悪うございました」

金次郎は素直にあやまった。

「わかったら、はやく寝ろ」

「はい」

しかし、読書をやめることは出来なかった。

燈油がもったいないという。それなら、

(自分で燈油を作れば文句を言われないだろう)

と金次郎は考えた。

そこで金次郎は、燈油の原料となる菜種の栽培に手をつけたのである。遠大な計画というか、気の長い話である。しかし、これ以外に方法がない。成功すれば、絶対萬兵衛に文句を言われない方法である。

金次郎は友人のところへ行って、五勺ばかりの菜種を借りた。そして、農作業の暇を見て、洪水で荒地になってしまった自分の土地や、それに隣接する仙了川の堤に蒔いたのである。これなら萬兵衛から文句の出る筋合はなかった。そして、よく手入れをした。

すると菜種はよく成長して、翌年の初夏には八升ほどの菜種が取れた。

金次郎はよろこんでこれを取り入れ、隣村の油屋嘉右衛門のところへ行って、菜種を燈油に替えてほしいと頼んだ。嘉右衛門は、

「わかりました。よく実のいった菜種ですね。菜種一升について、油二合の割合で引き替えましょう」

「ありがとうございます。でも油は今すぐには全部要りませんから、必要になった都度受け取りに来ますから、それまでは預かっておいてください」

油は読書の灯として使うのだから、一度に貰っても仕方がないからである。そこでこの日は、二合の燈油を受け取って家に帰った。

(これで伯父さんに文句を言われることなく、勉強することが出来る)

金次郎の胸は躍るようだった。

こうして再び、金次郎の夜中の読書が始まったのである。

しかし、再開した読書もそう長くは続かなかった。秋になるとまた萬兵衛に見つかり、叱られたのである。

「金次郎、また書物を読んでいるのか。たしかに自分の力で燈油を作れば、わしの出費にならんから、夜の読書はいいと思うのかもしれないが、わしはな、燈油が惜しいから勉強するなと言っているのではない。お前がやらねばならぬことは、はやく立派な百姓になることだ。百姓には学問は要らぬ。学問をしたからといって、何の役にも立たぬ。むしろ立派な百姓になる邪魔になる

のだ。そのところが、金次郎、お前にはわからないのか」

「…………」

金次郎は返事をしなかった。立派な百姓になるためにこそ、学問が必要なのだと金次郎は思っている。いわば百姓というものへの、基本的考え方の相違であった。交わることのない平行線のようなものである。

「燈油は自分の力で手に入れたとしても、時間の無駄だ。それに、夜いつまでも起きていて寝なければ、明日の農作業の妨げとなる。さっさと寝ろ」

萬兵衛は捨て科白《ぜりふ》のように言うと、出て行った。

しかし、金次郎の学問への情熱は消えなかった。

(自分と萬兵衛伯父さんとは、学問に対する考え方が基本的に違うのだ。決して一緒になることはないだろう。自分の考え方を変えることは出来ない)

萬兵衛の家に円蔵という者が住んでいた。円蔵は、萬兵衛の妹の子供で、金次郎にとっては従兄弟《いとこ》に当たる人間である。円蔵は金次郎の勉強に理解があった。そこで円蔵は萬兵衛が就寝すると、

「もう伯父は寝ましたよ、大丈夫です」

と勉強のタイミングを教えてくれたり、また、深夜に寝巻を持ってきて、金次郎が勉強している行燈に掛けて、灯が外に洩れないようにして、金次郎の勉強を助けてくれた。

こうした助けもあって、萬兵衛の叱責の後も、金次郎は寸暇を惜しんで書物を読み、一番鶏《どり》の鳴くころにやっと床に就くのであった。一番鶏が鳴けば、朝のはやい農家はもうすぐ起きねばな

らない。それこそ寝る時間も惜しんでの勉強であった。

また、雨や雪が降って野良作業が出来なければ、納屋で、米や麦を舂《つ》くのも金次郎の仕事であった。そして金次郎は、この臼で舂く暇にも読書に励んだ。臼で米や麦を舂くときの仕掛けは、足踏みで杵《きね》を一押ししながら、軸の周囲を回転して歩くようになっている。すなわち、杵の上下を繰り返しながら回転し、ふたたび元の位置に戻るのである。

金次郎は、ただ杵を踏むだけの時間を惜しんで、スタートの位置に書見台を置き、そこへ論語や大学をのせた。そして、スタートの位置へ戻るたびに、必ず書物の数節または一章を、大声で読み勉強したのである。そのため金次郎に『ぐるり一遍』という三番目の綽名もついてしまった。

(二)

菜種油の収穫をした同じ年、十七歳の金次郎はもう一つ貴重な体験をした。

初夏、田植えの季節である。萬兵衛の家でも田植えが終わり、金次郎がその帰りに道を歩いていると、あちこちに、植え残りの稲の苗が捨ててあるのが目についた。

(この苗もどこかに植えれば、秋には米となって実るのに!)

もったいないと思った。いや、もったいないというよりも、

(他の苗と同じように種籾《たねもみ》から育てられたのに、余ったばかりに捨てられてしまって、かわいそうだ)

と、苗の命がいとしく金次郎には思えたのだった。

金次郎はあちこちに捨てられているその苗を拾い集めた。だが、拾っても植える田圃がない。金次郎は、洪水の災害にあって荒れたままに放置されている、自分の田圃へ行ってみた。すると、用水路の両側にあって、荒れたままになっている自分の田圃の一部に、水溜りになっている所があった。それはとても田圃といえるようなものではなかったが、

(こんな田圃だって、なんとか育つかも知れない。捨てられて、枯れてしまうよりはいいだろう)

そう思って、そこへ植えておいた。すると秋になるとその苗は、一俵ほどの籾の収穫になったのである。

(捨てた苗が、一俵の籾になるとは……)

金次郎はよろこびと同時に、自然というものの力の偉大さに感動した。そして、

(これこそ大自然の恵みだ)

と思った。この時金次郎は、はたと稲妻に打たれたように、ある大発見をした。それは、捨てられた少しばかりの苗でも、大事に育てれば一俵の籾となる、すなわち、

(小さい事でも、積み重ねれば大きいものになる)

ということであった。そして、この事は菜種についても同じことだと思った。五勺の菜種も、地に蒔いて育てれば八升になる。天地の間には、

(小を積んで、大を為す)

という道理が満ちているのを実感したのである。

もちろん金次郎は、幼い頃から農事の手助けをしていたから、知識としては知っていることで

あった。少ない菜種の種を蒔いて大量の菜種にする、少ない種籾を蒔いて苗とし、それを大量の米に育てる、それはこれまで金次郎がやってきていることであり、知識として知っていることであった。

それが、捨てられた苗を、荒地の水溜りに植えても一俵の籾となるという経験をした時、はたと自然の力の偉大さに感動し、霊感のように、

（小を積んで大を為す）

という天地の道理に目覚めたのである。

金次郎は、自分の体験を通して自分の思想を作り上げた人であるが、この天地の力に人間の勤労の力を加えた「積小為大《せきしょういだい》」の理法は、その後強く金次郎の中に根を下ろし、金次郎が教える報徳思想の主要な柱の一つになった。すなわち、

（大きい事をしたいと思えば、小さい事を怠らずに勤めなくてはならない。およそ小人の常として、大きい事を望んでも、小さい事を怠るので、結局大きい事を成し遂げられない。それは小を積んで大となる事を、知らないからである。たとえば、百万石の米といっても、米粒が大きいわけではなく、小さな米粒が沢山集まって百万石となるのである。また一万町歩の田を耕すのも、一鍬ずつ耕していくのである。千里の道も一歩ずつ歩いて行き着くのだし、山を作るのにも、一もっこの土を重ねて積み上げていくのである。この道理をよくわきまえて、小さい事を勤めていけば、大きい事は必ず出来上がる。小さい事をいい加減にしては大きい事は決して出来ない）

という報徳思想に結実するのである。

金次郎は、この「積小為大」を思想として説いただけでなく、生涯にわたって自ら実行したの

である。そこに金次郎の偉大さがある。
そして金次郎は、この積小為大の思想を怠ることなく実行していけば、
（いつかは、潰れた我が家の再興も必ず出来るにちがいない）
と固く信じて、仕事と学問に励むのだった。

（三）

金次郎は文化元年（一八〇四）、十八歳になると、伯父萬兵衛の家を出て、栢山村の名主岡部伊助のところへ奉公に行った。結局、萬兵衛のところには、二年足らずしか世話にならなかったわけである。

百姓に学問は不用だといい、金次郎を生粋の百姓にきびしく育てようとする萬兵衛と、学問好きの金次郎との間には、基本的に考え方の不一致があったのである。そうでなければ、伯父と甥という間柄にあり、かつ金次郎の生家の隣にある萬兵衛の家から、わざわざ遠い場所へ移る必要はないからである。

萬兵衛の家を離れたのには、生家の復興を念願している金次郎に、もう一つ別の理由、すなわち経済的な打算もあったからである。生家を復興するには金が要る。しかし、萬兵衛のところに居たのでは、給料が貰えるわけでもなく、いくら働いても萬兵衛のものになってしまう。金次郎のところには一文も入ってこないのである。

それに、気にかかっている生家の荒れた田圃を、余暇に整備することも出来ない。そんな暇が

あったら、萬兵衛の家の田圃を耕せという。生家の荒地の整備が許されれば、少しでもそこから穫れる米が金次郎の手元に残るのに、それさえ許されないとすれば、萬兵衛の家での労働は、いわば、

（ただ働き）

である。いつまで萬兵衛の家にいても、生家復興の足がかりさえ摑めないわけである。

（他所《よそ》の家に奉公すれば給金が貰える）

その給金を貯めれば、生家復興の基手《もとで》になる、それが金次郎には魅力だった。

その上に、金次郎にとって名主岡部伊助の家が魅力だったのは、萬兵衛とちがって、岡部父子が学問好きだということだった。

（学問嫌いの萬兵衛の家にいるよりも、学問をする環境がずっといいにちがいない）

学問好きの岡部伊助は、しばしば学者を招いては、父子ともどもに講義を受けていた。

そこで講義のある日は、金次郎も襖の外でこれを聞かせてもらうのを楽しみにしていた。

ある時のことであった。講義が終わって学者の帰った後、岡部の子供が講義の復習をしていたが、ある一箇所、説明を聞き洩らして、どうしても意味の不明のところがあった。父親の伊助に尋ねても、十分解明できなかった。

（仕方がない、今度、先生がまた来られた時お聞きすることにしよう）

などと話していると、このことが金次郎の耳に入った。

そこで金次郎が、

「どの点がおわかりにならないのでしょうか」

と尋ねると、

「どの個所って……？　金次郎、お前などにわかる筈がないじゃないか」

岡部親子は相手にしなかった。しかし、金次郎が、

「でも、わたしも縁先で講義を聞かせて頂きましたので、覚えているかもわかりません」

あまり熱心にそう言うものだから、その不明の個所を言うと、金次郎はしばらく考えていたが、

「このような意味ではないでしょうか」

とその正解を述べたのである。岡部父子は驚いて、

「金次郎や、どうしてお前にはそれがわかるのか」

と問うと、

「あの先生の講義の筋道をたどって考えれば、それくらいの推測はつきます。もし、お疑いのようでしたら、次回に先生が来られて講義される個所をお示し下されば、事前にわたしがその内容をご説明しましょう」

と自信を持って答えた。それで、

「次回はここじゃ」

と書物の頁を指すと、金次郎は、

「ここは、こういう意味にちがいありません」

とよどみなく答えた。

さて、次回に学者が来てその個所を講義すると、金次郎の説明した内容とほぼ同じであった。

岡部父子がふたたび驚き感嘆したので、金次郎は、

「これからは、わたしがまず岡部さまより素読をしてもらい、その内容をわたしがご子息に説明して、学者先生の講義の予習をなさったらどうでしょうか」

と言った。岡部が、

「金次郎は、どうして講義も聞かないうちから、そのように理解できるのかね」

と聞くと、金次郎は、

「世の中の人たちは書物を読む時、まず文章を読んでから、その後で内容を理解しようとします。しかしわたしは、まず最初に、天地大自然の中にある道理をよく考え、しかる後に、読んだ書物の内容が天地大自然のどの道理に当たるのであろうかと考えると、おのずと見当がつきます」

と答えた。

こうして金次郎は、岡部家へ奉公してからは、学習や読書、習字などに励むことが許され、学問への欲求が大いにみたされたのだった。

もちろん、金次郎は学問ばかりに身を入れていたわけではない。学問は奉公の余暇に許されることであり、農耕などの仕事を熱心に行った。

さらにその仕事の余暇に、まだ金次郎にはやらねばならぬ仕事が待っていた。金次郎は、たえず没落した生家の復興のことを願っていた。そのためには、荒地になった我が家の田圃を元に戻さなくてはならない。

金次郎は少しでも暇があると、荒地と化した生家の田圃へ走っていって、少しずつでも荒地を整備していった。そのため、十八歳のこの年には、生家の荒地の田圃でも、五俵の米が穫れるまでになった。

そんな頃のある日だった。小田原へ出たついでに金次郎は、飯泉村（現小田原市飯泉）にある勝福寺の観音様にお参りに立ち寄った。

お堂のもとに座ってお祈りをしていると、一人の行脚僧があらわれて、お堂の前に座って読経を始めた。金次郎は美しく心に沁み入るその声に感動し、一瞬悟りを得たような気持になり、歓喜の気持を押さえることが出来なかった。それで読経が終わると、その僧に、

「いま唱えられたお経は何のお経ですか」

と丁重にたずねた。

「これは観音経です」

「そうですか。でも、わたしはこれまでに何度も観音経を聞いたことがありますが、ただいま聞いたお経とはどこか違っているように思います。ただいまの観音経は、これまでのものと違って、非常にありがたくわたしの心にひびくような気がするのです」

「それは、世間で一般に唱える観音経は呉音《ご》ですが、いまわたしは国音で転読したのです。それで解りやすかったのでしょう」

すなわち、普通は呉音（中国南方系の漢字音）で読むのに、この行脚僧は日本語の発音で、しかも要所だけを拾いあげて略読したというのである。

「そうですか。おかげで有難い観音経の意味を知ることができました」

金次郎はそう言って、懐から銭二百文を取り出すと、

「これはわずかばかりの志です。どうかお納めください。そして、もし出来ましたら、もう一度、

観音経を唱えてくださいませんか」

　僧は金次郎の志に感心して、もう一度観音経を唱えると、何処へともなく立ち去っていった。

　金次郎は胸の中がすっきりと開けた思いがして、非常にうれしくなった。栢山村へ帰ると善栄寺（二宮家の菩提寺）に行った。そして、和尚に面会すると、

「わたしは、やっと観音経のありがたさがわかったように思います。その功徳《くどく》はなんと大きく、またその意味するところはなんと広大無辺なのでしょう」

　と話した。見ればまだ十八歳の若僧である。この若僧が何を知ったかぶりを言うかと和尚は、

「では、その観音経の功徳とはいったい何なのか、説明してごらん」

　そこで、金次郎は教義の解説まで細かくした。それを聞いた和尚は非常に驚いて、

「わたしはもはや六十歳をこえ、長いあいだ何回となく観音経を唱えているが、まだその深遠な理念を悟るに至っていない。それを金次郎さんはまだ若いのに、一度観音経を聞いただけで、広大無辺で深遠な理念をそのように悟ることができたとは、お前さんはまさに菩薩の再来ではないかと思う」

「和尚さん、冗談を言っては困ります。わたしは感じた事を申し上げただけです」

「いや、いや、そんなことはない。わたしはこの寺から出て行くから、どうか金次郎さんが僧になり、この寺に住んで、大勢の人々のために、魂の救済の道に励んでください」

　金次郎は驚いて、

「和尚さん、わたしはそんなつもりで申し上げたのではありません。それに僧になって寺に入ることは、わたしの望むところではありません。わたしは一生懸命働いて父祖の家を再興し、祖先

の霊を安らかにしたいと願っているだけです」

と言って善榮寺を去った。

この時金次郎は、少年の頃から読み親しんできた『大学』の教えと、観音経との一致点のようなものを感得したのだった。『大学』の教えは、一口に言えば修身斉家治国平天下であり、これを成し遂げる道は『仁』である。一方、観音経は衆生済度を本願とするが、これを施す道は『慈悲』である。仁も、慈悲も、道は違えども同じものであり、一家を興し、一村を興すのに、儒教の教えも仏教の教えも、両者の間に差のないことを悟り、生家復興への気持がますますかき立てられるのだった。

（四）

岡部伊助のところに奉公していたのは一年あまりで、翌文化二年、十九歳の金次郎は、同じく名主の二宮七左衛門のところへ奉公先を変えた。

岡部家から二宮家の方へ移ったのは、金次郎の胸の中に、

（おれもそろそろ二十歳になる。生家の復興を急がねばならない。岡部家の学問の雰囲気の中で、安穏《あんのん》としているわけにはいかない）

とさらに給金が多く稼げ、また生家の荒れた田圃を整地するのに、より良い条件を求めて、二宮家へと移ったのであろう。

その金次郎が志したように、二宮家へ移ってからは生家の荒地田圃の整地も一段と進み、昨年、

岡部家にいた年は五俵であったが、二宮家へ移ったこの年は二十俵という、四倍の米の収穫を上げることが出来た。

また金次郎は、給金や、日雇をして稼いだ賃金などは、全部名主の七左衛門のところに預けておいた。生家復興のための積立金である。

ところが、金次郎の変わっているところは、この金が一貫文になると、これを持ち出して、村内の生活困窮者などに恵んでやったりすることであった。せっかく貯めても、他人に与えてしまう、矛盾した行為である。しかし、この、

(思いもかけぬところで、思いも及ばぬ行動をする)

のが金次郎の特性なのだった。

この特性はすでに幼い頃から、芽生えていたといってよかった。たとえば、せっかく子守りをして得た二百文の金で、惜しげもなく松の苗を買って酒匂川の堤防に植えてしまったり、旅の僧侶が観音経を読むのを聞いて感激し、さらにもう一度これを所望して僧に二百文を与えるとか、そして今回の、生家復興のために貯めた金を村の貧しい人々に与えてしまうとか、そこに金次郎の、個人の殻を破って社会的な行動をしようとする、一般の人とは違った特性が現れているといってよかった。(そしてこの特性が、後日、金次郎の中で成熟し、報徳思想の根本思想の一つである、推譲《すいじょう》『世の中のために尽くす』の思想へと発展していくのである)。

またこの頃になると、金次郎はさらに新たな道理を発見した。

それは、困窮者を助けるつもりで金品を与えたり、無利息で金を貸してやったりすると、その人たちが少しでも生活に余裕が出来ると、必ず金を返しにきて、それに何らかのお礼なり、利息

をつけるのである。それはいくら金次郎が断っても、

「わたしのほんの気持ですから」

といって置いていく。金次郎の方はただ助けるつもりだったのに、相手は助かったといって、お礼をしないと承知しないのである。

（人が喜ぶと同時に、我も喜ぶ。それによって財が増えていく）

人の財の増え方というものは、こうでなくてはならぬ、と金次郎は思ったのである。ここに報徳思想の、

（貸して喜び、借りて喜ぶ。売って喜び、買って喜ぶ）

という自他両全の理念が、この頃からすでに芽生えていたわけであった。

そして、金次郎の考えは、さらに、

（元金は利息を生むものだ。もとは小さな金であっても、利息がつくことによって、それが元金に加えられ、大きくなっていく。そして、それを繰り返すことによって、元金はさらに大きくなっていく）

という、利息によって大きくなっていく金融システムに、育っていくのだった。


なおこの年、すなわち文化二年（一八〇五）、十九歳という若さながら、金次郎は二宮家の本家再興という大事業を計画した。

二宮の一族は全部で十三軒あって、総本家を二宮伊右衛門といった。伊豆の伊東の一族曽我祐之の子孫、二宮太郎を祖とし、栢山村の旧家であった。したがって、土地所有も村の中では圧倒

的な地位を占め、万治元年（一六五八）（四代将軍家綱の頃）の台帳には、田畑合計で六町四反歩となって、繁栄していた。

しかしこのような資産家も、その資産を恃《たの》んで次第に贅沢怠惰《ぜいたくたいだ》に流れて貧困に陥った。そして、最後の当主である儀兵衛の代になると、没落して住む家もなく、その昔、祖先が建立したという薬師堂の一隅に起居するありさまであった。そして、本然恵性沙彌《ほんねんえしようしゃみ》と称して、近くの村々を託鉢して辛うじて生きている惨めなありさまだった。老後は、一族の恵みにすがってわずかに余命をつないでいたが、寛政九年（一七九七）一月六日にその悲惨な生涯を終えた。金次郎十一歳のときであった。それ以来、二宮本家は断絶してしまった。

金次郎の家は、その末流に属する分家であった。

すると、二宮の一族にはいろいろと不幸がつづき、金次郎の家も天災や両親の相つぐ死亡で困窮に陥り、これは誰いうとなく、総本家の祟りではないかということで、加持祈禱などを行ったりしたが、その効力はなく、かえってその費用の支払いに困難を来たすという始末だった。しかし、一族の中で誰一人として、本家の再興を考える者などいなかった。

そうした中で金次郎だけが、二宮七左衛門のところへ奉公中で、自分の独立さえ果たさない身でありながら、本家再興の願望が火のように燃え上がり、その基金設定までやったのである。

すなわち文化二年、十九歳になった金次郎は、本家の売れ残りの屋敷にある稲荷社の社地が、荒れるにまかせてあったのに目をつけて、

（ここに竹木を植えておけば、将来、相当な財産となり、本家再興の資金として役立つのではあるまいか。竹木を売った代金ぐらいでは、田畑が六町四反歩もあった本家の再興資金としては、

はなはだ僅少であるかもしれない。しかし、かつて伯父萬兵衛の家にいた頃、読書の灯が欲しいばかりに、灯油の原料となる菜種の種を蒔いたところ、五勺の菜種が八升にもなった。そのことを考えればこの竹木も、毎年よく手入れをして育てれば、案外大きな資産になるかも知れない）
そう思い、稲荷社の土地に竹木を植えたのである。（そして後年、これが本家再興の大きな柱になったのである）。

（五）

文化三年（一八〇六）、金次郎は二十歳になった。

（ついにおれも二十歳になったか、はやく生家を復興させ、親戚へ預けてある二人の弟を呼び戻して、いっしょに暮らしたい）

そういう思いが、ますます金次郎の胸にこみ上げてきた。

（そのために、とにかく一旦、思いきって生家へ帰ろう）

そう決心すると金次郎は、二宮七左衛門のところに一年ほど奉公しただけで、生家へ帰った。

しかし生家といっても、数年ものあいだ誰も住んでいない、廃屋のような空家があるだけである。破損がひどく、軒先からは蔓草が垂れ下がっている。金次郎は雑草を取り除き、屋根をふき代え、壊れたところを修理して、やっと人が住めるようにした。

金次郎が生家に戻ってまずやったのは、死んだ父の時代に失った田畑を買い戻すことだった。この日のために、これまでの奉公の給金などを貯めていた。金次郎はその貯金をはたいて、まず、亡父が質入れして質流れになっている下々田《げげでん》（土質が悪くて安い田）の九畝十歩（約九・三アール）を、三両二分で買い戻した。金次郎がはじめて自力で、田畑を持ったのである。

こうして金次郎は、生家復興へのスタートを切ったわけであるが、しかし、このままずっと家にいて、真面目にコツコツ農業に従事していれば、生家が復興するとは考えなかった。生家の復興とは父の時代に失った土地を取り戻し、さらにそれ以上に田畑を増やすことである。田畑を増やすには、荒地を開墾するか、田畑を買うか、いずれかである。荒地の開墾は自分の努力で出来るが、田畑を買うには金が要る。現に亡父が質流れさせた田畑を買い戻すことが出来たのは、これまでに金次郎が奉公した給金を貯めておいたればこそである。

（田畑を買うには金が必要だ）

金次郎はまだ独身である。生家に帰ったといっても、常時、自分の家に居なければならないわけではない。いい奉公先や、いい日雇いの仕事があれば、積極的に出掛けていって賃金を稼ぐのに越したことはない。その方がより多くの田畑を増やすことが出来る。

そう考えると、翌年の文化四年（一八〇七）、二十一歳になった金次郎は、小田原藩士で千石取りの岩瀬佐兵衛のところへ、日雇いで雇われることになった。

すると、そんな金次郎を突然の不幸が襲った。

末弟の富次郎が死んだのである。まだ、いたいけな九歳であった。親戚に預けて、元気で育っているものとばかり思っていたのに、この突然の悲報は金次郎を打ちのめした。

はやく生家を復興して、友吉、富次郎の二人の弟と、たとえ貧しくともいっしょに暮らすのが金次郎の夢だった。幼い富次郎もそれを望んでいたのに、その願いも果たさずに死んでしまった

のかと思うと、金次郎の眼からは涙がふきこぼれ、

「すまねえ、富次郎よ、兄《あん》ちゃんが不甲斐ねえばかりに、お前を死なせてしまって……」

金次郎は大きな身体を波打たせて泣いた。

しかし、いつまでも泣いてばかりもいられない。

（一刻もはやく家を復興させるのが、富次郎への供養だ）

そう決意すると、金次郎は生家復興を目指して、八面六臂《び》、馬車馬のように働きはじめた。

しかし、馬車馬のようだといっても、ただ金次郎は我武者羅《がむしゃら》に働いたわけではなかった。金次郎の働き方は、知能的であり、多面的であった。

もちろん、仕事の中心は岩瀬家での日雇いであったが、日雇い奉公であるから、余暇があればその他の仕事も自由に出来た。そこで金次郎は余暇を利用して、昨年買い戻した自分の田畑を耕して米や野菜を作るほか、さらに荒地を開墾して新しい田畑も増やしていった。また山へ行って薪を採り、その薪や、自分が作った米や野菜を小田原へ持っていって、金に代えた。この小田原での売却は、小田原の岩瀬家へ日雇奉公しているので、その道順が便利であった。

また、他にも日雇いの口があれば進んで引き受けて日銭を稼ぎ、米や金を貸して利息を得たりして、現金収入を増やすよう努めたので、金次郎の手許には次第に金が蓄積されていった。

すなわち金次郎は、賃金の高い小田原岩瀬家へ日雇奉公すると同時に、自分独自の仕事もするという、二本建てで働いたのである。

こうして得た金で金次郎は、前回の田畑の買い戻しにつづいて、第二回目の田畑の買い入れに成功した。

すなわち二十三歳の時に、二反六畝十一歩（約二十六アール）の田を八両一分で買い、さらに、下々田二畝二十七歩も買い入れることができた。

その後もさらに日夜家業に励み、金を貯えて、田畑を買い集め、ついに二十四歳の時には一町四反五畝二十歩（約一・四六ヘクタール）の田畑を所有するまでになったのである。

金次郎は二十四歳にして、念願の生家復興の悲願を達成したのであった。生家復興を決意して生家に戻ってから四年目のことであり、また父の死後から数えれば十年目、母の死から八年目のことであった。

こうして生家が復興すると、その年の文化七年（一八一〇）の十月、一カ月半ばかりかけて、江戸見物に出掛けた。これからの百姓は、田圃にばかりいたのでは駄目だ、将軍さまのお膝元の江戸ぐらい見ておかなくてはならぬという、いわば社会勉強のためだった。また、帰ってくると、生家復興のお礼参りに伊勢神宮に参拝に出掛け、そのついでに、京都、奈良、大坂などを旅行して、関西地方の社会勉強をもした。これは生家復興で一段落のついた金次郎が、次の新しい世界を求めての模索の旅行でもあった。

金次郎は一町四反の田畑の主《あるじ》となったのであるから、いちおう栢山村では、中程度の自作農の百姓に復興したわけであった。ここで、親戚に預けてある弟の友吉を呼び戻し、兄弟二人で真面目に百姓をやっていけば、平穏で落ち着いた生活が得られるはずであった。

しかし、一旦そのような生活に落ち着いてみたが、金次郎はそのような小じんまりとした人生に満足出来る人間ではなかった。復興のなった生家の中で毎日暮らしていても、

（この狭い家の中だけでなく、もっと広い世界で生きてみたい）

という願望が、潮のように心の中に押し上げてくるのだった。かつて岡部伊助や二宮七左衛門という二人の名主や、小田原藩士の岩瀬佐兵衛へ日雇奉公していた金次郎は、彼等の世界が、百姓の世界よりもっと別の広い世界につながっているのを、本能的に嗅ぎ取っていたからである。

(六)

こうして金次郎は生家復興に成功したのであるが、その秘訣は何であったのか。その働きぶりを、ちょっと振り返ってみたい。そこには一般の百姓には見られない金次郎の働きぶりの、ユニークさが見られるのである。

そのユニークさとは、生家に戻った金次郎はしばらくの間、もっぱら自家の農業に精を出していたが、少し余裕が出来ると、現金収入を得るために、すぐ他の仕事に手を出している点である。すなわち、百姓でありながら現金収入への関心が非常に高く、かつ、現金収入を得る方法が非常に巧みだったことである。

それは生家復興が成ると、また小田原藩士の岩瀬佐兵衛のところの日雇いの仕事に出て、給金を稼いでいることが、金次郎の金銭哲学をよくあらわしている。これは、それ以前に、名主の岡部伊助や二宮七左衛門のところへ奉公して、給金を貰ううま味を十分体験していたからであったが、それに加えて金次郎は幼い頃から、子守りをして駄賃を貰ったり、山で採った薪を小田原で売って金を得たり、また他所の家へ奉公して給金を貰ったりして、現金収入の威力を大いに感じていたからであった。

百姓の仕事は、金になるのに時間がかかる。手間が多い。まず田畑を耕し、種を蒔き、作物が育ち、その作物を売らなければ金にならない。田畑を耕すという労働をしただけでは、金は入ってこないのである。その上百姓の仕事は、米が穫れても、五公五民とかいって、半分は年貢に取られてしまう。自分の手に入るのは、半分である。あまりに割が悪い。

その点、日雇いの賃金とか、奉公の給金は、何がしかの労働をすれば、その分の金がすぐ入って来るので、手っ取り早い。その上、賃金や給金には税金がかからない。全額、自分の懐に入ってくる。半分税金で取られてしまう農業より、二倍も効率がいいのである。

自分の体験の中から身につけた、この商人的な近代経済金銭感覚が、後年の偉大な篤農家、実業家としての金次郎を育てていくのであった。

だから金次郎は、岩瀬佐兵衛の日雇いの仕事だけでなく、さらに仕事の暇を見ては、山へ行って薪を採り、その薪や、自分が作った米や野菜を小田原で売って現金収入を得た。米や薪を売った代金にも税金がかからないので、まるまる自分のものになった。

そのようにしていると金次郎は、小田原の米穀商の武松屋と親しくなり、自分の作った米だけでなく、村の百姓から頼まれた米の委託販売なども次第に引き受けるようになった。すると、委託手数料が入ってくるわけであり、委託手数料にも税金がかからないから、まるまる金次郎の懐に入ってくる。こんないい商売はない。

また金次郎は、米を売るだけでなく、困っている人に米の貸付もやった。その年の新米が取れれば、その時点で米は返ってくるのだが、その時お礼として何がしかの米が付いてくる。すなわち米を貸した利子である。また米だけでなく、金を貸せば、貸した金にも当然利子が付いてくる。

そして、その利子には税金はかかってこない。金を貸して、利子をまるまる受け取る。これこそ自分の労働を投入しないで現金収入を得る、最上の方法であった。

以上が、金次郎の重要な理財法であった。金次郎は商人としての才能が抜群だったといえる。だから、金次郎の仕事振りで感心するのは、現金収入への感覚が鋭いことである。百姓もただ汗水たらして田畑を耕しているだけでは、大きくなれない。大きくなるには、金が要る。田畑を大きくしようとしても、金がなければ田畑は買えない。

その金を得るには、一攫千金的なことを考えていても駄目で、小さい金でも少しずつ積み立てていく、それが積もり積もって大になる『積小為大』の方法が一番いいのである。

これは守銭奴というような金への執着ではなくて、金次郎が生きている文化文政時代の、米経済から貨幣経済へ激しい勢いで変わっている世の動きを、金次郎が敏感に捉えているからであった。百姓だって、金と無縁では、生きていけない。大きくなれない。金は商人の専門分野ではない。百姓は百姓としての金のさばき方を知っていなければならない。金次郎は生来、その金のさばき方が巧みだったといえよう。

しかし、金次郎の驚く点は、この現金収入感覚が、さらに田畑開発や農耕事業の方にも及んでいることであった。

田畑を増やす方法は、荒地を開発する方法と、田畑を買う方法と二通りある。もちろん、金次郎はその両方を併用したわけであるが、どちらに重点を置いたかというと、荒地の開発に重点を置いた。田畑を買うやり方は、手っ取り早いが、金がかかる。荒地の開発は手間と時間がかかるが、自分の労働力をそこに注入すれば出来る、すなわち金がかからないからであった。

さらに、荒地を開発した場合にはメリットが大きかった。荒地を開発した田圃からの米には、二、三年、年貢がかからないからである。それに対して、買った既存の田圃の米には、五公五民の割合で半分は年貢に取られてしまう。汗水流して働いて米を作っても、半分以上は年貢に取られてしまい、手許に残るのは半分以下である。ところが、荒地開墾の田畑は、無税であるので、まるまる自分の収入となる。収入に税金（それも五割という高い税金）がかからないというのは、大きなメリットである。だから金次郎は、荒地の開発に力を入れ、自分の労働力を税金のかからない分野に集中したのである。

そして、無税の期限が切れて、年貢を納めなくてはならなくなると、その田圃は小作に出したのである。すなわち他人に貸し、他人に耕させたのである。小作に出せば、小作料が入ってくる。その中から年貢を納めても、ある程度の米は金次郎の手許に残る。

すなわち田圃を貸しておけば、金次郎が何もしなくても、一定の収穫が入ってくるのである。これは金を貸すのと同じである。これほどいい仕事はない。金次郎のそろばん勘定が、自分の田畑での米作りにまで及んでいたのは、驚異という外はない。

もちろん金次郎は、田畑を増やすのに荒地開発だけをやったのではない。金が貯まると、その金で田畑を買い、田畑を増やしていったわけであるが、当然、買った田畑は税金がかかるから、小作に出してしまっていた。

税金のかかる仕事へ、自分の労働力を投入しない。税金のかかる田畑は他人に耕作させておいて、自分は税金のかからない荒地の開発や、税金のかからない日雇い賃金稼ぎ、金貸し、米の仲買いなど、効率のいい仕事に振り向けているのであった。

当時の封建制度の下での税制を、金次郎は巧みに使い分けたのである。金次郎は一生懸命に仕事をしたが、決して割の悪い仕事はしなかったのである。効率よく仕事をした。これは幕藩体制の百姓としては異例なことであり、これが二十四歳にして生家を復興させた秘訣であり、未来の偉大な金次郎像の原型となるのであった。

このようにしてみると、金次郎は単なる田畑を持った百姓ではなく、同時に労務者であり、商人であり、勤め人であり、金融業者という、多面的に活躍した実業家と評価すべきであろう。これはまさに現代ビジネスにも通じる仕事ぶりを、今から二百年も前の文化文政時代に金次郎がやっていたということであり、驚き以外の何物でもない。

さて、金次郎が意識的に税金のかからない分野の仕事へ、自分の労働力を投入したのは、金次郎の節税の方法が巧みで、仕事の仕方が効率的であったからであるが、しかし、果たして金次郎の狙いはただそれだけであったろうかと、筆者は思うのである。というのは仕事の効率性もさる事ながら、金次郎の心の奥底には、

(百姓は汗水垂らして働いて、なぜ五割も年貢を納めなくてはならないのだろう)

という強い疑問が横たわり、それが、

(そのような仕事へ、自分の貴重な労働力を投入したくない)

という年貢への抵抗感が、『年貢を納める仕事』を金次郎に忌避《きひ》させたのではないかと思うのであるが、そこまで考えるのは、少し行き過ぎであろうか。

第三章　服部家の奉公

(一)

生家の復興をなした金次郎は、二十五歳のときには小作米を三十三俵一斗、二十六歳のときには小作米を三十八俵二斗を得るという、立派な自作農となった。

しかし、金次郎はそれに安んじておらず、小田原藩士岩瀬佐兵衛の日雇い奉公の後は、二百石取りの槙島《まきじま》総右衛門のところへ奉公に出た。そして、米や薪の売買、米や金の貸付など、相変わらず八面六臂《ぴ》の仕事をしていると、薪売りに出入りしている邸《やしき》の中から、いつも読書の声が聞こえてくる家があった。学問好きの金次郎には、その読書の声の絶えない邸がなんとなく気になっていたが、ある日その邸で、

(若党を求めている)

ということを耳にしたのである。それが小田原藩の家老、千二百石の服部十郎兵衛の邸だった。

金次郎はただちに応募して、服部家へ奉公した。文化九年(一八一二)、金次郎が二十六歳のときである。

服部家への奉公は、もちろん給金取りが目的であったが、しかし、それだけではなかった。服部家の中に流れている学問の雰囲気に金次郎は魅せられたのである。

服部家には三人の男の子供があった。三人の子供はよく学問に励み、いつも邸の中から聞こえている読書の声は、この三人の子供の声だったのである。金次郎はその三人の子供付きの若党となったわけで、学問好きの金次郎にとっては願ってもない奉公だった。

金次郎は、三人の子供が学問所へ通うお供をした。そして、学問所で子供たちが勉強している時は講堂の窓の下に立って、洩れ聞こえてくる講義を聞き、自分なりに理解した。また昼間の勉強が終わり、家に帰って、夜、子供たちが勉強するときにも、近くに座ってじっとこれを聞き、よくこれを暗記した。

この年に金次郎は「経典余師《けいてんよし》」を自ら二朱で買い入れて勉強している。経典余師は四書の俗解で十巻物である。当時の小田原藩主は大久保忠真であるが、小田原藩の藩校はこの忠真の時代になって開かれ、藩の子弟にはじめて経書の公式修学が始められていた。したがって、金次郎は服部家へ奉公することによって、同じ学問を、公式の学問所ではないけれども、学ぶことができたわけであった。

こうして、四書五経を中心とした学問が自然に金次郎の中に吸収されていったわけで、それにつれて夜の勉強も、ただ子供たちの勉学の席に座っているだけでなくて、子供たちの復習の助言をしたり、勉学の相手をもつとめるようになっていった。

服部家での金次郎の仕事は、最初はこうした子供たちの勉学の相手であったが、そのうちに服部家の中で金貸しも始めるようになった。

武家は外から見ると立派な格式でいかめしく、裕福に見えるが、その内部に入ってみると、その逆であることが金次郎にわかった。服部家にも厖大な借金があるようで、財政は火の車であり、その影響を受けて、仕える用人、奉公人たちの懐も苦しかった。

そんなある日、服部家の用人である関谷《せきや》周介から、

「少し金を用立ててはくれまいか」

と頼まれた。金次郎が金貸しをやり、金のあるのを聞いていたからかもしれない。

「関谷さまなら信用がおけます。結構でございます」

そう言って金次郎は周介へ二分ほど貸し、これがきっかけとなってその後も度々貸すようになった。もちろん用人に貸すといっても利息はちゃんと取ったし、期日にはきちんと返済してもらった。これがすなわち信用というものである。そして、この評判が服部家の子供たちの耳へも届いたのであろう、やがて嫡男の服部清兵衛へも四両二分の金を貸すようになった。すなわち金次郎は、小田原藩の家老の嫡男にまで金を貸すようになったのである。

こうしたニュースは、またたく間に服部家の中に拡がり、服部家の子弟や用人だけでなく、仲《ちゅう》間《げん》や女中たちにまで金を貸すようになった。

ある時一人の女中が、借金の申し込みにやってきた。

「いいですよ、お貸ししましょう。でも、どうやって返すのですか」

「お給金で返します」

「お給金はどのくらい貰っているのかね」

すると女中は、急にうつむいて黙ってしまった。金次郎が、

「どうしたのかね」

とたずねてみると、女中は小さな声で、

「実はお給金はかなり先まで前借りして、すべて親に渡してしまっているのです」

とため息をつき、絶望的な眼で金次郎の顔を見た。金次郎はしばらく考えていたが、やがてにっこり笑うと、

「お給金で返せなくても、いい方法がありますよ」

「えっ、ほんとうですか」

女中は驚き、眼を輝かせた。

「あなたの仕事は台所でしたね」

「はい、そうです」

「それなら毎日ご飯を炊いていますね。そのとき使う薪を節約して、それで返せばいい」

「えっ、薪で?」

女中には意味がわからなかった。

「たとえば、ご飯を炊くのに五本の薪を使っていたら、これを三本で炊けるように工夫するのです。そしたら薪が二本節約できるではありませんか。その二本をわたしが買ってあげます。そうすれば返すお金が出来るではありませんか」

「そうですね」

と女中は目を輝かせたが、

「でも……」

と自信なさそうであった。金次郎は、

「あなたがいまやっている炊き方では薪は節約できません。その秘訣を教えましょう。五本で炊いていたのを三本にするには、まず鍋の底についている鍋炭を落とすことです。そうすれば薪の燃焼がよくなります」

（なるほど）

というように女中はうなずいた。

「次に三本の薪は、火が鍋の底に丸く当たるように置く。すると薪は完全燃焼して煙も出ず、火が鍋の底によく当たります。そうすれば薪を五本使わなくても三本ですみ、二本が節約できます。一日では薪二本と思うかもしれないが、これが十日になれば二十本、百日になれば二百本の薪が節約できるではありませんか」

口にこそ出さないが、これこそ金次郎が心の奥に秘めている積小為大（小を積んで大を為す）の理念であった。

「わかりました。すぐやってみます」

「薪が完全燃焼すると、残り火の火力も強く、よい消炭《けしずみ》が出来ます。これであとのお惣菜《そうざい》ぐらいは十分煮ることができますよ。こうして節約した薪は毎月わたしが買ってあげますから、そのお金で返せばいい。ではお金をお貸ししましょう」

といって、金次郎は金を貸した。女中はうれし涙にくれるとともに、これまで考えてもみなかったご飯の炊き方、薪の節約方法を教えられて、なにか眼の前に別の世界が拓けたように感じ、台所仕事にやり甲斐を感じるようになった。

金次郎の節約は『けち』というのではなくて、それぞれの物の本質に従ってその持味を生かしていく（物の徳を生かす）ことが倹約となり、生活の合理化になるという、後の『報徳の精神』につながる考え方であった。そして、その合理化が積もり積もって大きな経済的効果となり、自分の上に還ってくるのである。こうして金次郎は、服部家でいっしょに働く下男や女中たちに、倹約のたのしさ、働くよろこびを教えたのである。

節約の利得は、ご飯炊きの薪だけではなかった。女中や下男が元結《もとゆい》や髪油を買うのを、金次郎がまとめて買ってやった。金次郎が買うと安く買える上に、それまでの品物より一級下のものを、さらに安く買ったのである。そして安くなった分だけ金次郎は貯金しておいてやり、彼等が勤めをやめて家へ帰るときなどに、本人からの預かり物として返してやったのである。

服部家に仕える下男や女中たちは、いずれも親兄弟をかかえて、家計を助けるために奉公に来ているのであるから、金次郎の金銭面からの援助は、非常な助けとなった。

だから金次郎は、こうしたことの外にも、彼等が困っていれば金を貸し、また無駄使いをしないようにと、給金の一部を預かってやったりもした。そして、金次郎は預かった金を他へ貸して利子をふやしてやり、

（金次郎に金を預けておけば安全で、確実に利子がふえる）

とよろこばれた。金次郎はいわば銀行のような役目を服部家の中で果たしたのである。その結果、一人一人の生活設計まで考えてやり、借金の返済方法から、将来にそなえての貯蓄計画の相談などにも乗るという、生活コンサルトの役目まで引き受けるようになったのである。

（二）

金を貸したり、用立てするとき、当初は金次郎の貯えた金でやっていたのだが、金貸しが活発になるにつれて、人々は節約した金や、給金を倹約して金次郎に預けるようになり、いろいろな金が金次郎のところに集まるようになった。自分の金と、他人の金とが混ざり合い、復雑になってきた。そろそろ、

（個人の能力と、個人の財力でやる限界がきたな）

と金次郎は思った。

また借りる人間もふえてきたので、借主の管理ということも必要になってきた。借主の管理とは一口に言えば、借りた人がちゃんと金を返すかどうか、ということである。金をちゃんと返す人間であるかどうか、その見きわめ方が、これまでの金貸しの経験の中から、金次郎にはわかりかけていた。それは一口に言えば、

（人間の信用）

である。その信用をどうやって築くか、どうやって確認するか。これまでは、金次郎が借主の一人一人を目で見て信用を確認してきたが、それが大勢になってきたので、とても一人の力では出来なくなった。

（個人を越えた組織的なものでやる必要がある）

と金次郎は考えた。そこで考え出されたのが、

（五常講貸金）

という金融システムであった。

それには、まず貸金の源泉となる基金を、金次郎の個人資産と別に管理する必要があった。別といっても、もちろん金次郎の出資する金が中心になるのではあるが、その金に、人々が生活の合理化や、薪や油の節約など、日常の工夫で生み出した金や、毎月の給金を少しずつ貯金した金などを出資させて、貸付の元金にし、必要な人々に貸すという、相互扶助金融制度であった。

すなわち、金次郎の個人の金を貸すのでなく、皆の金を、皆へ貸すのである。個人金融から、団体金融へとでもいえばよかろうか。この方が、発展性があり、規模も大きくなるだろう。

すると今度は、個人の金を貸すのではなく、皆の金を貸すのであるから、これまで以上に確実に返済されなくてはならない。金次郎個人の金であれば、もし返済されなくても『まあ仕方がない』と自分があきらめればそれで済むが、皆の金を貸すとなれば、そうはいかない。『確実に返済する』という約束が絶対条件になる。この『約束を守る』というのが信用であり、そのために金次郎の考えたのが五常であった。

五常とは人間の行うべき道として、儒教が定めた根本原理で、仁、義、礼、智、信、の五つの徳である。この五つの徳を守る人間であれば信用が置け、安心して金が貸せるという考え方であった。

その考え方をもう少し細かく見てみると、金の貸借には、金の余裕のある人がない人へ、金を差し出すことが必要で、これが『仁』である。

借りた人は約束を守ってまちがいなく返済する、これが『義』である。

借りた人は、貸してもらったことに感謝する、これが『礼』である。

また金を借りたら一生懸命働いて、どうしたらはやく返済できるか努力工夫する、これが『智』である。

金の貸借には、確実に約束を守ることが大切で、これが『信』である。

そして、この五つの徳を守ることのできる人だけが、基金を借りることが出来るわけであり、そういう意味で、

（五常講貸金）

と名前をつけたのである。

言ってみれば、人間の信頼関係を基にした、回収不能がない金融制度であり、物を担保に金を貸すのではなく、人の心を担保に金を貸すのである。貸借関係の信頼を崩さないためには、このような倫理的な自覚と、相互に規制する連帯的な責任制度が必要だったのである。（晩年になって完成した二宮金次郎の教えは、一口にいうと経済と道徳の一致であるが、その原点はこの五常講貸金にあるといっていい）。

そして金次郎は、この貸出基金に『聖人御伝授の金』という名前をつけた。うっかり踏み倒しなどできない言葉の響きを、意識的に使ったのである。

さらに五常講貸金は、そのような精神の相互扶助金融制度であったので、この組織へ入った者に金を貸す場合には、あえて利息は取らなかった。金次郎はこの五常講貸金のために、

（五常講真木手段金帳）

という帳簿を作って、貸金の記帳を行った。『真木《まき》』は『薪《まき》』に通じる言葉で、この五常講の

発想の原点が、ご飯を炊く薪の節約にあることを示している。

この帳簿は、文化十一年（一八一四）三月五日、金次郎が二十八歳のとき、すなわち服部家に奉公して三年目に作られている。五月三日に、入金の第一号が記入されている。それには「別所村田植一人」と書かれているが、これは金次郎が服部家から休暇をもらって別所村へ田植えの日雇いに行き、そこでもらった賃金を、五常講貸金の基金へ入金したからである。

こうして、金次郎の熱心な勧誘が功を奏して五常講へは次々と加入者がふえ、十一月になると伴七という者が加入した。そして翌年（文化十二年）九月には、『槇倹約からくり糸』と題して、おとめ、おきよ、おまき、倉蔵などへ貸付がなされた。また、平蔵や金蔵へは真木代貸付もあり、また『夜遊び法度からくり』と題して、藁代が貸し付けられている。

「槇倹約からくり糸」とは、薪を節約して貯めた金で返済せよ、「夜遊び法度からくり」とは、夜遊びをやめて金を貯めて返済せよ、という意味である。

また五常講へは、下男、下女たちだけでなく、次第に服部家の、関屋、藤太夫、源二郎などといった家中の用人も入るようになり、五常講には、服部家の用人から下女にいたるまで、大勢の人間が参加したのである。

こうして金次郎は、五常講によって、女中たちには飯の炊き方、薪炭の節約など、用人から仲間にいたるまで、生活指導をし、返済財源を作ることまでしたのである。こうして五常講はその後五年間、文政三年までつづくのであるが、五常講の会員は十七名に及んだ。なお、五常講貸金は金を借りるだけでなく、金を預けてふやすという役目もしたわけであり、ある心掛けのいい女中は五常講に毎月の給金を預けて利子を稼ぎ、最後は十五両もの大金にふやしたということであった。

このように金次郎は服部家で、子弟の勉学の相手をしたり、家中の者の金融の面倒を見ていたが、服部家へ奉公して三年目の文化十一年（一八一四）に、弟の友吉が家へ帰ってきた。十二年前に母が死んで一家離散したとき、友吉は母の実家である曽我別所村の川久保家へ預けられていたのであるが、その友吉ももはや二十五歳となり、立派な青年に成長した。いつまでも他家の世話にならずに、生家へ帰り、兄の金次郎とともに自立の道を歩もうとしたのである。

そこで、金次郎も友吉とともに、もう一段の生家の復興と隆盛を願って、その翌年、すなわち文化十二年（一八一五）、二十九歳のとき、ふたたび栢山村の自宅へ帰った。

（三）

弟の友吉はすでに、三、四年前から、ときどき生家に帰ってきては、金次郎の代わりに酒匂川の川普請に出たり、農作業などにも従事していた。だから、半ば生家へ足をふみ入れていたようなものであったが、友吉と二人で生家に落ち着いてみると、金次郎の胸の中には、あらためて兄弟二人で生家の家業にいそしむよろこびと、希望が溢れてくるのだった。

だが、そうなってもまだ金次郎の中に尾を引いているのは、服部家の財政のことだった。服部家に仕える人々が金に困っているように、家老の家柄とはいえ、服部家自身が借金の山で、財政に困窮していた。

奉公人の間に五常講貸金の制度を作ったように、

(服部家を救うのに、何かいい方法はないだろうか)

という思いが、農作業のあい間に金次郎の頭をかすめるのだった。

「兄さん、やめた奉公先のことを、そこまで考える必要はないんじゃありませんか」

と友吉は言うのだが、金次郎の気持はそうはいかなかった。奉公していた三年間のあいだに、金次郎は服部家の財政の問題点を正確に摑んでいたので、工夫すべき点、改革する方法、こうやれば立ち直れるやり方などを、金次郎なりに摑んでいたのである。


そこで、自宅へ帰った文化十二年の暮れに、経費の節減などを中心とした服部家の再建整理の計算書を自分なりに作り、

(御《ご》家《か》政《せい》御《お》取直《とりなおし》趣法帳《しゅほうちょう》)

と題して服部家へ提出した。しかし、服部家ではすぐこれに取り掛からず、これが実施に移されたのは三年先であった。


翌年(文化十三年)の正月のことである。二宮一族の親族協議があり、友吉が、伯父萬兵衛の本家にあたる三郎左衛門の跡取りとして、養子になることに決まった。

せっかく、兄弟二人が一つ屋根の下に住み、これから力を合わせて家業隆盛にと思っていた矢先である。それがふたたび離れ離れになるのである。その点は残念であったが、しかし、養子の話は友吉にとってもいい話である。承諾する以外にない。

こうして、一年間ばかりの兄弟いっしょの短い生活であったが、それに別れを告げ、友吉はふ

たたび金次郎のところから去っていった。

　金次郎はまた一人になり、一人で荒地の開墾や田畑の耕作に精を出し、また田畑の買い入れにも努力していった。


　これまで金次郎は、親戚の者たちから結婚をすすめられていたが、耳をかさなかった。しかし、考えてみれば金次郎もすでに三十歳である。とっくに適齢期をすぎている。それに念願の生家の復興も果たした。

　これから苦楽を共にしようとした弟の友吉も急にいなくなり、淋しくなってしまった。そろそろ潮時かもしれない。

　金次郎の胸の中には一人の娘の名前があった。金次郎が服部家に奉公しているとき、倉蔵という仲間《ちゅうげん》がいて、仲よくしていたが、その倉蔵から、

「おれの妹を嫁にもらってくれないか」

　と言われていたのである。その時はまだまだ早いと思って返事をしていなかったのだが、金次郎は心の中では決めていたのだった。

　こうして翌文化十四年の二月二十八日、倉蔵の妹である、隣村堀之内村の中島彌之右衛門の娘キノと結婚した。金次郎は三十一歳、キノは十九歳であった。

　金次郎は家庭を持った上に、この年（文化十四年）には所有田畑も三町八反余り（約三・八ヘクタール）に達し、村内で二番目といわれる堂々たる自作農となったのである。

　こうして経済的に安定し、家庭に落ち着くと、金次郎は村の風紀をよくするために、村の若者

たちを集めて、話し合いの会などを開いた。

その会では、新妻のキノが作った桜飯《さくらめし》を食べさせ、金次郎が訓話をしたり、若者たちと話し合うのだった。桜飯とは、醤油を少し入れて味をつけた茶飯のようなもので、若者たちは話を聞くこともさることながら、この桜飯を食べるのもたのしみの一つなのだった。

（四）

貧困のうちに父母を亡くし、一家離散した金次郎が、腕一本で村内で二番といわれる大地主に復興したのを、村人たちは驚異の眼で見た。金次郎はこのまま栢山村に落ち着くかに見えた。しかし、世間が金次郎をそうさせはしなかった。ふたたび服部家から呼び出しがあったからである。今度の呼び出しは、服部家への奉公ではなかった。服部家の財政再建のためであった。

当時の世相は、十一代将軍家斉の豪華な生活のためもあって、徳川幕府の財政はますます窮迫し、それに従って各藩も財政難に苦しんでいた。

小田原藩も同様で、納米を抵当にして大坂の倉宿から借り入れた金が巨額に達している上に、商人などからの借り入れも多額にのぼり、財政難にあえいでいた。そこでやむなく、藩士たちの給米を減らし、その減俸がときに五割にも及んだときさえあった。そのため、中流以上の藩士たちは負債に苦しみ、下流の藩士たちは生計に苦しんでいた。

小田原藩の主席家老は、杉浦平太夫が千五百石、次が山本源太衛の千四百五十石、三番目が服部十郎兵衛で千二百石であった。

ところが、服部十郎兵衛について言うと、その渡米《わたしまい》（給与として受け取る米の量）が千二百俵であるべきなのに、実際は四百三俵しか渡されていないのであった。これは、小田原藩の収納減退のために減俸となったり、また服部十郎兵衛の借入金の返済が差し引かれるといったような原因が重なっているためであったが、定められている俸録が実質は三分の一になっているのだった。

そこへもってきて服部十郎兵衛も、用人の関谷周介も、経済には疎い人間であったので、服部家の財政はますます窮迫の度を増しているのだった。

金次郎にはこの辺の事情が、服部家に三年間ばかり奉公しているうちに、ほぼわかっていた。それで生家に帰ってから、その再建策として『御家政御取直趣法帳』を服部家へ献策したのだったが、せっかくの趣法帳も、いまだ手つかずのままだった。

その後の服部家の財政はますます苦しく、文化十四年（一八一七）末には、ついに借金の残高が二百四十六両になってしまった。文化十二年からその推移増減を見ると、

文化十二年末　借金残高　　百八十四両
文化十三年末　借金残高　　二百三両
文化十四年末　借金残高　　二百四十六両

と年々借金がふえ、その元利ともに返済する目途も立たなくなった。

そこで、これ以上放置するわけにもいかず、難局を切り開くべく、服部十郎兵衛が奉行の三幣又左衛門や、代官の鵜澤作右衛門などに相談した結果、

「やはり御家政御取直趣法帳まで作ってくれた二宮金次郎に依頼するしかないであろう」

ということになった。

こうして文政元年（一八一八）に、服部家から使いが来て、服部家の財政の立て直しを頼まれたのである。

しかし、金次郎はすぐには腰を上げなかった。

「服部様のお家の財政再建は、容易なことではありません。わたしのような百姓が、潰れた生家を再興できたのは、農事に精を出し、農民としてなすべき道を勤めたからであります。服部様が小田原藩の中で最高の俸禄を受けながら、莫大な借金を作り、財政が困窮しているのは、武士としての家を治める道をあやまったからではないでしょうか。わたしのような百姓が、どうして武士の家を興すなどということが出来ましょうか。ご辞退いたします。どうか服部様にそのように申し上げてください」

と承諾しなかった。

服部家からの依頼は、千二百石という家老の家の財政再建を、一介《かい》の百姓に任そうというものであった。金次郎にとっては触手の動く、興味があり、やり甲斐のある、光栄ともいうべき仕事であった。

（だが、それは並大抵の仕事ではなく、失敗は許されない。服部家との間に十分な話し合いもなく、十分な用意もなく引き受けたら、失敗するにきまっている）

と金次郎は判断したからだった。

服部十郎兵衛はその返事を聞いて、ますます金次郎への期待感が高まり、その後も信義をつくして、再三再四、依頼してきた。ついに金次郎はその熱意に負けて、

「服部様は、わが小田原藩主の家老であるのに、その財政困窮のために、家運も衰えようとしている。その家運の挽回《ばん》のために、高き身分なのにわたしごとき者に頭を下げ、誠意をもって依頼してきている。わたしがこれを救わなければ、服部家は潰れてしまうであろう。もし、服部家が潰れたら、小田原藩主の大久保忠真公は大変おなげきになるであろう。そう考えると、服部家の不幸は、服部家だけのものではない。小田原藩全体のものである。小田原藩のために服部家を救わなくてはならないのだ。わかりました、お引き受けいたします」

と金次郎はついに承諾した。

金次郎が再三、再四にわたって承諾を拒絶したのは、服部家の財政再建を嫌ったのではなく、また逡巡《しゅんじゅん》したためでもない。相手を焦《じ》らすためでも、かけ引きでもなかった。金次郎はやる気十分であったし、すぐにでも引き受けたかった。しかし、引き受けたからには絶対成功させなければならない。成功させるには、成功する条件をととのえてからスタートしなければならない。

服部家の財政再建は非常に困難である。その困難を乗り越えるには、非常なる決意が必要である。困難な事業が失敗するのは、当人がその苦難に悲鳴をあげ、当初の決心がぐらつき、難事業を放棄してしまうからである。それを事前に防がなくてはならない。

服部家の財政再建が始まれば、すさまじい程の節倹を、服部家の当主も、家族も、仕える者たちも、強いられるであろう。その節倹に、当主の服部十郎兵衛が堪えられねばならぬのである。金次郎は再三の押し問答によって、その決意と自覚を促し、服部十郎兵衛の決意が固まったと見た段階で、承諾の返事をしたのである。

これは、金次郎の戦略の一つともいうべきもので、これから後も大きな復興事業に向かうときは、必ずこの戦略を縦横《じゅうおう》に使って、成功に導くのである。

(引き受けたからには、事業を絶対成功させねばならぬ)

という金次郎の決意の固さが、この方法を取るのだった。

だが、服部家へは承諾の返事を出したものの、金次郎には次の難関が待っていた。それは妻のキノにこれを承諾させることだった。

服部家の財政再建となれば大事業である。かつて服部家へ奉公していた時より、もっと真剣に取り組まなくてはならない。これから五年間は、服部家へ住み込む覚悟で、たびたび家には帰れない。結婚したばかりのキノに、そのようなことが言えるであろうか。だが、言わねばならぬ。

その日、家に帰ると金次郎は、キノを呼んで一気に言った。

「お前も知っているように、服部家からの依頼はたびたびに及んでいる。それでわたしは、これから服部家へ行って、家計の立て直しに力をつくしたい」

「えっ、また服部様のところへ行くのですか!」

キノは驚きの眼をみはったが、その驚きの陰には不満が宿っていた。

「そうだ。行かねばならぬ。行かねば服部様の家は潰れてしまう。わたしは五年間で服部様の家計を立て直して帰ってくる。その間わたしは家を明けることが多く、お前は途方にくれるであろうが、我慢して家を守り、家事につとめてほしい。わかったか」

聞くキノの顔は固く凍りついたようだったが、しばらくして、

「はい」

とだけ答えた。そして答えた途端に、涙が両眼から滑り落ちるように流れた。

言葉では『はい』と答えたけれども、キノの心は、

（そんなことは嫌です）

と叫んでいるのである。

（せっかく結婚したというのに、これから一人ぼっちでこの家で暮らすなんて、そんなことわたしには出来ません。自分の家と服部様と、どっちが大切なんですか。どうして、そこまで服部様のために尽くさなくてはならないのですか）

キノの心は泣いていたが、金次郎の言葉に従わざるをえなかった。

（五）

こうして三十二歳の金次郎は、文政元年（一八一八）三月十六日、新婚の妻キノを家に残して、家計再建のために服部家へ入った。

服部家へ入ると金次郎は、当主の服部十郎兵衛に次のように申し入れた。

「わたしがお引き受けしたからには、五年以内で服部家の財政を再建いたします。しかし、すべてのことを、わたしにお任せくださらなくてはなりません。たとえ小さなことでも、服部様のお考えが入るようなことがあれば、わたしの再建策を成功させることはできません。もし、そのようなことがあれば、かえってお引き受けしない方がいいのです」

すべてわたしにお任せください、余分な口出しをしないでください、と念を押したのである。

当主が口出しをすれば、下の者も口を出す、そうなれば金次郎の言うことをきかなくなり、計画

が目茶苦茶になってしまうからである。

服部十郎兵衛は、それを聞くとよろこんで、

「わかりました。一切口出しはしません。わたしは経済の才がないので家計を安定させることが出来ず、このような財政疲弊に立ちいたってしまった。再建の思慮もつきはてて、そなたに依頼したのであるから、どうして余分な口出しなどをしようぞ。服部家の家計の興廃はそなたに任せたのであるから、どうか思う存分に改革してほしい。わたしもすべて、そなたの指図に従って動くつもりだ」

ときっぱりと言った。そこで金次郎は、

「では、もう少し具体的に申し上げます。御当家の俸禄は千二百石、お渡米《わたしまい》が千二百俵であるべきところ、実際は四百三俵のお渡米しか入っておりません。いわば三分の一の収入しかありません。それなのに、二百四十六両あまりの借金があります。これでは俸禄はあっても名ばかりで、実際は他人の所有になっているようなものです。それに借金も、ご家老の権威をたのんで返済もしないでいるので、考え方がますます安易になり、実際には三分の一しかない俸禄を、いまだに全額あると思いちがいしているのです。なげかわしいことと言わねばなりません」

「うむ、たしかにそうじゃ」

「したがって、これからは常に質素、倹約を守り、家を存続させ、殿様（小田原藩主）の御恩に報いようと忠勤を励むのが、家臣の道と心得ます。それなのに奢侈《しゃし》に流れて、家計が赤字になれば他から借りてこれを埋めるだけなので、その元金に利息がかかって借金は倍増し、一家が没落の危機に直面していることも考えず、ついに家を滅ぼし、殿様の信頼を裏切るようになってし

まっています。どうして服部家が忠義の家臣と申せましょうか」

服部十郎兵衛が、

「まったくわしが至らなかったからだ」

と素直に反省すると、金次郎は言葉をつづけて、

「ではこれからお守りくださる三つのことを申し上げます。食事は飯と汁だけにすること、着物は木綿のものに限ること、必要のないことはやらないこと、この三カ条でございます。これをお守りくださいますか。もちろん服部様だけでなく、ご家族、使用人、すべてでございます」

十郎兵衛はうなずいて、

「もちろん守るとも。そのぐらいのことで家計が再建することが出来れば、これ以上の幸せはないからな」

そこで金次郎は、

「では以上のことを他の皆様にも申し伝えたいので、この場へお集め願えますか」

と服部家の全員を集めてもらった。計画を徹底させるには、直接会って話す必要があるからである。全員が集まると金次郎は、

「服部家の財政が窮乏して、借金が二百四十六両もあるのは、みなさんもご承知のことと思います。このままでは三年もたてば、服部家は滅びてしまいます。もし皆さんの中で、無事に服部家を永つづきさせる方法を知っている者がいたら、わたしに教えてください」

すると使用人たちは口を揃えて、

「いいえ、どうしてわたしたちが知っておりましょう。どうか教えてください」

「あなた方が服部家の無事を願って、わたしにその再建方法を聞きたいというのなら、申し上げましょう。ただいま服部様は、今後五年間、いっさい口出しをせず、全部わたしに家計をお任せ下さると申されました。あなた方も同様、すべて今後は私の指図に従っていただきたいのです。ご異存ありませんか。もしご異存の方があれば、いま、ただちにおいとまをいただいて下さい」

と金次郎が言うと、

「わたくしたちは長いこと服部家へご奉公しています。お家の危機に際しておいとまをいただくなんてことが、どうして出来ましょうか。二宮様が一身をなげうって服部家の安泰をはかるのに、どうしてさからうことなど出来ましょう。お指図に従います」

こうして金次郎は、服部十郎兵衛以下全員の承諾を取り付けると、いよいよ家計再建に乗り出したのである。

（六）

どんな財政の再建でも、その基本は、

（入るをはかって、出ずるを制す）

である。しかし、服部家のように武家の収入は、禄高で決まっている固定収入である。収入を勝手にふやすことは出来ないのである。農民や商人は一生懸命働けば収入がふえるが、武家にはそれが出来ない。

（武家とは不自由なものだ）

と金次郎は、自分が財政再建の責任者となってはじめて痛感した。
『入るをはかる』ことが出来なければ、『出ずるを制す』しか方法がない。収入がふえないのであるから、この収入の中で支出が収まるようにするしかないのである。それでは、どうすればいいのか。

服部家の財政破綻は、支出が収入の枠を越え、それが積もり積もって破綻したのである。だが、ただ、節約、倹約と口で言っているだけでは、実効が上がらない。節約を数字で表す必要がある。すなわち、実行目標を立てるのである。

まずこの考え方を、服部家の中に徹底させねばならぬと思った。金次郎は服部家中の者に、次のようなわかりやすい話し方で、それを伝えた。

「万物には、いずれにも、おおよその限度というものがある。鉢植えの松の木を例にとれば、鉢の大きさによって、松の木の大小が決まってくる。だから鉢が小さいのに、葉をのび放題にしておけば、やがて松は枯れてしまう。枯らさないためには、毎年葉を摘み取り、枝をすかしてやってこそ、松は美しく育つのである。人間の家計も、これと同じである。家計の限度をわきまえずに、春は遊山に興じ、秋は月見の宴をはり、よんどころのない交際だといっては金を使い、親戚の付き合いは大切だといって出費が重なっていけば、家計はだんだん衰えて枯れ果てるに決まっている。だから、その鉢に応じた枝葉を残し、不相応の枝葉を毎年切り捨てねばならない。家計も同じである」

また、次のようにもさとした。

「木を植えるときには、根を切ったならば、同時に枝葉も切らなくてはならぬ。根だけ切って枝葉を切らなければ、根で吸う水が不足して、木は枯れてしまう。枝葉を切り取って、根の力に応じるようにせねばならない。人の家計もこれと同じである。稼ぎ手が減って収入が減るのは、植木の根が減少して、水を吸い上げる力が減ったのと同じである。稼ぎ手が減ったのに、それまでと同じ生活をしていたのでは、家はついに滅亡してしまう。そのためには収入に見合った限度（分度）を立てて、生活の仕方を圧縮しなければならないのである」

こうして金次郎は『分度』というものを人に教えたのである。分度とは、言ってみれば、（自己の能力を知り、それに応じた生活の限度を定めること）である。

そこでまず、金次郎は服部家の分度を、四百三俵と定めた。それは服部家のお渡《わたし》米《まい》は千二百俵なのに、いろいろなものが差し引かれ、実際の収入は四百三俵しかないからであった。それなのにこれまでは千二百俵が入ってくるものとして生活していたので、家計は赤字になり、借金がかさみ、今日の窮状を来たしたのである。四百三俵しか収入がないのだから、四百三俵を限度に生活するよう、目標設定したのである。千二百俵を四百三俵に、すなわち服部家の家計の分度を、三分の一にしたのである。

しかし、分度を四百三俵と設定しても、四百三俵をすべて使っていいというわけではない。服部家には現在二百四十六両という借金があり、さらにその残高は、毎年累《るい》増の方向にある。その返済資金もこの分度の中から生み出さねばならないのである。そのためにはまず経費を節減せねばならない。

そこで金次郎は、食べ物から衣類、そして薪や油にいたるまで、こと細かに計算し、もうこれ以上節約できないという、ぎりぎりの節約計画を立てた。そして、分度である四百三俵から、飯米、給与米などを差し引き、残りを売却して金に代える。そこからぎりぎりの経費を差し引いて、残った金で、借金を返済させた。すると次のように、元利合わせると毎年、六十六両ぐらいは返済できる目途が立ち、借金二百四十六両も、六年もすれば完済できそうであった。これを各年別に記入した「御賄方趣法割合帳」によると、次のようであった。

	元金返済額	利子	合計	借金残高
文政元年	三十二両	三十四両	六十六両	二百十四両
文政二年	三十八両	二十七両	六十五両	百七十六両
文政三年	四十六両	十九両	六十五両	百三十両
文政四年	五十二両	十三両	六十五両	七十八両
文政五年	五十八両	七両	六十五両	二十両
文政六年	二十両	○	二十両	○

この返済計画が出来上がると、金次郎は貸主たちを呼んで、

（これ、この通り六年間ですべて返済する）

と約束し、了解を取り付けた。

こうして、万全の態勢をととのえて財政再建をスタートさせると、金次郎はみずから、下男、下女といっしょに働き、当主の十郎兵衛が外出するときには若党となってお供をした。また夜に

なると、家を治め、国を治める道を、十郎兵衛と話し合って、家計再建の気分がゆるまないようにした。

また、御渡米の四百三俵を、分度と決めた関係から、その分度を厳守するために、御渡米の係は金次郎が担当した。金次郎みずからが御渡米を倉庫から受け取り、その中から取り決めに従って、飯米や給与米、売却米などを引き渡したのであり、金次郎の仕事はますますふくれ上がっていった。

（七）

金次郎が、服部家の家計再建を引き受けた文政元年（一八一八）の八月に、小田原藩主の大久保忠真は老中となり、江戸城へ入った。奏者番、寺社奉行、大坂城代、京都所司代を経ての、老中入りであった。

折りしも幕政は、十一代将軍家斉の下で、表面は華やかでも、世の中は内外ともに多難、混乱の様相を強めつつあった。その舵取りの難しい幕閣へ入って、大久保忠真は政務にたずさわることになったのである。

江戸の赴任に当たって、大久保忠真は十一月十五日に、領内の孝子や、節婦や、行いの奇特な者などを、酒匂川の河原に集めて表彰した。この時、金次郎も農村の奇特者として表彰された。

大久保忠真の懐中控には、金次郎のことを『耕作出《しゅっ》精《せい》他《たの》見《み》競《きそい》』となっており、いわば模範篤農家ということである。これが、金次郎が大久保忠真に会った最初であるが、これがきっかけとなって両者は深い絆《きずな》で結ばれ、その後の金次郎の運命を大きく動かしていくのである。

翌年の文政二年(一八一九)の一月十八日に、金次郎に待望の男の子供が生まれた。金次郎はよろこんで、徳太郎と名前をつけたが、赤ん坊の生命ははかなくて、半月ばかりの生命で、二月二日に死亡してしまった。金次郎は非常に落胆《らくたん》したが、もっとショックの大きかったのは妻のキノであった。その悲しみが引き金となって、離婚問題が持ち上がったのである。

というのは、服部家の財政再建が始まると、金次郎はそれに夢中になり、多いときには一カ月のうち二十二日間も服部家に泊まりこむという工合で、キノのいる家へ帰ってくるのはわずかであった。

その間キノは一人で留守を守り、田畑を耕して家事に励んでいたが、毎日毎日農作業を終えて、誰もいない家に戻り、一人で夜をすごす淋しさに次第に堪えられなくなり、

(金次郎との結婚とは、いったい何だったのだろうか)

と思うようになった。最初、服部家の家計再建を告げられたとき、キノは口には出さぬが、

(自分の家より服部様の方が大切なのですか)

と不満に思ったが、ついに、それが現実になったのである。キノは金次郎との結婚生活に希望を失いはじめていた。

赤ん坊の徳太郎が一瞬はキノに希望を与えたが、赤ん坊が死亡してしまうと、そのショックがキノを絶望へ陥れた。

キノは、家族が力を合わせて農業での安住を願う、平穏な女性であった。それでキノは、

（金次郎は将来を頼むに足らぬ人だ）

と離婚を要求してきた。

キノの申し出を聞くと、金次郎は、キノとの生活をかえりみなかったことを悔い、結婚以来、晴れ着のひとつも新調もせず、やさしい言葉ひとつかけてやらなかったことを不憫に思った。しかし、服部家の家計再建という大船に乗り出した以上、どうすることも出来ず、

「申しわけないのう」

と頭を下げた。だが、

「別れるといっても、そう急ぐこともあるまい。せめて畑に綿の種をまいて、綿花がとれたら欲しいだけ反物を織って、家へ持って帰ったらどうか」

と言った。綿の種をまいて綿花をとり、それで反物を織るという時間的余裕があれば、その間にキノも平静を取り戻して、気持が変わるかもしれないという期待からだった。万が一、気が変わらなくても、買ってやれなかった晴れ着の代わりに、手作りの反物でもいい、持って帰ってほしいという金次郎の願いからでもあった。

しかし、キノは、

「お気持はありがたいが、長くいれば、いるほど、また情が湧いて決心が鈍ってしまいます。すぐおいとまさせていただきます」

と実家へ帰っていった。文政二年（一八一九）の三月、金次郎が三十三歳の春であった。キノとの結婚生活はわずか二年間ばかりであった。

キノとの離婚は、いわば服部家の財政再建が原因といっていい。それで、服部家ではこれを気の毒に思い、金次郎に再婚の世話をした。

ちょうど服部家の上女中をしている、波という娘がおり、彼女を再婚の相手としてすすめたのである。波は十六歳で、金次郎はすでに三十四歳になっていた。

波は、飯泉村の岡田峯右衛門の娘であるが、峯右衛門は、

「三十四歳と十六歳では年が違いすぎはしないか、まるで父と子のようじゃ。せっかく服部様からのお話しではあるが……」

と心配した。しかし、波はすでに上女中をしている間に、金次郎の人となりや、仕事の手腕をよく知っていて、百姓でありながら武家の財政再建に取り組む金次郎の活動振りに、憧れの気持を持っていた。キノが平穏な女性だったのに対し、波は改革のタイプだったといえばよかろうか。

父峯右衛門の心配にもかかわらず、波が、

「金次郎さまなら結構です」

と言い切ったのでこの話はまとまり、この年（文政三年）四月二日に、婚礼が行われた。

いったん破れた金次郎の家庭は、こうして再び一つの形に復興した。そして金次郎の家は、所有田畑が三町八反九畝七歩、小作米収入が三十九俵三斗、自作米が二十四俵一斗、その他に三百五十両ほどの金が動く、幕末の典型的な地主となったのである。

第四章　服部家の財政建て直し

（一）

金次郎が再婚した年（文政三年）の九月、藩主の大久保忠真は広く民間の意見を募集した。大久保忠真はすでに二年前より老中となって江戸城へ入り、幕閣の勤めを果たしていたが、領国小田原の経営にも目をくばり、

（領国の百姓のために有益なことがあれば、何でも申し出よ）

と、民政改革に関する意見を広く求めたのである。

金次郎はかねてより、米の量をはかる『枡《ます》』について意見を持っていたので、その改正案をこの機会に具申した。

枡はどこでも使われる量器であるから、どこでも均一であるべきである。ところが当時の枡は、必ずしもそうではなかった。また米のはかり方にも、一俵の米をはかるのに込米《こみまい》といって、二升、三升と余分に入れるのが習慣になっているところもあった。地主によっては小作人との間に、表面の貢米高を低くして、込米を多くする者もあり、またその反対の場合もあり、地方によってそのはかり方がまちまちなので、農民は苦労していた。

大久保忠真が領する小田原、足柄、駿東、伊豆においても、一俵に四斗一升枡から、四斗二升

枡、四斗三升枡まであり、その枡の種類も十八種もあるという始末だった。そのため百姓は毎年、五千俵も年貢を余分に取られたという。だから百姓は、年貢米を納めるときにも、小作米を地主に納めるときにも、一般に米を売買するときにも、どの枡を使っていいのかわからず、大変困り、物議がたえなかった。

百姓たちがこの『不揃い枡』で長い間苦しんでいたことは、金次郎の父の利右衛門も生前なげいていたので、金次郎も、この父のなげきを解決したいと、つねづね念願していた。

それで金次郎は、今回の大久保忠真の民政改革意見募集に、

（枡の統一）

を献策したのである。この考えは直ちに大久保忠真の目にとまり、

「では、小田原や江戸屋敷で使っている枡がどのようになっているか、調べてみよ」

という指示が出た。

そこで金次郎は、これまで使っている古い枡や、また市中で売られている枡をことごとく調べてみた。そして、どれも標準枡として役に立つような枡がないことを報告すると、

「では、なにかよい方法はないか」

と下問され、金次郎が枡の設計を任されたのである。

もともと一俵は三斗七升入りだったのが、藩の地方役所が取扱手数料として勝手に三升を加算していた。その上、さらに枡の不同や、計り減りなどによって、総量四斗に不足を生じないための用心に、さらに一升から三升までも加算して取り立てることが黙認され、百姓は泣き寝入りさせられていたのだった。

そこで金次郎は、もともとの三斗七升を基準にして、これに量耗分として十パーセント（三升七合）を加えて、四斗七合とし、端数の七合は切り上げて、一俵を四斗一升と計算した。すなわち、当時の習慣の最低線に合わせて、藩当局を納得させたのである。

そして、次はどのような枡で計れば、一俵の米が計れるのか、その枡の工夫を金次郎はした。一枡で四斗一升が入る枡では大きすぎるので、三杯で四斗一升になるような枡を工夫した。そして、この新しい枡を、『米』という文字に根拠をとって、まずその深さを八寸八分と決めた。

では、枡の深さを八寸八分とすれば、枡の縦横はどのようにしたらよかろうか、それを計算する必要があった。枡の容量は四斗一升の三分の一であるから、この三分の一を八寸八分で割った数値を開平しないと（平方根を求めること）、枡の縦横の寸法が出ないわけである。

しかし金次郎は、この開平法を独力で勉強して、枡の縦横を一尺三厘三毛余と計算したのである。

金次郎は、三厘三毛余は切り捨てて、縦横《たてよこ》一尺三厘三毛の正方形、深さ八寸八分の枡を作った。

しかしこの枡の三杯では、四斗一升に少し足りないのである。そこで縦横を一毛ふやして、一尺三厘四毛としてみた。すると四斗一升一才一六四余となり、四斗一升を越えてしまった。この余剰の一才一六四余は、米粒にすると七十五粒である。

そこで、一尺三厘三毛にするか、一尺三厘四毛にするか、藩にお伺いしたところ、藩はご仁恵をもって一尺三厘三毛にせよというので、結局、一尺三厘三毛四方の正方形の枡に決定した。

すなわち、この枡で三杯はかると、ちょうど米の一俵になるわけである。

この最終案の枡を作って提出すると、小田原藩の役掛りではこれをいろいろテストしたり、相談したり、また江戸屋敷へも伺って、直接、大久保忠真にまで意見を聞くと、

「その枡がよかろう」

ということで、金次郎案の枡が採用になった。

このようにして金次郎の枡によって、公正な徴税が実現し、長い間苦しめられていた枡の問題から百姓は救われ、百姓は年間で五千俵ほどの減税を実現したわけだった。

この褒賞として金次郎は一年間の年貢を免除された。この事は、金次郎が服部家の家計再建に入り、酒匂川の川原で大久保忠真から表彰を受けた年から三年目、金次郎三十四歳の秋であった。結婚したばかりの若い妻の波は、晴れがましい夫の顔を、

（やはりわたしが決めた夫だけある）

と頼もしげに見上げた。

（二）

さて、問題は服部家の財政再建である。その後の進歩状況はどうなったであろうか。

金次郎は、服部家の借金二百四十六両を六年間で返済する計画を立てたが、その実績をみるとあまりうまくいっていなかった。

たとえば、初年度の文政元年末には、前年末より十四両減少しているが、文政二年末や文政三年末には、減少するどころか、増えていた。すなわち文政二年の計画は三十八両の減なのに、実

績では三十七両の増、文政三年の計画は四十六両の減なのに、実績はなんと九十九両の増と、大幅に狂ってしまっていたのである。

この結果、二百四十六両であった借金の残高は、文政三年末には三百六十八両と、逆に増加する始末だった。

この主な原因は、小田原藩主大久保忠真が老中となり幕閣入りをしたので、それに伴い家老の服部十郎兵衛も江戸詰めとなって、経費が急増したためであった。それに加えて十郎兵衛が小田原からいなくなったために、家計節減の気分がゆるんでしまったのも、否めなかった。

金次郎はなんとかせねばならぬと思い、まず、服部家の邸の広さに目をつけた。そして、邸内の空地や藪林を切り開いて、菜種や、荊豆、梅、竹木などを育てて収入を図った。しかし、この程度のことでは、大勢を挽回することは出来なかった。

(もっと抜本的な計画を立てなくてはならない)

そう考えた金次郎が計画したのが、(米の投機)と、(低利資金を借りて利息を節約すること)の二点であった。

金次郎という人間は、これまでの生家復興の経過を見てもわかるように、仕事にかけては、したたかな力量を持っている男だった。倹約だけでなく、人がやらないような事もどしどしやった。すなわち、積極策と消極策の両方を組み合わせて、計画を成功させていくのである。

服部家での仕事もそうだった。服部家の分度を決め、それを守るためにきびしく倹約させている。しかし、それだけでは限界があった。なにか積極策をやっていく必要がある、と考えた金次郎は、米の投機を始めたのである。

糧米や蔵米を買って、値上がりをまってこれを売り、利益を上げようというのである。金次郎はこれまでにも、米や薪を売って儲けたり、また近辺の農家から米販売委託を受けたりした経験から、米の投機には自信があった。

そこで、ぼつぼつ米を買い集め、その量が千六百三十七俵という厖大な数量になった。しかし、これを売却したところ、百両の大損と、見事に失敗してしまったのである。慎重な金次郎にしては珍しいことである。

やはり、生兵法《なまびょうほう》は怪我のもとで、専門家である米穀商の方が一枚上だったのである。しかしこの損失を、服部家の家計に押しつけるわけにはいかなかった。そこで金次郎は、この損失は自分の勘定で処分し、これまで蓄えてきた貯金を下ろして、穴埋めした。そのため米の投機の損失は、服部家の財政を傷つけなくてすんだのである。

しかし、家老の服部家が三百両ていどの借金で右往左往しているのに、一介の金次郎がたとえ自分の失敗とはいえ、ぽんと、百両もの金を投げ出して平然としているのには、金次郎の底力に圧倒される思いである。

(三)

米の投機に失敗した金次郎は、二番目の計画である、

(低利資金を借りて、利息を節約する方法)

に取りかかった。

借金していると、その利息は馬鹿にならない。服部家の借金はすでに三百六十八両にもなっているから、その利息だけでも一年間に五十五両は払わなくてはならなかった。そのため利息の支払いに追われて、元金の返済にまで手が廻らず、借金は雪だるま式にふえるばかりである。借金魔から脱する第一歩は、まず、この利息の軽減が必要である。そのためには、今の借金を、もっと利息の安い借金に切り替える必要があった。

金次郎が考えたのは、八朱（八パーセント）という低利の金を小田原藩から借りて、その金で、服部家の利息の高い借金を返してしまうことである。そうすれば相当利息が節約できる。いわゆる借金の肩代わりである。

ただし、金次郎のこの八朱金の計画は、服部家の家計再建のためだけのものではなく、小田原藩の藩士たち全部を対象としたものだった。当時、家計が困窮していたのは服部家だけでなく、家老や奉行たちも同様であり、とくに、下級武士の窮迫ぶりには悲惨なるものがあり、彼等も救助する必要があったからである。

そこで金次郎は、賄方《まかないがた》家老の吉野図書、それに早川茂右衛門、三幣又左衛門などに、八朱という利息の安い金を二千両、小田原藩から借りる相談をした。そして、服部家がその金で高利の借金を返済すると同時に、その恩恵を小田原藩士の全部にも及ぼすのである。藩士たちもこれによって長期の借金を返済し、また貧困な下級藩士もこれによって生活の基礎を固めることが出来るわけで、以上を取りまとめて小田原藩主の大久保忠真に献策したのである。

しかし、小田原藩の財政も苦しく、いったん減らした藩士の給米も元に戻せぬ状態であり、また、大坂商人からの借入金も相当多額になっていた。そこで要望した二千両の八朱金も、半分に削られて、一千両になってしまった。しかし、利息の安い金が一千両も藩から借りられたのだから、大助かりだった。

金次郎は、藩の財政が苦しいのにもかかわらず、要望に応えてくれた藩主大久保忠真の思いやりの深さに感激して、ひそかに心の中で両手を合わせた。

この八朱金一千両の使い方については、最初から家老の吉野図書と金次郎の間で諒解がとりつけてあったので、一千両のうち、実に四百五十九両という破格の金が、まず服部家へ貸し出された。そして、二百四十一両が中級藩士の救済に貸し出され、残り三百両が貧困な下級武士への貸し出しとなった。

服部家では、この四百五十九両で、三百六十八両にもなっていた高利の借金を全額返済した。その上に、家計再建を預かる金次郎の手許に、九十一両が余裕金として残った。この余裕金を小田原の商人などに貸して利殖をはかり、その利息を積み立てていけば、将来、服部家に三百両ぐらいの蓄積を貯えることが出来、服部家の財政建て直しの決め手になるのではないかと、金次郎は希望を持った。

しかし、八朱金の、四百五十九両は、たとえ利子は安くても、貰った金ではない、返さねばならない金である。では、どうすれば返済が可能であろうか。

その返済方法として金次郎は、服部家の収入である御渡米《おわたしまい》四百三俵の中から、毎年、九十俵を、十五年間、八朱金の返済資源に充てることにしたのである。すなわち、服部家の実質的分度は、これまでの四百三俵から、返済用の九十俵を差し引いた三百十三俵へと減るわけで、服部家の家計は、これまでよりもさらにきびしい節約を求められるわけであった。

次に問題になるのは、下級武士に貸し付ける三百両の方法であったが、金次郎は賄方家老の吉野図書に、

（五常講貸金）

の方法によって貸し出すことを進言した。

五常講貸金は、すでに六年前の文化十一年に、金次郎が服部家に奉公しているとき、服部家の用人、仲間、女中たちの間に作った相互扶助金融制度で、その後も引きつづき活動しており、節約した金をみんなで積み立てておき、困った人が出るとこれに貸してやる方法で、今日の信用組合と同じような制度である。それは「借りた金は絶対に返済する」という信用の保証として、儒教が定めた五つの徳、仁・義・礼・智・信を守ることができる人をもって会員にするという、きわめて倫理性の強い、すぐれた信用システムであった。

当時、俸禄だけでは生活できない小田原藩の下級武士は、筆を作ったり、小田原提灯を作ったり、竹の皮で笠を作ったりの内職をしてなんとか生活をしていたが、次第にその内職の材料代にも困るようになっていた。材料代の支払いが遅れれば材料代が高くなり、材料の仕入れも思うままにならなくなってくる。すると毎日の米にも困窮し、二割の利息を米屋に払って米を借りて、辛うじて生活するという窮状ぶりであった。

こうした下級武士が五常講貸金から金を借り、その金で材料を仕入れて内職をやりやすくし、稼いだ金で借金を返済していけば、次第に生活も安定してくるであろうというのが、金次郎の進言の主旨であった。

しかしよく考えてみると、この八朱金貸出の発想は、服部家の家計再建もさることながら、金次郎の本当の狙いは、この下級武士の救済にあったのではなかろうか。また、そのような救済策であったからこそ、賄方家老の吉野図書も相談に乗り、藩主大久保忠真も決断したのではないかと思われる。

ともあれ三百両もの大金が、貧困下級武士のために放出されたのはよろこばしいことであった。だが、三百両という大金を、貧困にあえぐ下級武士に貸すのである。返済資源は不安定で、担保となるような物はない。とすると、

(物を担保とするのでなく、心を担保に貸す)

という五常講貸金方式が、一番ぴったりなのである。

そこで五常講の内容を家老の吉野図書に説明すると、

「うむ、そんな立派なやり方が服部家の中にはあったのか。すぐそれを小田原藩の中にも広めようぞ」

と、ただちに許可になった。

しかし、服部家の五常講は、主として仲間《ちゅうげん》、女中たちが対象で、人数も少なく、金額も小額であった。ところが今回は、対象が小田原藩全体ということなので、人数も多いし、金額も多い。また貧困層とはいえ、相手は武士である。服部家でやったものを、そのまま使うわけにはいかなかった。もっと別の仕組みに作り直す必要があった。

そこで金次郎は、服部家五常講を基にして、小田原藩五常講を作った。その概要は次のようであった。

下級武士への貸出基金は三百両である。そこで百両を一組にして、三つの組を作った。そして一組の加入人員を、百人とした。

すなわち百両を百人が運用する、それが三組ある、という方式である。そして、この百名が連名記帳して、連帯責任を取る。

借り入れが出来るのは一人一両で、利息は無利息、貸出期間は最長、百日間である。一人が重複して借り入れすることは出来るが、一人の最高借入額は三両とした。

次に金次郎が工夫したのは、万が一、返済がとどこおった場合の処置である。

もし一組の中で、一両借りた一人が百日たっても返済できないときには、帳簿に記名したその当事者の名前から、下へ記名した十人の者が、一人、七百文ずつ連帯して弁済することにした。(七百文の十倍は七千文で、これを七貫文ともいい、ほぼ一両にあたるからである)。

そして、この連帯責任による返済が完了するまで、次の貸付を停止するのである。返済が完了すれば、また貸付が再開される。したがって借りた人間は、返済をとどこおらせると他人に迷惑がかかるので、絶対返済を遅らすことが出来ないわけである。

すなわち、小田原藩五常講は、三百両を、一人一両ずつ、無利息で、下級武士に貸し、連帯責任によって短期に返済させ、返済された金はまた貸し出され、繰り返し繰り返し貸し出される。そして、この回転回数が多くなればなるほど、貸し出しの効力は増進されるという、近代的な融資システムの先駆ともなるべきものであった。

そして金次郎はこの三百両については、

「この三百両は聖人御伝受の金である。仁、義、礼、智、信、の道さえ守れば、一年間つづけて融通される。もし一人がこれにそむいて違約すれば、中断されて、融通されないことになる。世の中は道（約束）によって金が融通されるのである。借りた者は、借りた時の心を忘れずに返済する、それがただ一つの道である」

とのべて、『聖人御伝授の金』と名づけて、金融（経済）の強い倫理性を強調した。

かくして、小田原藩士の円滑な金融の道が開け、生活の常道を歩むことができたのである。

文政三年（一八二〇）十一月、金次郎が三十四歳のときであった。

こうして金次郎の仕事は、五常講による下級武士への三百両貸付と、服部家の九十一両の利殖運用の二本建てで、進められていったのである。

しかし、服部家の建て直しは計画の五年をすぎても、完成しなかった。その間に当主も十郎兵衛から波江《なみえ》に代わり、誓約も必ずしも忠実には守られなかった。そのため、金次郎の献身的な努力にもかかわらず、実際に服部家の整理が終わったのは、三十年も後であった。

第五章　桜町領の復興事業

（一）

小田原藩は地勢的にいうと、相模国（神奈川県）の足柄上郡、足柄下郡を中核に、駿河の一部、伊豆の一部、それに下野や播磨や河内の一部をあわせ領有し、江戸譜代の中藩である。その開祖は、天正十八年（一五九〇）に徳川家康の関東入国とともに、その重臣の大久保忠世《ただよ》が領有するに始まった。（大久保忠世は有名な大久保彦左衛門の父である）。

その後、阿部氏、稲葉氏、そして時には幕領と、藩主は代わったが、貞享三年（一六八六）に、老中を勤めていた大久保忠朝《ただとも》が、ふたたび下総佐倉（現在の千葉県佐倉市）から小田原藩へ移封された。小田原藩は、初代忠世の子の忠隣《ただちか》が改易されてから七十二年目にして、ふたたび大久保家が藩主に返り咲いたのである。

忠朝の入部した時の石高は十万三千石であった。その後、元禄七年（一六九四）に一万石の加増を受けて十一万三千石となり、そのままの石高で幕末に及んでいる。

元禄十一年十月に忠朝が隠居して、長男の忠増《ただます》が家督を相続し小田原藩主となったが、そのとき、新田六千石を弟の教寛《のりひろ》（相模萩野山中藩）に、四千石をもう一人の弟の教信《のりのぶ》に分け与えた。この教信は宇津氏をついで、江戸の芝西久保に邸を持っていたが、その与えた所領が、下野国《しもつけ》の桜町領であり、後に二宮金次郎が活躍する舞台となるのである。

大久保家はこの忠増の時代から、財政難に陥っていった。

元禄十六年の大地震では、小田原城が倒壊したほか、城下や領内の家屋の倒壊が九千五百軒、死者も二千三百人に及んで、幕府から一万五千両の借金をして急場をしのいだ。

さらにつづいて、宝永四年（一七〇七）には富士山が大噴火して、領内の大半が砂礫《されき》で埋もれ、やむなく領地の半分ほどを幕府に返還して、その替地をもらうということで切り抜けた。

また大久保家は、箱根以下六カ所の関所の警備を命じられており、また寛政四年（一七九二）には海防体制を立てることを指示され、現在の藩主大久保忠真になってからの文政三年（一八二〇）に、相模湾防衛の責任を負わされるなど、小田原藩は江戸から東海道へ出た最初の城下町であり、東海道の要所であったので、幕府から課せられた任務が重かった。その重荷が、ますます藩財政を窮迫させていたのである。


さて、現在の藩主大久保忠真は文政元年より老中となり、徳川幕閣の中にあって天下の政治にたずさわり、名君の評判が高かったが、天下の政道だけでなく、自分の領国小田原藩の財政窮乏も、なんとか立て直したいと思っていた。だが、残念なことに小田原藩の重臣の中には、これを再建できるような手腕の者が一人もいないのであった。するとその忠真の耳へ、

（二宮金次郎が服部家の困難な財政整理を見事にやってのけた）

という情報が入ってきたのである。すでに忠真は、枡の改正や、酒匂川原での表彰や、五常講貸金の進言などによって、金次郎のことを知っていた。そして、とうとう服部家の家計再建もや

りとげたのかと思うと、

（それなら金次郎を抜擢して、小田原藩の財政再建もやらせてみてはどうであろうか）

と思ったのである。

そこで家臣に相談した。しかし、それにははげしい反対があった。封建制度の網の目は至るところでほころびはじめているとはいえ、士農工商の秩序は厳然と固く、いくら手腕があるとはいえ、百姓あがりの金次郎が、藩の財政に介入するなどということは、とうてい容認できるものではなかったからである。

「いくら殿のご命令とはいえ、百姓を抜擢して家臣の上位にすえ、藩政を担当させるなどということは、世間が納得いたしません。小田原藩の武士は衰えたりといえども、一百姓の指揮下に立ったということになれば、どうして領民に対する権威を保つことができましょうか。我々は代々、藩主からのご恩を受け、民を治むるを任務とする武士であります。いくら二宮なる者が賢人であるといっても、そのような民から教えを受け、民から命を受けて、民の指揮に従うなどということは、絶対できません。その上、二宮の説くところは、仁義礼智信の五常に基づくものであり、儒教が説くところと大して変わりません。儒教といえば、我らの方がよく研究しており、もし教える立場に立つとすれば、我らこそがそうであり、二宮ではない。もし殿が強いて二宮の下に立てと命じるのであれば、我らは死をもってこれにお応えし、先祖に対してわびる外はありません」

江戸詰めの重臣も、国許の家臣の反対もすさまじいのであった。忠真にも武士の誇りは痛いようにわかった。かくも反対の意見が強いとあっては、大久保忠真も、

（物事がわからないにも程があるが、しかし、家臣たちの気持がそうであっては、人の気持を無視してやっても、成功しないであろう。賢人を抜擢するのも、事を急いではならぬのだ。やはり藩論がそこまで至っていないのだ）

と歎息し、やむなく小田原藩の財政再建への金次郎の登用をあきらめた。

だが、大久保忠真は金次郎のことを忘れることが出来ず、

（なんとかして金次郎の手腕を活用する方法はないものか）

と考えるうちに、ある一つのことを考えついたのであった。

（たとえ小田原藩でなくても、金次郎に他の藩の財政再建の仕事をさせ、それが見事に成功すれば、その業績は認めるであろう。そのような実績があれば、彼等も金次郎の手腕を認め、小田原藩の財政再建も許すであろう。これはいささかまわり道ではあるが、現在のところは、これが最上の方法であろう）

この時、大久保忠真の頭に浮かんでいたのが、分家である宇津家の所領桜町の再建だったのである。

（二）

旗本の宇津釩《はん》之助は、小田原藩主大久保家の分家で、下野国芳賀郡物井村、横田村、東沼村、石高にして四千石を知行し、桜町はその三カ村を管掌する陣屋の所在地であった。（物井村と横田村並びに桜町陣屋は、現在栃木県芳賀郡二宮町、東沼村は真岡市の一部である）。

分家したのは、元禄十一年（一六九八）に小田原藩主大久保忠朝が隠居して、長男の忠増《ただます》に家督をゆずったとき、三男の教信《のりのぶ》を宇津姓をもって分家し、下野《しもつけ》国桜町の三カ村、四千石を与えたことによる。現在の宇津釩之助は、教信より数えて五代目である。

公称は四千石であるから、四千俵の納租がある筈である。しかし、分家した当初からその実力はなく、実際には三千百俵ほどの納租しかなかった。すなわち、当初からすでに表高と実際の石高とが、喰い違っていたのである。

というのは、当時の下野《しもつけ》の地域は、土地は痩せていて、作物も乏しく、人の気風もその土地柄を反映して勝手気ままで、無頼の徒が多く、遊び好きで、怠惰であった。そのため、互いに利益を争って訴訟が絶えず、ややもすると武器をとって闘うこともあった。したがって、田畑は荒れて貧しく、民家は狐や狸のすみかになるものもある始末だった。

すでに正徳元年（一七一一）には、風損による年貢の減免を要求して、物井村と東沼村の名主や村民が江戸へ訴訟を起こし、名主と組頭は罷免になった。その後には、慢性的な耕作放棄や夜逃げがあった。

また、延享年間（一七四四〜四七）の訴訟は、夜逃げのために耕作者のいなくなった田の、年貢減免の訴えであった。しかし、訴訟を指揮した農民は死罪となり、家財は没収された。

農民が米を作れば、米は年貢で取り上げられて、農民の手に現金が入らない。しかし、畑作物として野菜などを作れば、市場へ売って現金を手にすることが出来た。税はその現金収入の中から払えばいい。いわば畑の収穫物は農民の唯一の現金収入の道といってよかった。そこで、桜町領の農民たちは野菜などを作っては、真岡《もうか》町の市場へ売りにいく。すると、真岡町の町人たちとのつながりが出来て、肥料代や生活費までも、真岡町の町人から借金するようになり、文政の頃になると、百五十軒ばかりの農民が、千両もの借金を負うまでになってしまっていた。

すなわち、今日の生計を借金で支え、あるいは他国へ奉公に出たり、また日雇駄賃、小売商、漁業などの、余業のみをもって生業とするようになった。そのため一日の収入の増減が、たちまちその日の生計を左右し、本業である農業を怠っているので、毎日の食糧が不足し、次第に村の風習は悪化して、賭事や強請、紛議などが絶えないようになってしまった。

そのため村を見捨て、土地を離れていく者も年々増加し、元禄十一年には四百三十三軒あった家数も、文政の時代に入ると百五十六軒へと減ってしまい、人口も元禄十一年の千九百十五人から、七百四十九人へ半減するという衰退ぶりであった。

そのため、年貢米も当初は三千百俵あったものが、次第に減じて、文政の頃に入ると、八百俵ほどと、四分の一になってしまっていた。

そんなところから宇津家の家計も次第に苦しくなり、安永九年（一七八〇）には、翌年の年貢米を抵当に、江戸京橋の商人から五十両の借金をし、また寛政七年（一七九五）には、同じ商人からの、無利息二十年賦の二百両を、初年度から返済しなかったために訴えられ、やむなくその商人を三人扶持《ぶち》の家臣待遇にして、後始末をしたという工合であった。また天明六年（一七八六）には、洪水のために本家の大久保家から六百両を借用するなどして、たえず本家の援助によって辛うじて家を支え、当主の釩之助は幕府への出仕もできぬ状態であった。

しかし、その本家である大久保家にしても、鴻池《こうのいけ》をはじめとする京坂の商人四十人ほどからの借金を重ねて、やっと財政のやりくりをしている状態であったから、いつまでも宇津家の面倒ばかり看ているわけにはいかなかった。

そんな宇津家の状態を心配した大久保忠真は、桜町領の村人を指導し、農業を勧め、財政の再建をするために、これまでに小田原藩の家臣の中から手腕のありそうな人を選んで、桜町領の復興に当たらせ、その費用として何千両という金を下賜してきた。ところが、その者たちも現地に行くと、口先ばかり巧みな村人にだまされたり、村人の反抗を受けても適切な対処が出来ないので、他国へ逃げのびたり、また失敗して小田原へ帰ってきて処罰される者も出る始末であった。

それなのに、小田原藩の家臣たちは誰も、自分から、

(わたしにこの仕事をお任せください)

と言ってくる者はいないのだった。

大久保忠真は、このような事態を大変残念に思っていたので、

(桜町領の復興を二宮金次郎にやらせてみてはどうか。金次郎ならば、必ずやりとげるにちがいない)

と考えついたのである。

(もし成功すれば、家臣の誰もが成し得なかったことを成しとげたのであるから、誰もが金次郎の手腕を認めるであろう。そうなれば、その実績の上に立って、金次郎に小田原藩十一万石の財政再建を任せても、誰も反対する者はないであろう)

と決意を固めた。

そこで忠真は、宇津家桜町領の復興を金次郎に指示した。

一方、金次郎の方にも、大久保忠真が金次郎を抜擢して小田原藩の財政再建をさせようとした

が、家臣の反対で実現しなかったことや、宇津家の惨状なども耳に入っていたので、

(これは大変なことになった。うっかり引き受けたらえらいことになる)

と慎重だった。そこで金次郎は、

「わたくしのような身分の卑しい者が、どうしてそのような大事業をお引き受けすることが出来ましょうか。わたくしは農家に生まれ、ひどく貧しい中で育ちました。それで、ただ農具を握って田畑を一生懸命に耕し、先祖の余徳にあやかって、やっと落ちぶれた家を再興できたのにすぎません。どうしてご指示のような、国を興し、民心を安らかにするようなことが出来ましょうか。殿様のご命令がいかに重いといえども、わが身の非力を省みれば、とてもご命令をお受けするわけにはまいりません」

と固く辞退した。

しかし、この返事を聞くと、忠真はますます金次郎への信頼が高まり、礼を厚くし、言葉をつくして、再三、再四にわたって命令を伝えて、あきらめようとはしなかった。

また、忠真の決心がそこまで固いのを知ると、反対していた家臣たちも、

(小田原藩のことではない。宇津家のことじゃ。分家のことにまで我らが反対することなかろう)

と、態度も軟化してきた。

一方、金次郎の方にしても、いったんは固辞したものの、服部家の財政再建という仕事から、さらに宇津家桜町領の復興という大仕事へと拡がろうとしているのである。いわば、活躍の舞台が一段と大きく拡がるわけである。しかも、それを推めるのは老中の地位にある小田原藩主の大

久保忠真である。もし、これが成功すれば、小田原藩の財政再建へと舞台はさらに拡がるわけであり、金次郎にとっても、やり甲斐のある仕事といえた。

（この機会を逃す手はない）

と金次郎の男としての野心が、心の奥底でそう決めた。

しかし、問題はそのチャンスの摑み方である。今度の仕事は服部家の財政再建などとは較べものにならない、難事業、大事業である。それを成功させるには、忠真や、宇津家の当主の釩之助の決意が、途中でゆらいではならない。また、事業を遂行するには、桜町領を一手に掌握する指導権を、金次郎が握る必要がある。それを握らないままに安易に引き受けては、成功はおぼつかない。

服部家の財政再建を引き受けるときにも、最初、時間をかけて、服部十郎兵衛の決意を固めたが、それが結果的に成功の主因といえた。金次郎の対応が慎重なのは、心の底にそのような奥深い戦略を秘めていたからだった。

忠真からの命令が、再三、再四にわたると、その決意の固さが確認できたので、これ以上は引きのばしが出来ぬと思った。金次郎は、

「殿様からの度重なるご命令に、もはやこれ以上お断りすることができなくなりました。どうしてもやれと仰せになるのであれば、一度現地に行って、土地や、人々の気持の荒廃の様子や、その原因をよく調べ、再建が可能かどうかを確めてから、ご命令を受けるかどうかを決めさせていただきたい」

と答えた。まず調査をしてからというわけである。忠真は、

「それはもっともじゃ。では、すぐ調査をするように」

と、金次郎に桜町領の実地調査を命じた。

(三)

命令を受けると、金次郎は文政四年(一八二一)八月一日、桜町領を調査するため、栢山村を出発した。金次郎は三十五歳になっていた。

金次郎は桜町領に着くと、農家を一軒一軒たずねて、その働きぶりや貧富を調べ、田畑に出かけては、その地味や作物の出来工合を調べ、村人が勤勉であるか怠惰であるかを観察し、田畑への水利の状況を見きわめ、また昔の風俗や現在の風俗までもよく調査した。

それも一回だけでなく、栢山村、桜町領、江戸の間を何回も何回も往復した。その辺の事情を金次郎は、

(野州《やしゅう》芳賀郡《はがごおり》桜町御用雑用控帳)

という記録にとどめているが、その経過は江戸にいる大久保忠真へも報告し、その意見も聞きながら調査を進めた。文政四年八月から十二月までの約半年間に、四回ほどの調査をした結果、桜町領内の荒廃の程度や、その原因、肥えた田畑と痩せた田畑の分布状況や、民俗風習、生活の程度などが、ほぼわかった。

こうして金次郎は、再建の可能性をはっきり見きわめることが出来たのであるが、この調査で特筆すべき点は、年貢帳を昔にさかのぼって調べて、

（御知行所三カ村古今盛衰平均土台帳）を作り、過去の貢租の実績から計算して、今後の年貢のあり方を割り出した点である。

このように、金次郎が時間をかけて過去のことまで徹底的に精細に調べあげたのは、再建策というものは単に頭の中で考えたものでは駄目で、実際の現地調査の上に立った現実的なものでなくては成功しないという現場主義と、その計画を、大久保忠真をはじめとする大久保家、宇津家の者に理解させるには、これだけ綿密な調査の上に成り立った計画だから間違いないと、計画に信憑《ぴょう》性と確信性を与えるためだった。（以後、金次郎は幕末に至るまで、多くの財政再建策を行うのであるが、その成功の秘訣はこの綿密な事前調査にあった）。


年が明けた文政五年一月、金次郎はこの調査を答申書にまとめ、大久保忠真に報告、進言した。

「ご指示いただきました桜町領の復興につきましては、直接現地に行き、土地の状態と民心を観察し、再建の方法を考えました。土地はいたって痩せて、村人の無頼、怠惰ははなはだしいものがあり、非常に困難と思われます。しかしながら、彼らの心をふるい立たせるのに仁の精神をもって対処し、村人に古くから染みこんだ悪い習慣を改善し、農業に励むように指導すれば、復興の道がないこともありません」

「うむ、基本は仁政じゃな」

「さようでございます。たとえば、江戸の日本橋と巣鴨を例にとってみましょう。日本橋は家賃が高くても、商売をすれば大きい利益が上がりますから、商人はすすんでそこに住み、そして富を得ます。しかし、巣鴨のようなところは（この頃の巣鴨は農村であった）、金銀の融通や商売の利益が少ないために、たとえ家賃が安くても、人々は住むことを望みません。したがって、貧困はまぬがれません。すなわち上国は、租税が高くても人々の利益が多いので繁栄し、下国は、租税が安くても田畑の生産が少ないので、難儀はまぬがれないのです。これは土地の状態が、よいか、悪いかの結果です。したがって、下国を上国と同じように繁栄させようとすれば、仁政を行わなければなりません」

「なるほど」

「また温泉を例にとれば、温泉は人の力によらず、いつも温かです。ところが、風呂は人の力でわかすことによって、はじめて温かくなるのです。しばらく火をたかないでおくと、すぐ冷たい水になってしまいます。上国は温泉のようで、下国は風呂に似ています。すなわち仁政を行うときは栄え、仁政が行われないときは衰えるのです。したがって、下野国桜町の荒廃を救い、末長く民心を安んじようとすれば、仁政のほかに道はありません。厚く仁政を行ってその苦しみを取り除き、安泰、繁栄に導いて、恩恵を施し、すさんだ人情を改善し、土地の尊い理由を教え、田畑の耕作に力をつくさせることです。したがって、その再建に何万両の金が必要かは、予算を立てることも不可能です。以前、殿様は桜町領の再建のために、援助費とか補助金とかいって、多額の金を下賜されました。しかし、お金を下賜されたために、かえって再建が成功しなかったのです。したがって今後は、決して一両も下賜なさらないように願います」

忠真は、ちょっと首をかしげて、

「そなたの言う仁政はまことにもっともであるが、しかし、金を使っても再建できなかったものが、金を使わないで、どうやって村を立て直すのか」

「殿様がお金を下さるのはありがたいことですが、お金を下さると、人々はいつも金をいただくことばかりを願って、殿様のお恵みに慣れてしまい、かえって勤勉の気力を失ってしまうからです。また、そのお金をめぐって、『名主が金を手に入れようと、不正を行った』と村人は言い、名主は、金が村人の勝手にされることばかりを心配して、お互いの間がうまくいきません。互いに非難しあったり、自分の利益ばかりを考えて、人心は荒れすさみ、かえって復興がうまくいきません。これは、金の力によって復興しようとするからであります」

「うむ、そなたの言う通りかもしれぬ。それでは、金を使わないで村を復興する具体的な方法を、教えてほしい」

「荒廃した土地を開墾するには、荒廃した土地自身の力をもってやり、貧しい者を救うには、貧しい者自身の力をもってやればいいのです」

「うむ、具体的にはどういうことじゃ」

「たとえば、荒廃した田を一反開墾し、そこから一石の米が生産できたとします。半分の五斗は食料としますが、半分の五斗は貯えておいて、来年の耕作の元手《もとで》とするのです。毎年このように余剰を残しながら耕作を続けていけば、とくに金を投入しなくても、多くの荒地を開墾することが出来るわけです。秘訣は取れた米を全部食べてしまわないで、その一部を蓄積していく点にあります」

「うむ」

「考えてみますとわが日本の国は、開闢以来、何万町歩という田を開墾してきましたが、最初から外国から金を借りてやったわけではありません。必ず一鍬、一鍬から、開墾したのです。いま桜町領の荒廃した土地を復興しようと金を投入するのは、この皇国開闢の根本精神を知らないからです。昔からの根本精神によって、荒廃した土地を復興するならば、どうして難しいことがありましょうか」

「道理はたしかにそうであるな」

「そこで、桜町を領する宇津家のことを考えてみますと、宇津家の知行は表高は四千石といいながら、実際に納められている年貢米は、それにはとても及びもつきません」

そう言って金次郎は、今回調べた桜町領からの年貢米について説明した。そのために金次郎は、「御収納米永明細帳」を百二十年以前にまで遡って克明に調べ、その平均を算出したのである。

それによると、元禄十二年（一六九九）から享保にいたる約三十年間の、年貢米の平均を算出してみると、三千百十六俵であった。（宇津家の石高は四千石であるから、それから計算すれば四千俵なければならないわけであるが、すでに四分の三に減ってしまっているのであった）。

次に、直近の十年間ということで、文化九年（一八一二）から文政四年（一八二一）の十年の年貢米の平均を算出してみると、なんと九百六十二俵と、名目四千俵の四分の一に減ってしまっているのであった。

そこで、これを「古今盛衰平均土台帳」という形に纏め上げて、忠真に提出したのであるが、

「この数字でもおわかりのように、宇津家は四千石といっても、それは名ばかりで、最近十年間でみますと、実力は九百三十六石にしかすぎません」

金次郎の説明には、遠い過去にさかのぼって調べた数字を基礎にしているだけに、説得力があった。忠真には一言の返す言葉もない。

「したがって、これから絶対守らねばならぬのは、宇津家は、復興するまではこの九百石を分限として生活し、それ以上を期待しないことです。きびしい表現をすれば、復興が成功するまでは、四千石の旗本ではなくて、九百石の旗本になったのだと、当主の宇津釩之助様が覚悟なさることです。そして生活の水準も九百石の線に落とし、どんな困難にたち至ってもこれを守っていけば、十年後には必ず成功いたします」

金次郎の口からはじめて『成功』という言葉を聞いて、忠真の顔にやっと安堵《ど》の色が浮かんだ。

「ですが、一つ難事があります」

「その難しいことは、何か?」

「さきほどわたくしは、復興を成功させますと申し上げましたが、復興が成功しても、元の四千石に復興できるということではありません。さきほどの数字でもご説明いたしましたように、復興が成功すれば、二千石までは復興できるでしょう。しかしそれ以上は、とても無理です。というのは、桜町領の土地はもともと痩せた土地ですから、いくら努力しても四千石までは無理で、その半分、二千石程度が限度かと思います。それはさきほどの『古今盛衰平均土台帳』の数字にはっきり表れています。すなわち、元禄から享保までの平均が三千百十六俵、文化九年から文政四年までの平均が九百六十二俵、これは桜町領の盛時と衰時の、それぞれ平均を出したものですが、わたしは桜町領の実力はその中間にありと思うわけです。したがって、この両方の平均をとると二千三十九俵となり、ほぼ二千俵(石高にして二千石)が、宇津家の実力ということになるのです。いわゆる四千石は、過大評価ということになります。わたしが復興を成功させると申し上げたのは、この二千石への復元を申し上げたので、四千石への復元を申し上げたのではありません。このことをよくご了解いただきたいのです」

「うむ、きびしいな。でも、よくわかったぞ」

「したがって、復興が成ったからといっても、当然、年貢米も四千石を基準に計算するのでなく、二千石を基準にしていただきたいのです。もし、復興したからといって四千石を基準にした年貢米を課せば、それは農民への過重負担になり、せっかく十年かけて復興しても、また数年で、元の荒廃に逆戻りすることは目に見えています。さきほど、桜町領の復興の基本は仁政だと申し上げましたのは、このことでございます。復興の限界は二千石だと申し上げましたが、しかし一生懸命やれば、あるいは多少はそれを超すことが出来るかもしれません。その場合でも、その出っぱった分を、年貢米で召し上げてしまうのではなくて、出っぱり分は復興の費用にあてたり、農民の余剰として、農民にいくばくかのゆとりをお与え下さりたいのです。その方が民政もうるおい、桜町領にも力がついてくるわけで、これがすなわち仁政なのでございます。どうか、そのようにしていただきたいのです。」

「わしも老中の職にある。仁政はつねづね心掛けておる」

「もし、どうしても四千石に固執なさるのであれば、痩せた桜町領の土地をあきらめて、別のよい四千石の土地を宇津家にお与えになるほかはないと思います」

実際の数字の分析の上に立った、理路整然とした金次郎の説明と、復興への熱意と迫力に、忠真は非常に感激し、

「よくわかった。そちの説明は、すべてもっともである。ぜひ、そのようにやってくれ。宇津家に別の替地を与えるのは、やろうと思えば出来ないことではないが、それでは問題の本質的解決

にはならない。わたしの願っているのは、桜町領の荒廃の復興である」

大久保忠真が、かくも桜町領の復興に力を入れたのは、大久保家の傘下にある宇津家の復興は、とりも直さず大久保家の復興と同じことであり、桜町領で成功すれば、その手法を大久保家へ持ち込んで、小田原藩の改革にも手をつけたいからであった。復興の成功例を、忠真は欲しいのだった。

加えて、老中として幕政の中心にいる忠真は、小田原藩のことだけを考えているのではなく、全国の藩や農村の荒廃に直面しているわけであり、そのために、自分の手中に、藩復興の成功例を握りたいのだった。

忠真の顔には、久し振りに晴れやかな表情がもどり、

「とにかく、桜町領の復興については、一切をそちに任すから、全力をあげて、存分にやってくれ。そちが言うように、今後宇津家は、復興が完了するまでは九百石、そして復興が完了した後も、二千石という限度を、はっきり守らせよう。そちが心配する減少の二千石については、復興成功のあかつきに必ず予が補うようはからうから、そちが心配するには及ばない。よろしく頼む」

忠真と金次郎は眼と眼で互いにうなずき合い、心の中で固く握手したのだった。

かくして金次郎は、宇津家の石高を、復興終了までは九百石、復興完了後は二千石とするという、宇津家の限度の設定（この限度を金次郎は分度といった）と、桜町領の復興については、（いっさいの権限を金次郎に任せ、大久保家からも宇津家からもいっさい口を挟まない）

という二大条件を確約させ、いよいよ金次郎は桜町領の復興という難事業に乗り出すことに

なったのである。

金次郎の狙いは、百姓が安心して、やり甲斐をもって働ける環境作りだった。そのための最大の問題は年貢の重荷であったが、金次郎はその問題をまず片付けたのである。年貢の引き下げは、百姓一揆でも、農民運動でも、なかなか実現しない。それを、小田原の一百姓が、平穏な農村復興という事業の条件として見事に獲得したのである。まさに驚異というほかはない。

金次郎の報徳仕法の三大徳目は、勤労、分度、推譲であり、その中の分度は、

（身分相応に暮らすこと）

であるが、金次郎の本当の狙いは、百姓が身分相応に暮らすこと以上に、藩主が身分相応に暮らすこと（その結果、もたらされる年貢の引き下げ）にあったのである。

桜町領の復興事業を皮切りに、金次郎はこれから後、各地の復興を手がけるわけであるが、この『分度の決定』と『権限の一元的掌握』の条件が整わなければ、金次郎はいかなる復興依頼にも応じず、この二大条件を確約させるのが、金次郎の成功の秘訣なのであった。

（四）

桜町領の復興にかかわる大久保忠真と金次郎との計画は、小田原藩の吉野図書、服部十郎兵衛、三幣又左衛門、早川茂右衛門などの、家老、奉行も賛成し、文政五年（一八二二）三月に、桜町領復興を決定した。

高田才治が桜町仕法掛の事務取扱主任の代官となり、代官名で金次郎との間に、

一、復興期間は十年間とする。
一、復興期間中の納税は、米が千五俵（現在は四千俵）、畑方諸税が百四十五両（現在は五百両）とする。
一、請負費用として、毎年、米二百俵、金五十両を支給する。
一、十年後には、年間二千俵の収納が出来るようにする。
一、復興のやり方については二宮金次郎に全面的に委任する。
（ということは、金次郎が全責任を負うということ）

などを骨子とした契約書、『村柄取直し十カ年御仕切書』が、小田原藩、宇津家、二宮金次郎の三者間で締結された。

復興期間中の納税は、年貢米千五俵と諸税百四十五両を合わせた金額で、それ以上の収入があれば、その収入は全部復興金に使っていいことになっていた。

しかし、これは最初から確定したものではない。それで小田原藩から、陣屋勤番役人の費用、名主取締の給与、小児教育や極難貧民への給与撫育費用などとして、毎年、米二百俵と五十両を、請負費用として支給することにしたのである。

かくして、桜町領は、宇津家のものでありながら、今回の復興については、復興主体が、宇津家よりもむしろ小田原藩へ移った感があった。

なお、この契約実施のために、金次郎は小田原藩の士分（名主役格）に取り立てられた。そして、勤番手当として五石（十一俵余）と、二人扶持（九俵）が与えられた。さらに、金次郎が小田原を引き払って桜町へ移転する特別手当として、米五十俵が与えられた。

金次郎は、位は低いとはいえ、とにかく武士の位に昇ったのである。百姓が武士になったのである。金で武士のポストを買ったのではなく、藩財政再建の腕を認められて抜擢されたのである。光栄であり、異例な出世といえた。

しかし金次郎は、この出世はうれしいには違いないが、それほどうれしいとは思わなかった。金次郎は、もともと百姓が好きである。別に武士になりたいわけではない。しかし、栢山村の一介の百姓でいるよりも、小田原藩の武士になった方が、より大きい仕事が出来る。金次郎の人生に、さらに大きい舞台が与えられる可能性が大きいわけで、そのことのよろこびは大きかった。現に、小田原藩にかかわったために、一介の百姓には手の届かない、旗本の領地の復興が金次郎の手に任されたわけである。

大久保忠真との話し合いはついたが、金次郎にはもう一つ乗り越えなければならない壁があった。それは妻の波の説得であった。

波と再婚してちょうど二年たった頃であり、昨年（文政四年）九月には長男の彌太郎が生まれ、家庭の中はいちおう落ち着いていた。しかし、まだ波は十八歳である。三十六歳の金次郎とは、人生経験が違う。これから金次郎がやろうとしている桜町領復興に、波が一緒に行ってくれるか、どうか、それが心配なのだった。

かつて、これと似たような事例に、金次郎は一度失敗しているだけに、よけい心配なのだった。それは、金次郎が服部家の財政再建を引き受けたとき、先妻キノと意見が合わなくて、ついに離婚してしまったからだった。

（キノの二の舞になると困るな）

そのため桜町領復興の話を、波に切り出せなくて、一日のばしに引きのばしていた。

しかし昨年から、金次郎が頻繁に小田原や江戸へ出掛けたり、また下野国へ何回も調査に出掛けたりしているのであるから、波もうすうす金次郎の動静を知っているはずである。うすうすどころか、金次郎が書いた書類などを眼にすることもあったから、桜町領復興のことは完全に知っている筈である。問題は、

（波がそれにどう反応するか）

である。ある日金次郎は、墓参りをして、このことを先祖に報告し、家に帰ると、意を決して波に言った。

「お前にもすでにわかっていることと思うが、今度、大久保忠真公が不肖なわたしの力を認めて、荒廃した桜町領を復興し、領民を安んぜよとの命令を下された。わたしはこれを固くお断りしたけれども、殿様はお許しにならないので、とうとうお受けすることにした。このような大事業は普通のことをやっていたのでは、とても成功しない。わが家のことはかえりみず、一身一家をなげうって努力しようと決心した。婦女子には理解できないことかもしれないが、男のわたしとしては一旦引き受けた以上は、徹底的にやらざるを得ない。そのためには、栢山村から時々出掛けていく程度の中途半端なやり方ではやり遂げられないので、栢山の家は畳んで、桜町領へ引っ越していくつもりである。お前も、わしと一緒に苦労をともにして殿様の命令を遂行しようと思うのなら、どうか下野国へ一緒に行ってくれ。もし、ふつうの家の女房のように、一家の平穏無事を願うのであれば、ただいま離縁するほかはない。どうかこの点を、よく考えてくれ」

と金次郎は血を吐く思いでそう告げた。すると波は、先妻のキノとは違い、金次郎の言うことに顔色も変えず、むしろ、その頬には軽いほほえみさえ浮かべて、

「これは、これは、あなたのお言葉とも思えません。女はいちど嫁いだら、二度と帰る家はありません。ですから、生家を出たときから、わたしの心は決まっております。あなたが水火の中に入るのなら、わたしもよろこんで一緒に入ります。ましてやあなたは、殿様の命令を受けて大事業をなさろうとしているのですから、これはわたしにとりましても光栄です。わたしも一身一家の安隠だけを願う気持などさらさらなく、下野国へいっしょにまいります」

とその決意をのべたのであった。まだ十八歳の若い女だと思っていたのに、波のそのけなげな決意に金次郎の心の雲は一気に晴れて、

「ありがとう、よく言ってくれた」

と涙を流してよろこんだ。

波は先妻のキノと違って、金次郎を理解できるタイプの女性だったのである。理解というよりも、金次郎のようなタイプに共鳴できる人柄といった方が、正確かもしれない。それは波の生まれつきの性格にもよろうが、もう一つ、彼女が若い頃から服部家に女中として奉公し、武士の世界をよく知っていたことも原因としてあったのであろう。波が、服部家に奉公していた金次郎に魅かれたのも、金次郎がたんに実直な篤農家、謹厳な下僕というよりも、心の中に、もっと広い世界での活躍を求め、その可能性を奉公の中で所々に垣間見せる、百姓というよりも、実業家に近い金次郎に、魅力を感じていたからではなかったろうか。

妻の了解を取りつけると、金次郎は、いよいよ、来春桜町へ出発する準備に入った。今度は調査のためでなく、桜町赴任のための準備である。

その年（文政五年）の九月、金次郎は、栢山村を発って江戸に向かい、小田原藩江戸勤番の武田才兵衛といっしょに桜町に向かった。才兵衛は二十一歳の若者で、今回の桜町領復興のために、桜町勤務となった者である。

二人は九月六日に桜町に着いた。

そして、村の名主たちに、

「今回、わたしが桜町領の復興を大久保忠真公から命ぜられた。来年より施行するから、その準備をしておくように」

と挨拶した。名主たちは、

「へい」

と頭を垂れて聞いてはいたが、その無表情な心の中では、

（またいつものような奴がやって来たか。やれるものなら、やってみろ。また時間がたてば、尻っぽを巻いて逃げ帰るにきまっている）

と赤い舌を出しているのかもしれなかった。

挨拶が終わると、金次郎は桜町を発ち、十一日に江戸に着くと、そこで新任披露の儀式を行った。

それと並行して金次郎は、栢山村にある自分の田畑や家財の一切を整理して、金に代えた。桜町領の復興は命をかけた大仕事である。そのためには一家をあげて桜町に移り住む、桜町に根を

下ろして取り組まなければ成功しないという、背水の陣をしいた金次郎の覚悟の表れであった。

それともう一つの理由は、復興に必要な金づくりのためであった。復興のためには小田原藩から、毎年ある程度の請負費用が出る。また、年貢米を納めた後の余力は、復興資金に使っていいことになっていた。が、それだけではとても足らないであろう。これまで数回、金次郎が調査に訪れて、ちょっと見ただけでも、鍬や鎌などの基本的な農具さえも、満足でなかった。また、壊れた橋や用水路を直す必要もある。金はいくらあっても足らないはずである。そうしたものに使える金が必要なのである。口で言うだけでは百姓はついてこない。必要なものを補給してやってこそ、百姓は金次郎の言うことを聞き、農作業に励むようになるのであろう。

しかし、金次郎がこのように投入する金は、これまでの小田原藩が投入した補助金や援助費とは、基本的にその性格が違っていた。補助金や援助費は与えてしまうのであるが、金次郎の投入する金は、与えるのではなく、貸すのである。一旦は貸すが、返せるようになったとき、返してもらうのである。

すなわち鍬がなければ、鍬を買う金を貸すが、鍬で田畑を耕して作物が出来れば、その利益から返済してもらうのである。一度で返せなければ、長期の分割返済でもよい。言ってみれば、資金の一時の立て替えであり、一種の投資である。現代の企業で言えば、工場の機械を買う金を銀行から借り、機械の稼動によって得た利益で長期分割返済する、といったシステムと同じやり方なのである。

金次郎は、桜町領復興を大久保忠真に説明するとき、金は要らないと言ったが、それは、与えてしまう金は百姓を甘やかすばかりだから不要だといったのであって、投資の金は必要なのである。小田原藩から請負費用として、毎年、米二百俵と金五十両が支給されることになっているが、これも百姓に与えてしまうのではなくて、投資の金として使う予定であった。

その投資の金も、小田原藩からの支給だけに頼らずに、自分でも作ろうというのが金次郎の考えなのだった。いわば金次郎は、この文政の時代において、農業を対象とした投資の理論を、体験の中から身につけていたわけで、そのような意味において二宮金次郎は、偉大なる実業家といわねばならぬ。

さて金次郎の所有田畑は、一時、三町八反にまでなったが、その後、質地を戻したり、また一部売却したりして、この資産を整理した時点（文政六年三月）においては、二町八反となっていた。その中の一町四反（約一・四ヘクタール）を十一人の村民へ、七十二両で売却した。残りの一町は、これまで金次郎個人が手がけていた復興事業が終わっていないので、その資金に廻し、残りの四反ばかりは、栢山村の百姓へわずかな年貢で貸すことにした。

家財道具を売却すると、手数料などを差し引いて四両ばかりの金が残り、それと田畑の売却代金七十二両を合せた、七十六両の金を持って、金次郎は桜町へ向かって出発した。

この家財道具の売却については、現在『家財諸道具売払帳』という帳簿が残っている。それには品物ひとつずつについて、品名、値段、売却先などが克明に書かれているが、その一部を記すと次のようである。

棒四本　二百八文　辨左衛門
割木五本　七十二文　伝　蔵

杵二本　　　百八文　　　甚　蔵
小麦カラ四把　百七十二文　市郎衛門
桶二つ　　　三百十二文　伝　蔵
流し　　　　二百文　　　辨左衛門
裏古垣根　　三百文　　　吉五郎
麦八俵　　　一分二朱　　堀内吉五郎

などとなっており、その裏面に『文政六年三月十二日相州足柄上郡二宮金次郎』と署名がある。家財小財ことごとく売り払って、桜町へと出発した決意のほどがうかがわれる。

なお、桜町領復興資金には、以上のほかに、金次郎がこれまでに積み立てた『二宮本家再興資金』が、加算されていることを説明しておく必要がある。

十八年前、金次郎が十九歳のとき、金次郎は二宮本家再興の基金になるようにと、稲荷社の社地に竹木を植えたが、金次郎の丹精の甲斐あって、竹木は順調に育ち、植えてから四年目の文化六年、金次郎が二十三歳のとき、金次郎はこの竹木を売却した。竹木は二朱と銭五百七十文となったが、金次郎はこれに自分の所持金を足して一両とし、これを、

(二宮本家復興基金)

に設定したのである。そしてこれを「本家再興のための善種を積み立てる金」ということで、

(善積金)

と名前をつけた。

この二宮本家復興基金は、最初は僅か一両であったが、その後の運用や、また二宮一族から加入する者などもあって、その金額は次第に増加していた。

金次郎はその増加状況をたえず綿密に記録していた。復興基金は金次郎がいろいろな方面に貸し付け運用していたのであるが、いつもきちんと帳簿上で利子計算をし、積み立て計算をして、明瞭にしておいた。時には無利子になる場合もあったが、そのような場合でも、本家復興基金の積立分については、必ず利息をつけて計算しておいた。

その結果、文政五年、金次郎が三十六歳のときには、百八両という大金に成長していたのである。

このような時に、金次郎は桜町領復興事業を引き受け、遠国へ出発することになったのである。そこで、ここまで大きくなった二宮本家復興基金を、どのように処理したらよいのかという問題が起きたのである。

そのため、この善積金の運用管理を、一族の者に任せて、本家再興をなしとげてくれるように頼んだのである。しかし、一族の中でこれを引き受けてくれる者は、誰もいなかった。そこで金次郎は、

（ああ、まだ本家再興を実現する時期が熟していないのだ）

と考え、仕方がないので、

（この善積金は二宮本家復興という一家のために使うよりも、この際、桜町領復興のために使って多くの家を救う方がよいのではないか。そうすれば、たとえ二宮本家は復興しなくても、かえって、本家の祖先への積善が大きくなるのではなかろうか）

と考えた。

そこで善積金百八両のうち、二宮一族から拠出されているものは各人に返却し、残額の三十一両を桜町領復興資金に活用しようと、金次郎は桜町へ持っていったのである。

かくして、二宮本家再興資金である善積金三十一両は、桜町領復興事業に立派に役立つと同時に、これを機会に次第に大きくなり、報徳事業の資金として広く活用されるようになったので、(報徳金)

と呼ばれるようになった。

なお二宮本家の再興計画は、残念ながらこの時点で中断されてしまったが、金次郎はあきらめず、その悲願を胸に秘め、これから二十数年後に、立派に二宮本家再興の宿願を果たすのであった。

第六章　士気を高める表彰

(一)

こうして金次郎親子三人は、文政六年（一八二三）三月十三日、第二の故郷ともなる下野国桜町へ向かって出発した。金次郎は三十七歳、妻の波は十九歳、長男の彌太郎は二歳になっていた。栢山村からは七十九人の村人が、また他の村からも八人ほどの人が、村境まで見送りに来てくれ、また金次郎の弟の友吉や、波の親族たちは、相模川の渡しまで見送ってくれた。

金次郎は、こんな時でなくては家庭サービスが出来ないと考え、途中、江の島や鎌倉などを見物し、三月十五日に江戸へ着いた。江戸に一日ゆっくり滞在すると、今回、桜町陣屋詰めとなった勝俣小兵衛とその妻子とともに、三月十六日江戸を出発し、一行六名は、三月二十八日に桜町に到着した。

さて、桜町に着いた日のことである。物井村から一里ばかり手前に、谷田貝《やたがい》という宿があり、そこに名主が三人ほど、ひざまずいて出迎えていた。そして、

「これは二宮金次郎さまでございますか。遠路はるばるご苦労さまでございます。わたくしたち村民は、赤ん坊が父母を慕うような気持で、二宮さまをお待ちしておりました。旅のお疲れを休めるために、少しばかり酒の席を設けておきましたから、ちょっとご一服なさってくださいま

せ」

と申し出た。金次郎は、

（はやくも最初の懐柔策《かいじゅう》がきたな）

と心を引き締めた。

（これまで、小田原藩から何人の武士が桜町に来ても復興に成功しなかったのは、最初からこうした酒の席に引っかかり、骨抜きにされてしまったからだ）

金次郎は、にこにこしながら、

「ご好意はまことにありがたいが、殿様からのご命令で、一刻もはやく桜町に着きたいと心がせいておりますので、ご遠慮させていただきます」

と申し出を受け付けず、谷田貝の宿を通りすぎて、桜町へと向かった。勝俣小兵衛が、

「あの名主たちは、あなたのご苦労をなぐさめようと、前から出迎えにきていたのです。せっかくの厚意を受けず、名主たちのご機嫌を損じたら、これからの仕事に差し支えるのではありませんか」

と言うと、金次郎は、

「だいたい、呼びもしないのに、甘言をもってまっ先に出てくる人間は、必ず曲者《くせ》である。清廉で実直な人間は、呼んでも簡単には来ないものである。彼等は何かうしろ暗いところがあるので、わたしが来て、それが見つかるのを恐れて、わたしの歓《かん》心を買おうとしているのだ。これまでここへ来た小田原藩の者がみな復興に失敗したのも、到着の日から彼等の悪だくみに引っかかってしまったからである。物事は最初が肝心である。それでわたしはあのような応対をしたのである。

これから必要なのは曲者ではなくて、清廉実直な人間である。あれによって名主たちもかえって反省して、復興に協力するように心を入れかえてくれると思う」

と答えたので、小兵衛は、金次郎の心構えの深さときびしさに感服した。

（二）

桜町陣屋は、下野国桜町領の南、物井村（現栃木県芳賀郡二宮町物井）の上手《かみて》にあった。

桜町領は、古くは小田原藩の領地であったものを、百年以上も前の元禄十一年に、芳賀郡物井村、横田村、東沼村の三カ村（四千石）を、宇津家の知行地として分けたものである。したがって、陣屋の建物はその頃建てられたものなので、すでに古く、その上、手入れが行き届いていないので、屋根は破れ、柱はくさり、四方の壁はくずれ、軒下には雑草が生い茂り、朽ちはてて、すさまじい荒れようだった。

陣屋が荒廃しているように、村の荒廃もひどかった。なにせ年貢米四千俵の知行地が、今やたった九百俵という収納に激減しているのであるから、田畑の三分の二は荒地になってしまっていた。民家の付近に残された田畑は、わずかに耕されているが、しかし、怠惰な農家ばかりなので、雑草がはびこり、作物の出来もよくなかった。

元禄の頃は、四百四十戸ほどあった家も、今は百四十戸ほどに減少しており、どの家も貧しくて、衣食も不足し、田畑を耕す力もなくなってしまっていた。男女とも酒飲みばかりで、博奕《ばくち》にふけり、私欲にはしり、ちょっとしたことでもすぐ訴訟で争い、もめ事が絶えなかった。

他人の幸せをにくみ、他人の不幸や災難をよろこび、人を苦しめ、自分の利益ばかりを考えていた。だから村を治めなければならぬ名主たちも、役人である権威をかさに着て貧民をしいたげると、貧民は怒って反抗するので、互いに仇敵のように憎み合い、いがみ合っていた。

この荒廃をなんとか食い止めようと、これまでに小田原藩主の大久保忠真は何回も家臣に命じて、桜町領の再建に当たらせた。しかし成功しなかった。このことは金次郎も、

（このような荒廃の復興を、農業を知らない武士がのこのこ遠くからやってきて、成功するはずがない）

と思っていた。それは金次郎が事前に調査した段階でわかっていた。そして、それは実際、現地に足を踏み入れてみると、もっとひどいことがわかった。

しかし、金次郎には勝算があった。それは金次郎が百姓であるからだった。

（百姓のことは百姓に聞け）

という自信である。

しかし他方、金次郎には、百姓である故のマイナス面もあった。金次郎は桜町領復興については、大久保忠真から全権委任を受けている。誰の命令も受けないし、誰の指示に従わなくてもいい。自分の考える通りに、何でもやれる立場にある。最高責任者であると同時に、最高権力者でもあるわけである。したがって、各村にいる名主よりも上席にいるわけである。名主たちは金次郎の支配下にあり、金次郎の命令に従わねばならぬ。

しかし、依然として、力を持っているのは、村に昔から住みついている世襲の名主たちであった。金次郎がもともとの武士であったなら、彼等も一応は一目置いたであろうが、桜町領復興に

来るについて、にわかに武士の資格を与えられた『百姓生まれ』と知っては、村民はすべて金次郎を軽蔑して、心よく従おうとはしなかった。

このような状態の中で、

（さて、復興計画をどのように進めたらよいか）

と金次郎はじっくりと考えた。

（生活に困り、明日も知れぬ思いで、半ば自暴自棄になっている村民に、いくら観念的に村の復興の義務を説いても、とても受け入れられないだろう。まずは村人の生活を改善し、その中から村人の意識も変えていく）

という方法しかないと思った。すなわち、一挙に村内復興という改革に入るのではなくて、生活改善という、普通の民政を徹底的に進めるのである。その上に立って、忍耐強く、農村改革を組み上げていくより外はないと決意した。

そのためには、まず金次郎自身が苦難をいとわず、村の中へ溶けこむことである。

金次郎はとりあえず民家に仮住いすると、荒れはてた陣屋の手入れにかかった。まず陣屋を埋めつくしていた雑草を取り除き、破損している屋根を修理し、壁をつくろい、なんとか形が整うと、陣屋へ移った。

妻の波は見すぼらしい陣屋へ荷物を運び入れながら、

（栢山村にいればもっと裕福な生活が出来たのに、なんで、こんなにまでして……）

と心の中で思うのだが、それを口に出してはならないと思った。むしろ、彌太郎を抱き上げて、

「ほら、これが坊やの新しいお家だよ。頑張りましょうね」

と金次郎の方に明るい笑顔を投げかけるのだった。金次郎には、妻のそのけなげな励ましが、うれしかった。

修繕された陣屋へ金次郎親子が移り住むと、勝俣小兵衛夫妻と武田才兵衛も陣屋へ移り住んだ。これからの仕事の分担は、陣屋主席の勝俣小兵衛が、陣屋を総括し、金次郎が復興事業に専念する。若い武田才兵衛が二人を補佐しながら、地方役人の業務を覚える、といった分担で、いよいよ荒れはてていた陣屋に活力がみなぎりはじめた。


村を改善するには、まず村のことをよく知らねばならぬ。そのために、金次郎は村の中を隅々まで巡回した。

金次郎は剛毅果断で、やや短慮のきらいはあったが、父親ゆずりの性格で、同情心に富んでいた。身体は母親ゆずりで、身長は六尺（一八五センチ）、体重は二十五貫（九十五キロ）という巨体であり、体中に活力があふれていた。容貌はやや、ごつい、という感じで、左頬に大きなほくろがあり、色は黒く、眼光鋭く、話す声は雷のように大きく、銀髪がのびた時は、一見、土方の親方のようだという。

そして、村を巡回するときの服装は、はんの木の皮を煎じた染料で染めた、茶染木綿の背わり羽織をはおり、上着は黒染め、下着は藍縞《あいしま》か茶縞の木綿着を着用し、小倉帯を締め、小紋の股引、脚絆に草履をはいていた。夏のどんな暑い日でも笠をかぶらず、雨の日だけは竹の皮で作った笠をかぶったけれども、雨に濡れることなど少しも気にしなかった。また着物は、木綿のやっと着られる程度のもので我慢し、汚損がはげしくて使用できなくなるまで、別の着物を作らなかった。

また外出しないで家にいる時は、冬の寒いときでも綿入れ一枚で、羽織を着るようなことをせず、履くのはいつも藁草履《わらぞうり》であった。

そうした金次郎は、毎朝四時には起きて、同行する若い武田才兵衛以上のはやさで歩き、疲れれば道端でごろ寝も平気という強健さで、夕方まで、村の中を歩き廻った。

廻るからには徹底的に廻らねばならぬと、金次郎は村人の一軒一軒をしらみ潰しに訪問し、家族は何人いるのか、その人柄の良し悪し、家族の暮らしぶりはどうか、借金があって困っているのではないかなど、細かい点まで聞き出した。また、台所から厠《かわや》までものぞいた。食生活の内容を知るためである。

時には田畑の耕作を手伝ったり、また、作物の作り方の指導などもした。

田畑の灌漑や、排水がうまくいっているかなどもよく調べ、田畑の境界がおかしくなっていればそれを直し、荒廃した土地の広さを測量したりもした。こうして、大雨の日も、暴風の日も、炎暑も厳寒も物ともせずに、一日中歩きまわり、夜おそくなってから家に帰るのを常とした。

こうして金次郎は、物井村、横田村、東沼村、三カ村の土地のすみずみ、一軒一軒の家、村人の一人一人のことごとくを頭の中に刻みつけた。そして、村内の細部まで頭に入れた上で、金次郎は苦労をいとわずに、

行いのよい者や、一生懸命に働く者を表彰し、

悪人は諭《さと》して行いを改めさせ、

貧民を保護して困窮を救い、

食べ物が足らなければ補給して与え、

家の屋根が破損していれば補修し、
木小屋や灰小屋を作ってやり、
用水を掘ったり、
稲作の害になる冷たい水を田圃から取り除き、
畦道を改修し、
荒地を開墾し、
湿地には土を入れて乾いた土とし、
乾燥地は掘り下げて地下水が上がるようにするなど、
村人の助けになることを必死になって行った。
こうして一日中休まずに村を廻り、夜おそく陣屋に帰ってくると、また夜おそくまで調べものをした。床に入るとわずか四時間ばかりの睡眠で、ふたたびむっくりと起き上がり、だまって端座して、その日の仕事の手順を考えるという勤勉ぶりだった。
妻の波が、
「まだ起きるには早すぎますから、寝ていてください。あなたがそんなに早く起きては、お伴の者がおちおち安眠できませんよ」
と注意しても、金次郎は、
「眼がさめているのに寝ていたのでは、なんの利益にもならない」
といって取りあわなかった。
そこで、伴の者たちも互いに注意して床に入り、ねむい眼をこすりながら早起きして掃除などを始めるのだった。そして金次郎は、必ず伴の者たちの働きぶりを、見て回った。

食事については、朝飯は、冷飯になめ味噌と香のもの、昼食は温かい飯に、汁と香のもの、晩飯は煮物一皿と香のもの、という質素なものが普通であった。

村を巡回する時には握り飯を竹皮に包んで、梅干か生味噌をそえて持参し、その場その場で昼食をとった。村人の中で、ときに金次郎に料理を馳走しようとする者があると、

「お前たちは、そのようにぜいたくをしているから困窮しているのだ。わたしは、その困窮を救うためにこの地にやってきたのだから、お前たちの衣食が足りるようにならなければ、そのようなご馳走を受けることはできない」

と戒めて、これを決して受けなかった。

自分はそうした清貧に甘んじていたが、伴の者には心をくばり、毎月の一日、十五日、二十八日には、伴の者へは馳走をした。その時金次郎は、

「まず、わしが手本を示す」

といって、八合入りのどんぶりに酒をつがせ、一口にこれを飲み干し、

「お見事」

という声がかかると、また二杯目を一気に飲み干し、次にどんぶりを伴の者に廻し、それが一巡すると、三杯目をつがせて、これも一気に飲み干すと、

「あとは自由に飲むがよい」

と言って、金次郎は席を立って、自分の部屋に戻っていった。

金次郎の伴の中に、吉良という大変酒好きな者がいた。金次郎は一日と十五日、それに二十八日以外は酒を飲むのを禁止していたが、この吉良にだけは薬用として、毎日一合だけは酒を飲むのを許していた。ある朝、女中が流し台の下で灯火を照らして探しものをしているので、金次郎が、

「何を探しているのか」

と聞くと、

「吉良さまの酒をはかる一合枡《ます》を探しているのです」

という。すると金次郎は、

「吉良の酒には、一合枡でわざわざ測るような手数をかける必要はない。一升徳利に酒を入れておけばよい。一合の酒を飲む人は、その分量を自分で知っているから、お前はいつも、徳利に酒がなくならないように満たしていればいいのだ」

と物わかりがよかった。

このように、金次郎は他人の気持を気遣い、寝食を忘れて村民のために働いたので、村人たちにも次第に金次郎の誠意が伝わり、荒廃をきわめていた村内にも微妙な変化が起きてきた。それまでは、金次郎を軽蔑していた村人たちも、金次郎に逢うと挨拶をするようになった。

そうした中でも金次郎が意を用いたのは、村人の士気を高める表彰だった。それも代官とか、名主などが、上から指名して表彰するのではなく、村人同士の投票によって、善行者や、村一番の働き者を選ばせて、表彰したのである。上の方で選ぶよりも、下で選んだ方が、的確な人選が

出来るからであり、また、誰が誰を選んだかその責任を明確にして、個人の自覚をうながすのも狙ったのである。

表彰の褒美は金であったり、農具であったり、また農道への近道にかける橋の費用であったり、時には住居や納屋の新築であったりもした。

また金次郎は、村内を巡回しながら、雨の中でも働いている者や、老人が隠居もせずに働いているのを見つけると、その場で直ちに褒美を与えた。

そのような表彰の例を見てみると、たとえば文政八年五月のことだった。東沼村の市左衛門は、非常に勤勉な者だという噂が高かったので、これを大雨の廻村のとき、金次郎が表彰した。

その年は、四月二十八日から雨が降りはじめ、二十九日も雨であった。金次郎は勝俣小兵衛と武田才兵衛の三人とで廻村し、金次郎は横田村を、勝俣は物井村を、武田は東沼村を廻った。五月一日も一日中雨であったが、この日は金次郎が東沼村、勝俣は横田村を、武田が物井村を廻った。ちょうど田植えの時期なので、用水や排水、道路の状態や、田植えの進行工合はどんなふうかと、指導すべき点が多くあった。

朝がまだ早いので、この時は村人は誰もまだ起きて働いていなかった。それなのに東沼村の市左衛門は雨なのに、はやくも朝の一仕事をして、帰ってくるところであった。

(噂にたがわぬ働き者じゃ)

金次郎は直ちにこれを表彰して、二朱の褒美を与えた。

また次のような例もあった。ある開墾事業の作業場に、七十歳に近い老人がいた。

その老人は朝から晩まで木の根を掘り、休み時間になっても休まず、こつこつ働いていた。金

次郎が、

「休み時間ぐらいはゆっくりと休め」

と言っても、老人は、

「わたしは年寄りで力がありません。皆さんといっしょに休んでいたのでは、半分の仕事も出来ませんから」

と言って、休もうとしなかった。

開墾事業が一段落して、他国からやってきている人夫が帰る日になった。その老人も他国から出稼ぎに来ている人夫の一人であったので、金次郎が呼んでその生国を聞くと、

「笠間の在の貧乏百姓でごぜえます」

と答えた。金次郎は十五両の金を取り出すと、

「これは陰日向《かげひなた》なく働いた褒美だ。持って帰りなさい」

と差し出した。老人は、

「とんでもない、こんな大金はとても受け取れません」

と言って受け取ろうとしなかったが、金次郎は、

「お前は人の嫌がる仕事を選んでは、こつこつとよく働いてくれた。そして、貧乏だというのに、この金を受け取ろうともしないが、このお金はお前のその正直さに対して、天が下されたものだ。遠慮はいらないから、持って帰りなさい」

老人はその金次郎の言葉に感泣し、ありがたく十五両を受け取って故郷に帰っていった。

しかし、その逆の例もあった。

人夫の中に、他人の二倍もの仕事をして、村役人も注目する男がいた。あまり評判がいいので、ある日、金次郎はその男の仕事ぶりをよく観察していたが、やがて、つかつかと男に歩み寄り、持ち前の大声で叱りつけた。

「お前はなんという不届者なのだ。お前は他人の眼を意識して、人目のつくところでは、わざと一生懸命な働き方をしている。そんな働き方で長続きするはずがない。もし、そうでないというのなら、わしが一日中ここで見ているから、今のように一生懸命夕方まで働きつづけてみろ」

と眼光鋭く看破《かん》したので、人夫は、

「うへ、恐れ入ります」

と平伏してしまった。金次郎は重ねて、

「お前のような者がいるから、他に悪影響を及ぼすのだ、もう用はないから、すぐ帰れ！」

と叱責した。人夫は心から後悔し、それからは改心して、まじめに働くようになった。

横田村の名主に、円蔵という者がいた。

円蔵は自宅を改築しようとしたが、二十両ほど足らないので、金次郎のところに借りにきた。

すると金次郎は、

「お前の村はひどい貧困なのに、名主のお前が、自分の家を改築している暇などないのではないか。家の改築は大まちがいだ。そもそも名主というものは、村民を指導してこれを治め、不正直な者を正直にさせ、よこしまな者を正道に戻らせ、農業を怠ける者を励まし、貧しい者へは恵みを与え、身寄りのない者をあわれみ、よく精を出して働き、年貢を納め、一村のうれいのないようにするのが、名主の役目ではないか。わたしの言うことがもっともだと思ったら、わたしから金を借りることなどやめなさい。その代わりに、わたしから二十両借りたことにして、これから五年間、毎年、金を返しなさい」

「借りない金をなぜ返すのですか」

「それが出来ないようであれば、なおさら、金を借りて家を改築し、その後で金を返すなどということが、出来るはずがない。よいか、とにかくわたしの言う通りにするのだ。金を借りなくても、金を返すのだ。もちろん、その返してもらった金を、わたしは使いはしない。ちゃんと蓄えておく。そうすれば、五年たてば二十両の金が出来る。その金で家を改築すればよいのだ」

要は、借金して家を改築するのではなくて、資金を貯金してから改築しろ、ということである。

「改築した後から借金を返すのは大変なことだが、事前に金を貯めるのは、希望が持てて、いい事だ。もし五年たって、貯めた金が足りない場合には、わたしが金を貸してやろう」

「よくわかりました。今日はいいことを教えていただきました」

円蔵は大いに感激して、その日から『借りない借金』の返済に励んだ。そして、五年後に立派に家を改築し、金次郎の絶対的な信奉者となったのである。


金次郎が表彰と並行して力を入れたのが、借金の整理であった。村人の多くは高利の借金に蝕まれていたので、高利の借金を返済させるために、金次郎は低利の貸付を重点的に行った。それも、それぞれの暮らし向きや、病人の有無、食料の備蓄の状態などを十分考慮した上で、無利息にしたり、低利にしたり、また返済も短期や長期に分けて、実情に合うようにした。

このように、金次郎は借金の整理に金を使ったが、金に対する基本的な考え方は、

（恩恵的な救済の金は必要ない）

という考え方だった。安易に低利で金を貸すと、いい加減に高利の借金をしても、低利の金に借り替えることができるという安易な考えに走る危険がある。その惰性を断つために金次郎は、

（むしろ借金のない者こそ表彰にふさわしい）

と考えていた。そのため文政六年に、物井村、横田村、東沼村の三カ村の百姓の借金六百六十両を、復興資金で立て替えて返済させたが、そのとき借金のない者を十四人表彰し、その褒美として文政七年の年貢を免除したのだった。

そして、復興資金に切り替えた者が、これを返済したならば、二度と高利の金を借りることを禁止した。

桜町領における金次郎の復興事業の目玉は、なんといっても、米の生産量を増加させることであるが、そのためには田圃を増やさなくてはならない。ところが、肝心の田圃が長年の荒廃で、三分の二が荒地になってしまい、田圃として残っているのはわずかに三分の一である。金次郎はこの荒地の開発と、新田の開墾に力を注いだ。

しかし、それには人力が必要である。その人力も、土地の荒廃と並行して、かつては四百四十軒もあった家も、今は百四十軒に減少してしまっていた。そのため農家を増やすには、農家の二男、三男を、分家させて家を興すのも一方法であるが、それだけでは間に合わなかった。一番いい方法は、かつて村に住んでいた者を、村へ呼び戻すことである。そこで、離村者に呼びかける

と、最近の桜町領の変わりぶりに好感を示して、戻ってくる者も数名出はじめた。

だが、それだけではなお足りなかった。そこで、他国の人間を桜町領へ移住させる方法を考えた。越後（新潟県）や、加賀（石川県）などをはじめとする、地方からの移民を集め、住宅や衣食を与えて、新田の開発に当たらせた。

これまでも他国から流れてきた者を受け入れたことはあるが、こちらから積極的に呼びかけて他国の者を受け入れた経験がない。そこで、陣屋主席の勝俣小兵衛や名主たちが、

「移住民をどのようにして受け入れたらいいでしょうか」

と聞いてくるのだった。金次郎は移住民を単なる労働力だとは考えたくなかった。桜町領の復興を支える農民の一人として、この村に根を下ろしてくれるのを願ってのことだった。名主たちもその気持をうすうす知っているので、

「やはり自分の子供を育てるような気持で、受け入れればいいのでしょうかね」

と聞くと、金次郎は、

「いや、その程度では不十分である。自分の子供との間には、おのずと血を分けた者同士の特別の親愛がある。しかし、移民との間には、そのようなものがない。だから、自分の子供以上に、心がけて親愛の情を示さなくてはならない。生国を離れて他国へくるような者は、一般にならず者が多いから、とくにそのような心掛けが大切である。そうした者は、自分が受けた恩義いかんが、その者の行動を決める。彼らをこの土地に永住させようとしたら、自分の子以上にいとしんで受け入れなければならないのだ」

と、特別の気くばりを指示したのである。

さて、金次郎が桜町領の復興に夢中になって二年目、すなわち文政七年（一八二四）七月に、金次郎に二番目の子供が生まれた。女子で、文子と名付けた。長男の彌太郎は四歳になっており、いたずら盛りで、陣屋の内外を走りまわって遊んでいる。

妻の波も、金次郎の仕事によく協力してくれた。

忙しいが、金次郎にとっては生き甲斐のある毎日がつづいていた。

（三）

このように、金次郎は桜町領に入って二年間、血のにじむような苦労をしたが、その効果は徐々に現れはじめた。

田畑は次第に整理され、新田も少しずつ増え、村人の生活も安定しはじめ、復興の意欲も盛り上がりの気運を見せ、金次郎の復興は徐々にその力を付け始めていた。

その効があって、文政七年の秋には稲はたわわに実り、大風の害もなく、豊作であった。

そのため、年末になって締めてみると、この年の余剰米は、五百俵を越えるという好成績であった。

すなわち、金次郎は桜町領の復興に当たって、当初、大久保忠真と宇津家との間で、復興期間中は、宇津家の分度（宇津家への年貢米）を千五俵と文書で決めた。この取り決めがなければ、この余剰米の五百俵は年貢米として納めなくてはならなかったのである。しかし、この分度のお陰で、この五百俵は年貢に納めなくてもよく、復興資金として、また村の備蓄として、金次郎の裁量で使えるのである。

金次郎はこの五百俵のうち三百俵を、陣屋にある救済用の倉庫に納めて、村民のいざという時の備蓄米とした。村に備蓄米が確保された、こんなことは例のないことだった。村人たちは一筋の生活への安定感を感じるとともに、金次郎の復興手腕に感服した。

残りの二百俵は換金した。そしてその金で、これまで陣屋の修繕費とか、道路や橋の修理費、用水の改善費などに立て替えていた代金の一部を返済した。残った金は、来年の復興事業資金に充てることにした。

年末のある一日、金次郎は陣屋に村方三役を招いて、酒宴を開いた。金次郎が酒宴を開くなどということは、桜町へ足を踏み入れてから、はじめてであった。

これまで、村方三役の宴といえば谷田貝宿の料理茶屋でやるのが普通であったが、金次郎はそのような場所は使わなかった。が、久しぶりの席なので、集まった村方三役の気分も明るかった。

村方三役とは、名主と組頭と百姓代である。桜町領は、物井村と横田村と東沼村の三カ村であるのに、どの村にも昔から名主がそれぞれ二人いるのが慣習になっていた。したがって、組頭、百姓代も同様で、この日の陣屋の宴は、金次郎、勝俣小兵衛、武田才兵衛などを含め、二十人を越す盛況であった。

宴の目的はもちろん今年の豊作をよろこび、五百俵もの余剰米を産んだ労働へのねぎらいであったが、同時に、その五百俵の使い道への了解を得ることにもあった。五百俵もの余剰が出たのだから、なにか大盤振舞いを期待する空気が、村内に流れているのを金次郎は感じていたからであった。

しかし五百俵の余剰米は、本来であれば宇津家へ年貢米として納めなくてはならないものである。それを宇津家の分度を千五俵と決め、それ以上の米が出来た場合は、余剰米として、村で自由にしてよいという約束を取りつけた。そのお墨付きがなければ、この五百俵は年貢米として納めなくてはならない。言ってみれば、この五百俵は、金次郎の知恵が生み出したものといってよい。そこで金次郎は、

（五百俵の米は、三百俵を備蓄し、二百俵は現金に代えて、立替金の一部を返済し、残りは復興資金として貯えた）

と、くわしく説明した。

すなわち米か金か、立替金の返済という違いはあれ、全部、村全体のために充てたのである。筋道の通った説明なので、名主、組頭、百姓代たちは文句は言わなかった。一応は了解はした。しかし、なんとなく納得できないような表情が、そこにあるのである。それは、

（立替金の返済にあるな）

と金次郎は直感した。

かつて桜町領の復興には、小田原藩から援助金が与えられていた。しかし、それは援助金なので、そのまま使ってしまって、返済などしなかった。

しかし、金に対する金次郎の考え方は違っていた。金次郎の考えているのは、援助金などを必要としない復興である。金が必要ならば、自分で稼いだ金を使うべきであり、そうした自立の復興でなくては、本当の復興ではない。もちろん金が必要なときは、借りればいい。しかし、それ

は資金繰りの都合で一時そうするだけであって、貰ったわけではない。いわば立替金のようなものであるから、返済できるようになれば、当然返済しなければならないのである。

桜町領の復興は、荒廃したところから出発しているから、当然その荒廃の修復に金がかかり、やむなく支出が先行している。しかし、復興が成功すれば余力が生まれるのであるから、それを返済するのは当然である。もちろん、陣屋は金貸しをやっているわけではないから、返済といっても、無理やり返済させる必要はなく、余力に従って少しずつ、長期に返済してもらえばいいわけである。そして返済された金は、これを復興資金として積み立てていけば、復興資金が次第にふえていく。復興資金が大きくなれば、より大きな復興事業が可能になるし、また、村に大災害があった場合でも安全である。

しかし、若干問題なのは、立替金の返済の中に、金次郎への返済分が入っていることであるらしかった。桜町へ来るに当たって、金次郎は田畑や家を売って、その金を持ってきている。そして、その金を投入している。また桜町に来てからも、追加で栢山村から金を取り寄せ、それも投入していたから、金次郎が個人的に立て替えている金も、数百両にはのぼっているのだった。

「立替金の中には、わたしの金も入っている。だから、余力の出たときには、わたしの金も少しずつ返済してもらうのだ。言っておくがな、わしは慈善事業をやっているのではない。仕事で来ているのだ。その点は十分理解してもらわないと困る。わかってくれたかな」

名主たちはいっせいに、

「へい」

と返事をしたけれど、本当に理解してくれたかどうか、金次郎には不安だった。

金次郎の考え方は、現代で言う資本の論理である。あるプロジェクトに資本を投下する。それが成功した段階で、投下資本を回収していく。しかし、村方三役たちは、田圃を耕して米を作り、作った米の半分は年貢米で納め、残りで一年間生きていく。毎年、そのくり返しである。そのような生活パターンの単調なくり返しの中から、金次郎の資本の論理を理解せよといっても、それは無理なのかもしれなかった。

年が明けると、文政八年（一八二五）の正月である。

金次郎は江戸へ上り、大久保忠真の上屋敷と、宇津家を訪れると、年賀の挨拶をのべると同時に、昨年度の復興状況を報告した。そして、大久保忠真公はじめ、宇津釩之助からも、

「うむ、よくやってくれた。今年もよろしく頼むぞ」

と言葉を賜った。

（四）

復興に入って三年目の文政八年。

荒地開拓や新田開墾も徐々に進んできたので、金次郎は昨年以上の収穫を期待した。

しかし、運の悪いことに、この年は関東一円が凶作で、桜町領もその影響を受けて、期待した米の収穫をあげることが出来なかった。

年末になって締めてみると、文政八年の米の収穫は、年貢額の千五俵を上まわること三斗六升の余剰にすぎないという惨状で、金次郎の落胆は大きかった。

金次郎は文政九年（一八二六）を、

（今年こそは）

と期待に燃えて迎えた。金次郎は四十歳を迎えた。復興に取りかかって四年目である。なんとか復興の目途を摑みたいところであった。

ところがその頃になると、いろいろな問題が次から次へと起こってくるのだった。村内の復興は、表面上は順調に進んでいるように見えた。しかし水面下では、種々の問題が芽生えはじめていたのである。

これまでのように、いわば農業の環境作りに力を入れ、利害の衝突の起きないうちはそれでよかったのだが、いざ積極的に、二、三男の分家取り立てや、遠国からの移住百姓の育成にまで乗り出して、荒地の回復、新田の開墾を始めていくと、問題が表面化してきた。

表面上は金次郎の指示に従っているように見えながら、村人の全員がそうではないのである。まず、名主をはじめとする村方三役にしても、金次郎の言うことに表立って反対はしないが、心の底から心服しているわけではなかった。

（大久保忠真公から、どんなお墨付きをもらって来ているかは知らないが、現地生え抜きのわしらが、その下に立つわけにはいかない）

という意識が強いのだった。金次郎がいくら名主格の武士待遇だといっても、しょせん、他国者の百姓なのである。

また表彰された者はよろこぶが、表彰されない者はそれを妬み、家を修繕された者はよろこぶ

が、されない者は面白くない。また家を修繕してもらった者でも、後日、その代金を分割で返済せよと言われると、

（えっ、ただで直してくれたのじゃなかったのかい。ばかに話がうますぎると思った）

と、一転して不満組に転身するのである。

そして問題はある日、遠国から移住してきた、いわゆる移住百姓が起こした事件によって表面化した。金次郎の呼びかけによって一番最初に桜町領へ移住してきた、物井村の善太郎が逃亡したのである。善太郎はすっかり物井村に定着して、家族も十名ほどになり、この地の百姓になりきったものとばかり思っていたのに、突然、家族ともども逃げ出したのである。

善太郎は勤勉な百姓で、金次郎の指示にしたがって、荒地になった田畑を開墾し、その勤勉さを表彰され、村でも有数の大百姓の一人になった者であった。

（うまくいっているのに、なぜだろう？）

金次郎には合点がいかなかった。金次郎はあの手この手を使って探し、自らも探索に当たったが、いったん姿を消した善太郎の行方はわからなかった。

だが善太郎の逃亡した原因を調べてみると、それは、

（移住百姓へのいじめ）

だったのである。村人にとってみれば、他国者が褒められたり、大地主になったりするのが許せなかった。昔から土着している村人よりも、他国から流れてきた者を優遇する金次郎の施策への、反感だったのである。

金次郎はさっそく名主たちを呼んで、その事情を聞いてみた。するとこれまでは何を言っても

「へい」と返事するばかりで、反応のなかった名主たちが、口々に抗議し出した。

「米の生産量をあげるために荒地の開発は必要ですが、百姓の数が少ないのに開発ばかりすると、田圃ばかりがふえて、人数が足りません。少ない人数がいやが上にも少なくなって、田畑全体に手が行き届かなくなり、百姓は忙しくなるばかりです。そして年貢や、いろいろ諸役の負担もふえるばかりです。これでは表面はうまくいっているように見えますが、かえって村が総つぶれになってしまいます」

金次郎は、

（ふーん、やっぱり彼等は、心の中でそんなふうに考えていたのだ）

と半ばあきれ、半ば驚きながら、

「それだから人数をふやすために、他国から人を入れているのではないか」

と言うと、名主たちの目が途端にぎらりと光って、

「それがかえって禍《わざわい》の元となるのです。他国百姓が入って荒地が開墾されると、田畑の境界の問題や、用水路や農道の使用などに混乱が起こり、困っております。また、村の中での位格をどうするのか、どの講へどのように入ってもらうのか、などについても、いろいろな問題が起こっています」

金次郎は、名主たちはなぜこのようなマイナス面ばかりに固執して、プラス面をまったく考慮しないのか、失望した。それで、

「うん、そうした問題もあるであろう。だが、それはその都度、一つ、一つ、解決してきた筈だ。それよりも、他国百姓は、それを上廻る大きな利益を、村へもたらしたではないか」

と切り返した。だが今度も名主たちは、「へい」とそのまま引き下がらなかった。引きつづき顔を金次郎の方へ上げたままで、

「村の混乱は、二宮様が他国百姓ばかりを優遇して取り立てるから起こるのです」

と、はっきり反抗の意思表示をした。

要は理屈はどうであれ、他国者への反感が、いじめ、圧迫となって、定着しかかった他国百姓を村から追い出してしまったのである。

こうして、物井村の善太郎の逃走が口火を切って、その後、あっちの村から四人、こっちの村から三人と、脱走がつづき、金次郎の立場を次第に苦しいものに追いこんでいった。

だが、金次郎への反感の理由はそれだけではなく、その他に、

（開発が進むと荒地がなくなり、近くで刈ることが出来た草や薪が、遠くまで行かないと刈れなくなった）

という不満とか、また、

（耕地が多くなり、整理が進んでくると、これまでのように怠けていられない）

といった、自分勝手な不満などもあるのだった。

これをきっかけにして、いつもは正面切って出せない仕事への反感が、次第にボルテージを上げ始めたのだった。それは金次郎の仕事の監視のきびしさに対してだった。

桜町領三カ村を十年で復興させようというのであるから、金次郎の監督指導のきびしいのは当然だった。だから、金次郎はいつも村内を歩きまわり、百姓の仕事ぶり、生活ぶりから目を離さ

ない。村人の鍋《なべ》の中や、厠の中までのぞいて見る。このことが、金次郎に四六時中監視されているという重圧感となり、百姓たちに重荷になってきていることも事実だった。

また、そんな仕事のきびしさや、金次郎の激しい性格が、時に村人に恐怖を与える行動になることもあった。

ある冬のことだった。橋をかける工事を村人が共同でやっていた。寒いので、男たちは川の中へ入らない。それを見かねた金次郎は、

「そんな仕事の仕方で橋の工事が出来るのか」

と怒って、若者の一人を川の中へ蹴落し、また金次郎も自ら川の中へとび込むという、すさまじさであった。

また、ある堤防の普請工事のとき、工事の人夫に飲ませる湯をわかしていた老人を、

「お茶を飲むために今日集まっているのではないから、そんなものは必要ない」

といって、釜を川の中へ投げこんだこともあった。

金次郎の激しい性格と、あまりの仕事熱心さが、ついそうさせるのだったが、そうしたことも村人に、

「他国者には親切なのに、どうして地元の人間には辛く当たるのか」

と反感を煽《あお》る材料になるのだった。

またこのようなこともあった。

ある冬の朝早く、金次郎が二、三の者をつれて、開墾場を巡視していた。人夫たちは焚火をすることを禁止されていたが、寒さにたえかね、

（朝はやいから、二宮先生はまだ来ないだろう）

とたかをくくって、所々で焚火をしていた。これを見ると金次郎はやにわに大声を発して、

「この不届き千万の者どもよ。焚火は禁止されているではないか。ぜったい許さないぞ」

とはげしく叱りつけると、自分で水を汲んできて焚火を全部消してしまい、

「ただちに裸になって、仕事を始めよ」

と厳命した。人夫たちがその権幕におそれおののいて、どうしていいのか困っているので、供の者が、

「裸はちょっとかわいそうです。どうでしょう、襦袢一枚ぐらいは許してやったら」

と取りなしたので、金次郎はやっとそれを許した。人夫たちが必死になって働き出すと、身体はあたたまり、やがて玉のような汗を流すようになり、今度は、

「どうか襦袢を脱ぐことを許してほしい」

と願い出る始末だった。すると金次郎はにっこり笑って、

「働くほど薬になるものはない。働くほど温かきものはない。いつも寒さにたえかねたるときは、働いて温まるのがよい」

とさとした。

また、このような話もあった。

物井村のある百姓は、他国から移住してきた者であったが、非常な働き者だった。しかし、いろいろな不幸が重なって借金がかさみ、そのために荷物をまとめて夜逃げしようとしていた。

金次郎はある夜、村を巡回していてその様子を察知したので、翌日その男を陣屋に呼び、

「お前は、なかなか葱《ねぎ》作りが上手だというではないか。よく葱の手入れをして、いい葱を作ってくれ」

そう言うと、葱の手入れの手間賃だといって、借金分の金額の金を与えてやった。男は金次郎の思いやりに涙を流してよろこぶと、さっそくその金で借金を返済した。それからは、金次郎の恩に報いるため一生懸命に働き、村人の模範となった。

また、こんな例もあった。

桜町陣屋へ出入りしているある職人が、金次郎の命令によって、毎日、東沼村にある寺の境内の杉の木の皮をむいていた。が、夜になると杉皮を盗んできて、自分の家の壁に張りつけ、雨よけにしていた。

この噂は誰いうとなく拡がって、やがて金次郎の耳にも入った。しかし、金次郎は聞いても、知らないふりをしていた。

やがて職人もそのことに気づいて、

(思いきって金次郎にあやまろうか、どうしようか)

と悩みながら、杉の皮をむきつづけた。

そんなある日、金次郎は杉皮むきの検閲にやってきて、その職人の仕事振りを見ながら、

「お前の家は風当りが強いところに建っているから、さぞかし壁が傷んでいるであろう。この杉皮の屑は不要だから、お前にやる。だから、それで壁の補強をしなさい」

と言って帰った。職人は全身に冷や水をあびせられたようになり、金次郎の寛大な心に感服す

ると、金次郎の後姿をふし拝み、それからは改心して、善人に戻った。

（五）

このように金次郎の行動は硬軟様々であったが、人の噂というものは悪い方へ、悪い方へと拡がっていくのが常である。この頃から、それまでは水面下に隠れていたいろいろな問題が、表面に現れてきた。

金次郎に反感を持つ村人は、表面はその指示に従うふりをしながら陰ではこれを妨害し、金次郎が何かをやろうとすれば反抗し、村人がなにか仕事をすると、すぐ反対者を煽動して妨害した。

また荒地を開墾しようとすれば、

「今ある田畑を耕す人手すらないのに、これ以上田畑をふやして、誰が耕すのか」

などと言って、進まないのだった。

また、越後や加賀から移住していた百姓を、逃亡してきた人間とあなどり、恥ずかしめ、いわれのない難題をふきかけて苦しめた。移住百姓がいたたまれず他国へ逃亡すると、

「他の国から逃げてきた人間をこの村へ入れるから、また逃げていってしまうのだ」

と金次郎へ非難が集まった。

田畑の境界が混乱し、これを直そうとすると、検地帳を家に隠して、

「古くからの検地帳がなくなってしまったので、よくわからない」

と妨害するのだった。

また、強い者は弱い者をいじめ、せっかく田畑を整備しても、わずかな借金のために取り上げられてしまうので、弱い者は逃げ出してしまうのだった。

ずるい者は、勝手に田畑を開墾し、年貢を納めず、収穫物はすべて自分のものにしてしまった。それのみか、年貢を納めなくてはならない田畑には、肥料をやらないで、わざと作物の出来を悪くして、

「土地の質が悪いのでこのように不作です。年貢を減らしてくれないと、百姓は離散してしまいます」

と陣屋へ訴えてくる始末だった。

こうして陣屋への訴えが日ましにふえてきた。百姓は名主の横暴を訴え、すると名主は、百姓の無法ぶりを訴えて、悪循環になっていった。

よこしまな人間は、表面は正直をとりつくろいながら、ひそかに愚かな人をたぶらかすので、さまざまな訴えが起こり、毎日、陣屋へ持ちこまれた。

当然、陣屋に勤めている勝俣小兵衛や武田才兵衛、ひいては金次郎も訴えの応対に忙しくなる。金次郎が訴訟で忙しくなれば、訴訟に時間を取られ、村内での農業復興作業に廻す時間がなくなるから、訴訟の頻発は、金次郎の復興事業妨害の狙いでもあったのである。

しかし金次郎は、よく彼等の訴えを聞き、その原因を究明して、よく争いをさばいた。そして、そのケース、ケースによって善悪を正して、彼等をさとし、いたずらに刑罰に処するようなことをしなかったので、訴訟は次第に減っていった。

しかし、こうなると陣屋の中にも不協和音が起こり、ぎすぎすした雰囲気になってきた。陣屋主席の勝俣小兵衛や補佐の武田才兵衛と、金次郎との間に、訴訟に対する意見の食い違いが生じてきたからだった。

勝俣と武田が武士であるのに、金次郎は百姓であるという、基本的に立脚する地盤の違いもあったが、要は金次郎の桜町復興に対する考え方が、あまりに理想主義に徹していたからだった。

勝俣小兵衛が、

「二宮氏、いい加減にせよとは申しませぬが、物事はそこまで徹底しなくても、その辺はある程度弾力的に考えればいいのではありませんか」

と言っても、金次郎は、

「いいえ、桜町領の復興は一点一画もおろそかに出来ません。復興事業は、壮大にして緻密な建物のようなものです。些細なことでもおろそかにすれば、構造全体が崩れてしまいます」

と妥協しなかった。また名主と百姓の争いごとなどに、勝俣小兵衛が、

「そうそう百姓の肩ばかり持たないで、時には名主をうまく使って治めるのも政治というものですよ」

と言っても、金次郎は、

「いえ、これは百姓の方に理があります。たとえ相手が名主でも、非の方に味方するわけにはいきません」

と頑《がん》として受け付けなかった。

勝俣小兵衛は桜町勤番となって四年目になっており、このような事もあって、そろそろ嫌気が

さし始めていた。武田才兵衛も、当初は志を持って金次郎に従ってきたのだが、やはり帰国を願う心境になっていた。

勝俣小兵衛が、ひそかに藩庁へ帰国を願う願書を出した、という噂が金次郎の耳へ流れてきた頃であった。桜町駐在代官の磯崎丹次郎が数人の役人をつれて、復興事情の視察に来た。その中に、わざわざ小田原から出張してきた役人も混じっていた。

これは、最近の桜町領のごたごたを心配した代官が、現地を見に来たのであるが、その裏で、名主や不満百姓たちが結託していたことは間違いなかった。そして、その動きに、勝俣小兵衛も同調していた。

だから、磯崎丹次郎たち役人の態度は、最初から一方的で、

「貧しい百姓が潰れんとしているのに、救いもしないで、どうして衰えた村を復興することが出来ようか。家を失って逃亡する者がいるというのに、くい止めることもしない。いったい二宮金次郎の仕法の徳は、どこにあるのか」

とはげしく詰問するのだった。

しかしこれは、ある一部分の現象だけを捕えた曲解である。金次郎は誠意をもって、

「いえ、在来の百姓であれ、移住してきた百姓であれ、差別することなく一様に、保護、育成するのがわたしの方針です。貧しさで一家離散寸前の者には、田畑を開墾して耕作させ、租税を免除し、借金が返済できるようにしてやり、ときには食料を与え、あるいは家を、農具や衣類を与え、生活が安定するあらゆる手段をつくしております」

「……？」

役人たちは疑わしい眼つきで聞いていた。

「ところが、手厚く援助を与えるほど、かえって彼らの難儀が減るどころか、逆にふえてしまい、情をかければかけるほど、ますます悪化してしまう場合があります。それは援助や情けに慣れてしまって、怠け者になってしまうからです」

「当たり前ではないか。貧乏人は貧乏人らしく暮らせばいいのだ」

「わたしはその理由を考えてみました。たとえば、枯木にはいくら肥料をやっても、生き返ることはありません。しかし、若い木に肥料をやれば、すぐ生長します。怠け者は、その怠け心のために、ちょうど枯木のように亡びてしまうのです。だから情をかけると、生き返るどころか、反対にますます亡んでしまうわけです。怠け者に情をかけるのは、一見『仁』のようにみえますが、本当は仁ではないことがわかりました。だから彼らに対しては、情をかける前に、まず農業に精を出させ、善行を行うように心を改めさせてから、情をかけるべきだと考え直しました。そうすれば、若い木が生長するように立ち直るでしょう。何度教えても改心しない者は、亡びるしかないのであって、わたしは援助する対象と考えておりません。もし、怠け者が亡びてしまったら、その親戚の中からまじめな者を選んで家を相続させれば、新しい木に肥料を与えるように、ふたたび家が盛んになるのです。さきほど『潰れそうな百姓を救わないのはけしからん』とのお話がありましたが、それはこのような考え方でやっているからでして、その潰れそうな百姓は怠け者で、援助する価値のない者なのです」

と答弁した。

しかし役人たちは、金次郎の話を理解しようとせず、結果的には、

（二宮金次郎のやり方は、貧しい村を復興する道ではなく、むしろ村を亡ぼすやり方である。復興と称しながら、かえって百姓をしいたげ、悩ませている）

というような内容を数カ条の文にまとめて、小田原藩へ訴えたのである。

金次郎は、

（なに、訴訟だと！）

と、無念の怒りが爆発しそうだった。そして、

（もう堪忍《かんにん》袋の緒が切れた。桜町領の復興など嫌だ。もう辞任しよう。どうしてわしの誠意がわからないのか）

と怒りと絶望で、心は荒れ狂った。

（六）

大久保忠真は、持ち出された訴えを聞くと、

「そちたちの訴えを聞くと、すべて二宮金次郎の方が悪いように聞こえる。しかし、物事は一方の言い分を聞いただけで、良し、悪し、を決めるわけにはいかない。二宮の意見もよく聞かなくてはならない」

と、金次郎を全面的に信用している忠真は、そう答えた。

金次郎は直ちに江戸へ出府を命じられ、大久保忠真から訴訟の内容についての説明を求められた。金次郎は無念の涙を押さえながら、

「殿はわたくしが不肖にもかかわらず、再三のご命令によって桜町領の復興を命じくださいましたので、桜町へ到着以来、寝食を忘れ、復興事業に専念いたしました。しかし、事業半ばにしてこのような訴えがあるとは、わたくし一人の不幸のみならず、殿のご不幸でもあります。わたくしは自分が正しくて、他人が間違っているなどとは毛頭思っていませんので、弁明などをいたす気持はありません。ですから、どうか、ただちにわたくしを解任して、復興の役目を、訴えたその人にお命じになってください。その者が見事桜町領の復興に成功すれば、まことに幸で、それこそわたくしの願うところであります」

忠真には事の真相がわかっているので、長年にわたる金次郎の苦労をなぐさめた上で、

「わしは少しもそなたを疑ってなどいない。事の正否は調べなくても判っている。訴訟や讒言《ざんげん》は、小人の常である。さっそくそのような讒言をした者を罰するであろう」

すると金次郎は、

「これは別に讒言ではありません。わたくしの計画がよく理解できないので、それが村民のためにならないと、心配しただけのことでしょう。ですから、その者に何の罪もありません。これも殿への忠義心から出たものに外なりません。もし、殿が彼らを罰するようなことがあれば、わたくしは直ちに桜町の仕事を辞退いたします。どうか彼らを罰するようなことはせず、むしろ、慰めの言葉をかけてやってください。そうすれば、わたくしの考えもわかってくれることと思います」

忠真は金次郎の心根に感心して、

「よし、わかった。そうしようぞ」

と答え、訴訟を起こした役人たちへ、

「おまえたちのように目先のことしか考えない浅知恵者には、とうてい二宮金次郎の遠大な計画などわかろうはずがない。それなのに軽卒にも訴訟を起こすとは、その罪は決して軽くない。直ちに処罰すべきところであるが、二宮がお前たちをあわれんで、訴訟のことなど問題にせず、一緒に復興事業を成功させたいと言っているので、その奇特な気持に免じて、お前たちを許すことにする。ふたたびこのような訴えを起こしたら、その時は罪はまぬがれないぞ」

と決断を下した。

訴訟を起こした三人の役人は、どうなることかと恐れおののいていたので、意外な恩情あふれる取り扱いに、金次郎の広い心と、深い思慮がよくわかり、これまでの事を反省し、復興への気持を新たにしたのだった。


このような事があって、文政九年五月、田植期を前に、陣屋勤務の更迭があり、勝俣小兵衛と武田才兵衛は小田原へ戻った。二人ともすでに帰国を望む気持が頭をもたげてきており、訴訟などのごたごたにも巻きこまれて、金次郎との間にも気まずい空気が流れていたので、丁度いい更迭であった。

代わりに赴任してきたのが、小路《こうじ》只助《ただすけ》という、五石二人扶持の下目付であった。只助は金次郎より二つ年下の、三十八歳だった。単身赴任であったので、同じく単身赴任であった武田才兵衛のいた家へ住むことになった。

これまで、金次郎の上に位していた陣屋首席の勝俣小兵衛がいなくなったので、金次郎は『名主役格』から『組抜き格』に昇進して、陣屋首席となった。これまで勝俣小兵衛が陣屋首席だったとはいえ、それは形だけのことで、すべては金次郎が全責任を負ってやっていたのだから、実質的にはこれまでと、別に変わるところはなかったのである。

なおこの時、宇津家からも横山周平を桜町領に派遣して、金次郎の事業を助成することになった。横山周平は宇津家の当主宇津釩之助の弟であり、清廉、実直な人柄で、学問の心得も厚く、人望のある人間だった。桜町領は宇津家の領有であるのに、大久保忠真の考えで復興事業が行われているので、勢い小田原藩出身者が中心になって復興が進んでいた。しかし、今回のような訴訟問題が起こると、宇津家の領国の復興に宇津家の者がいないという盲点が浮かび上がり、当主の弟の横山周平が赴任することになったのである。

横山周平は金次郎より十一歳年下の二十九歳で、生来虚弱な体質であったが、金次郎の方針をよく理解し、一身を投げうって、金次郎と力を合わせて復興事業を行った。したがって、金次郎も横山周平を尊敬し、厚く信頼して、いっしょに復興事業を行った。

秋になった。

この文政九年はいろいろのごたごたがあったが、稲の実りは順調で、豊作であった。

米の収穫は、年貢米千五俵を納めた後も、千俵余の余剰米が出た。昨年の余剰米はわずかに三斗六升であったから、金次郎のよろこびは大きかった。

余剰米千俵のうち、四百俵は非常時の救助用として陣屋の蔵に備蓄し、二百俵は栢山村へ返送した。栢山村への二百俵は、これまで栢山村から送らせていた金次郎の米を返したのである。

残り四百俵を換金すると、およそ二百両になった。この中から金次郎や復興基金が立て替えていたものを返済し、残りは基金に積み増しした。しかし、新田開発費、農具の購入費、肥料代、貧困者への貸金、家や農道、水路の修繕費など、これまでにも多額の立替費用が投入されており、また今後も引き続き必要とされるので、投入資金の回収はなかなか大変なことであった。

文政十年（一八二七）、金次郎は四十一歳になった。桜町領復興に入って六年目である。すなわち大久保忠真に約束した、復興十年計画の後半に入ったわけである。

昨年（文政九年）は訴訟があったりしてがたがたしたが、それが治まったのをきっかけに、村内の状況は落ち着きを取り戻し、また宇津家の横山周平の協力などもあって、文政十年の復興事業は順調に進んだ。耕作面積もふえ、地味も肥えてきたので、米の収穫は昨年に引きつづき豊作であった。

文政十年の年貢米を差し引いた余剰米は、千二十俵にのぼった。昨年と同じように、一部は陣屋の蔵に備蓄し、一部は換金して、新田開発や川の堤防工事に費した金の返済に当てた。

さてここでちょっと振り返ってみると、文政九年と文政十年の二年間を見ても、それぞれの年で千俵、合計して二千俵の余剰米が出たわけである。これは従来であれば、宇津家への年貢米として納入さるべきものである。

それを、金次郎が復興事業を引き受けるに当たって、粘りに粘って、復興が終わるまでの十年間は、宇津家の年貢は千五俵（表高の四分の一）と分度を決めたので、この余剰米は宇津家へ納める必要がなく、復興資金として使うことが出来たのである。

すなわち、桜町領の百姓たちは、年貢米として納めるべきものを、自分の村の復興のために使うことが出来たわけで、見方を変えれば、桜町領の大減税が実現したといえるわけである。

この当時は、どの農村でも年貢の重さにあえいでいた。しかし、どの藩の財政も苦しいので、減税どころではなかった。

だから、百姓たちが強いて減税を実現しようと思えば、百姓一揆しかなかった。この頃、日本国中、いたるところで百姓一揆が頻発していた。しかし、百姓一揆は封建体制への反逆であり、暴動である。成功するはずがなかった。武力によって取り押さえられ、首謀者は磔《はりつけ》になり、鎮圧された。例外的に成功したものもあったが、殆どは失敗だった。

ところが金次郎は、その百姓一揆でも成功しなかった減税を、『分度』という方法によって見事成功させたのである。封建制のきびしいこの時代において、なにか魔法か手品を見るような気がするのである。

このように考えてくると、分度という概念を藩財政の中に持ちこみ、合法的大減税をやり遂げた金次郎という人物は、百姓を越えた、偉大なる実業家、政治家、革命家ではないかと思うのである。

第七章　成田山での祈願

(一)

文政十一年（一八二八）、金次郎は四十二歳となった。男の厄年である。

復興事業を始めて七年目になる。そろそろなんとか形を作りたい時期であった。金次郎の頭は厄年がどうの、こうのという意識はまったくなかったが、この文政十一年という年が、金次郎にとって最悪の年になったのである。

それは昨年（文政十年）十二月に、小田原藩から豊田正作という、とんでもない役人が金次郎の上役として赴任してきていたが、年が明けると、金次郎への妨害を始めたからである。

昨年、勝俣小兵衛と武田才兵衛の二人が小田原へ戻り、代わりにやってきたのが小路只助一人であったので、もう一人必要であろうということで、豊田正作が来たのであった。しかし、その男が金次郎の復興事業を次から次へと壊してしまうのでは、なんのために派遣されてきたのかと、腹立たしい限りであった。

豊田正作は、郡奉行所で地方書役をつとめていた役人であるが、いろいろな知識も豊富で、理屈も達者であり、弁舌も立つ人間だった。しかし、傲慢で意地の悪い人間であり、酒好きの上に、役人特有の権力を笠に着て、相手をやっつけるのが生き甲斐だというタイプであった。

金次郎と同じ五石二人扶持であったが、ポストは金次郎の上役であった。

最初から金次郎のやり方に批判的で、その事業を妨害し、村々へ出掛けていっては、

「この作業は二宮金次郎が命じたというが、わたしは許可していない。だから直ちに中止せよ。わたしは二宮の上役である。その上役の言うことを聞かないならば、ただちに罰するからそう心得よ」

勝手にそう言い、せっかく金次郎が手がけている事業を潰してしまうのだった。

村人たちは豊田正作をこわがって、言うことに従い、金次郎の指示には従わなくなっていった。

豊田正作は小田原藩の下級武士で、寛正三年（一七九一）に江戸に生まれた。金次郎より四歳年下である。桜町領での金次郎の復興事業の成功を妬《ねた》み、それをよろこばない小田原藩上層部の人間が豊田正作をそそのかして、桜町領へ送りこんだのである。それに乗った豊田正作は、小田原を出発するに当たり、

「刀にかけても金次郎の復興事業をつぶしてみせる」

と公言したという。

桜町領に赴任した豊田正作の仕事は、復興事業を助けるどころか、金次郎の仕事を妨害し、領内を撹乱することだったのである。だから、豊田正作はいつも金次郎の事業を失敗させることばかりを考えていた。そのため、金次郎に反感を持っている村人は彼にへつらい、昨年、訴訟で負けた役人たちなども、陰で豊田正作と結託して、金次郎に反抗していた。

豊田正作はそれをいいことにして、よく仕事をする百姓よりも、自分にへつらう者を勝手に選んで表彰したり、村々を歩き廻って大酒を飲み、口をきわめて金次郎の仕事を嘲笑した。

文政十一年四月十四日、横田村に地境の争いが起こって、数日争いがつづき、金次郎は徹夜を重ねてやっと解決した。しかし、この紛争の背後に、豊田正作の手が動いていることは明らかだった。彼は酒を飲みながら、地境の争いを、裏で手をたたいてよろこんでいた。金次郎はなげかわしく思い、横田村の坂本天神へ額を奉納して、その裏面に、

我がまえに千日さらずに祈るとも
　心邪なれば罰をあたえん

と書き、心の嘆きを神に訴えた。

その後も、横田村で草刈り場の権利について紛争が起こったり、荘厳寺においても所有地の権利についての問題が生じた。それは、問題が生じたというよりも、無理に問題を起こして、裏で豊田正作がそれを煽《あお》っているのだった。

だから、金次郎が名主などの村役人や、詰役などを、いくら集めて話し合ってみても、解決しなかった。金次郎は、豊田正作さえ始末すれば、こうした一連の紛争は解決できると思った。

（その方法は……？）

豊田正作は大酒飲みである。

（酒攻めだ）

と金次郎は考えた。そこでひそかに妻の波に命じた。

「豊田は非常な酒好きである。彼が朝起きたら、すぐ酒肴を用意して、『豊田様が桜町にいらっしゃってから、大変いろいろと村のためにご尽力くださっています。どうか一杯お飲みになってそのご苦労をいやしてくださいと、金次郎がわたくしに言いつけて村へ出かけました』と言いな

さい。そして、酒肴がなくなったら、すぐ次のものを用意し、一日中酒がきれないようにしておきなさい。このように豊田に酒をすすめるのも、わたしの事業を助けるためなのだから、失敗しないようにうまくやってくれ」

酒で相手を陥れるということは、戦国時代からよく用いられる手である。また、商人たちが商売のかけ引きによく使う手でもある。それを誠実一筋の金次郎が使わざるをえなかったのは、よほど困りはてているからだった。

波が言いつけられた通りに、うまい酒や料理を出したので、豊田正作は大変よろこび、一日中酒びたりになり、紛争にあれこれ嘴《くちばし》を入れてこなくなった。

金次郎は、その隙に紛争の調停に全力をつくし、無事、問題を解決することができた。

紛争はいちおう解決したが、金次郎が困ったのは、金次郎がこれまでやってきたことが、次から次へと豊田正作の手によって破壊されてしまうことだった。

金次郎は豊田正作を反省させるために、いろいろと努力した。時にはおだやかにさとし、時にはきびしい言葉でいさめ、努力したが、無駄だった。言えば言うほど、嵩《かさ》にかかって邪魔をした。金次郎が艱難辛苦して復興事業を成しとげようと努力しているのに、豊田正作は、体を張ってこれを破壊しようとしていた。

金次郎は非常に苦しみ、ついに絶望的になった。金次郎ほど意思が強く、忍耐も強く、事業に情熱を持った人間としては、珍しいことであった。

（大久保忠真公は、このわたしに桜町領を復興せよと全権を委任してくれたのに、豊田正作のごとき下っ端の役人がのこのこやって来て、せっかく出来上がりつつある復興事業を、片っ端から

潰してしまうとは、どういうことなのか）

と嘆きに嘆き、時には金次郎ほどの人間が、

（いっそ豊田正作など刺し殺してやりたい）

と思うほどだった。

ついに秋も深まった頃になると、金次郎はたまりかねて、病気と称して家に引きこもってしまうこともあった。

その頃、常州の青木村（茨城県真壁郡）の村人が、農村復興を懇願し、新用水路の施設費三百両の借用を、金次郎のところへ申し込んできた。しかし、このような状態であったので、とてもそれを引き受けることなど出来なかった。

（二）

文政十二年（一八二九）の年が明けた。金次郎は四十三歳になった。

昨年は豊田正作のために、金次郎の仕事は目茶苦茶になってしまった。まさに四十二歳男の厄年が、どんぴしゃりと当たったたという感じだった。年が改まり、

（今年こそは……）

と期待をかけるのだが、豊田正作は相変わらず陣屋に根を張ったように居つづけており、金次郎の気持は重かった。

正月には、恒例のように金次郎は江戸へ出て、大久保忠真と宇津釩之助に新年の挨拶をした。

挨拶が終わると同行した者たちと川崎大師に参詣した。さて、帰る段になると、どうしてか、金次郎の足が桜町の方へ向かないのだった。桜町へ帰る気がしないのである。帰るのが嫌なのである。無理やり足を桜町の方向に向けても、足は地面に固定されたように一歩も前へ進まない。金次郎は、

「ちょっと用事があるから」

と言って一行と別れた。しかし、とくに行くあてがあったわけではない。気がついた時には、北へ向かって歩くはずの足が、西へ向かって歩いていた。

（ままよ、たまには気のむくままに歩いてみよう）

珍しく金次郎の心に、そんな気分が流れた。

（そうだ、生まれ故郷の栢山村へ行ってみよう。忙しさにまぎれて、最近はとんと御無沙汰になっている）

そう思うと、急に金次郎の心は帰心矢の如しになった。

冬枯れの栢山の村は、酒匂川の西側に広々とひろがり、その彼方に、大山の連山の頂が雪をかぶって横たわっていた。桜町と同じ冬枯れの農村の光景でも、生まれ育った栢山村の光景は、さすがになつかしかった。

「おーい、帰ってきたぞ」

と金次郎は、わが家の方向に向かって手を振った。しかし、わが家といっても、桜町へ移るときに処分してしまったから、いまそこにあるわけではない。

金次郎は弟の友吉の家へ寄った。友吉は金次郎より三歳下だから四十歳になり、二宮萬兵衛の

本家を継いで三郎左衛門を名乗り、立派な大百姓となっていた。

「やあ兄さん、お帰りなさい。ご連絡くだされば、お出迎えに行きましたものを……」

「いや、今日は風が吹くままの、風来旅だ」

「でも元気なお姿、安心しました」

「いつも面倒をかけてすまないな」

「いえ、わしの出来ることを、精一杯やっているだけでして……」

金次郎は、桜町に移るとき大部分の田畑は処分して金に代えたが、それでも若干残してある田畑の管理や、栢山村や小田原地区で金次郎が引きつづき貸している貸金の管理運営を、友吉がやってくれていた。そして、出来た米や金を、桜町へ送る手続きまでしてくれるのである。桜町の復興事業には投資の金がいくらでも必要だったから、この友吉の協力はありがたかった。

それのみならず友吉は、自分の米や金も、それと一緒に桜町へ送ってよこすのだった。

「友吉や、そこまでしなくてもいいのだよ」

と金次郎が言っても、

「おやじさんが死んだとき、まだ子どもの兄さんが、一生懸命働いて、わたしを育ててくれたご恩は今でも忘れません。今こうして三郎左衛門を名乗れるようになったのも、兄さんのお陰です。いま兄さんは、命をかけて桜町の復興をやっているのですから、わたしがそれを助けるのは当たり前です。わたしは栢山村にいても、兄さんと一緒に桜町の復興をやっているつもりでいるのです」

友吉がそう心情を吐露すると、

「お前のその気持が身に沁みて、涙が出るほどうれしいよ」

と、背中に豊田正作たちの迫害を受けているだけに、金次郎には肉親の思いやりが、心にずしりとうれしいのだった。

「ですから兄さん、わたしが送る米や金は、兄さんに差し上げたものですから、返してもらわなくてもいいのですよ」

毎年、金次郎は桜町領の余剰米を計算して、半分を非常米として備蓄し、半分を復興資金として投入した金の返済に当てている。そのことを友吉は言っているのだった。

「なぜだ。借りた金は返さねばならない。復興に注ぎ込む金は、恵んでやるのではない。必要だから貸してやるのだ。言ってみれば立替資金なのだ。復興が成功したら、その余剰の中から返してもらうということで、貸しているのだ。だから余剰が出れば、返済するのが当たり前だ。いや、これは大久保忠真公との約束でそうなっているのだ。それも、無理やり返済させているわけではない。余剰が出た中から、無理のない範囲でぼつぼつ返してもらっているのだから、お前が心配する必要はないのだよ」

「でも……」

と友吉は口ごもった。いつもは従順《じゅうじゅん》な友吉が、素直に言うことをきかないのだった。

金次郎はなにか黒い霧のようなものを感じて、

「何かあったのか」

「はい、こんなことは、一生懸命やっている兄さんに聞かせたくはないのですが……」

「いや、構わない、言ってくれ」

「それは兄さんが余剰米の中から、返済の金を受け取ったり、また栢山村へ米を送り返したりするので、『兄さんが私服を肥やしているのだ』という評判が立っているのです。それがくやしいのです」

「えっ…、そんなことを言っている人がいるのかい」

　金次郎は絶句した。金次郎が思ってもみない批難だった。

「でも貸した金なのだから、返済してもらうのが当然ではないか」

「理屈はそうです。でも余剰米だって百姓が作った米です。せっかく豊作でよろこんでいるのに、自分の懐に入らずに、兄さんの懐に入ってしまう、それは理屈でわかっていても、感情としては、反発となって返ってくるのではありませんか」

「わしは、ちっとも私服など肥やしてはいないのになあ」

　金次郎は天を仰いで嘆き、

「わしはやましい事など何ひとつとしていない。全部、金の出し入れは帳面につけている。それを見ればいいではないか」

「兄さんは正しいのです。わたしは兄さんを全面的に信用しています。信頼しています。しかし、正しいだけでは、世の中は治まらない場合があります」

「悲しいことだなあ」

「それに余剰米の使い方には、まだ彼等に不満があるのです。余剰米の使い途は、備蓄米と返済金です。備蓄米は将来飢饉の時、自分たちが食べるのだからいいのですが、問題は返済金の方です。返済金は堰や橋を作ったり、用水路の整備のために使った金の返済ですが、橋や用水路に使うだけでなく、自分たちの懐にも少しは入れてほしいというわけです。それを、余剰米の使い途は兄さんが一人で決めてしまって、橋や用水の金を返済し、残りは兄さんの懐に入れてしまう、そう見ているのです」

金次郎の復興事業の基本方針は、藩からの恵みによってはやらない。あくまで自分の力でやる。開発の自力を高めて、その余剰の力によって復興させるのである。ただ、開発の自力を高めるのには、事前に金を投入しなければならない。だから、その金は投入する。しかし、その金は恵んだものではないから、余剰が出たときに返済する、これが金次郎の哲学である。

開発能力を高めるとは、一口にいえば農作の環境整備である。荒地を良質な田畑にし、農道や橋や用水を整備する。現代の言葉でいえば公共投資である。百姓の不満は、いくら余剰米が出てもその公共投資へ行ってしまって、自分たちの懐に入ってこない点にあるのだった。

「でも公共投資がふえ、村の農作条件がよくなれば、米も野菜も多く穫れるようになる。そうなれば自分の田畑の米もよく穫れるようになる。結局は自分の上に還ってくる。村人全員のためになることだ。それでいいのではないか。わしはそれが桜町の復興だと思っている」

「ところが兄さん、現実は必ずしもそうではないのです。村人たちは、村人全体が豊かになるのを、必ずしもよろこんではいないのですよ」

「そんな馬鹿な……」

「いいえ、馬鹿なことではありません。百姓は百姓でも、貧乏百姓が豊かになるのを、村人はよろこんではいないのですよ。貧乏百姓は、貧乏百姓でいいのです」

「そんなことはない。わしは貧乏百姓をなくそうと一生懸命にやってきた」

「だから兄さんは、貧乏百姓の方にこれまで肩入れしてきたでしょう。それが百姓たちには面白くないのです。それを百姓たちは妬んでいるのです」

「貧乏百姓が豊かになって、なぜ悪いのか。そのために、わしは復興事業をやっているのだ」

「でも兄さん、それは理想論ではないのでしょうか」

「どうしてだ」

「士農工商と階級がありますが、百姓の中にも階級があるのです。名主は名主、富裕百姓は富裕百姓、貧乏百姓は貧乏百姓なのです。その垣根を超えてはいけないのです」

「そんな馬鹿な。そこを超えなければ、みんなが豊かになれないではないか」

「でも、貧乏百姓が、金持ち百姓になってはいけないのです。兄さんはそれを手助けしているのです。そこに、兄さんの事業への反抗があるのではないでしょうか」

村全体が豊かになる、富裕百姓も貧乏百姓も同じように豊かになるという理想論、そこに金次郎の、自分は意識していない革命家の姿があるのである。友吉はさらに衝撃的なことを言った。

「この考え方は、武士の方にもあるような気がするのです」

「なに、武士にも……？」

金次郎は思ってもみない意外なことを聞いて、怪訝《けげん》な顔をした。

「そうです。わたしは桜町へは行ったことはありませんから、宇津家の家臣のことはわかりませんが、小田原藩の武士の言うことは、ちょいちょい耳に入ります。彼等は桜町のことをよく知っています」

「武士たちは何もしないのに、何を言っているのだ。武士といえば、豊田正作のような、ろくでなしを送りこんでくるようなことしか、しないではないか」

「わたしには、豊田正作はわざと送りこまれたような気がしてならないのです」

「わざとだって……？　何のために」

「兄さんの仕事の邪魔をするためにです」

「………」

金次郎には、とっさにその意味がわかりかねた。

「武士も、兄さんのやり方には反対なのです」

「百姓のわたしが武士の上に立って、桜町領全体を取り仕切ることが許せないと、相変わらずそんな身分のことを、まだ言っているのか」

「ええ、それもあるでしょう。しかし、復興が進むにつれて、別の問題が起きているからです」

「別の問題……？　何だろう」

「復興が進み、米がたくさん穫れるようになれば、武士の暮らしもよくなるかと思っていたのに、武士の暮らしは少しもよくならないからです。宇津家が千五俵という低い分度を設定したために、余剰米が出るようになっても、それは少しも宇津家の方には廻らず、宇津家の武士たちの苦しい生活はまったく変わらないからです」

「それは当然ではないか。その約束で復興事業を始めたのだ」

「よくなるのは貧乏百姓ばかりで、武士はちっとも変わらない。それが武士には不満なのです」

「む、む……、何ということを言うのだ」

「それにまだあります。桜町の復興が成功すれば、そのやり方で、次は小田原藩の復興をやらせたいと大久保忠真公は考えていると聞いておりますが、こんなやり方で小田原藩もやられたら、たまったものではない。小田原藩でも得をするのは貧乏百姓で、貧乏くじを引くのは武士、そんな復興事業は反対だと、豊田正作を使って反対させているのです」

豊田正作の妨害は、彼の個人的な性格から来ているのかと思っていたのに、そのような背景があってのこととはじめて知って、豊田正作のあくどすぎる妨害の正体が、金次郎にはわかった気がした。

「わしは余剰米の半分は、非常用にといつも備蓄している。武士だっていざ飢饉になった時には、それによって救われるのではないか。武士にも十分有意義な復興である筈だ。それに復興の途中では、宇津家の分度は千五俵であるが、復興が終了したときには分度は二千俵へと、分度は倍になるのだ。かつてのように名目は四千俵でも、中味は千俵足らずの、空《から》の石高よりもずっといい筈だ」

「でも、そんな先のことまではわからないのです」

「情ないなあ」

「だから復興といっても、武士も百姓も、兄さんが考えているそんな理想的なものを求めているわけではないのですよ」

「うん、そうかもしれぬ」

友吉の話を聞く金次郎の頭には、弱気と、強気の思いが錯綜《さくそう》した。しかし、

(でもわしは、どんな事があろうとも、わしの決めた信念を貫くぞ)

という固い覚悟が、金次郎の中でむくむくと頭を抬げてくるのだった。

(三)

金次郎は、友吉の家でしばらくくつろいでいたが、いつまでもそうしてはいられなかった。身体の疲れも取れ、友吉の忠告を受けたので、桜町復興への気力もふたたび充実してきた。

「友吉、大変世話になったな」

「なんのこれしきのこと。また、いつなんどきでも気が向いたら、骨休めに出掛けてきてください」

そう言って友吉は、ずしりと重い金を差し出した。

「いつもすまないいね」

これは、金次郎が栢山村に所有している田畑の小作料や、金次郎がいなくなっても続いている小田原の五常講貸金の返済金である。友吉がその受け取りを代行してくれているのだった。

金次郎は友吉に別れを告げて栢山村を去ると、酒匂川を南に下った。しかし金次郎は、まだ、まっすぐ桜町へ帰る気分になっていなかった。

金次郎はその足で箱根山へ登った。そして半月ばかりも、あちこちと温泉宿を渡り歩いた。桜町を出るときに持ってきた金に加え、友吉から受け取った金をあわせると八、九十両の金が財布に入っていたから、安心して静養できた。

箱根の山を下りると、金次郎の足はいったん東へ向かったが、

(もう少し帰るのを遅らせてやれ)

そう思うと、もう一度足を南へ向け、伊豆の温泉地へ向かった。

箱根につづいて伊豆で、もう少しぶらぶら温泉につかっていようと思ったのは、

(少し帰るのを遅らせて、桜町の村人をもう少し心配させてやりたい)

という、少し意地悪な気持と、

(おれが行方不明になって、桜町の村人たちはどんな反応をするかな、その反応を見てみたい)

という気持とが、ないまぜになっていたからだった。

伊豆の温泉場で、あちこち名湯を渡り歩くうちに、金次郎が蒸発してから、そろそろ二カ月以上になろうとしていた。

(もうそろそろ、いいのではないかな)

そう思うと、金次郎は伊豆を後にして、桜町へ向かった。

桜町へ近づくにつれて金次郎の胸の中は、複雑にゆれ動いてきた。いろいろ障害《しょうがい》はあっても、復興事業を自分の方針通り完遂しようという決意は出来ていた。しかし、ふたたび豊田正作の顔が眼の前に立ちはだかり、気持がひるむのだった。

(そんな気の弱いことでどうするのだ)

と自分を励ますのだが、金次郎を押し包む霧のような重苦しさは、どうにもならなかった。

だが、その時金次郎は、ふと、

(これは豊田正作に問題があるのではなくて、自分の心にあるのではないか)

と思ったのである。

(豊田正作がどんなことをしようと、自分の方にびくともしないものがあれば、何でもないので

はないか。豊田正作に恐れを感じるのは、自分に不動の心が欠けているからではないか。そうだ、不動心を養う修養をしよう）

と金次郎は思った。

幸い桜町へ着く前に東へ行けば、そこに成田山新勝寺、いわゆる成田のお不動さんがある。

（よし、成田のお不動さんで修業しよう）

そう決意すると金次郎は、いったん江戸へ入ったが、北へ進まずに、東へ、成田山へ向かった。

（四）

金次郎は成田山へ急いだ。

新勝寺の門前に着くと、金次郎は佐久良屋という旅宿に入り、

「今夜泊めてほしい。心配するな、金はこの通りある」

と金包みを見せた。

身長は百八十センチ、体重は九十数キロ、日焼けした顔はいかつく、眼光は鋭く、手足は節くれだった巨漢に、宿の主人はたじろいだ。この頃は幕末の乱世である。関東各地の農村は荒廃し、流浪の民となった者が群盗博徒となって各地をうろいている、物騒《ぶっそう》な世の中だった。三年前の文政九年に、幕府は治安対策として、無宿人や百姓町人が長脇差を持つことを禁止したが、その程度のことで治安が治まるはずもなかった。

そこへ、巨漢がにゅっと顔を出した。しかも大金を持っていた。

（この男はてっきり盗賊にちがいない）

と宿の主人が思ったのも無理はなかった。しかし、断るのは恐ろしかった。

そこで、一応金次郎を泊めて、その間に、この男が名乗る『小田原藩士二宮金次郎』という身分が、たしかかどうか、確認の使いを、江戸の小田原藩邸へ走らせたのである。

成田から江戸までは片道五十キロ。若い男の足で急いでも、往復二日はかかる。二日目の夕方になって、使いの者がやっと帰ってきて、

「あのお客さんは、まちがいなく小田原藩士の二宮金次郎様です。それも老中大久保忠真様の信頼厚き方です。粗略に扱ってはなりませぬ」

ということで、待遇は一変し、金次郎は宿に落ち着くことが出来た。

そして、宿の主人に、名僧として名高い貫主の照胤《しょういん》和尚を紹介してもらった。

金次郎は自分の願いを和尚にのべた。

「わたしは小田原藩主の大久保忠真公から、桜町領の復興をおおせつかっております。よくよく考えてみますと、この世で最悪なものは、貧困と飢餓です。わたしは自分の命を捨ててでも、桜町を貧困と荒廃から救いたいのです。そこで、成田山の不動明王のお力をお借りしたいとお願いにまいったのです。どうかわたくしに、それをやりとげる不動心をお与えください」

そして次のような七大誓願を成田不動尊に祈った。

禍を転じて福となし、
凶を転じて吉となし、

借財を転じて無借となし、
荒地を転じて開田となし、
痩せ地を転じて沃土となし、
衰貧を転じて富栄となし、
困窮を転じて安楽となし、
一切人民の悪しきところを除き、
一切人民の好むところ、ことごとく之を与えん

かくして、三月十七日から、金次郎の新勝寺での、最もきびしい二十一日間の断食修行が始まったのである。

新勝寺の修行はすさまじかった。

まず、何も食べることはできない。水以外は口に入れてはいけないのである。

さらに一日数回、水行場で冷水を全身にかぶる。

朝夕は、本堂で行われる『護摩《ごま》行』に参加する。

そして、空いた時間は不動経を読んだり、禅に似た『阿字観《あじかん》』の行を行った。

こうして断食と水行と護摩行とで、心身をとぎ澄ませながら、金次郎は次のような歌をよんだ。

心あらば成田の山に籠りなん
　石の上にも岩の上にも

わたしは、農民を救済したいと固く決意して成田山に参籠《さんろう》した。その願いが成就するために必要ならば、石の上でも、岩の上でも、何年でも座りつづけて参籠するであろう、というような意味であろうか。

断食のため身体が衰えるのと反対に、金次郎の精神はかえって鋭く冴えていった。肉体は消え、精神だけで祈っているような清澄な境地になった。こうして、金次郎の不動明王の心に近づこうとするひたむきな苦行は、休みなくつづけられた。

成田山新勝寺の照胤和尚は、その姿を見て、

（成田山への祈願者は数多いが、これほど熱心で激しい祈願者は、いまだ見たことがない）

と感嘆した。

（五）

さて、桜町の方である。

桜町では金次郎が行方不明ということで、大騒ぎになっていた。金次郎への反対者もいるのだが、しかし、なんといっても最近の桜町領の復興ぶりの実績は見逃せない。大勢としては金次郎の支持者、信奉者が多いのである。

正月に、金次郎といっしょに江戸へ行った村役人たちは、川崎大師で金次郎と別れ、一月二十日に江戸から桜町へ帰っていた。金次郎は別に用事があるというので川崎大師からは単独行動を

取ったが、二、三日すれば、帰ってくるものとばかり思っていた。それなのに四日たっても、五日たっても、金次郎は姿を見せなかった。

一月も二十五日になると、さすがに人々は心配になり、陣屋に集まって相談した。しかし、特に変わった情報もなく、見当がつかなかった。金次郎の妻の波にも、会合に出席してもらって様子を聞いたが、波のところにも何の連絡もなく、さっぱりわからないということだった。（この時点の金次郎は栢山村の友吉のところにいたのだが、妻へも連絡は取っていなかった）。

そこで人を方々に走らせ、金次郎が立ち寄りそうな所を調べたのだが、何の情報も得ることは出来なかった。江戸の小田原藩邸へ行けばあるいは事情がわかるかも知れないと、一月二十七日に、東沼村の名主の弥兵衛、物井村の名主の文右衛門などが中心になって、江戸へ出て問い合わせたが、そこでも金次郎の所在を知ることは出来なかった。

金次郎の失踪が、『桜町復興の挫折』にあることは誰の目にもはっきりしていた。

しかし、桜町の復興は、そもそも大久保忠真の発案で始まったものである。もし、金次郎の失踪が大久保忠真の耳に入れば、詰の役人も、村役人も如何なる処罰を受けるか見当もつかず、戦々兢兢《きようきよう》としていた。さすがの豊田正作も、表面は虚勢を張っているが、沈んだ顔をしていた。

また村人たちも、もし金次郎がこのまま行方不明になれば、折角ここまできた復興事業が中断してしまい、大変なことになると心配し、大騒ぎするのだった。

人々は八方手をつくして金次郎の行方を探したが、杳《よう》としてわからなかった。江戸へ年賀に行った一行が、金次郎と川崎大師で別れてから、そろそろ二カ月が経とうとしていた。あの謹厳実直な金次郎が、かくも長い間姿をくらますなどということは、かつてないことだった。なにか

金次郎の身の上に災難でも降りかかったのではないかと、村人が心配の極致に達したとき、

（二宮金次郎は成田にいる）

という朗報が入った。

（えっ、なぜ成田などに……？）

いきさつはこうだった。金次郎の行方が心配で、たまりかねた村人が、

「もう一度、江戸の小田原藩邸へ問い合わせてみたらどうか」

と提案した。

「でも、この前、小田原藩邸に聞いたが、何もわからなかったではないか」

「うん、でもそれは二カ月も前のことだ。その後、なにか知らせが入っているかもしれぬ」

ということで、念のために使いを小田原藩邸へ走らせてみると、

「二宮金次郎は、いま成田にいるらしい。というのは、先日、成田の旅宿から『山賊みたいな男が来て、小田原藩士の二宮金次郎だと名乗っているが、まちがいないか』という問い合わせがあったから、まちがいないと答えておいた。だから、その旅宿に泊まっているのではないかな」

ということであった。使いの者はよろこび、急ぎ帰って知らせると、

「ああよかった。では、さっそく誰か迎えに行かなくては……」

ということで、とりあえず陣屋勤番の小路只助が成田へ走った。

教えられた佐久良屋という旅宿に行くと、

「二宮様は成田山で二十一日間の参籠に入っているから、いま会うことはできない」

ということだった。すぐに会えなくても、金次郎が成田山にいるのが確認できたことだけでも

有難かった。

「それで、その参籠はいつ終わるのでしょうか」

「そうですね、三月十七日に始まったばかりだから、満願は四月六日ですね」

小路只助は急ぎ桜町へ帰り、このことを報告すると、一同は、

「それはよかった。四月六日が楽しみです。その日には大勢そろって、迎えに行きましょう」

金次郎の成田参籠は、小田原藩江戸邸と宇津家へもただちに報告された。

小田原藩も宇津家も、金次郎失踪の件は大いに心配していたので、両者はただちに協議して、事態収拾策をはかった。

そして、今回の騒動の原因である、豊田正作の召還をただちに決めた。まず混乱の元凶を取り除いたのである。

また、事態収拾のために、宇津釩之助は、弟の横山周平をふたたび桜町領へ特派した。横山周平は金次郎がとくに敬愛する人物であり、一時桜町へ赴任していたが、病弱のため、一年ばかりで江戸へ戻っていた。しかし、今度のように、追いつめられた金次郎を支えて復興事業を再スタートさせるには、横山周平を再出動させるしかなかったのである。

いよいよ金次郎の参籠満願の日が近づいてきた。

四月五日になると、横山周平を先頭に、小路只助、村田与平治、彌兵衛、円蔵、忠次、七郎次、藤蔵、岸右衛門などが、出迎えに桜町を発った。そして、土浦に一泊すると、翌六日に成田へ向かった。

四月六日になると、予定通り金次郎の参籠が無事に満願となった。金次郎の至誠はついに不動

明王に通じ、

（一円観）

という信念を、悟得開眼することが出来たのである。その悟りとは、

（人には絶対の善人もないかわりに、絶対の悪人もない。至誠をもって当たれば、復興事業を妨げる人々の心をも動かすことが出来る）

というものであった。すなわち、善や悪など、世の中のありとあらゆる対立するものを、一つの円の中に入れて観るのである。

世の中には、善悪、強弱、遠近、貧富、男女、夫婦、老幼、苦楽、禍福、生死、寒暑など、互いに対立し、対照となっているものが無数にある。金次郎はこの対立するものを一つの円の中に入れ、相対的に把握しようとしたのである。

同じ店でも、買物に行くときは遠くて不便だと思うが、その店が火事だと聞けば、遠くてよかったと思う。同じ刃物でも木を削るときは、切れなくて困ると思うが、指を怪我《けが》したときは、切れないほうがよかったと思う。花見の舟に乗ろうとして、断られれば花見舟を恨むが、花見舟が事故で沈むと、乗らなくてよかったと思う。

このように禍福、幸災など、互い対立するものは、いずれもそれぞれ円の半分である。世の中のことは何事も、それに対する別の半円と合わせて、一円となるわけである。物事の相対性を、一円観として説いたものである。

金次郎は、この一円観の悟りを開くまでは、復興事業を妨害する人間は悪人であると思っていた。だから、その悪人に制裁を加える必要があると考えていた。しかし、一円観を悟ってみると、

そうでないことがわかった。

反対者には反対の理由があり、反対者が出ることは、まだ自分の誠意が足りず、反対させる原因が自分の方にもあることを悟ったのである。

打つこころあれば打たるる世の中よ
打たぬこころの打たるるは無し

金次郎がこうした心境になったとき、桜町復興事業の障害が、金次郎の心から霧が晴れるように消えた。

(不動明王のごとく、たとえ火が燃えさかっても、決して桜町からは動くまい)

という不動の決心が固まったのである。不動尊とは『動かざること尊し』と悟ったのである。

このようにして金次郎の満願は達成されたのであるが、あまり突然、大勢の出迎えの人数が訪れたのでは、金次郎がめんくらって、面会しないおそれがあった。それで一行は、成田山の山門前の茶店で待っていて、まず小路只助一人が金次郎を訪れた。

「二宮様、お久しうございます。二十一日間の参籠、満願おめでとうございます。二宮様のお姿が見えなくなってから、村の者たちは大変心配し、復興事業の中断を悲しんでおります。これからは、すべて二宮様の指図に従って、つとめ励みたいと一同は思っておりますから、その心情をお汲みとり、どうか桜町へお帰りください。そのために横山周平様をはじめ、大勢でお迎えに来ております。どうか、皆様にお会いください」

金次郎がどう反応するか心配しながら、誠意をこめてそう言うと、金次郎の胸にも、

(やはり皆はわしを待っててくれていたんだ)

という思いがこみ上げてきて、

「これはありがとう。ご心配をおかけしました」

温かい眼ざしを只助の方に返してよこした。

二十一日間の断食修業のため、さすがに眼はくぼみ、頬はこけ、鬚《ひげ》はのびて、やつれていた。

しかし、がっしりした体型は少しもくずれておらず、身体に溢れている気力のすさまじさは、平常時を上廻るほどであった。

只助はただちに門前へ走り帰ってこの事を報告し、横山周平以下の一行は、無事金次郎に面会した。

二十一日間の断食をしたというのに、金次郎の六尺の身体、二十五貫という堂々たる身体が、それほど衰えていないのに人々は驚いた。声も相変わらず雷のように大きかった。

出迎えの先頭に立っているのが、敬愛する横山周平であるのが金次郎にはうれしかったし、また、あの豊田正作がすでに小田原へ召還されたというのも、金次郎の心に希望を与えた。一同が、

「長い間のきびしい修業でした。二、三日、ゆっくり静養されてから桜町へお戻りください」

とすすめると、

「いや、大丈夫だ。すぐ帰ろう」

そう言うと金次郎は粥を二、三碗食べただけで、翌日の四月七日には成田を発った。

二十里（約八十キロメートル）の道を一気に歩いて、翌四月八日には桜町に到着した。人々はその精力のすさまじさに、

「いくら元気で丈夫な人でも、二十一日間の断食をしたら身体が衰えて、わずか数里さえ歩くの

がむずかしい。それを二十里を一気に歩くとは、普通の人にはとても出来ないことだ」

と驚いた。

桜町に着くと、村人たちが総出で、出迎えていた。

陣屋に着くと、横山周平がすかさず、

「さて二宮様は、成田山で何をお祈りしたのですか」

と尋ねた。金次郎は成田山から持ち帰った不動尊の像を壁にかけて、

「桜町の復興事業が成功するか、成功しないか、それとは関係なく、わたしは生涯この桜町の地を動かないことを不動尊に誓ったのです。たとえどんな災難があり、背で火が燃えるような苦しいことがあろうとも、わたしは死をもって誓ったのです。不動尊とは『動かざること尊し』と読みます。わたしがこのような不動心になれたのも、いつに不動尊のお陰です。もうわたしはこの桜町の地を動きません。どうか皆さんよろしくお願いいたします」

こう金次郎に決意をのべられては、感動しない者は誰もいなかった。

（六）

金次郎が成田から帰ってからは、これまで何かと抵抗していた役人や、アンチ金次郎の百姓も、態度を改め、復興事業は順調に進みはじめた。

それは、反抗の元凶であった豊田正作がいなくなって、金次郎に理解のある横山周平が赴任してきたというトップの交代も、大きな力であった。

しかし、なんといっても最大のインパクトは、三カ月間、金次郎が桜町を空白にしたことであった。金次郎がいなければ復興事業が完遂できないことを村人たちが身に泌みて感じたことと、復興事業が一瞬中断したことによって、復興事業の重要さをあらためて認識したことであろう。

この日から復興事業は、これまでの苦難がまるで幻であったかのように順調にすべり出した。

金次郎は文政十二年四月八日に成田から帰ると、翌日からすぐ村内の巡回を始めた。おそるべきエネルギーであるが、それだけ復興事業再開にかけた金次郎の熱意がすさまじかったということである。

これまで豊田正作は、金次郎の事業に、勝手放題の邪魔をした。とくに、金次郎が桜町を空白にしていた三カ月間の仕打ちはひどかった。金次郎は横山周平たちと相談しながら、その妨害の状態をよく調査し、これを復旧した。また豊田正作の煽動によって不正を働いた者を罰し、賞すべき者は賞し、適正な指示と処置を行ったので、桜町の中に復興への活気が次第にみなぎってきた。

その一、二の例を挙げれば、次のようなことがあった。

物井村や東沼村の百姓たちは、昔から隣接する横堀村などの土地を、一部所有していた。ところがある日、豊田正作が突然、

「他村の中に田畑を持っているのは、自分の村を疎略《そりやく》にするものである。他の村へ行って耕作しておきながら、自分の村では人手が足らないといって、他国から百姓を移住させるのは、矛盾である。他村の土地を耕す暇があったら、自分の村の土地を耕すべきであり、したがって、他村の中に持っている土地はすぐ返却せよ。もし指示に従わない者があれば処罰する」

と屁理屈《へりくつ》をこね出した。これは明らかに、金次郎の、他国からの移住百姓奨励《しょうれい》への妨害のためだった。百姓たちが、

「他村に田畑を持つのは、昔から認められていることですから……」

といくら弁明しても豊田正作は応じなかった。それで仕方なく百姓たちは、他村の旧《もと》の所有者に買い戻ししてくれるように交渉をしたが、急にそのようなことを言われても、相手の方も簡単に買い戻しなど出来るはずはなかった。

このような紛議が起きている最中（文政十二年二月）に、豊田正作は江戸へ戻り、金次郎が成田から帰ったのである。金次郎は、

「他村に土地を持つのはお互いさまのことで、昔からのしきたりであり、また、そうなるにはそれぞれの事情があってのことだから、いきなりそれを禁止するなどというのは理不尽である」

として、従来通りの取り扱いを許した。

また、次のような例もあった。

物井村にいる藤左衛門、彌藤治、平蔵の三人が、昨年（文政十一年）十二月二十一日に所用があって、隣村の大島村の石橋を渡ろうとした。すると、同じ物井村の平左衛門とばったり逢った。平左衛門は酒ぐせが悪いので評判だったが、その日も酔いつぶれていて、藤左衛門一行を見ると、難題を吹っかけて、からんできた。

そこで、若干言い争いになったが、藤左衛門たち三人は、いい加減にあしらって、その場を引き上げた。しかし、執念深い平左衛門は、豊田正作に、

「藤左衛門、彌藤治、平蔵の三人は、賭博をやっていた」

と訴えたのである。三人は豊田正作に呼び出され、吟味を受けたので、

「それは事実無根です」

と弁解した。しかし、藤左衛門たち三人も、日頃から素行の治まらぬ者たちであったので、その弁解が通らず、ついに手鎖《てぐさり》村預けとなってしまった。

豊田正作がいなくなり、代わりに横山周平が来たので、とりあえず村預けから親類預けということになった。しかし、いつまでも親類預けでは、田畑の耕作が出来ない。そこで金次郎のところへ、

「ご赦免ねがいたい」

という嘆願がきたのである。金次郎が調査したところ、いずれに分があるのか、わからないところもあったが、いずれにしても酒がからんだ喧嘩であり、大した問題ではない。はやく赦免して、農耕に精を出させた方が得策だと判断して、三人を解き放った。

このように金次郎は、個々のトラブルを誠意をもって解決しながら、人心の収攬《しゅうらん》をはかっていった。そうした中において、これまで金次郎の最大の妨害者であった物井村の岸右衛門が改心したことは、村人全体による、金次郎の復興事業への協力体制が出来た象徴ともいえるものであった。

岸右衛門は物井村の大百姓の一人であったが、これまで金次郎の事業への、反抗者の代表のような人間であった。才知があったが悪知恵に近く、性格は剛気であったが、吝嗇《りんしょく》であった。金次郎が桜町へ来てから寝食を忘れて復興事業に苦労しているのを、岸右衛門はこれをあざ笑いし、そして、村人が金次郎に協力しないように陰で煽動していた。

(あんなやり方で復興が成功するものか)

と大言壮語しながら、趣味の三味線をひき、歌をうたって、復興事業の妨害を七年もつづけたのだった。

これに対し金次郎は、早急に岸右衛門を戒めるよりも、自然と自分の非を悟るように持っていった方がいいと、隠忍自重《いんにんじちょう》の日を送っていた。やがて、金次郎の復興事業が軌道に乗ってくるにつれて、岸右衛門も次第に眼がさめてきた。

(これまでに小田原藩から、この地を復興しようと何人もの役人が来たが、ほとんど一年もたたないうちにやめたり、また逃げ出したりしてしまっている。また、今度きた二宮金次郎もこれと同じにちがいない。どんなやり方でやろうと、この荒れはてた桜町を復興することなど出来るはずがない)

と岸右衛門はたかをくくっていたのである。ところが一年どころか、七年も復興事業はつづき、その上、その成果が、最近はめきめき現れてきており、さらに、その意気ごみは高まっているのである。

ここまで来ては、さすがの岸右衛門も兜を脱がざるをえなかった。岸右衛門は前非を悔い、

(申し訳なかった、二宮様。今日からは心を入れかえて復興事業に協力しますから、これまでのことは許してください)

そう心に誓うと、一転して金次郎の熱烈な協力者となった。そして、四月六日に村人一行が成田山へ金次郎を迎えに行くときも、その中に加わっていたのだった。それから以後岸右衛門は、金次郎の協力者の中で、一番率先して働く人間になるのだった。

このように金次郎は復興事業の再スタートを順調に切り、ゴールに向かって驀《ばく》進するのだった。この頃になると金次郎の気持も高ぶり、また余裕も生まれて、次のような歌をよんだ。

田の草はあるじの心しだいにて
　米ともなれば荒地ともなる

なおこの年（文政十二年）の初夏に、妻の波は、息子の彌太郎（九歳）と娘の文子（六歳）をつれて、物井村の茶摘みに出掛けた。これなども金次郎の家庭生活に、ある意味の落ち着きと平穏が訪れたことを物語るものである。

さらに次の年（天保元年）の正月五日に、波は、彌太郎と文子をつれて、相模の生家に帰り、二カ月ほど滞在した。桜町に来てから、八年ぶりの帰省であった。これも金次郎の復興事業が順調に進んでいることを表すものといえよう。

なお江戸に召喚された豊田正作のことである。江戸に戻ると豊田正作は、予想外の冷遇をうけて愕然《がくぜん》とし、

（こんな筈じゃなかった。おれは藩の意向を受けて、金次郎へ反対するために桜町領まで行ったのではなかったのか）

と、自分の周囲に張られていた陥穽《かんせい》にはじめて気がついた。そして、そのような陰謀にうまうま踊らされた自分の愚を悟るとともに、これまで桜町領で具体的に見てきた金次郎の献身《けんしん》的な仕事ぶりにあらためて感動したのだった。

豊田正作は次第に金次郎への尊敬の念を深めるようになり、金次郎に仕えて、いっしょに仕事

をやりたいと願うようになるのであった。後日のことであるが、六年後の天保六年（一八三五）二月、豊田正作はふたたび桜町領勤務となり、今度は献身的に金次郎の手足となって働くのであった。そして、安政四年一月（金次郎の死んだ翌年）、金次郎の後を追うように他界した。

（七）

天保二年（一八三一）、金次郎は四十五歳になった。小田原藩主大久保忠真の命によって桜町領の復興事業を開始して、十年目になる。

金次郎が約束した復興事業の期間は、文政五年から天保二年までの十年間であり、その間に年貢米の千五俵を二千俵にする計画であった。この十年間の経過を見てみると、最初の三分の一は着手期、中の三分の一は障害期、最後の三分の一が成功期というように分けることが出来たが、十年の歳月はすみやかに流れて、復興事業は当初の計画通り、見事に成功した。

この結果、十年前に荒れはてていた田畑は良田となり、荒地が開墾されて田畑がふえ、米の生産量は飛躍《やく》的に増加した。道路や橋梁や堤防、用水なども改善され、百姓の収益もあがったので、住宅や小屋も修理され、あるいは新築され、生活も豊かになり、人心も改まって、金次郎が当初計画した人情の美しい村に変わっていた。農家の数も百六十四軒と八軒ふえ、また人口も八百二十八人と七十九人ふえ、村内の空気も活気を帯びてきた。いつか弟の友吉が、

（兄さんのは理想論すぎるのですよ）

と言ったが、その理想論を貫き通してよかったと思った。その友吉も、陰ではいつも金次郎の

事業を、自分の仕事のように協力してくれ、金次郎は心の中で、はるか遠い相模の栢山村へ向かって、

（ありがとう）

と両手を合わすのだった。

だが、両手を合わせてお礼を言うとすれば、言わなくてはならない人がもう一人いた。それは言うまでもなく、妻の波であった。この十年間、波は一言の愚痴《ぐち》も言わず、一生懸命金次郎についてきてくれた。いや、ついてきてくれたというよりも、波はこのような復興事業が好きなのだった。女ながら、波には復興事業のような仕事が向いているところがあった。だから波には歯を食いしばって金次郎を助けるというよりも、復興事業が一歩一歩前進するのが、楽しみなのだった。その明るい、前向きの姿が、金次郎には非常に救いになった。

天保二年（一八三一）一月、大久保忠真は日光へ参詣したが、その時、山芋を求めた。金次郎は雪の中をかけずり廻って、芋六十本を集めて献上した。その帰りに忠真は、結城に一泊した。さてこの天保二年という年は、桜町領復興事業を完了させる、約束の十年目の年である。そこで金次郎は、村人たちといっしょに旅館を訪れて、忠真にご挨拶するとともに、桜町領復興事業の経過を報告した。

大久保忠真は金次郎の報告を聞くと、桜町領復興の第一期事業の完了を大変ほめて、

「汝のやり方は、『論語』にある『以徳報徳』（徳をもって徳に報いる）であるな。これからも引きつづきしっかりやってくれ」

と、おほめと激励《げきれい》の言葉を賜った。

金次郎は、自分がこれまでにやってきたことを、自分で客観的に見つめたことがなかった。だから、大久保忠真から、

（汝の仕事は、以徳報徳だな）

と言われたとき、はじめて自分の仕事がどういう価値を持っているのか、教えられた気がした。

（そうだ、わしの仕事は、徳をもって徳に報いるのだ。これからはこの『報徳』の真髄《しんずい》に向かって精進していこう）

と金次郎は決心した。これが、その後金次郎の教えや事業方法が、『報徳』といわれるようになった、発端であった。

それからというもの金次郎は、仕事の合間に、考えては書き、書いては考えるというように、徹底的に『報徳』についての究明を進めて、三年後の天保五年には、独得の思想体系をまとめた『三才報徳金毛録』を著すにいたるのである。

金次郎の徳のとらえ方は独得で、宇宙間すべてのものに徳があるとし、その徳を引き出す、顕現するのが人間であり、その徳を引き出す行為を『報いる』としている。

そして後世に至り、金次郎の死後、報徳の教えが普及し、その教えが一般化するにしたがって、報徳とは、

『神徳（天地自然のめぐみ）、公徳（社会の恩恵）、父母祖先の徳（肉親のおかげ）に報ゆるに、わが徳行（報恩、感謝、積善）をもってする実践の道』

と定義されて、世に普及していくのであった。

そして、報徳の実践に当たっては、

（至誠、勤労、分度、推譲の実行が報徳である）

と四つの綱領をあげている。すなわち、

『誠実勤勉に働き（至誠、勤労）、収入に応じて支出に限度を設け（分度）、余裕を生み出してその蓄えた余裕を、次世代や地域のために譲っていく（推譲）』

という実践活動が、報徳の実践基本理念になっていくのである。

すなわち一口に言えば、人間が働くのはただ自分のためだけに働くのではなくて、他の生命のために働かねばならぬということであり、これが『他の恩に報ゆる』、報徳なのである。

さて、このようにして桜町復興事業は第一期が終了したわけであるが、肝心の年貢米の方はどうなったであろうか。

計画の最終年である天保二年の、年貢米収納可能数は千八百九十四俵となり、スタート時の千五俵と比べれば、ほぼ倍近くになった。

復興事業計画の内容として金次郎は、復興事業終了の暁には、宇津家の分度を千五俵から二千俵に引き上げることを約束している。だから、その二千俵にほぼ近づいたのであるから、この時点で、宇津家の分度を二千俵にしてもいいわけだった。

しかし、ここで簡単にそうしたのでは、ふたたび百姓に無理が強いられ、余裕がなくなってしまう危険があった。

また、宇津家の方から見ても、二千俵といっても、宇津家はもともと年貢米四千俵の格であるから、二千俵になっても、四千俵から見れば、それは大幅な減額なのである。だから二千俵に上げる場合にも、ある程度の余財を積み立てて残してやる必要がある。そうでないと折角分度を二千俵に戻しても、またそれが崩れてしまう危険がある。

折角の復興事業の成果を不変なものにするためには、もう少し余裕のあるものにする必要があると金次郎は思った。そのためには、

(もう少し復興事業をつづけて、事業の内容を完全なものにし、成果に余裕があるものにする)

せめて実力が三千俵ぐらいになってから、二千俵の分度にする。そうすれば千俵の余裕が出来て、無理がない。

そこで、金次郎は大久保忠真へ、

(復興事業計画を、さらに五年延長させてほしい)

という、延長願いを出したのである。

大久保忠真はよろこんでこれを承認し、これまでの復興事業を第一期とすれば、いわゆる第二期五カ年復興事業（天保三年~天保七年）がスタートした。

（八）

さて、こうして桜町領復興の第二期事業がスタートしたのであるが、事業の基本構造は、これまでの路線をそのまま踏襲すればよく、また推進態勢は、成田山から帰ってからは反対者もなく、その気運が盛り上がっていた。したがって、第二期事業といっても、これまでの路線を拡大して

いけばいいのだったから、第一期事業のときのような苦難に出逢うこともなく、順調な進行状況を見せていた。

ただし、好事魔多しというが、天保の初期には、享保、天明と並んで江戸時代の三大飢饉といわれる、天保の飢饉が桜町をも襲った。これにも復興事業による万全の備えが出来ており、また、金次郎が過去の記録をくわしく分析し、周期的に凶作の来るのを予知し、

(数年のうちに大凶作が来るから、その準備を十分する必要がある)

と、事前にその飢饉を防いだので、見事に回避することができたのである。

まず、天保四年(一八三三)である。金次郎は四十七歳になっていた。この年は関東地方のみならず、全国的に凶作の年であった。天候不順で、夏のはじめから、幾日も雨が降りつづいた。

金次郎が宇都宮で昼食のおかずに出された茄子を食べていると、初夏だというのに、秋茄子の味がした。驚いた金次郎は外にとび出して、稲や道ばたの草を調べてみた。すると、根は普通であったが、どの稲も草も、葉の先が衰えていた。

土の中はまだ夏であるが、地上は、すでに秋になっていることがわかった。

「これは只事ではない。これからの気候を予測すると、今年は陽気が薄く、陰気が盛んなのにちがいない。これでは、今年は農作物が実らないであろう。すぐ準備にかからないと、百姓たちは飢饉に苦しむことになるだろう」

と直感した。金次郎は『陰陽の理』といって、陰陽のめぐり合わせから気象を判断する手法を知っていた。桜町へ帰ると、物井村、横田村、東沼村の三カ村の百姓に、ただちに、

「今年は作物が実らないから、凶作への準備が必要である。ただちに地下に出来るもの、すなわ

ち、芋、大根、かぶなどの、飢饉に強い野菜の種をまくように。それと同時に、一町歩に二反歩ずつの割合で、冷害に強い稗《ひえ》を蒔くように。そして稗が実ったら、これを必ず貯えておくのだ。そのようにすれば、どの家にも畑一反歩の年貢を免除する」

と金次郎は指示した。

するとと百姓たちはこれを笑って、

「二宮様がどれほどすぐれた知恵者かは知らないが、どうして今年の米の豊凶を、初夏の頃から知ることが出来ようか。そんなに稗ばかり作ったら、三カ村全体がおびただしい稗の山になってしまうではないか。第一そんなにたくさん稗を作っても、蔵《しま》っておくところがない。また稗のようなものは、今までどんなに貧乏に苦しんでも、まだ食べたことがない。だからたとえ作っても、誰も食べないであろう。まったく無益なことをするものだ」

とささやき合った。しかし、年貢を免除してもらうのだから、作らないわけにはいかない。百姓たちはしぶしぶ稗を作った。

金次郎は稗だけでなく、荒地や空地、寺社の境内など、耕せる限りの土地に大豆などを作らせ、また、他国で穀物の売り物があると、備蓄金で、どしどし買い入れて、凶作に備えた。

すると果たして、盛夏になっても長雨がつづき、気温も低く、とくに、関東から東北にかけては凶作となり、諸国に餓死者が出る騒ぎとなった。江戸市内では米が不足し、幕府は蔵米を払い下げたが、九月から十二月にかけて、米価暴騰と、米買い占めにたいする騒動、打ちこわしが、江戸、大坂、広島など、全国各地で起こった。

しかし桜町領の三カ村では、この時すでに三千三百七十六俵の米の備蓄があったので、それを食い、足らないところは稗で補い、一人の餓死者も出さないですんだ。隣村の青木村などからは、稗を借りにきたので、その援助も出来たくらいだった。

　そこではじめて人々は、凶作を見通した金次郎の洞察力に驚き、自分たちの浅知恵を恥じ入り、金次郎の人徳はいやが上にもあがった。


　なお、この年（天保四年）の九月に、金次郎が敬愛していた横山周平（桜町の領主宇津釩之助の弟）が死去し、金次郎は力を落とした。


　こうして桜町領の村民は、天保四年の飢饉を無事まぬがれたのだったが、翌年の天保五年にも引きつづき金次郎は、

「これからも、もっとひどい飢饉がやってくる。これから三年間は、いっさい畑の税を免除するから、稗を作るように」

　と、引きつづき稗を作ることを指示した。

　こうした農作物への予見は、金次郎の天体運行論から発していた。

「天体の運行にはほぼ周期があり、飢饉はだいたい五十年に一度起きている。この前の天明の飢饉は天明二年（一七八二）を中心に、前後数年にわたって起きている。天保のはじめは天明から五十年たつので、そろそろ飢饉が起きるのではないかと実は心配していたのだが、やはり起こったのだ。だから近いうちに、もう一度大凶作が起こるにちがいない。油断しないでその準備をすることだ。今年から三年間、また去年のように畑の年貢を免除するから、どの家でも稗を植え

て、昨年のように準備するように。名主たちはよく見ていて、怠る者がいたら、わたしに報告するように」

と命じたのである。

昨年の予言があまり見事に当たり、百姓たちはもうすっかり金次郎を信用していたので、今回は全員その命令に従い、稗作りに励んだ。そのために三年後は、三カ村の稗は五〜六千石備蓄され、来るべき凶作に備えられた。

なおこの年（天保五年）、江戸では老中の水野忠成が死亡し、大久保忠真が勝手掛となり、老中首座となった。またこの時、後に天保改革の中心人物となる水野忠邦が老中となった。

天保七年（一八三六）になると金次郎が予言したように、またもや飢饉がやってきた。

春から夏になっても気温が低く、雨の日がつづき、八月になっても北風が冷たく、袷《あわせ》の着物を重ね着するほどだった。

（これは前回の天保四年の飢饉よりもひどくなるぞ）

そう直感した金次郎は、すばやくその対策に乗り出した。

金次郎は桜町領の三カ村、物井村、横田村、東沼村を一軒一軒廻って歩き、富める者も貧しい者も、平等に一年分の食料を確保させた。

すなわち、老若男女を問わず、雑穀をまぜて一人につき五俵ずつ確保させた。したがって、一軒の家に五人いれば二十五俵、十人ならば五十俵というわけである。これは天保五年から、次の凶作を見越して準備させていたので、大部分の家では用意が出来ていた。余っている家からは買い上げて、不足する家に廻すなどして、不平等にならないように配慮した。

秋に入ると、凶作がはっきりした。それは天明の大飢饉よりもすさまじいものだった。その範囲は全国的であったが、とくに、関東、東北地方で、飢餓に苦しむ者が多かった。餓死者は数十万人に達し、餓死した人が道端に横たわり、道行く人は涙を流し、顔をおおって通りすぎ、家の中にも死体が累々と横たわり、地獄のような有様であった。

しかし、桜町領からは一人の餓死者も出ず、難をまぬがれることが出来た。人々が金次郎に感謝すると、金次郎は、

「他国で餓死者が何万人も出たのは、まことに悲痛のきわみである。幸いわれらは飢餓に遭わず、いつもの年と変わらずに暮らすことが出来たが、それをよいことに、のんびりとしていたら天罰が当たる。油断しないでさらに一生懸命働いてほしい」

とさとした。

村人は金次郎の言葉に感動して、朝早く起きると、草鞋を作り、縄をない、筵《むしろ》を作り、綿布を織り、金次郎はそれらをいつもの値段よりも高く買い上げてやった。また、堤の修理や耕地整理などの日雇いの仕事にも割増し賃金を払い、田畑での農作業にも一段の努力をさせ、早目に来年の植えつけの用意をさせ、農家の経済力の強化につとめた。

なお金次郎は、桜町領の安泰だけに力を注いだのではなく、近隣の村の救済にも力を注いだ。桜町領には、他国のことにも手をさしのべることが出来る余力が、備わってきたのだった。

とくに、近隣の烏山藩から救援を求める声が強かった。そこで、金次郎は飢餓救助活動に当た

り、烏山藩の中にお救い小屋を建て、八百七十人もの窮民に粥を施した。このとき救助に使った桜町の食糧は、米が千二百四十三俵、稗が二百三十四俵、それに種籾が百七十一俵であり、この厖大な食糧を他村に施すことが出来るまでに、桜町の三カ村の実力が充実してきたのだった。

（九）

桜町領の第二期復興事業の期間は、天保三年から天保七年にいたる五カ年間であったが、天保七年になると、当初計画された目標はほぼ達成された。

文政五年に、第一次復興事業がスタートした時の年貢米は九百六十二俵だった。それが、復興期間を五年間延長したおかげで、天保七年には、実収で三千俵を越えるまでになったのである。約三倍になったわけである。

復興事業中、宇津家の分度は千五俵と低く押さえられ、それが、何時、約束通り二千俵になるのかが、毎年心待ちにされていたのであるが、やっとその時が来たのである。

天保七年に、金次郎は復興事業終了を告げると、正式に宇津家の分度を二千俵と決定した。また、この十五年間に分度外の余剰分を蓄積した八千五百四十三俵と、金二百十一両を、宇津家に引き渡した。これを大久保忠真と宇津釩之助に報告すると、二人とも大いによろこび、

「十五年間忍耐強くよくやってくれた」

とおほめの言葉をたまわった。

実収で三千俵という数字が実現していながら、分度を三千俵と引き上げずに、二千俵と押さえ

たのは、金次郎のはからいで、差額一千俵は百姓の余力として保留したからである。三千俵の力が出来たからといって、全部年貢に取り立ててしまったのでは、また元の木阿弥《もくあみ》になってしまう危険がある。その点を見越した金次郎の、慎重な配慮だったのである。

しかし二千俵といっても、宇津家にとっては、それまでの分度千五俵が二千俵と倍になり、それに以前とは違い、領内の田畑は復興して、この二千俵は安定した二千俵であったから、なおさらよろこびは大きかった。

とくに大久保忠真は、幕府の老中首座にあり、全国の農村振興をも配慮しなければならない立場にあったので、自分の指示した農村復興事業が、かくも見事に成功したことは、大いなる誇りでもあった。

また百姓の方も、米の収穫高が上がったうえに、年貢が昔よりも千俵あまり減ったわけであるから、大いによろこび、金次郎に大きな恩義を感じた。百姓はますます農耕に励み、どの家も充実し、十五年前の荒れはてた桜町領は一変した。

他国の旅人が桜町領を通ると、その田畑の見事さに驚き、下野や常陸にはまれな、豊かな土地だとほめたたえた。

かくして桜町領の復興事業は、金次郎が決死の覚悟をもって桜町へ移住して以来、十五年の歳月を費して完成させたものであり、金次郎は五十歳になっていた。

しかし、この成功の陰には、金次郎の苦労もさることながら、運営資金として巨大な資金が投入されたことも忘れてはならない。すなわち小田原藩からは、毎年米が二百俵と金五十両が投入され、また開発地からの貢租、第一年度以来貸し付けた無利息金の年賦償還金など、毎年千両から二千両に近い復興資金を支出して、文政五年から天保七年までの十五年間に、なんと総計で一万八千九百両という巨費が投じられたのである。

したがって、桜町領の復興は、金次郎という偉大な指導者と、厖大な出資の両輪によって、はじめて成功したのだといえる。当時の貧困にあえぐ農村の復興の難しさを物語っている。

桜町領復興第二期事業も完了したので、事業の事務を宇津家へ引き継ぐことになった。そのため宇津家からは、十二人の役人を桜町陣屋に駐在させて、事務引き継ぎをさせ、その後の管理をさせた。

しかし、役人の管理は形の上だけなので、金次郎一家は引き続き桜町陣屋に在住して、実質的な管理に当たることになった。役人たちは、時には全員が江戸へ行ってしまうことなどもあったので、金次郎の子息の彌太郎が、代わって事務をとったり、また娘の文子が代筆して用をすますようなこともあり、何事につけても金次郎一家に頼るという姿勢であった。したがって、復興事業を宇津家へ引き継いだといっても、実質上、領内の行政は、これまで通り金次郎がやっているといってよかった。

後日の話になるが、その後金次郎は、天保十三年に幕臣に登用されたので、桜町領へは帰る暇がなくなった。そこで二十二歳の長男の彌太郎が、いまだ修業中の身ながら、金次郎に代わって、一人で桜町陣屋の用務を処理した。

さらに金次郎は、弘化三年になると日光神領の復興仕法書を完成し、嘉永元年になって、やっと一家は桜町より東郷陣屋に移転したのである。すなわち、文政五年に小田原から桜町へ移住して以来、なんと二十七年間も、金次郎の生活根拠地は桜町陣屋に置かれたのであった。

しかし金次郎が、東郷陣屋へ移ってからも、桜町領の開発は依然として金次郎の指揮下にあった。形の上でも、実質上も、復興事業が金次郎の手から離れたのは、日光神領開発のために、金次郎が東郷陣屋から日光の今市へ移転した、嘉永六年になってからであった。

そのために宇津家では、金次郎と協議の上、横山平太を桜町陣屋に駐在させることとした。しかし、重要案件については依然として、金次郎の指揮に従うこととなっていたので、その後も今市へはしばしば桜町陣屋から使者が走り、金次郎が今市で没するまで、生涯、桜町領の復興事業にかかわり続けるのであった。その現れとして金次郎は嘉永五年、六十六歳のとき、領主宇津釩之助の感謝状とともに、永代年々高、百石が贈呈されるのであるが、これはずっと先の話である。

第八章　原野と化した青木村の復活

（一）

さて、時点を桜町領復興事業の第一期に戻す。

桜町領復興第一期の終わり頃（天保二年）になると、金次郎の功績が四方に知れわたり、金次郎のことを「野州聖人」とたたえる声が、方々から起こった。また、金次郎を背後から支えている小田原藩主の大久保忠真が、幕府老中首座ということもあって、金次郎の名前は江戸城の幕府要人の間にも知られるようになった。後日、天保改革が始まると金次郎は、老中首座の水野忠邦によって幕臣に取り立てられるのであるが、それは、この頃からすでに水野忠邦が、金次郎の農村復興の手腕を知っていたからだった。

そうした金次郎の噂を聞いた他領の人々が、荒廃した村の復興の方法を教わろうと、依頼に来る者が多くなった。

しかし金次郎の方は、まだ桜町領復興の事業中なので、他領の仕事にまで手を出す余裕がなかった。それに桜町領の復興は、小田原藩主の命令によって赴任しているのだから、自分勝手に動くわけにはいかず、すべての依頼を断っていた。

しかし中でも、特に熱心なのは、南に隣接する青木村からの依頼だった。青木村からはすでに一度、文政十一年に依頼が来ていた。が、この時はまだ金次郎が成田参籠以前の最も苦悩していた時であったので、他領のことなど考える余裕はなく、断った。

しかし青木村では、これを諦めず、三年後の天保二年に、ふたたび復興事業の懇願にやってきたのである。

桜町領の南に隣接する常陸国真壁郡青木村（現在の茨城県真壁郡大和村青木）は、石高八百五十石あまりで、他の十カ村と共に、川副勝三郎という旗本の所領であった。かつて元禄の頃は栄えており、家も百三十軒ほどあったのが、今は三十九軒に激減しており、その荒廃ぶりは甚だしかった。

青木村をこのように衰退させた原因は、用水の不便と、大火災のためだった。

昔から青木村は灌漑用水として、村の北境を西南に流れる、桜川をせき止めて使っていた。しかし、この地方には大きな岩石がなく、そのため堰も堤防も、灰のようにこまかい砂なので、毎年大雨で洪水になると決壊し、修理しなくてはならなかった。

ところが元禄の頃は、この青木村は幕府の直轄領で、下野国芳賀郡真岡《もうか》代官の管轄下にあった。そのため、年々恒例になった堤防修理に必要な数百両の費用も、また三千人におよぶ人夫の費用も、幕府が負担していた。

また、人夫は近郷より出させて工事をさせたので、青木村の負担は年額百両程度と、比較的軽かった。そのため村人はそれに甘んじて、根本的な改良方法を誰も考えなかった。

ところが宝永のころ、川副勝三郎の所領となってからは、この工事費が青木村一カ村の負担となったのである。しかし、青木村一村の力では、とうてい満足な修理は出来ない。そのため次第に工事はいい加減になり、用水機能を果たさなくなってしまった。

そのため、雨の水しか田圃に使えなくて、次第に苗代を作るのも不便になり、せっかく植えた苗も枯れ、収穫は激減した。田畑は荒廃し、どの家も窮乏し、怠け者や博奕打ちがふえ、一家離散する家も多くなった。

民家も田畑も草ぼうぼうの原野と化し、葭《よし》、茅《かや》、すすきなどが、村中に生い茂った。天明のころに野火が茅を焼いたとき、民家に燃えうつって大火災となり、三十一軒が焼けるという大惨事にまでなった。それがきっかけで困窮はますますひどく、今ではわずかに三十九軒を残すのみとなってしまった。しかし、残った家とて極貧で、一家を支えかねていた。

ある時、諸国を行脚する僧が通りかかって、

家ありや芒《すすき》の中の夕けむり

と詠んだ。すすきや茅が生い茂って、とても人家があるとは思えないが、そのすすきの茂みから、一筋の夕げの煙が立ちのぼっているのは、やはりそこに人家があるからであろう、という意味で、廃村にひとしいすさまじさがうかがわれる。

したがって、年貢米もわずかしか納められず、川副家の財政も苦しかった。

名主は勘右衛門といったが、これ以上、村が廃墟となっていくのを心配し、復興の方法を考えたが、貧しい村の力ではどうすることも出来なかった。

青木村は、桜町領から南へわずか三里（十二キロメートル）のところにあったので、金次郎による桜町復興の様子は耳に入っていた。それで名主の勘右衛門は村人を集めて、

「青木村の荒廃はもはや限界に達してしまった。いま手を打たなければ、村は必ず滅亡してしまう。しかし、無力なわたしたちの力では、とうてい復興させることはできない。噂に高い桜町陣屋の二宮先生は、小田原藩の殿様のご命令で桜町に来て、見事、三カ村を復興された。村民をいつくしむのは、あたかも父母が子どもを育てるが如くだという。そこで、わたしは桜町へ行き、復興事業の指導をお願いしたいと思う。しかし先生は、人の誠実、不誠実を、鏡にうつすように見透される人だという。だから、わたしたちが誠実でないと、百度お願いしても、先生は決して助けてくださらないだろう。願いがかなえられるかどうかは、二宮先生の方にあるのでなく、われら一同の心の中にあるのだ。みなさん、その覚悟がおありですか」

するとと村人たちも、

「名主さんの言う通りです。わたしたちもその覚悟です。はやくお願いしましょう」

ということで、金次郎へ復興事業を頼むことになった。しかし、

(われらだけの懇願では誠意が通じないだろう。ご領主からも依頼してもらう必要がある)

ということで、ただちに川副勝三郎にこのことを申し出た。すると川副勝三郎も非常によろこび、みずから依頼書を直書し、それを用人の並木柳助に渡して、依頼に行くように命じた。

このようにして、天保二年(一八三一)十一月に、名主勘右衛門以下三十七人が、連名で願書を作成し、用人の並木柳助、名主の勘右衛門などが村民を引きつれて、桜町の金次郎のところに復興事業の依頼に訪れた。金次郎は、

「そのような暇はない」

と何回も断った。しかし、あまり熱心なので、やむをえず会うことにしたが、金次郎の言うこ

とはきびしかった。

「お前たちの村が荒廃したのは、ただ用水が駄目になったので、農業が出来ないからではない。用水が駄目になったら、田圃を畑に切りかえて、雑穀を育てればいいではないか。人の命を養うのは、米だけではない。それなのに用水が駄目になったのを口実に怠けて良田を荒廃させ、博奕《ばくち》を好み、よそから金を借りて、一時のがれをしている。これこそ家が困窮し、一家離散した原因である。博奕というものは、たとえ金持ちでも、先祖伝来の家を傾けてしまうものである。ましてや、貧しい者がこの悪弊《あくへい》に染まれば、たちまち滅亡するに決まっている。また、田に用水のないのを理由に田を荒らしているが、田を畑に切りかえて農耕すれば、畑も田にまさるほど有益である。田は年に一作しか米が穫れないのに、畑ならば年二回、作物が穫れる。それをしないのは、お前たちが怠け者であるからだ。わたしのやり方は、質素、倹約を旨とし、それによって余剰を生み出し、その余剰で他人の苦難を救い、それぞれが刻苦精励して家業に励み、善行を積んで悪行はなさず、よく働いて、一家の安全をはかるというやり方である。どの家もこのように努力すれば、貧しい村も豊かになり、滅亡寸前の村も必ず復興できる。しかし、お前たちの村は、わたしのやり方と反対のことをしている。その困窮はかわいそうであるが、それは自業自得だから、仕方がない。わたしがやれる事ではないので、二度とわたしの所に来ないでほしい」

と教えさとした。

それを聞くと名主の勘右衛門は涙ながらに、

「村人が、やるべきことを怠っているのは、まことにおさとし頂いた通りでございます。しかし、今の村の困窮をこれ以上放置することはできません。これからは怠惰を改め、二宮先生から受けた教えをよく守り、力のつづく限り復興事業に努力することを誓いますから、どうか先生のお力をお貸しください」

と切々と訴え、依頼した。しかし金次郎は、

「人は困ったときには困難をいとわないと言うけれども、少し工合がよくなると、すぐ元に戻ってしまうものだ。そんなことなら、最初から手を着けない方がいいとわたしは思う」

しかし村民たちは、

「どんな苦労にも堪えますから、どうか先生の復興事業をお願いしたい」

と嘆願をやめないのだった。そこで金次郎は、

「村を復興する復興するといっても、困難なことをわたしに要求しながら、自分たちの手ですぐ出来る事さえ何もやっていないのは、おかしいではないか。本当にやる気があるのなら、自分たちの手で出来ることを、すぐやるべきだ。お前たちの村は荒廃して、茅《かや》や葭《よし》が生い茂り、そのため冬になれば茅が焼けて火事になり、民家を焼いてしまうという。茅を刈らずに家を焼き、住む家がなくて他国へ流れていくとは、なんと愚《おろ》かなことではないか。一村をあげて村の復興などという大きい計画はしばらくおいて、まず火事のもとになる茅を刈りなさい。そして、刈り終わったら、わたしが相当の値段で茅を買いましょう」

と提案した。

村人はよろこんで青木村へ帰り、全員が力を合わせ、未明から起きて茅を刈り、三日間で千七百七十八駄を刈り終えた。金次郎は約束通り、その代価を、茅三十駄につき一分の割合で、合計で十四両三分の金を渡した。人々は多額の金を手にして大いによろこんだ。さらに金次郎が、

「村人の家屋はみな無事か。屋根が朽ちて雨漏りなどしている家はないか」

とたずねると、村人は、

「今日の衣食にも困っておりますのに、どうして家屋の修理にまで手が廻りましょうか。どの家も雨もりだらけで、夜も安心して眠れません」

「それは困ったな。村の神社や寺はどうか」

「家がこの有様なのに、どうして神社や寺に手が廻りましょうか。民家よりも、もっとひどく荒れています」

「神社は村を護ってくれる神様を安置する場所であり、寺は祖先の霊を祀るところである。それなのに神社や寺を荒れたままにしておいて、村が繁栄するはずがない。わたしが村の建物を修理してあげるから、破損のひどいものをよく調べて報告しなさい」

村人は村に帰り、修理を必要とする民家や、神社や寺を調べて、そのリストを持ってきた。

金次郎は、桜町の名主の忠次、葺手《ふきて》源兵衛、新左衛門に命じて、神社や寺を七堂、民家を二十五軒、屋根替えなどの修理を行った。このための費用は十五両三分と、米十五俵であった。

近隣の村人や旅人などは、これを見て目を瞠《みは》り、村民は大いによろこび、桜町までお礼にやってきた。金次郎は、

「これで住む家の心配がなくなって安心だろう。村の復興などという大事業は、お前たちの手では無理だから、やめた方がいい」

すると村民は必死に、

「家だけでなく、村全体をどうかお救いください。そのためにはいかなる困難もいといはしませ

ん。どうか復興事業をお願いします」

と懇願してやまなかった。そこで金次郎は、

「復興、復興というけれども、村の復興に一番必要なのは田圃の耕作である。それなのに、どの田も用水が駄目なのを口実に、耕さずに荒れはてている。本当に復興する気があるのなら、まず自分の手で田を耕すことだ。耕すのは、水がなくても耕せる。わたしのところへ復興事業を頼みにくるのは、まず、それをやってからではないかな。そしたらわたしも、用水の難所である堰のことに協力しよう」

と再びさとした。天保三年（一八三二）二月のことで、金次郎四十六歳のときである。

天保三年からは桜町領復興の第二期事業に入っていたので多忙であったが、青木村からの懇願があまりに熱心だったので根負けしたことと、桜町領の第二期事業は順調な進行状況であったので、他村の面倒を見る余裕が、金次郎に多少出来たことを示すものである。かくして青木村の復興事業と、桜町領の第二期事業とは、並行して進められたのである。

（二）

（荒れた田を耕し復旧すれば、用水の堰の修理には力を貸す）

という金次郎の返事を得たので、村民は大いによろこび、

「そうだ、茅を刈ったのと同じように、自分で出来ることは、自分の手でやるべきだ。田を耕すなんて、誰に言われなくたって、自分でやらねばならぬ仕事だわい」

村民一同、家族総出で、田の耕作にとりかかった。

しばらくすると金次郎は、桜町からわざわざ青木村へ出掛けて、一軒一軒の農家を訪れ、指示した通りに田が耕されているか、進行状況の視察をした。耕作が順調に進んでいるのを見て、

「田の耕作がうまく進んでいるのは、村民すべてが奮起したからである。だが、かつての怠惰だった村民と、今の勤勉な村民とは、同じ村民なのである。一人の中には勤勉と怠惰の相反する心があるのである。同じ人間でも、怠けようと思えば怠惰になってしまうし、まじめに働こうと思えば勤勉になる。善悪、貧富、盛衰、存亡、すべて同じようなものである。富み栄える方法を行えば、必ず富み栄え、貧乏の道にふみ迷うと、必ず貧しくなってしまう。これまでの怠惰を反省し、万事勤勉にやれば、村の復興は難しいことではない。村中の田の耕作が完了すれば、先日の約束通り、必ず用水の堰を築き、田圃に十分な水を注ぎ入れるようにしてあげよう」

と村民を励ました。


さて、肝心の用水路の堰であるが、用水路は領主川副勝三郎の所管事項であるので、いくら金次郎が堰の修復を引き受けたからといって、地頭から依頼がなければやることができなかった。ちょうどその頃は、地頭の用役人が、村を実地見分に廻る時期になっていた。ところが、なぜか、それがのびのびになっていた。しかし、何時になるのかわからない廻村を待っていたのでは、手おくれになってしまう。

そこで天保三年五月に、名主は地頭に願書を出して、

(早く廻村して堰の工合を見ていただき、二宮先生へ村の復興事業の依頼をしてほしい)

と懇願した。

しかし役人の廻村は、なかなか実現しなかった。田植えの時期が迫っていて、一刻も猶予出来ない状態になってきた。そこで、金次郎はやむをえず、とりあえず仮普請をして、給水できるようにしようと思った。

しかし、たとえ仮普請といえども川副家から正式の依頼がないうちに、正式な工事をやるわけにもいかない。とりあえず、仮工事で我慢することにし、その費用として米百五十俵を貸し、それによって工事一切は村民の手によって行わせることにした。

しかし、堰の工事などに村民は不慣れである上に、使う道具もない。やむをえず、桜町領復興のときに使った道具を運びこんで使わせた。また人手も足らないので、土工夫職人や、西沼村丈八、物井村の忠治、岸右衛門などを出張させ、結果的には金次郎の力を借りて、やっと工事が開始されたのだった。

仮工事は天保三年七月十八日頃着手し、あき俵を八百八十一俵、茅を百駄以上使って、七月二十五日頃、いちおう出来上がった。しかし、予定通り水が上がらないので、やり直し、八月六日頃やっと完成した。

このために使った費用は、村人足が五百七十五人、土工夫職人が百五十人、雇い人足が百四人、米が百十三俵、諸雑費として十一両であった。

田植えを控えての用水は、これでいちおう間にあったけれど、なんといっても仮普請である。給水量も十分でないので、はやく正式工事をやる必要があった。しかし、依然として川副勝三郎から正式な依頼がないので、本普請に着手することが出来なかった。

村民は、金次郎による正式工事を熱望していた。そこで秋に入り、十一月頃からふたたび名主の勘右衛門、西沼村丈八、村民などが、お礼かたがた桜町の金次郎を訪れて、村の復興事業を願った。

その熱意が領主の方にも届いたのか、やっと十二月十五日になって、領主川副勝三郎の用人、並木柳助が家来を一人つれ、村役人、名主の勘右衛門など三、四人を含めた一行が、桜町の金次郎を訪れ、これまでの援助の礼を言うとともに、復興工事を正式に依頼した。

そして、年が明けた天保四年二月になって、領主川副家から、並木柳助、金澤林蔵二人の、連名の公文書による依頼が来たのである。

またこれと別に、領主川副勝三郎みずからの依頼書も作成され、並木柳助が村役人を引きつれ、公式書状を持参して桜町の金次郎を訪れ、

荒地開発

入百姓人別増と窮民撫育、

借財返済

などの村柄取直の仕法を依頼した。

金次郎はいろいろと実情を調べながら案を練ったが、

「青木村の荒廃はひどいので、普通のやり方では復興できない。しかし、桜町領の復興方法でやれば出来ないことはない」

と桜町の復興実例を説明し、

「それにはまず領主の分度を決めることが先決である。過去十カ年の米や畑作の、収入租税額を

調査して、その平均値から分度を決めるのである。すぐそれを調査するように」

と命じた。

一同はなるほどと感服し、青木村へ帰るとただちに、過去にさかのぼって納税状況を調べた。しかし、帳簿が不完全なので、調査が難航した。それでも、雑穀取調帳などから平均収納の見当をつけ、川副家への年貢額は、米が八十俵、畑方三十四貫と、分度を決定した。

しかし、川副勝三郎の領土は、青木村の外にも十カ村ほどあった。しかし、このように年貢の分度を決めたのは、金次郎が復興事業に当たる青木村だけであり、他の村は従来通りの年貢（当然青木村より高い）だったので、これが後年、問題を起こすことになった。

なお青木村の復興事業にも、桜町領のときと同じように、復興資金が必要であった。これについては、金次郎が桜町領や小田原で扱っている報徳金を無利子で、青木村へ十年間貸し出すこととし、年貢の定額（分度）を上廻る余剰米が出るようになったときに返済すればいい、失敗したときは返済しなくてもいいということにした。

復興事業のための、川副家からの出費は不要とした。これは、金次郎が桜町領を復興したときと、基本的に同じ考え方であったからである。

このようにして、領主川副勝三郎からの正式依頼もあり、領主の分度も決定されたので、いよいよ金次郎は正式に復興事業に乗り出すことになった。

天保四年（一八三三）三月三日、金次郎は早朝に桜町陣屋を出発して、青木村を視察した。昨年約束した荒田の耕作状況をまず見に行ったのである。すると約束した通り、田はすっかり耕作されて、昔の荒田の面影はなく、村民の怠惰の気分が一新されたことが、金次郎の胸に伝わってきた。
（いよいよ用水路の堰の、本格工事に取りかかる条件が揃った）
と金次郎は思った。

（三）

かくして準備が整うと、天保四年三月七日、金次郎は、西沼村丈八、東沼村専右衛門、物井村忠治、岸右衛門のほか、大工、木挽、土工夫職人などを引きつれて、青木村へやってきた。そして、青木村の水利をよく調べ、桜川の水勢を測り、その後、東方の山に登り、山の中央に穴を掘り、必要な石を掘り出して、村民に工事現場まで運ばせた。

こうして石を運搬する道路や、水を汲み出す踏車、掘立人足小屋などを作り、堤の普請や大堰の枠組の組立など、大混雑をきわめた大工事となった。金次郎は労役の人夫たちに、

「もし大雨が降れば、せっかくの工事も破壊され水泡に帰してしまうので、工事は迅速にやらねばならぬ。そこで人夫の賃金は、普通なら一日に米一升二合と銭二百文であるが、今度の工事は普通とは違うから、一日に金二朱（五百文）を支払おう。怠け者はすぐやめてもらうし、半人前の仕事しか出来ない者には、半日分の賃金しか払わない。よいかな」

と念を押した。

しかし、金次郎はきびしいだけでなく、同時に、酒や餅を飲食できる席を設けて、

「酒が好きな者は酒を飲め、酒を飲まない者は餅を食え。だが、酒を飲みすぎてはいけない。飲

みすぎると、仕事が出来ぬからな」

と飲食の面にも気を配った。金次郎は、金を払えばいくら働かせてもいいというのでなく、働く者のモラールアップにも配慮したのである。

そのため人々は、大よろこびで金次郎の命令に従い、仕事はぐんぐんとはかどった。

さて、この工事は川の流れの中を掘って、堰を作るのであるから、短時間のうちに流れの中に枠を埋設する必要があった。が、誰もこの難工事のやり方を知らなかった。人々が困りはてていると金次郎は、

「川幅に応じた茅ぶきの屋根を作れ」

と指示した。理由がわからないので、

「川の上に屋根など作ってどうするんですか」

と陰で笑う者もいたが、金次郎の命令とあらば作らないわけにはいかない。さっそく屋根が出来上がった。屋根を川の上に浮かべ、両端を縄で固定すると、

「誰か屋根の上に乗って、屋根を固定している縄を切れ。屋根を水底に沈めるのだ」

と金次郎は命令した。しかし、人々は恐れをなし、誰一人これに応じる者がいなかった。

「なぜ、誰も乗らないのだ！」

と叱りとばすように言うと、人々は異口同音に、

「水上の屋根は縄につながれているから、浮かんでいるのです。縄を切ったら、人間も屋根といっしょに川の底に沈んで、死んでしまいます」

と叫んだ。金次郎は顔をまっ赤にして、

「お前たちがやらないなら、わしがやってやる」

怒鳴ったかと思うと、金次郎が屋根の上にとび乗り、刀をふるって、電光石火のごとく、数カ所の縄を切ったのである。

屋根は一ゆれして、水中に没した。

人々は驚き、茫然としてそれを眺めていた。

金次郎の下半身も水中に没したが、そのまま屋根の上にいぜんとして立ったままで、

「これこの通り、わしは無事だ。なんで危険であるものか。わしがどうしてお前たちに危険な仕事を命じようぞ」

と叫んだ。人々は自分たちのあやまちを詫び、金次郎の知恵に感心した。金次郎は、

「では、ただちに両岸に運んだ石や木や土俵を、屋根の上に投げ入れよ」

と命令した。人々はいっせいに大石や大木を屋根にむかって投げ入れ、水をせき止めた。こうして金次郎はまず水中に、屋根を使った土台を作っておいてから、土工夫職人に堰を作らせたのである。

こんな方法は、おそらくどんな本にも書いてないであろう。しかし金次郎は、幼い頃からしばしば洪水の体験をしていた。氾濫《はんらん》する酒匂川の洪水の中を流れてきた家が、一瞬、一個所に滞留して、川の流れをせき止めてしまうのを、しばしば見た記憶がある。その記憶をすばやく、青木村の水路工事の手法に応用したのである。

堰には大小二つの水門を設けた。出水が少ないときには小門だけを開き、大水のときには大門、小門、二つとも開けるわけで、かくして青木村は洪水の恐れがなくなり、田への給水が順調にい

くようになった。

　また堰を作るに当たっては、茅の屋根で両岸や水底の細かい砂をふさいでしまったので、水洩れもなく、これまでに例を見ない見事な堰であった。その噂を聞いて、近隣からも遠方からも多くの人が見学に集まり、その思いもよらぬ工法と、工事の迅速さに驚嘆し、なみの知恵では及びもつかぬと、金次郎をほめたたえた。人々が、

「昔から今まで用水や堰は数かぎりなくありますが、屋根を作って水を防いだ例は聞いたことがありません。これはどのような理由からですか」

　と聞くと、金次郎は、

「ここは川底も両岸も細かい砂で、石や木だけでは保持できないところです。そこで考えたのが茅ぶきの屋根です。茅ぶきの屋根は雨水をもらさないから、川の水も防ぐにちがいないと思って、まず土台に茅ぶきの屋根を沈めたのです」

　人々は、その臨機応変の着想のすばらしさに驚いた。

　最初人々は、この工事は五十日ほどかけなければ出来上がらないと思っていたのに、やってみると、大堰は三月七日から十七日までの、わずか十日で出来上がり、普請堰枠は十八日と十九日の二日間で出来、それに新堀普請を継続しても、三月二十四日には完了し、すべてが十八日間で終了した。

　費用も普通ならば百両はかかるのに、約六十両で仕上がった。またこれに要した人夫は約千三百人、茅が千二百四十四駄、米が百七十三俵であった。

　なお、この堰の堅牢なことは比類なく、その後、弘化二年（一八四五）に改築するまで、どん

な洪水があってもびくともしなかった。

なお天保四年という年は、桜町領復興のところで述べた通り、金次郎が初夏に茄子を食べて、秋茄子の味がしたことから凶作を予言した、飢饉の年である。しかし、桜町領では金次郎の用意周到な対策によって、一人の餓死者を出すこともなく、隣村である青木村へも食糧援助をした。それは、金次郎がこのように、青木村の復興事業を手がけていたからだった。

青木村の復興事業は、用水路の堰の復興から始まったのであるが、青木村の村役人はたえず桜町と青木村との間を往復し、金次郎とよく連絡をとりながら仕事を進めた。

金次郎も、桜町から青木村まで約三里の道を、朝夕、徒歩で往復した。雨風のときなど名主の勘右衛門が、

「どうかお泊まりになってください」

とお願いしても、金次郎は、

「これは公務だから」

と固辞して泊まらなかった。

用水路が出来上がると、溝をさらい、新しい堀割を作り、村中の田に水が行きわたった。それのみならず残った水は、隣村の高森村の田にも分け与えられ、人々は非常によろこんだ。

このような施策と並行して、金次郎はさらに青木村で道を作り、橋をかけ、馬や農具を与え、借金を返済させ、人の道を教えさとし、悪い習慣を改めさせ、親孝行で誠実な農民を表彰するなどの諸施策を行ったのは、桜町領の復興事業のときと同じであった。

用水の確保によって田圃の開発復興はやりやすくなり、天保四年には十四町四反歩を復元させた。しかし、まだ七十町余の荒地と、離散した九十軒ほどの家があり、これまでをも復元させるのは、容易なことではなかった。

努力の結果、翌年の天保五年から天保十一年の七年間の間に、さらに田畑は十五町五反復元され、その他、溜池の設置、堰の普請、家屋の修復なども着々と進んだ。四千人以上の人夫を使い、費用も七百七十両あまりを使ったが、その結果、米作も増加し、二百十八俵の余剰米（年貢の分度を上廻るもの）が出るまでになった。復興事業資金は桜町領復興のときと同じように、この増収余剰米によって賄われたのである。


天保七年（一八三六）になると、ふたたび大飢饉がやってきた。

金次郎は桜町領でしたように、稗や、そば、野菜などの非常食の栽培《さいばい》を奨励し、一人あたり、雑穀をまぜて五俵の準備をさせたので、一人の餓死者も出さずにすんだ。

この天保七年に金次郎は、さらにもう一カ所、烏山藩の復興事業に関与しはじめており、烏山藩の飢饉をも救っていた。

この時、青木村の名主の勘右衛門は、烏山の復興応援に出掛けており、それほど青木村の復興も成功し、余裕を持ちはじめていたのである。

肥料となる干鰯の購入などを、桜町、烏山、青木と、共同で買い付けるなどのことも行い、金次郎の復興事業は多角的に互いに協力する態勢を示しはじめていた。

こうして金次郎は、桜町、青木村、烏山と、次第に一つの藩を越えた広域の救済主として、次第にその人徳が高まっていった。

（四）

天保三年から始まった青木村の復興事業は、終期をいつまでと明確に決めたものではなかったが、天保十年にはほぼ完了した。桜町領の復興事業と並んで、農村復興の模範事例となり、周囲から注目を浴びた。

領主の川副勝三郎は大変よろこんで、青木村のほかに彼が持っている九カ村についても、その復興事業を金次郎に懇願した。しかし、いかに青木村がうまくいったといっても、直ちに九カ村にまで手を拡げるのは無理である。そこで九カ村の中で、早く手をつけた方がよいと思われる加《か》生《しよう》野《の》村だけを追加して、復興事業をすることにした。

加生野村は石高七十五石で、戸数は十四軒の小村だった。荒廃はそれほどひどくはなかったが、負債が多いので、村に力がなかった。そこで、天保十年から十二年までの三年間、主としてやった復興事業は、報徳金の貸付であった。その金額は六十両あまりで、返済については、青木村の分と一緒に考えられた。

川副勝三郎は天保十一年に、青木村の名主勘右衛門の復興事業の功績を賞して、御代官役御給人次席に取り立て、三人扶持を与え、帯刀と、館野の苗字を許した。したがって、勘右衛門が館野勘右衛門と名乗るようになったのは、この時からである。

ところが天保十三年正月になると、金次郎は館野勘右衛門を呼んで、川副家の負債を、村々の負担で整理するように命じた。川副家は、青木村の分については分度を立ててあったが、他の九カ村については復興事業の対象となっていないので、分度が立っていなかった。そのため川副家の財政はますます困窮の度を強め、負債がふえたのだった。

そこで、川副家の所領十カ村は、天保十三年の正月末に、三百五十一両の御用金を献納して、川副家の負債を返済した。青木村ではこの中の百三十五両を負担したが、その金は桜町（すなわち金次郎のところ）から、全額借用したものだった。

しかしこの頃になると、青木村の中に困った変化が起きはじめていた。それは、一時、青木村は、桜町領に次ぐ成功例として、その復興事業は天下に注目されたが、そのために村民は、もう復興が完了したものと思いこんで、気分がゆるみ、昔の悪い風習に逆戻りしはじめていた。

たとえば、昔からいた百姓と新しく入ってきた百姓とが、葬式の衣服の差別で争ったり、また天保十四年には日光御社参りの費用の増大から、水戸へ駕籠訴するようなことが起こり、村内の階層分化と、それに伴う対立が表面化しはじめていた。

また館野勘右衛門も、代官役になってからは急に欲が出て、村内の質地を集めて、これまで八町八反だったものが、十三町五反の大地主となり、また九十両あまりの金を村民に貸していたことなども判明した。そこで金次郎は、勘右衛門をさとして、買い集めた田の五町余りと、九十両の金を、復興基金へ出資させた。

そうした中でも、弘化二年（一八四五）には、用水路の大堰の基本的修理を、村民は協力して自力でなしとげた。

この堰は十二年前の天保四年に、村民あげての懇願によって金次郎の手で作られたものである。その独得の手法によって作られた堅固な堰は、その後十二年間、とどこおりなく役目を果たしていた。今回の修理はその第一回目の定期修理といったものであったが、金次郎が百三両を助成金として差し出した他は、すべて村民の自力によって行われた。それだけ村の力がついてきた証拠といえよう。


翌年の弘化三年（一八四六）の正月に、江戸本郷元町にある川副家の邸が類焼して、二百十六両の献納金問題が起こった。青木村もこの問題に巻き込まれ、その相当額を借金によって献納したので、ついに青木村は元利ともに六百四十両という厖大な借金を抱えるようになってしまった。

この多額の負債は、領主川副勝三郎、村役人、村民のいずれにも責任があるといえたが、この多額の負債をどうやって返済するかが、青木村の差し迫った課題となった。金次郎は負債の原因を究明すると、その返済方法を考え指示した。

この時、名主の館野勘右衛門は、新開地十四町歩と、百九十四両を、返済基金として申し出た。すると、名主の新吉からも返済基金の申し出があり、また領主川副勝三郎からも下附金があり、また桜町からも応援の資金が出たので、これらを資源として、村の負債償還に取りかかった。

この負債償還についてはいろいろな問題が輻輳《ふくそう》し、ついに、

（六百四十両の負債は、二宮金次郎に立て替えてもらったらどうか）

というような要求が出る始末だった。

そこで金次郎は、四十両をとりあえず立て替え、あとの六百両は、無利息の十年払いの貸し付

けに切り替えて急場をしのいだ。

青木村の復興事業は、前半は大成功であったが、後半になって六百四十両も負債を抱えるような混乱に陥ってしまった。これは、領主川副家の分度が確立していなかったことと、復興事業といっても、川副家所領十カ村のうち、対象が青木村一カ村にすぎなかったからである。成功とはいいながら、この点が桜町の復興と、青木村の復興との、根本的な違いであった

桜町の場合、金次郎は領主の分度が確立しなければ、復興事業は引き受けなかった。それなのに、青木村の場合は分度の確立が無いのになぜ引き受けたかといえば、村民の困窮があまりにもひどく、見るにしのびなかったからである。そのため取りあえず用水路の大堰を築き、荒地を開墾し、村民の借金の返済などを進めたのである。

しかし川副家では、青木村の分に対する分度は決めたけれども、所領十カ村全体に対する分度は決めなかった。そのため所領全体の困窮が、復興事業の成功した青木村へのみしわ寄せされる、結果となったのである。

青木村の復興事業基金は、川副家からは出ず、桜町の勘定や、金次郎の個人の勘定などから出ていた。そんないきさつから、この基金からの貸付金の年賦償還も、次第にスムーズにいかなくなってきた。

またその他にも、金次郎との間で解決できない問題が多く、嘉永元年（一八四八）七月に、青木村の復興事業は金次郎の手から川副家へ引き継がれることになった。

川副家に引き継がれたといっても、川副家には復興事業を継続する力があるわけではなかった

から、これは事実上の復興事業の廃止を意味した。

その結果、いろいろなトラブルが発生した。

たとえば、復興事業資金は、復興事業が失敗したなら返済しなくてもよいが、青木村のようにいちおう成功した場合は、元金は年賦で返済し、その外に冥加金として多少の謝意（利子のようなもの）を納めることになっていた。しかしこれも、返済する、納めるといいながら、怠りがちであった。

こうして、青木村の復興事業は、結果的には竜頭蛇尾に終わったきらいはあった。しかし、益するところは大であり、大局的には成功であった。

第九章　谷田部・細川家の財政再建

（一）

桜町領と青木村の復興事業が着々と成功していることは近隣に知れ渡り、評判になっていた。時はあたかも天保の初年で、どの藩でも財政難、生活苦が日ましに強くなっている時期であったので、誰もが金次郎の『荒地開発』と『借金償還』の秘法には、関心を持たないではいられなかった。

谷田部と茂木の領主細川家の、藩医である中村元順もその一人だった。

もともと中村元順は、下野国芳賀郡中里村（現在の栃木県芳賀郡）に生まれ、代々農民であったが、非常に世渡りが上手で、弁舌がさわやかだった。そのため、農民なのに農業を好まずに、医学や剣術を学んで、その方面でなんとか出世したいと考えていた。しかし、なかなかそれが達成できず、ある時、妻に、

「こんな田舎に住んでいたのでは、たとえ特技があっても、出世することはできない。名を成そうと思えば、住む場所を選ばなくては駄目である。だから江戸に出て、医者になろうと思うが、お前もいっしょに来てくれるかな」

こうして中村元順は、文政三年（一八二〇）、二十七歳のとき、妻子とともに江戸に出て、下

谷御成街道（現在の上野広小路あたり）で、医者を開業した。

しかし、自分が自認するほど医術の力があるわけではなかったので、患者は来ず、貧困となり、その日の食事もこと欠くようになった。妻はなげいて、

「あなたの医術の腕は、もともと大したものではありません。田舎の下野でさえ医者になれなかったのに、どうして大きな江戸で成功できましょうか。わたしはあなたの腕を見限りました。二人の娘をつれて田舎へ帰ります」

そう言って、下野へ帰ってしまった。

元順は仕方なく、以前から親しくしていた細川家（常陸谷田部藩）の藩医の中村周圭のところに行って、助けを求め、薬の調合や、代診をさせてもらった。

ところが、幸運がやってきた。その中村周圭が急に病気で死亡してしまったのである。周圭には子供がないので、家は断絶である。藩主の細川長門守はこれをあわれんで、中村元順を養子にして、家を継がせた。しかし、元順はもともと医術の腕は大したことはないのだから、医院は繁昌せず、たちまち二十五両という借金を作り、その返済に困ってしまった。

すると、元順の親戚に桜町の岸右衛門がいたのである。岸右衛門は桜町で、金次郎の下で復興事業に専念していたので、

「わたしの桜町陣屋には、二宮金次郎という、荒廃した村の復興をはかる、すばらしい人がいる。いつも無利息で金を貸して、困った人を助けている。いま江戸の西久保の宇津家の邸に来ているから、行って金策の相談に乗ってもらったらどうか」

と教えてくれた。

中村元順はただちに西久保へ行き、横山周平（宇津家の当主の弟）に会い、金次郎への面会を申し込んだ。横山周平はすぐ金次郎へ取り次いでくれたが、

「わたしは仕事で忙しいから、そんな医者に会って話を聞いている暇はない」

と受け付けなかった。しかし、元順があまり熱心なので、横山周平も再三、金次郎に懇願してくれ、ついに金次郎に会うことが出来た。これが細川家の谷田部、茂木藩の、復興事業の発端となったのである。

元順が金次郎に会って二十五両の借金を申し込むと、金次郎は、

「いま世の中で借金に苦しんでいるのは、あなた一人ではない。ところで、あなたの御主君である細川公の政治は、正しく行われ、国は富み、人民は豊かに暮らしていますか」

と聞いた。それに対し元順は、

「いえ、決して安隠ではありません。領内の村々は非常に衰え、土地は荒れはてて、領民は困窮しています。そのため年貢の収納も三分の一に減ってしまっているので、主君の難儀はもちろんのこと、家臣への扶持米も行きわたっていません。天下でも、これほど窮乏している大名はめったにないと思われます。したがって、わたしのわずかな扶持米も、名ばかりで実がありません。どうかこの窮乏をお救いくださるようにお願いいたします」

これを聞くと、金次郎は表情をあらためて言った。

「あなたは大きな誤りをおかしています。昔から、臣下としてなすべき道は決まっています。武士であろうと医者であろうと、わが身をかえりみず、主家のためにつくすのが臣としての道である。聞けばあなたの主君は、困窮して公儀にたいする勤めも果たせず、領民を保護育成すること

も出来ず、進退きわまっているというではありませんか。臣たる者は一身を投げうち、命を捨てる覚悟で、主君の苦しみを取り除き、その心を安らかにし、領民が貧苦から救われるような仁政をしくように努力することが、臣たる者の本来あるべき姿です。それなのに、国のことなど心配せず、自分一人だけが貧苦からのがれようと、わたしのところへ借金の申し込みにくるとは、何事であるか。どうしてこれを忠義と言えようか。わたしはいま桜町の復興に、日夜努力を重ねているが、まだそれが不十分なのを苦慮している。あなたが熱心に面会に来たのは、主家や領民の困難の復興を願ってのことだと思えばこそ、こうして面会に応じているのである。それなのに、あなたは自分のことしか考えていない。そんなことなら、わたしはいろいろ仕事が沢山あって忙しいので、会う暇などないのです。申し出られた金額はわずかな金額であるが、あなたの心は、わたしの心に反しているから、申し出に応じることはできません。早々にお帰りください。そして二度と来ないようにして下さい」

これを聞いた元順は、大いに自らを恥じて、

「わたしが間違っておりました。わたしは不肖ながらも、少しは人の道というものを学びました。決して主家の困難を思わないではありませんが、自分のことしか考えなかったのは、まことに不肖の至りで、愚かでありました。いま二宮先生の教えをお聞きして、恥ずかしさと後悔で身の置きどころがありません。わたしは愚か者ですが、今から卑《いや》しい心は洗い去り、少しでも世の中のために尽くそうと思います。どうか、わたしをお棄《す》てにならず、今後いろいろとお教えください」

と何度も頭を下げてたのんだ。金次郎は苦笑して、

「あなたの志が臣たる道に外れていたので、一言、わたしの考えを申し上げただけです」

元順はますますおのれの不肖を恥じ入り、再会できることをお願いして、帰途についた。

(二)

さて、細川長門守興徳《おきのり》が領する谷田部と茂木について述べると、谷田部は、現在の茨城県つくば市谷田部と、その付近の四十二カ町村であり、茂木は、現在の栃木県芳賀郡茂木町とその付近二十七カ町村で、合計して一万六千三百十九石の領国であった。これから上がる租税としては、米が一万六千俵、畑租が六百両余りであり、これを家禄として細川長門守が領有していた。

細川家は、九州肥後熊本藩細川家(五十四万石)の分家であるが、たえず本家よりの支援によって辛うじて財政を支えていた。が、明和九年、文化三年、文政元年、文政十二年、天保六年と、五度も類焼に遭い、また天保の二度の飢饉も重なって、財政が破綻してしまった。その結果、負債が山積して、その額は十三万両に達し、年々の利息さえも満足に払えず、家臣への給与も十分でなく、逆に領民への課税は重く、上下ともに苦しみ悩んでいた。

細川長門守興徳は、六十歳をすぎても後継ぎの子供がなかったので、有馬家(九州筑後久留米藩二十一万石)の次男の辰十郎(長門守興建《おきたつ》)を養子にした。

辰十郎は、すぐには家督を継がなかったが、なかなか英邁な人物であった。そのため家督を継がないうちから、藩財政と領民の困窮を心配し、なんとか経世済民を行い、領国の復興を図ろうとした。しかし、なかなか思うようにいかなかった。

ある時、中村元順が辰十郎に会ったとき、

「昔から国が栄えたり衰えたりするのは、人材がいるか、いないかによって決まるものです」

と申しのべた。辰十郎はだまってそれを聞いていたが、近習を退らせて、二人だけになると、ひそかに、

「わしは有馬家に育ったので、これまで苦労というものを知らなかった。しかし、細川家に養子に来て、はじめて困窮が甚だしいことを知った。このままいたずらに年月をすごしていったら、負債は山のようになり、これではわが藩は亡びてしまうであろう。なんとか藩政を改革して、細川家を復興し、養父の心を安らかにし、領民の貧苦を救いたいと思うのだが、その方法がわからない。そなたに、何かいい考えがあったら申してみよ」

と問い掛けた。すでに金次郎から教えを受けていた元順は、(いつか金次郎の良法を申し上げて、主家復興の手柄をたて、それによって一身の栄達を得よう)とその機会を狙っていたので、心中おおいによろこび、平伏して申しのべた。

「まことに若殿の御心痛の通り、毎年このようにしておりますれば、わが藩はどうすることもできなくなってしまいます。しかし、わたくしは医者ですから、藩政に関与できる者ではありません。ですが、たった一人、世にまれなすぐれた人物を知っております」

「それは誰じゃ」

「二宮金次郎といいます」

と名前を教え、これまでの金次郎の業績の数々を詳しく説明して、

「二宮先生の業績、徳行は、とても短時間では言いつくせませんが、まことに世にもまれな英傑で、その弁舌はさわやかで、滔々《とうとう》と大河のように流暢《りゅうちょう》です。世の中の治乱、盛衰、存亡、吉凶

の生じる、原因を説く発想が豊かで、こんこんと泉のように湧き出て、つきるところを知りません。若殿がもし、二宮金次郎に谷田部藩の復興事業を任せ、その指導に従って藩政を改革し、仁政を行えば、十年もたたないうちに谷田部藩が復興ができるのはまちがいありません。若殿が二宮先生の良法を実行なさるならば、不肖わたくしもその教えを受けて、一身をなげうって復興事業に尽くします」

「本当にそなたの言う通りなら、二宮金次郎は天下無双の英傑である。その力を借り、その指導にしたがって、そなたと協力して事に当たれば、事は必ず成就するであろう。しかし、一つ難しい問題がある。家臣たちにはここ数年、生活が苦しいので、仁と義を重んじる気風がなくなり、自分が手柄を立てることばかり考えて、他人の手柄を妨害し、人の幸せを憎む気持が強く、私心を捨て藩のために尽くす者が少ない。だから、この大事業をそなたとともに行おうとすれば、彼等はその本質を見極めないで、むやみに反対するに決まっている。わしはまだ部屋住みの身であるので、独断で命令を下すことができない。また必ず成功させるという自信もない。だから、そなたがひそかに二宮金次郎のところに行って、『わしの苦悩』と、『二宮金次郎の良法によって藩を復興したい気持』を詳しく伝え、当面の処置を聞いてきてほしい。二宮金次郎がわしの気持をわかってくれるなら、必ず大きな知恵を働かせて、適宜な処置を教えてくれるであろう。うまく事を運んでくれ」

と命じたのである。

中村元順は、天保五年（一八三四）、江戸西久保の宇津家の邸に行き、金次郎に面会を求めた。すると、

「二宮先生はすでに桜町へ帰られた」

ということであった。

元順はがっかりし、藩へ帰ってこのことを辰十郎に報告すると、辰十郎は、

「それでは、直ちに桜町に行き、わしの意中を伝えてほしい。この件については、父上にも申し上げたところ、父上も大変よろこばれた。だが、そなたが桜町へ行ったりすれば、家臣たちが何事かと疑念を持ち、折角の計画が失敗するおそれがある。家臣の者には知られないように、事をすすめてくれ」

とさとされた。それに対して元順は、

「それには名案があります。ただいま若殿の奥方様はご懐妊中で、すでに五カ月とお聞きしております。このことは家中の者がみな存じております。桜町から数里離れた所（野州芳賀郡誕生村）に、延《のべ》の地蔵（延生《のぶ》の城興寺にある子安地蔵）という、安産を守るお地蔵様があり、貴賤を問わず、遠近より祈願にまいります。だから御家老に『延の地蔵で安産祈願をせよ。その使者として元順を派遣せよ』とご指示下さい。わたくしは医者ですから、誰も変には思わないでしょう」

「うむ、それは名案じゃ」

かくして元順は、家老から安産祈願の命を受け、地蔵参りの形を借りて、天保五年正月二十八日に江戸を出発し、翌日二十九日に桜町に着き、金次郎に会ったのである。

「わたくしは、かつて主家の大事はさておいて、おろかにも私のことばかりお願いに上がりましたが、二宮先生のおさとしにより反省して、以後、主君に忠義をつくさんと励んできました。

『内に誠あれば、おのずから外に現れる』と申しますが、その通りで、主君はわたしの志に気づき、藩の政治のことをお尋ねになりました。それでわたくしは二宮先生のことをお話ししたのです。すると主君は大変先生の高徳を慕われ、ただちに藩政復興をお願いしたいと言っておられます。しかし、家中の者はわがままで武士の気風を失い、自分の事ばかりやって、藩の公の事をやりません。たまたま忠義の志ある者がいても、たちまち退けられ、金が足らなければ借金をして、目前の出費に使っているばかりです」

金次郎はじっと元順の顔を見つめ、忍耐強く聞いていた。

「それのみではありません。主家細川家の借金はすでに十四、五万両にのぼり、領地からの年貢も年々減っております。御本家である九州の細川家からも年々援助を受けておりますが、それもすでに八万両にのぼっており、もうこれ以上救う方法はないと、谷田部藩のことを『柳原の大どぶ』と嘲《ちょう》笑している有様です。藩政を改革しようとしても、家臣たちは喧々囂々《けんけんごうごう》と異議を唱えるばかりで、まとまりません。大殿はすでに高齢であるので、すべてを若殿に任せようとしております。幸い若殿は、領民をいつくしむ仁の心を持っておられますが、まだ家督を継いでいないので、お一人で政令を出すことが出来ません。うっかりこの大事業に着手すれば、家臣たちの反対にあい、失敗する心配があります。どうか、この若殿の苦悩をお汲みとり下され、よい方法をお教えください」

と熱弁をふるった。

金次郎は若殿辰十郎の気持を察し、窮迫の様子を気の毒に思って答えた。

「わたしは小田原藩の家臣であるので、よその藩の政治について口を出すことはできない。ましてや復興事業を引き受けるなどということは、考えることも出来ない。しかしながら、あなたの若殿は賢明な方で、領民をいつくしむ心を持っているのに、領民がその恩恵を受けることが出来ず、藩全体が窮乏しているのは、まったく残念である。そこで一言だけご忠告いたしましょう」

「ありがとうございます。お願いいたします」

「そもそも国が衰えたり、乱れたりするのは、その国の分度が明確になっていないからです。収入はむさぼり取るのに、予算を立てずに出資するので、多額の不足を生じるのです。それを少しも反省せず、質素、倹約を守ろうとせず、金が足らなくなれば他人から借り、領民から年貢をしぼり取り、それでも足らなければ翌年の年貢を先納させたりする。毎年このようなことをやっているのでますます困窮し、その結果、領民は領主の行政をうらみ、農業を捨てて一家離散するのです。そうなるとわずかな利を追い求めるので、領地はますます荒廃し、租税はますます減少して、藩の財政が極度に困窮するのです。すると、家臣を扶持する米や金もなくなり、そうなると公儀への御奉公もおろそかになる。武士の気風もいやしくなり、義理、人情に欠け、わずかの利益を争って忠義のなんたることもわきまえず、藩内が累卵《るいらん》の危きになる。

このような禍《わざわい》は何から起こったのかといえば、藩に分度が確立していないから起こったのです。藩に分度が立っていない時は、何万両の金を注ぎこんでも、破れた桶に水を入れるようなもので、一滴も残りません。いまあなたの主家が明確に分度を立て、財政の節度を守り、仁政を行えば、藩の復興は決して難しいことではありません」

「その分度とは何なのでしょうか。お教えください」

「分度とは一口に言って、収入に合わせて支出をする、その限度のことです」

「過大な支出をしないで、分相応な生活をすることですね」

「そうです。そしてそれは、主君も、領民も同じように守ることです。藩の財政が困窮するのは、領民へは分度を強制するが、主君は分度を守らないからです。主君が分度を守れば、藩の困窮は治ります」

「なるほど、よくわかります」

「わたしが桜町の復興に成功したのも、この分度が確立していたからです。あなたの藩でも主君が分度を確立すれば、復興できないことはありません。家中の者が改革に反対するといわれましたが、それはこの分度の考え方を明らかにしていないからです。だから、『分度を確立すれば藩は栄え、確立しなければ藩は滅亡する。どちらを選ぶか』と家中に問えば、どんなに心の曲がった者でも、藩が栄える方がいいと言うに決まっています。少しも心配する必要はありません」

元順は非常に感激して、

「ぜひ、その分度をわが藩でも確立し、藩復興の基本としたいと思います」

「では、わたしも細川家の復興に協力いたしましょう。しかし、分度の決定というものは、そう簡単に出来るものではありません。これまでの藩全体の収支がどうなっているか、よく実態を調査した上で決めねばなりません。そこで、過去十年間の、租税関係の帳簿を持ってきなさい。わたしがそれを調べて分度を計算し、あなたにお教えいたしましょう」

元順は大いによろこび、さっそく帰って若殿辰十郎にこのことを報告しようと、天保五年二月十日に桜町を発ち、江戸に向かった。

すると江戸の細川邸では大事件が起きていた。

というのは二月七日に、築地あたりからの出火で細川家の柳原上屋敷が類焼し、邸内は上を下への大混乱の最中だった。元順は二月十二日の朝、帰り着いたが、長門守も辰十郎も細川越中守屋敷へ一時避難していたので、元順はそこへ伺い、金次郎との面会内容を報告した。藩主父子も、

「それはよかった」

と大そうよろこんだが、しかしいつまでも避難態勢でいるわけにもいかない。仮の邸を方々探していると、たまたま金次郎が江戸に出て来てこれを知り、

「それは気の毒に」

と、老中の大久保忠真に話してくれ、小田原藩が所有している本所割下水の邸を譲り受けることが出来、四月十七日にそちらへ移った。

このようにして細川家と金次郎とはいろいろな因縁でつながり、そんな関係もあって、細川家の中では金次郎の『分度確立を基本とする復興方法』が次第に理解されていった。そして、藩主父子と重臣たちが復興について評議を行ったが、全員が賛成で、

（すべて桜町で行った復興事業の通りに、二宮金次郎に任せよう）

と決まった。そのため、金次郎から指示されていた、過去十年間の租税関係の帳簿の整理も、順調に進んでいった。

（三）

金次郎への依頼の準備もととのったので、中村元順は、細川家の過去十年間の租税関係の帳簿

を持ち、天保五年六月一日に江戸を出発した。六月六日に桜町に着き、金次郎に面会して藩主父子の決意を伝え、その帳簿を渡した。

するると金次郎は、

「藩主の考えはよくわかったけれども、分度を立てて、復興という大事業をなすには、口頭だけでなく、文書による公式の依頼書が必要である。だから、それも持ってくるように」

と指示した。分度を立てないと復興事業は成功しない。それには藩主の絶対不動の決意が必要であり、決意が途中で絶対ぐらつかないように、公式文書で藩主の決意を示すものを求めたのである。桜町の復興が成功したのも、分度の決定が確実に行われたからであり、青木村の復興が後半混乱したのは、分度の確立がなかったからである。そうした反省の上に立っての、細川家への要求だった。

元順はさっそく帰って、この旨を細川長門守父子に伝えると、

「尤もなことである」

として、天保五年八月十五日に、正式文書による依頼書が、金次郎のところに差し出された。そして九月に入ると、谷田部村と茂木村の、村高反別、村絵図などを、残らず金次郎のところへ持参して、作業を依頼した。

金次郎は、大嶋勇助などの筆算が上手な者を集めて、夜を日についで、租税の実績の調査にとりかかった。

そして、これまで五年間の、豊年と凶年の平均の数字を算出し、その高からず、低からずの、中位の値を実績の中から算出して、これを『細川家の分度』とした。

復興事業は困難が予想されるが、この分度で推進すれば、豊作の年には分度を上廻る余剰が出る。その余剰金を荒地の開墾などの復興事業に投入すれば、復興事業は成功するという、具体的な数字を織りこんだ数巻の復興計画書が、数十日にして出来上がり、元順に渡した。

元順はこれを持ち帰り、直ちに藩主父子に報告した。それを見て、二人とも、内容のきびしさに驚いたが、今や細川家の復興は金次郎に頼る以外に方法がない。そこで十月十七日、ふたたび元順を金次郎のところにやって、

「どんなに苦しくても忍耐します」

と誓い、復興事業の遂行を頼んだ。そこで金次郎は、

「本家である熊本の細川家は代々仁の心が厚いので、分家であるあなたの細川家へ、これまでに八万両もの資金援助をしている。本家ではさぞ分家の行く先を心配しているであろうから、さっそく分度決定に基づく藩政復興計画を報告して、本家を安心させるがよい。これも仁政の一つである」

すると元順は顔色を変えて、

「いえ、本家と分家とは名ばかりで、実際は親しくしておりません。その証拠に数年来音信もなく、家臣の往き来もありません。ですから、今度の復興計画など報告する必要はありません」

と言った。金次郎は不思議に思って、

「八万両もの資金援助をしているというのに、なぜか」

と尋ねると、元順は、

「本家の方は、分家と親密にしようとしているのですが、分家の方がこれを受けないのです。そ

れは分家の方が二百年以上も前から、熊本の本家を怨んでいるからです。だから、本家から八万両もの援助を受けながら、少しも感謝していないのです。本家の方でもあきれはてて、最近では援助もしてくれず、音信も不通になってしまっているのです」

熊本細川本家と、谷田部細川分家の怨恨の原因は、実に二百年も昔にさかのぼる。

谷田部細川分家の祖の細川興元《おきもと》は、細川本家の細川忠興（三斉）の弟である。興元は幼い頃から気性が強く、自由奔放なので、父や兄の言うことをきかなかった。それで父と兄は怒って、興元を比叡山にやり、僧にした。

しかし、大坂の陣がはじまると、興元は無断で山を降りて徳川軍に加わり、奮戦し戦功を立てた。徳川家康はその武勇をほめて、戦功として十万石を与えようとした。すると兄の忠興が、

「興元はわたしの弟ですが、父がその所行を怒って、僧にした者です。子を見るに、父以上の者はおりません。それを父に逆らい勝手に戦場に出てきたのでは、たとえ戦功があったとしても、道義を誤っております。そのような高禄をお与えになれば、後にやっかいな事にならないとも限りませんので、過分な恩賞は与えないようにしてください」

ということで、十万石が一万六千石になってしまったのだった。このため興元は、兄の忠興を大いに怨み、その怨みが代々、今に至るまで続いていた。だから八万両の援助を受けても、なんら感謝の気持を持っていないのだった。これを聞くと金次郎は、

「忠興公の仁慈の気持もわからずに、禄高が減少したことだけで怨みに思うのは、大いにあやまっている」

と言った。元順が解せぬ顔で、

「せっかくの十万石を失ってしまったのに、どこに仁慈がありましょうか」

と聞き返すと、金次郎は答えた。

「そもそも細川忠興公は天下の英傑であり、寛大で情け深い方である。その志は天下の平和にあって、身内の幸せだけに拘泥《こうでい》しないのである。子弟が賢明で天下のためになる人間ならば、推薦するであろうが、そうでなければ、たとえ弟であろうとも推薦しないだろう。弟の興元は、父や兄の言うことを聞かず、仏門に入ってもその道を修めず、ただ勇ましく強いばかりで、仁をわきまえた人間ではない。それが、一度の合戦の功だけで十万石というのは、いささか過分の恩賞である。家康が過分の恩賞を与えたのは、興元が忠興の弟であるのを考慮したからであって、なにも興元の力量だけを評価したからではないのである」

「なるほど、そうかもしれません」

「考えてみると、三河時代から家康に仕えた忠義な直参の家臣たちは、何十回となく危険な戦をくぐり抜けてきているのに、十万石などという恩賞は受けていない。だから、興元の十万石は、はなはだ不公平になるわけであり、その不公平を未然に防ぐために、忠興公は十万石を辞退したのである。まことに天下を広く見渡した上での、あっぱれな大局的な判断といわねばなるまい」

「よくわかりました」

「また恩賞は必ず人の心を驕《おご》りたかぶらせる。だから興元にその気持が起きると、結局は家を滅ぼしてしまう。大きい恩賞は、幸せではなく、かえって不幸なのである。忠興公は、第一には天下のことを思い、第二には興元公の将来の安全を考えて、過分な恩賞を辞退して、相応の恩賞にしたのである。この深い思慮を仁慈といわなくて、何であろう。それなのに、このこともわからずに、ただ禄高の減ったことのみを怨むのは、大いなる過ちというほかはない。だから、今回分家の細川家が復興を図ろうとするのなら、まず人倫の根本に立ちかえって、本家と分家の間の親しさを復活すべきである。そして本家を重んじ、怨んでいた二百年の過ちを改め、多年の疎遠の非礼をわびれば、八万両もの支援をしてくれた本家のことであるから、たちまち親密な関係に戻るのは間違いない。本家、分家の親睦が成り立ってこそ、復興の意義がある。もし、いつまでも怨みつづけているようであれば、わたしは復興事業を引き受けることはできない」

元順は金次郎の深謀遠慮に感心して、

「さっそく帰り、主君に言上いたしましょう」

やがて金次郎は、数巻の分厚い書類を、元順の前にさし出した。見ると表紙には、

〈為政鑑《いせいかん》〉

と書いてある。

「なんでしょうか、これは？」

それは金次郎が忙しい仕事の合間を縫って、まごころをこめて作成した細川家の復興計画書であった。いつの間にこのようなものを、金次郎は作ったのであろう。その素早い仕事ぶりと、きびしい言葉を吐きながら、ひそかにこのような計画書を作っている心の温かさに、元順は眼頭が熱くなった。

「はやくもこのようなものをお作り下さるとは、ありがたさに涙がこぼれます」

「これで十分ご主君に説明なさるといい」

元順は為政鑑を押しいただいて、桜町を発ち、江戸へ帰った。

そして、この為政鑑を中心に、金次郎の教えや計画内容を説明すると、細川長門守も辰十郎も非常によろこんだ。そして、家中の者を集めて、

「小田原藩の二宮金次郎の指導によって、わが藩の復興を行うことにした。これがその計画書であるが、非常によく出来ているので、皆の者もよく協力するように」

と指示し、家臣一同は納得して、その実行を誓った。

その手始めとして、まず家老や元順が、細川本家の江戸屋敷を訪れて、これまでの恩義を謝するとともに、元順が為政鑑を示しながら藩復興計画を説明すると、細川本家も、

「これ以上のよろこびはない。二宮なる何のゆかりもない者が、このような誠意をつくしてくれるのに、われわれ本家、分家が、どうして力を合わせないでいられようぞ。為政鑑にある分度を立てての復興事業は、大事業であろうから、本家としても必要あれば極力援助するであろう」

かくして、細川両家の長年の怨みは消え、復興事業へのスタートが切られた。

しかし、復興事業を始めるには、もう一つ重要な手続きが残っていた。それは、小田原藩主大久保忠真の承諾であった。それで金次郎は元順へ、

「わたしは、現在、小田原藩の藩士という身分をいただいているから、藩主の承諾なく、他の藩の政務に関与することはできません。藩主大久保忠真公は、現在幕府の老中職にあって天下の仁政に心をかたむけておられる方であるから、もちろん賛成くださるとは思いますが、やはり、物には筋道を通す必要があります。したがって、細川家の方で忠真公の御了解を取っていただきたい」

と申し入れた。それを聞いて元順も、

「これはうかつにも気がつきませんでした。さっそく手続きをとりましょう」

と元順はただちに帰り、藩主細川長門守父子に報告した。藩主父子も、

「それはもっともなことだ。踏むべき大切な道を忘れていた」

と家老を大久保忠真のところへ遣わした。すると大久保忠真は、

「わしはいま老中として、天下万民のことを思って政治を預かっている。この荒廃した時代に一つでも多くの藩が復興するのは、うれしいことだ。どうして自藩、他藩の区別などあろうか。桜町の復興を命じられた二宮金次郎が、さらにそこまで手を伸ばしてくれているとは、望外のよろこびである」

とただちに承諾してくれた。

元順はふたたび桜町に赴《おもむ》き、金次郎に報告した。

金次郎が、ここまで手順にこだわったのは、金次郎が形式主義者だったからではない。

大久保忠真の承諾を取っておかないと、もし、小田原藩から何かクレームがあったとき、折角開始した細川家の復興事業が途中で挫折してしまう危険があるからだった。その、先の先まで読み通す慎重さがあったればこそ、金次郎の復興事業はどれも成功するのだった。

(四)

このようにして細川家の谷田部、茂木の復興事業は、金次郎の作成した基本計画『為政鑑《いせいかん》』によって発足した。

『為政鑑』は細川家の分度と、復興事業の基本方法を定めたものである。その内容を一口で言えば、

（歳入はすべていったん金次郎のところに受け入れ、その中から一定限度の租税を細川家へ渡し、過不足は金次郎の責任で処理する）

ということである。不足が出たときには金次郎の負担とするが、余剰が出たときには、ことごとく復興事業の資金に投入する。

また、資金が足りない時には、報徳資金や金次郎個人が立て替え、またこれまでの借金返済にまでその方法が及んでいるという、至れり尽くせりの内容だった。すなわち、これは復興事業の一切を金次郎が請け負っているといってよく、見方を変えれば、細川家の財政面、農政面においては、金次郎が藩主の役目を果たしている、ともいえるものであった。

金次郎は桜町や青木村のときと同じように、過去にさかのぼった厖大な書類帳簿の調査の中から、細川家の分度を、

米の年貢で七千六百五十九俵

と決定した。細川家は今後、この分度の予算の中で経費を支出し、借金を返済していかなくてはならないのである。この分度七千六百五十九俵という数字は、守るに非常にきびしい数字であったが、細川家が復興するためには、どうしても忍耐せねばならぬ数字でもあった。

またこの時点で、細川家の借金を細部にわたって調査すると、十二万九千四百四十九両あることが判明した。この返済も容易なことではなかった。

このような最悪の状態からのスタートであったので、村民救済の資金もなく、また分度をこえ

た余剰が出るまでは、復興資金にも困る有様だった。そこで、とりあえず金次郎が、報徳金の中から千両を融資することにしたので、当面の資金の心配はなくなった。

さて、谷田部と茂木における具体的な復興事業であるが、金次郎は、数年前から金次郎の下で教育を受けていた大島勇助を現地に派遣して、その推進に当たらせた。

農村の復興事業であるから、やる事は、桜町や青木村のときと基本的には同じである。まず荒廃した土地を起こし、用水路や、冷水堀《ひやみずぼり》（冷水の害を受ける地帯の防護策で、田の側に深い溝を掘って冷水を抜くこと）を掘り、乾いた土地を低くし、湿地を高くして、地味に応じた水田に改良したり、また畑にしたりした。

民政面では、ひろく仁政を行って窮民を助け、善行の者を賞すかたわら、悪人を善導し、勤勉な農民をほめて、怠け者の気持をふるい立たせた。また村人の借金を肩代わりしてやり、壊れた家は修繕し、ときには新しく建ててやり、衣食を与え、農具や種籾《たねもみ》も与え、あらゆる方法をつくして復興事業の遂行に当たった。

村民は非常によろこび、感謝して農作業に精を出すようになり、その結果、数百町の田を開墾し、復興事業の費用として使うことが出来る分度外の余剰米が、年によっては千五百俵も出るという成功ぶりであった。それは近隣の村々から、賞賛の声が上がるまでになった。

藩主父子も大変よろこんで、金次郎の人徳をますます敬《うやま》うと同時に、中村元順に対しても、「わしの長年の念願も、二宮金次郎の復興によって達成されることは間違いない。この発端は、そちの忠義心から起こったものである。したがって、その功労を賞して禄百石を与え、用人職を命じる。今日からは医者は廃業し、名前も中村勧農衛《かのえ》と改めよ」
と、元順はこの日から細川家の用人となったのである。

さて最後に残された問題は、十三万両に余る細川家の借金を、どうやって返済するかだった。十三万両といえば、利息だけでも、年一割としても一万三千両必要であり、とても尋常の方法では返済不可能である。

いかに支出を制限して、借金返済に廻す金額を多くするかを、年度ごと、項目ごとに検討する一方、返済期間を長期に変更する、利息を引き下げる、あるいは無利息にする、または借金を免除する、などの方法も組み合せ、返済計画を立ててみたが、全額返済するには七十一年もかかることがわかった。いくら計画を作り直してみても、茫《ぼう》然とするばかりだった。

この借金の中味は、幕府からの借財で、百カ年賦や、五十年賦でも差し支えないものが入っていたり、また九州細川本家からの助成金や、藩内の富豪からの借金などと、様々なものが混在していた。返済計画案を示してよく協議すれば、いかに細川家が困窮していて返済能力がないかを、理解してもらえるはずである。無理に返済を強行すれば細川家は断絶してしまい、断絶すれば全額が回収不能になって、貸主にとってはかえって不利になるわけである。そこで金次郎は、
「この計画によって、細川家の誠意が理解されれば、解決策が生まれないわけがない。細川家がきびしい分度を立てて家計を乗り切ろうとしている誠意をよく説明して、まず本家の細川家から交渉を始めなさい」

それに続いて、谷田部や茂木の富豪や、その他の蔵宿などにも交渉させた。

その結果、本家の細川家では深い理解を示して、三年後の天保八年になって、八万両の借金のうち、六万九百二十八両を免除してくれ、また幕府からの借金の利息を肩代わりしてくれた。谷田部、茂木の富豪の中にも理解を示して、借金の免除を承諾する者も出るようになり、こうした結果、借金の処理は計画よりも早いスピードで進みはじめた。

この借金の減少状況を年度別に見ると、

天保五年の減少額　五千九百五十八両
天保六年の減少額　六千四百十三両
天保七年の減少額　二千九百四十九両
天保八年の減少額　六万五千七百三十六両

と、合計八万千五十六両が減り、残高は四万八千三百九十五両にまで減少した。

このように急速に借金が減少したのは、借金の返済というよりも、主に特殊関係にあった者からの、債務の免除によるものであったが、金次郎の借金減少作戦が成功したと見るべきであろう。

この借金免除の陰には、谷田部の釜谷次郎兵衛のように、千百両もの免除をしたために、次郎兵衛は大打撃を受け、ついに廃業に追い込まれる者も出た。そのため金次郎は後年になって、次郎兵衛の商売を復興してやるのだった。

（五）

かくして細川家の借金は、ピークに較べて三分の一程度に減少し、かつ農村復興も進展した。

そこで天保八年（一八三七）に、若殿の辰十郎は細川喜十郎興建と称して、養父長門守に代わって新藩主の地位についた。新藩主となり、ほっと一息というところであったが、世情はそれを許さず、次の難関が待ち受けていた。

天保九年に細川興建は、大番頭《おおばんかしら》（江戸城、二条城、大坂城の警備に当たる役人の頭）を命じられ、大坂詰めとなったのである。細川家はこれまで財政窮乏のために、幕府への奉公（常勤）を免じられていたが、最近の財政復興状況から、その奉公が廻ってきたというわけであった。

大番頭の任命は、武家として名誉なことであるが、そのために経費が膨脹した。大坂詰めとなれば、特別の足高（給付）はあるが、それ以上の経費がかかり、家計はふたたび赤字に転落し、せっかくの復興事業も後退を余儀なくされる危険があった。

大番頭という公務を勤めようとすれば、復興事業を達成することが出来ず、復興事業を達成しようとすれば、公務が勤められず、新藩主の興建は悩み、中村勧農衛（元順）に、両方共うまくいく方法を考えさせると、

「どちらも重要なので、やめることはできません。仕方がないから両方とも行い、大坂に詰める費用を節約し、万事質素を旨として勤めるよりほかはないでしょう」

と答えた。そして、金次郎の意見はどうかと、中村勧農衛は金次郎を訪ねた。すると金次郎は、次のように答えた。

「あなたの考えは間違っている。あなたには、まだ主君の大義がわかっていない。そもそも臣下として、身命を投げうって主君に仕えるのは、古今を通じての道であり、そのためには一家の安否にかかわっているべきではない。これまで細川家が役儀を免ぜられてきたのは、幕府に寛大な

心があったからである。いま細川家は財政も復興し、借金も減って、長年の困窮から脱しつつある。幕府からそのような命令を受けるのはむしろ本望であり、君臣一体となって忠義をつくすべきである。それなのに復興事業にばかり気を取られ、公務の費用を節約しようとするのは、私事のために公務を軽んずるものである。いったん幕命を受けたからには、天下にこれほど重要なものはないのだから、公務を優先すべきである。必要とあらば復興事業の費用を大坂勤務の費用に廻し、さらに足らない時には領民に命じて御用金を出させたらいい。それでも足らない時には、平素でも借金したのだから、公務のためなら借金もやむをえないではないか。大坂勤務の費用を決して節約してはならない。大名が大番頭を勤めるのには、武備が完全でなければ、忠義とはいえない。たとえそのために、領国が疲弊しても、それはやむをえない。仁政を行って領民を安らかにするのは、非常時に備えるためである。泰平の世の御奉公と、乱世の世の御奉公とは異なっているようであるが、忠義という心においては同じである。大番頭といえば、最高の役職ではないか。大番頭として大坂に詰めるのは、大坂城を守り、万が一何か起こったときには京都を護衛して、非常時の御奉公をするためである。それなのに、藩財政のために公務の費用を節約しようとするのは、私事のために公務をおろそかにすることであり、大義を失うことになる。どうしてこれを忠義ということが出来ようか」

金次郎から懇々《こんこん》とさとされると、中村勧農衛は、はっと我に返り、

「わたしは大事なことを見あやまっておりました。先生のお教えがなければ、大義を知ることが出来ませんでした」

「それが判ったら、いったん復興事業を中断して、忠勤一筋に励むことだ。そのために領内がふ

たたび荒廃するようなことがあれば、その時はわたしが復興しよう。復興とは、領内を復興するだけではない。時に応じて、世のための道を行うのも、復興なのである」

中村勧農衛はさっそく金次郎の言葉を新藩主に伝え、細川興建は安心して大坂に行き、無事、御奉公を勤めることが出来た。

しかし、細川興建の大坂勤めのため、細川家の借金はふたたび増加し問題となった。そのため天保十二年にふたたび金次郎が、前例にならって復興事業を行い、それによって弘化三年（一八四六）には、三万七千両にまで減少した。

しかし、天保十三年（一八四二）に、金次郎は幕府から御番帳入取扱を命じられ、同時に老中首座の水野越前守忠邦から、御普請役格に任命された。いわゆる幕臣となったわけである。そのため多忙となったので、金次郎は天保十四年には桜町の復興以外の事業からは一切手を引いた。したがって、細川家の復興事業からも金次郎は、天保十四年に手を引いたのである。しかし、ここに問題が起こった。金次郎が復興事業から手を引いた以上、それまで細川家に立て替えしていた復興事業資金を、桜町に返納してもらわなくてはならないのである。しかし、これが容易に進まなかった。

天保五年からの桜町報徳金による立替資金は、二千三百三十五両となっていた。時々、少額の返済は行われたが、大部分は延滞してしまったので、弘化元年（一八四四）になっても、なお千九百八十一両の残高が残った。毎年いくら催促しても少しも返済は進まず、やむなく、金次郎と中村勧農衛との間には、はげしい催促のやりとりの書状が、実に数十通に及んだという。しかし、いずれもあやふやな返事ばかりであった。

金次郎と中村勧農衛とは、互いに信頼し合った間柄であったが、いくら情勢の変化とはいえ、このような事態に立ち至ったことは甚だ残念であった。

そのため、弘化三年（一八四六）には『細川家御借財米金済方取調帳《べいきんすましかた》』まで作って返済方法が決められ、また嘉永三年（一八五〇）には『内談書《ないだんしょ》』五十枚を作って、返済の交渉が行われている。このため、嘉永三年には千三百三十両にまで減ったが、しかし、その後はなかなか進まなかった。

この頃になると、金次郎は日光神領の復興を幕府より受け、その準備に入っていた。日光神領復興には多額の資金が必要である。しかし、幕府は財政が苦しいので、なかなか復興資金を出さなかった。そこで金次郎は、これまでいろいろな藩に復興資金として投入していた報徳仕法金を回収して、日光神領復興の方に廻そうとした。そのため、細川家からの返済も必要だった。

細川家からの返済は、金次郎の強い催促によって急速にすすみ、安政元年（一八五四）七月には、残高三百両となり、安政四年には百両となり、安政五年（一八五八）には完納することが出来、最終的には約束は実行された。

天保五年に始まり、この最後の報徳金完済までに、なんと二十五年の年月がかかったわけである。金次郎は安政三年に死亡したので、報徳金が完済されたときには、金次郎はすでにこの世にはいなかったのである。このことは、報徳資金を使っての根本的な藩政復興事業とは、それほど長い時間と忍耐を要するものであることを物語るものである。

第十章　烏山藩の飢饉を救う

(一)

金次郎の烏山藩復興事業は、天保七年(一八三六)の大飢饉の窮状を救済せんとした、烏山藩家老の菅谷八郎右衛門と、天性寺の円応和尚との、二人の活動が出発点となった。

烏山藩の藩主、大久保佐渡守忠成は、小田原藩主大久保忠真の一族である。その領土は烏山地方四十七カ村(栃木県那須郡烏山町)の二万六千石余、それに相模国愛甲郡厚木地方(神奈川県厚木市)の一万三千石余、合計で表高四万石であった。

ところが、文政の末頃から農地は疲弊し、藩の財政は逼迫し、身動きの取れない状態になった。烏山地方の米の収穫を見ても、享保の頃には収納米が二万三千余俵あったのに、文政十年から天保七年までの十年間の平均は九千三百三十五俵と、四割へと減少してしまった。

すなわち、いったん飢饉などが起きると、一大事になる危険な状態になっており、その一大事が天保七年の凶作で事実となった。天保七年の飢饉は、東海より関東、東北地方へと広範囲に及び、関東の東北隅にある烏山藩も惨憺たる状況であった。飢えた領民は、葛《くず》、蕨《わらび》、草の根などを食べて飢えをしのぎ、餓死した者が道端に積み重なるという状態だった。

烏山藩の家臣菅谷八郎右衛門は、

（何か対策をたてねば）
と心を痛めていたが、たまたま下男の藤兵衛から、金次郎の桜町領の復興の話を聞いた。その頃、金次郎の復興事業のことは世評に高く、八郎右衛門も話に聞いて知ってはいた。しかし、わずか四千石の宇津家の、それも陣屋詰めの復興事業を、四万石の烏山藩で理由もなく取り入れるわけにはいかないと、安易に考えていた。しかし、あらためて藤兵衛から話を聞くと、金次郎の偉大さに驚いた。

そこで、もう少し真相を知りたいと、藤兵衛を使いにやろうとした。が、もう少し身分のある者の方がいいと思い、天性寺の円応和尚に依頼した。

円応は文政のはじめ、奥州の衣川から烏山の天性寺（藩主の菩提寺）へ転任してきた僧である。

（仏の道は現世の窮民の救済にある）

というのが円応の信念であり、僧でありながら荒地を開墾し、農業を奨励していた。そのため、菅谷八郎右衛門と意気投合し、領内の復興については強い関心を持っていた。そこで、円応を金次郎への使者に選んだのである。

天保七年九月四日に、円応は桜町を訪れ、金次郎に面会を求めた。この頃の金次郎は、桜町の復興事業に加えて、旗本川副勝三郎の青木村や、細川家谷田部の復興事業、それに天保の飢饉対策などが重なり、多忙をきわめていたので、

「僧には僧の道があるように、わたしには廃村救済の道がある。道が違うのだから、会う必要はない」

と言って会わなかった。しかし円応は、こんな一撃で引き下がるような男ではない。

「わたしはたしかに僧であるが、その志は二宮先生と同じように領民の救済にある。いま烏山の村民は困りはてているので、これを見るにしのびず、先生の教えを受けに来たのです」

と言って動かなかった。しかし金次郎も、

「坊主め、何を言うか。烏山の困窮は烏山藩主が救うべきことで、わたしの知ったことではない。なにゆえに面会を強要して、わたしの仕事の邪魔をするのか」

と会おうとしなかった。しかし、円応の方も負けてはいなかった。

「二宮先生が会ってくれるまでは、たとえ餓死してもここを動かない」

そう言って、桜町陣屋の門前の草原に座って、夜を明かしたのである。さらに、次の日の朝も、いぜんとして座っていた。金次郎もついに根負けして、

「変わった坊主だな。よし一度会って、いましめてやろう」

とついに会うことにした。金次郎は、

「藩主には藩主の道があり、臣には臣の道があり、僧には僧の道がある。そなたが本当に民を救いたいのなら、わたしのところへなど来ないで、どうして藩主の大久保公へ、救民の政治をなすように訴えないのか。そして、そなたは僧らしく、領民の安隠を祈り、僧としての職分を全うすればいいではないか。そのような自らなすべき事もなさずに、自分の職分でもない政治の道に口を挾むのは、僧の道を誤っている。さっさと帰るがよい」

そう言われれば一言もない。円応は返す言葉もなく烏山へ帰った。

烏山へ帰り、円応がこのことを菅谷八郎右衛門に告げると、

「やはり二宮先生は偉大な人だ。人を代えてもう一度頼んでみよう」

と、もう一度、人を代えて頼みに行ったのだが、それでも金次郎は、

「いま烏山の民が飢饉で困っているというが、それは日頃から飢饉に備える政治を行っていなかったからだ。わたしはいま忙しいから、そのような藩の話を聞いている暇はない」

と取り合わなかった。

しかし、菅谷八郎右衛門はあきらめなかった。九月二十二日に、今度は八郎右衛門が円応和尚をつれて、直接金次郎に会った。そして、烏山藩復興のことを懇請すると、さすがの金次郎もその熱心さにほだされて、

「ではなんとかお力になりましょう。だが、それにはそれなりの手続きが必要です」

「その手続きとは…？」

「藩の復興ですから、藩からの正式の依頼が必要です」

「わかりました。ありがとうございます」

八郎右衛門は眼を輝かせて礼を言うと、一刻も早く藩主へこれを伝えたいと思い、

（桜町へ一晩ぐらい泊まっていきなさい）

という金次郎の言葉もふり切って、江戸へ向かった。

九月二十八日、八郎右衛門は藩主大久保忠成に会うと、

「今年は、お聞きおよびの通りの大凶作で、領民は飢餓に苦しんでおります。わたくしどもは八方手をつくして救済に努力しましたが、いい方法が見つかりません。すると、桜町に二宮金次郎という人物がおり、小田原藩の大久保忠真公の推薦によって、荒廃した桜町の復興に着手し、十年ほどで成功しました。とくに先年の飢饉では、その来襲を事前に予知し、その対策を充分に

行ったので、一人の餓死者も出なかったと聞きました」

「うむ、それで……」

「わが藩の復興も、この二宮金次郎の手を借りればまちがいなく成功すると思います。ただし、わたくしどもだけでの依頼では、承諾してくれません。それで殿から二宮殿へ直書を書いて下されば、必ずや協力してくれることと思いますので、お願いにまいりました」

そう切々とのべる八郎右衛門に、大久保忠成も感動して、

「うむ、それはよい考えだ。では、さっそく重臣たちにはかってみよう」

ということになった。

それから数日した十月四日、忠成は家老をはじめとする重役たちを集めて御前会議を開いた。その席上で八郎右衛門があらためて、烏山、厚木の両領地とも凶作なので、緊急の対策が必要なことを説き、

「その方策としては、桜町陣屋の二宮金次郎に依頼するのが最上の方法と存じます」

と、ふたたび金次郎の復興事業の実績や飢饉対策を説明すると、一同も、

「それがよい」

と直ちに結論が出た。そして、

「では事は急を要する。ただちに小田原藩の大久保公へ、二宮金次郎をわが烏山藩へお貸し下さるよう、使いを出そう」

ということになり、年寄役の大石総兵衛が小田原藩邸へ依頼に行った。すると小田原藩からは、

「藩としては貸すわけにはいかないが、本人と相対《あいたい》でお頼みになり、本人が承知すればよいで

しょう。これは大久保忠真公からも内諾を取ってありますから、大丈夫です」

という返事が返ってきた。

そこで、いよいよ金次郎へ正式に依頼することになり、菅谷八郎右衛門が藩主大久保忠成直書の依頼状を持って、十一月二日に桜町を訪れた。

金次郎も、八郎右衛門の真摯な説得と、大久保忠成の直書、それに背後に敬愛する小田原藩主大久保忠真の意向も動いているとあっては、これを受ける外はなく、

「本当のことを言えば烏山藩のことは、わたしが関与すべき問題ではない。烏山藩の荒廃は君臣ともに、その道を行わなかったからである。しかしこのたび、君臣ともにその非を悟り、わたしに救いを求めて来られたとすれば、いわば烏山の領民の生死がわたしの一言で決まるわけであるので、責任が重大である。また烏山の大久保公は、小田原の大久保公の一族であり、小田原の大久保公がご承知なされているとすれば、わたしとしてもお断りすることが出来なくなった。わかりました。お引き受けいたしましょう」

八郎右衛門がほっと安堵の表情を見せると、

「しかし、引き受けるからには、いちおう復興事業の根本を申し上げねばなりません。事業計画の基本となるのは、調査による分度の確立です。それには過去十カ年の租税を調査し、一年間の平均租税額を算定し、それを分度とするのです」

「わかりました」

「この調査には時間がかかります。本当はこの調査を先にすべきであるが、いまの烏山の状況はさし迫っていて、調査をやっている余裕がないので、とりあえず領民救済を先にやらねばならぬ。

したがって、分度の確立を、大久保公が必ず行うという覚悟があるのなら、それを信じて、救助米を先に出しましょう」

「えっ、それは本当ですか」

「本当です。しかし、これはあなたの藩主大久保忠成公の覚悟を信用して米を出すのですから、大久保忠成公の方から、小田原の大久保忠真公の方へ、正式に依頼していただきたい」

「わかりました。すぐいたします」

「本来ならば、わたしも小田原の大久保公の許可を得る必要があるのですが、それをやっていると時間がかかり、餓死者がふえますから、すぐ救済米を出しましょう」

復興事業の依頼が、目の前の飢餓対策にまで手をひろげて領民を救ってくれる、という金次郎の慈悲心に、

「ありがとうございます。ありがとうございます」

と八郎右衛門は金次郎の手を握りしめて、大粒の涙を流した。

（二）

その頃の烏山領内の様子はどうかというと、領民は飢餓に苦しみ、行き倒れが拡がり、飢えた領民が蜂起して、城下の金持ちの家を打ちこわすなどの騒動を起こした。その勢いは烏山城へも及びそうなので、城内の武士たちは、

「もし暴徒が城中に乱入してきたら、大砲を打って追い払うしかない」

と大砲を用意して警戒する有様だった。また代官や郡奉行にも指示して、騒動を静めるように苦心した。

こうしたところへ、金次郎から救済米を出すという朗報を得たのである。菅谷八郎右衛門はおどり上がるようなうれしさで、天保七年十一月三日に烏山へ帰ると、

「おーい、米が来るぞ、米が来るぞ」

と朗報を伝え、さっそくその準備にとりかかった。

天性寺の境内へ、十二棟の救助小屋が急造され、お救い粥の炊き出し準備に、必要な諸道具が揃えられた。そして、勧農方、帰発方、上役、下役、手代など、それぞれの係役人をきめ、町内からも正直で気のきく者を選んで世話係を出すようにと、奉行から指示があった。準備が出来上がると、米の受け取りと発送の打ち合わせのために、十一月十三日に、菅谷八郎右衛門は久下田へ、円応和尚は桜町へと急いだ。

最初の白米五十俵が、十一月二十六日に、烏山へむけて発送された。これを皮切りに、桜町と烏山の間の十余里の道を、米を運ぶ車がたえまなくつづいた。それは人々の眼を驚かし、烏山の村民は驚喜すると同時に、車の列を伏し拝んだ。

こうして金次郎は、救助小屋で粥を炊いて村民に配り、死を待つばかりの千人余の村民の命を救ったのである。

金次郎は、まず、飢えの迫った者をいくつかのグループに区分した。老人幼少年者など力仕事の出来ない者や、婦女子供で十分働けない者を調べさせ、天性寺の境内に救助小屋を十二棟建てて、そこに集合させた。男女別に三、四十人を一組として、それぞれ世話人を置いて、一人につ

き、一日、米一合ずつを支給した。しかし、一合を一度に与えずに、四回に分けて、すなわち一度に四分の一合を与えた。四十人ならば一度に一升の米を粥にしたわけで、塩で味付けしたうすい粥を、四十の椀に平等によそって、一椀ずつ与えた。また一日に一度はその中に菜を混ぜ、味噌を入れて、うすい雑炊として、同様に一椀ずつ与えた。

粥を与えるときに金次郎は、

「お前たちの飢餓はまことに気の毒である。いま与える一椀の粥も、少量ずつ一日四回だから、さぞ空腹であろうが、多くの飢えた人々に十分やれるだけの米が、いま世の中にはないのである。たとえ金があっても、飢饉で米がないのだから、買うこともできない。この粥は、小田原藩の藩主大久保忠真公の大きな御仁慈によって倉が開かれ、お救い下さった米によって作ったものである。たとえ一椀といえども、容易に手に入るものではないから、心からありがたいと感謝し、ゆめにも不足などとは思ってはならない。この一椀の粥は、一日に必ず四回は支給するから、身体がやせることはあっても、餓死する心配はない。この粥は今年の新しい麦が実るときまでの辛抱であるから、なんとしても空腹をこらえ、起き臥しも静かにして腹がへらぬようにし、命さえ保てばありがたいと思って、寝たければ寝るがよい、起きたければ起きるがよい、毎日何もしなくてもよいから、空腹をがまんすることを仕事だと思って、毎日を送ってくれ」

「ありがたい幸せだと思っております」

「よく世の中では、飢饉のとき、草や木の根や皮を食べることがあるが、これは腹に慣れていないから、それが原因で病気になって死ぬ者が多く、危ないことである。腹がへっても、草の根や木の皮などは、決して食べないようにしてほしい」

と細かいことまでよくさとして、飢餓に対する心構えを徹底させた。

以上が、金次郎が飢民を救った大略であるが、要は一椀の粥に感謝し、空腹に慣れさせ、病気にかからないことに主眼を置いたものだった。

救済を受けた者は、少ない日で七、八百人、多い日は千人を越え、記録によれば、一日平均八百七十九人となっている。この結果、天性寺の境内の救助小屋からは、一人の餓死者も出なかった。当時の烏山領内の人口は約一万人であったから、天性寺の救助小屋は、全領民の一割を救ったことになる。

この救助のために、金次郎が送った米は驚くべき量で、天保七年十二月二十五日までに、米二百五十二俵を送っている。

そして、桜町からの援助米は年を越すとますます増加した。粥の炊き出しは天保八年五月の麦の収穫時まで続いたが、それまでの約半年間に送ったものは、米が千二百四十三俵、稗が二百三十四俵、種籾が百七十一俵という厖大な数量であった。

最終的に、救助小屋に使用した米を合計すると、米が千六百四十八俵で、これを金額に換算すると、二千三百八十九両という巨額にのぼった。米の代金は、烏山藩で一千八十九両は支払ったが、あとの半分以上の一千三百両は、金次郎のはからいで桜町報徳資金から借りて、まかなったのである。


このように烏山藩は、金次郎の偉大な力によって飢饉の急場を救われたが、それが落ち着くと、引きつづき、桜町と同じような復興事業の依頼が金次郎のところにきた。しかし金次郎は、

「今度の救助米は、烏山の人々が飢餓に苦しみ、わたしが救済に乗り出さなかったら、大勢の人々が飢え死にしたでしょう。わたしはそれが見るにしのびなくて、救ったのです。その後の藩を復興させることは、それこそまさに藩主の仕事であって、わたしの仕事ではありません」

と固く辞退して、引き受けなかった。

金次郎が一度、引き受けましょうと、返事しておきながら、これを拒絶したのは、復興事業の条件である『分度の決定』の返事が、まだ大久保忠成から来ていないからであった。

金次郎の思いは、

（藩を復興するのは藩主の仕事である。藩主はそのためにいるのではないか。それなのに藩主は分度の決定もせず、ちょうど都合のいい人間がいるからと、二宮金次郎という男に頼めば簡単に出来ると考えている、藩主の他力本願が許せない）

というものだった。これは烏山藩に限ったことではなかった。谷田部の細川家の場合も、青木村の川副家の場合もそうだった。金次郎はやむをえず復興事業を引き受ける場合には、最初に執拗にその点を力説して、藩主の覚悟を促すのだった。

烏山藩の藩主も家臣も容易に引き下がらず、再三再四、懇願したが、金次郎は、

「国を興すには、民をわが子のようにいつくしまなければ、衰えた国を興すことはできません。ところが烏山はそうではなく、そのため凶作が来ると、領民は餓死寸前にまで追いこまれました。万物には大なり小なり、それぞれの分限（分度）というものがあります。烏山藩は四万石を所領しているのに財政が窮乏しているのは、その支出に節度がなく、藩の分度をわきまえていないからです。本当に藩の復興を願うのであれば、この『分度を守る』という節約の艱難に耐えぬく覚

悟がなくてはなりません。その基本の覚悟がないままに、わたしに復興を命じられるのなら、お受けすることはできません。わたしにどうしても復興しろといわれるのなら、わたしには一つの方法しかありません。それは桜町の復興方法です。その方法は、烏山藩が分度を守る困難に堪え、領民をいつくしんで、荒廃を回復させることです」

分度を立てれば、一定の枠の中で生活するのだから、予想外の成果があがる。そして、分度外の財が生まれる。たとえその余財がわずかでも、毎年毎年それを積み重ねていけば、藩を復興し、領民を安んずることが出来る。分度があるから分度外が生じるのであって、金次郎が分度、分度という本当の狙いは、この『分度外』にあるのだった。

分度の決定には、重要なポイントがある。分度は、従来よりも、低い線で決定することである。分度が設定されると、藩はこれまでよりきびしい緊縮予算の中で生活しなくてはならない。これまでのような放漫生活は許されない。緊縮予算を我慢しなくてはならない。藩主や家臣たちが、その困難に耐え得るかどうかである。耐え得れば成功するし、耐え得なければ、成功しない。復興事業が成功するか、どうかは、この忍耐力にかかっているといってよかった。

金次郎にさとされて、烏山藩の家中の者たちも目をさまされた思いで、

「わかりました。必ず分度を立てて、それを守ります」

と誓った。そこで、金次郎は分度を定める調査をすることを承諾した。そして、

「それには烏山藩の豊年、凶年を含めた、十年間の租税を調べ、それを平均して分度を決めるのだから、古い租税収支の帳簿を持ってきてほしい」

と金次郎は指示した。

菅谷八郎右衛門をはじめとする烏山藩の家老、家臣たちは、烏山へ戻り、指示された書類を持って、ふたたび桜町陣屋へ戻ってきた。そして、まるで烏山藩の役所が桜町陣屋の中に移ってきたかのような状態で、調査が進められた。そこで、出来上がった調査書が、

御租税十カ年平均調帳

為政鑑平均御土台帳

などであった。それによると、最近十カ年の米の平均年貢額は、烏山領で九千三百二十俵、厚木領で一万千八百六俵、合計で二万千百二十六俵だった。

調査が完了すると金次郎は、

「この二万千百二十六俵を分度として復興事業に当たれば、必ず成功する。成功するか、否かは、この分度が守れるかどうかによる」

二万千百二十六俵という数字は、豊作・凶作を含めた、過去十カ年の実績の平均値であるから、烏山四万石という表高から計算した租税高より、はるかに低い数字である。したがって、分度を守るということは、藩の財政をこの低い数字の中でやっていくことであり、相当きびしい緊縮財政を藩主に強いることになる。

「わかりました」

「わかったら早く烏山に帰り、主君に申し上げて、この分度を決定するように」

家臣たちは急いで烏山へ帰り、藩主大久保忠成へ言上し、金次郎の指示した二万千百二十六俵をもって分度とし、復興事業の実施を決定した。『地徳開倉積』や『領分帰発田反別帳』などが、そのときの書類である。天保八年六月のことであった。

かくして烏山藩の復興事業が開始され、金次郎は桜町と烏山の間を頻繁《ひんぱん》に往来して、事業が進められた。

復興事業は、荒地の開発が中心に行われた。進行状況は順調で、大坂勤務となっていた大久保忠成のところへも報告された。忠成は大変よろこび、礼状を自ら書いて、金次郎へ送ったほどだった。

復興事業が着々と成果をあげているのを見て、一番よろこんだのは、言うまでもなく円応和尚と、菅谷八郎右衛門だった。

円応はある日、川で鮎を捕って、お礼に金次郎のところへ届けた。これを見た人々は、

「僧侶たる者が殺生をするとは何事か」

と非難したが、円応は平然として、

「二宮先生は烏山の領民を救わんと、日夜心身を労している。烏山の鮎を食べて、少しでも気力を養ってくだされば、われわれ領民の幸せである。鮎も二宮先生の腹の中に入って、栄養の足しになれば、この上ない成仏であろう」

と答えた。金次郎もよろこんで鮎を食べた。

円応は、それからもしばしば鮎を捕り、町で売って金に替え、その金を復興事業資金に寄付した。それを見た金次郎は、

「これこそわたしの言う推譲である」

と円応の行いをほめたたえた。

『推譲』とは金次郎の報徳の教えの中心である『勤労、分度、推譲』の、一つの徳目である。一

口に言えば、勤労とはよく働くことであり、分度とは身分相応に生活することであり、推譲とは世の中のために尽くすことである。これが人間に必要な三つの徳目である。

復興事業に対する菅谷八郎右衛門の力の入れようも、すさまじいものがあった。

復興事業へ金次郎は、多額の米や金を投入してくれるが、その厚意にだけ甘えているわけにはいかないと思った八郎右衛門は、長男の半蔵と、次男の石井靭負《ゆきえ》を含めた、三人分の扶持米を、天保八年正月分から辞退した。その額は米が十一石六斗と、金が十一両であった。

なお復興事業のための基金として、御仕法御土台金というものを設けてあるが、八郎右衛門は弓や乗鞍馬具などをはじめとする所蔵品七十五点を売却して、御仕法御土台金へ寄贈した。

円応和尚や八郎右衛門の行いに感動した武士や領民は、御仕法御土台金へ加入する者が後をたたなかった。その数は武士が二百四十二名、領民では城下と四十九カ村あわせて千二百六十人で、その額は、金で百八両、米で二百俵の多きにのぼった。

（三）

このように烏山地区での復興事業が軌道に乗ってきたので、

（この勢いに乗って復興事業を烏山だけでなく、相模の厚木地区へも拡げたら、いっそう効果があるのではないか）

という考えが強くなってきた。厚木は烏山に比べれば気候も温暖で、五穀の実《みのり》も豊かな土地だった。藩主はいつも烏山にいて、厚木は代官まかせで眼が行き届かないので、この機会に厚木でも烏山と同じ事業をやれば、生産量がもっとふえるのではないかという狙いだった。

藩から指示を受けた菅谷八郎右衛門と円応が、これを金次郎に相談すると、

「それはまだ時期尚早です。厚木の領民の間から復興事業をやってくれという、自発的な願いがあってから始めるべきです。厚木の方はまだそれほど困窮していない。何事にも時というものがあります。時がまだ来ないのに行っても成功しません」

と金次郎は引き受けなかった。

一口に復興事業と、言葉で言うのはやさしいが、実際それを行うには非常な困難が伴い、犠牲を払うのである。困窮から脱したいという切実な願いがあるからこそ、困難と犠牲に耐えるのである。だから、現在その困難に陥っていないのに、やっても、成功しない。これは金次郎のたんなる頭だけでの考えでなく、これまでやってきたいくつかの復興事業の体験の中から摑んだ哲学だった。

しかし、菅谷八郎右衛門と円応和尚はあきらめきれずに、厚木へ民情を視察に行った。

ところが悪いことに、当時、厚木には伝染病が流行していて、二人ともこれに感染してしまった。八郎右衛門は治ったけれども、円応和尚は病状がひどく、ついに天保八年十二月二十八日に死去してしまった。一代の傑僧円応は、志半ばにして世を去ったのである。

金次郎はこれを聞くと、

「これは和尚一人の不幸にとどまらず、烏山領の大不幸である」

となげいた。

菅谷八郎右衛門の病気はいちおうは回復したが、その後の健康状態ははかばかしくなく、天保九年には、ほぼ一年間、病床に親しんだ。とくに、天保九年の春は病状が悪化し、九死に一生を得るという状態だった。秋に入り病状が小康を得ると出勤するようになったが、大病なのに、後に水戸へ出張するなどの無理がたたって、とかく出勤もまばらになりがちだった。

こうした円応和尚の死と、菅谷八郎右衛門の病気という隙間《すき》を突いて、復興事業に対して変な空気が流れこんできた。変な空気とは、はっきり言えば、復興事業への反対運動だった。

そのきっかけを作ったのは、天保九年の豊作である。復興事業は順調に進み、田畑も整備して米の生産量もふえ、天保九年は豊作だった。豊作だったから、米は多く穫れ、分度を越える余剰米も多額にのぼった。しかし、藩の分度が決まっていたから、余剰米はすべて復興資金（すなわち百姓の方）へ入り、藩の方（すなわち武士の方）へは一文も入らなかった。したがって、豊作といいながら、

（百姓はその恩恵にあずかっているのに、武士たちは豊作の恵みに一文もあずかることが出来ない）

という、分度に対する反発が、武士の中から起こってきたのである。

それに加えて、余剰米が出たときには、その余剰の中から、金次郎が先行投資として貸している救済資金を返済することが条件となっているのだが、その返済の督促をきびしくすると、

（二宮金次郎は私腹を肥やしている。二宮金次郎のやる復興事業は、やはり誤ったやり方である）

というように、非難がエスカレートしていくのだった。

どんないい事をやっても、世の中には必ず反感を持つ者、反対する者がいるものである。烏山藩の復興事業の裏にも、反対者がいた。その反対者は、目先の復興の恩恵にあずからぬ武士に多く、その不満分子が一挙に火を吹いてきた。

その翌年、天保十年（一八三九）十二月六日に、大石総兵衛、大塚孫八郎の二人が、藩主大久保忠成の直書を持って江戸から帰ってくると、翌七日に、重役会議を開いた。そして、

（復興事業の廃止）

を協議した。廃止の理由は、

（このたび、二宮金次郎は小田原藩へ帰るので、烏山藩の復興事業は出来ないと断ってきたから、やむをえない）

というものであった。たしかに金次郎にはこの頃から、小田原藩の復興事業の話が持ち上がってはいたが、烏山藩内に充満した武士の不満が、これを廃止の理由に利用したのである。その廃止に、藩主忠成のお墨付きも得ていたのである。

もちろん、廃止には大久保次郎左衛門などの、事業を継続すべきだという意見も強かったが、藩主直書の手前もあり、その意見は通らなかった。こうして復興事業は残念ながら廃止となったのだった。

そのため、これまで復興事業の中心人物であった菅谷八郎右衛門は、天保十年十二月十七日付をもって、辞職願いを出した。十二月二十五日には隠居を命じられ、嫡男半蔵が後を継ぎ、百石を与えられた。

それからの八郎右衛門は、しばしば桜町に金次郎を訪ねたり、また烏山城下で、詩を作る者たちと交遊を深めたりした。しかし、八郎右衛門が金次郎と往き来するのを、烏山藩はよろこばなかった。だが、八郎右衛門としては、復興事業の中断は残念至極であるので、烏山藩の意向など無視して、桜町を訪れ、また相模の方にも出掛けたりした。天保十年の暮れから八郎右衛門は小田原へ行き、金次郎の嫡男の彌太郎と一緒に箱根の温泉に行って、病の手当をした。また、箱根湯本で金次郎が弟子に訓示するのを一緒に聞いたりもしたので、報徳関係の知人も多くなった。するとと当然、八郎右衛門を見る烏山藩の眼がけわしくなった。

烏山藩の復興事業は残念ながら、後半は、このような成り行きになってしまったが、領内の開発は成功し、天保十一年までに、二百二十四町の田畑が開発された。天保十一年は豊作の故もあって、余剰米が二千俵も穫れた。

この二千俵は復興事業が行われていれば、分度外の米であるから、手をつけるわけにはいかず、復興事業の費用に廻すべきものだった。しかし今は、復興事業は廃止されてしまったから、そうする必要はないので、消費してしまった。

これに対して、菅谷八郎右衛門は趣旨が違うと異議を申し立てたが、そのような意見が通るはずもなく、八郎右衛門は天保十一年十二月十一日に、ついに烏山藩から放逐されてしまった。そして、領民も、桜町へ出掛けて金次郎と会うことを、禁止された。

(四)

烏山藩から放逐された菅谷八郎右衛門は、やむをえず報徳の同志である大野恕助の甥に当たる、鴻野《こうの》山の名主、郡司十郎右衛門の家に身を寄せた。そして、烏山藩の無情を怨みながら、妻子とともに天保十一年を送った。

天保十二年七月十四日、八郎右衛門は桜町へ行って金次郎に会い、身の不幸をなげきながら、

「わたしの弟は盲人なので、江戸で琴を教えて細々と生活していますが、わたしからの送金がなくなったので、借金が二十両もたまって困っております。わたしがなんとかしてやりたいのですが、今のわたしにはどうすることも出来ません。どうか人助けだと思って、二十両を貸していただけないでしょうか」

と頼んだ。その言葉を聞くと金次郎は、

(貧すれば鈍するというが、菅谷殿もここまで落ちてしまったか)

と暗澹《あんたん》とした気持になったが、気持をふるい起こして、

「あなたは武士の道を見失っている。それで、わたしはまずその道をお話ししようと思う。あなたは道理を聞いてから金を借りたいか、それとも金を借りてから道理を聞きたいか、どちらですか」

と突っ込んだ。菅谷八郎右衛門は、

「もちろん、まず道理をお教え願いたい」

そこで、金次郎は熱弁をふるって、

「あなたは、『自分は過ちがないのに藩が追い出した、藩はけしからん』と藩を怨み、自分自身への反省の色がないが、そもそも忠臣というのは、藩と運命を共にし、自分一人のことにかかわらないのを、真の忠臣というのである。かつてわたしが、烏山の数千人の命を救ったのは、あなたがそうした忠臣であったから、その願いを聞き入れて、救ったのである。ところが、今のあなたには、放逐されたとはいえ、藩を憂うる気持がない。不幸にして烏山藩は復興事業を廃止したが、あなたはその事を、寝食を忘れて心配すべきではないのか。烏山藩とは関係のないわたしですら、烏山藩の将来を今でも心配している。それなのに、あなたが烏山藩のことを忘れてしまっているのは何故ですか。烏山藩の復興事業が廃止されたのは、あなたの誠意が足らなかったからです。たとえ、身は烏山藩から放逐されたとしても、心は烏山藩を離れずに、藩のために尽くすべきである。それなのにその忠誠を忘れ、一個人の借金の救助の話を持ってくるとは、何事であろうか。あなたは、かつて烏山藩を救ったときのような、勇猛心を振い起こすべきである。烏山藩の復興が成るか成らぬかは、あなたの決意如何にかかっている。その決心がついたとき、もう一度、わたしのところへお出ください。それまではお会い出来ません」

ときびしくさとした。菅谷八郎右衛門はそれを聞いて、

「わかりました。わたくしが至りませんでした」

と帰ろうとした。すると金次郎は、

「わかってくれればそれでよい。弟さんはきっと返事を待っているであろうから、これを持ち帰りなさい」

といって二十両を渡してくれた。

八郎右衛門はその情ある態度にむせび泣き、二十両を押しいただいて帰った。

金次郎の復興事業が廃止されると、烏山藩の田畑は荒れはじめ、分度を外した節度のない生活に戻ったので、借金がふえはじめ、天保十三年の夏頃になると、

（やっぱり復興事業をやめなければよかった）

という声が、あちこちであがるようになった。

そこで、烏山藩の大久保次郎左衛門が八月二十二日に金次郎のところにやって来て、

（復興事業の再開）

の依頼に来た。金次郎は、

「そもそも烏山藩の復興事業は、最初、菅谷八郎右衛門殿が依頼に来て、その熱意によって始まったものである。その菅谷殿はどうされたのか」

「菅谷殿は罪によって放逐されました」

「復興事業は菅谷殿の働きによって始められた。その働きが罪になるのなら、復興事業を行うことなど、とんでもないことだ。復興事業に尽力した者を、わたしに一言の相談もなく放逐したとは、言語道断《ごんごどうだん》である。ふたたび本気で復興事業をするのなら、まず菅谷殿の再任から始めるべきではないか。それが実現しなければ、お受けすることはできません」

ときびしい注文をつけた。大久保次郎左衛門が帰って、藩主大久保忠成に報告すると、

「それならすぐ菅谷を帰参させよ」

ということで、菅谷八郎右衛門は十人扶持で復帰することになった。

八月二十五日に大久保次郎左衛門と菅谷八郎右衛門が金次郎を訪ねると、

「でも、ちょっと変なところがある。もし、菅谷八郎右衛門を本当に罪があって放逐したのなら、わたしが言ったからといって、帰参させるべきではない。罪がないのに放逐したのだから、放逐した過ちを改めるというなら、その過ちを改めるのに、十人扶持では合点がいかない。もともと菅谷殿は百五十石の家禄である。だから帰参となれば、これまでの復興事業への功績も評価して、むしろ加禄すべきではあるまいか。それさえ出来ないようなら、むしろ復興事業などやらない方がいいと思う」

と手きびしかった。

これを聞いた藩主の大久保忠成は、百五十石に五十石を加増し、菅谷八郎右衛門は、二百石で家老職へと復帰した。

菅谷八郎右衛門はやっと家老として返り咲いたが、声望は以前よりも衰え、また藩内の結束力も弱まっていたので、思うような活動は出来なかった。金次郎もこの年（天保十三年）には幕府の役人に登用されて多忙を極めていたので、ふたたび烏山藩に厳重な分度を確立して、財政支出をきびしく管理していくところまで手が届かなかった。また、菅谷八郎右衛門もせっかく二百石という高禄で復帰したけれども、それに応じる仕事はとても出来そうになかった。それで、弘化二年（一八四五）三月には、隠居を願い出て、これを許された。菅谷八郎右衛門が復帰していた期間は三年間であった。

この三年間、分度を立てての借金の返済や、荒地の開発は、ある程度の進展は見たが、それほどの成果は挙げられなかった。

菅谷八郎右衛門は、隠居してからは意気消沈して、健康は元に戻らず、それに老衰も加わって一種の神経衰弱にかかり、嘉永五年(一八五二)正月九日に死亡した。


嘉永三年から五年にかけては、金次郎は幕府の役人として、日光神領の復興事業を手がけていたので、その復興資金として、各地の復興事業に投入した報徳金の、回収が必要になっていた。烏山藩の場合には、最初、難民救済と荒地開発のための資金が必要だったので、金次郎は桜町から米や報徳金を持ってきて貸与していた。それは毎年いくらかずつ返済され、また年によっては貸し増しされることもあったが、その報徳金は千八百九十六両にのぼり、その返済が遅れがちであった。


こうして烏山藩の復興事業は残念ながら竜頭蛇尾《りゅうとうだび》に終わり、報徳金の返済交渉のみが、長く尾を引いた。

烏山藩の復興事業が終わったのに、いつまでも桜町の報徳金を烏山藩へ貸すという形を残しておくわけにはいかず、金次郎はやむをえず、日光御貸付所から烏山藩へ貸し付けた、という形に切り替えて、形を整えた。

しかし、その日光御貸付所への返済も停滞した。そこできびしい督促が行われ、それによって少しずつ返済され、全部が完済されたのは、文久三年(一八六三)六月二十七日で、金次郎の死後、七年たってからのことであった。

第十一章　金次郎を熱望する小田原民衆

（一）

全国的に被害をもたらした天保七年（一八三六）の大飢饉は、桜町、谷田部、烏山だけでなく、金次郎の出身地である小田原においても同様であった。

小田原藩は、相模、足柄の二郡（神奈川県）と、駿河の東部、伊豆の一部（いずれも静岡県）の三カ国にまたがる地域を領有する、十一万三千石の藩であるが、他藩と同じように数万の領民は飢餓に苦しんでいた。

藩主の大久保忠真は幕府老中首座として江戸に居たが、病床についていた。しかし、領国の飢餓が心配であり、これを救済しようとしたが、手の打ちようがなかった。そこで忠真は、（二宮金次郎にやってもらうより外に手はないいな）と考え、使者を金次郎のところへ送った。桜町領の復興は、大久保忠真の命令と支援の下に行われたのであり、それが成功して、この大飢饉においても、桜町では一人の餓死者も出ていないという。いや桜町だけでなく、谷田部、烏山の方へも救助の手を伸ばしていると聞く。本家である小田原藩を救助するのは当然のことである。

ところが、金次郎がよろこんで承諾するかと思ったのに、

「殿のご命令とあらば、直ちに参上するのが臣としての勤めであります。しかし、わたしは殿の命令で桜町の復興を命ぜられ、只今、それを一生懸命やっております。この事業が終わらなければ帰っては来ませんと、約束しております。それなのに、どのような用があるのかは知りませんが、なぜ、中途でわたしを呼びに来るのですか。わたしは参るわけにはいきません」

と金次郎は応じなかった。

金次郎が簡単に応じなかったのは、小田原藩の家中に、金次郎の復興事業についての反感が根強くはびこっているのを、金次郎は肌で感じていたからだった。だから本当に、

（小田原藩の復興事業）

を求めているのなら、まず、大久保忠真の手でその反感ムードを取り除いてからにしてほしい、そうでなければやっても失敗するということを、金次郎は言外に言いたかったのである。

使者は顔色を変えて、

「家臣たる者が主君の命に従わないのは不忠ではないか」

と怒ったが、金次郎が応じないのでやむなく帰り、大久保忠真にその旨を返事した。すると忠真は、

「理由も言わずに、ただ呼んだので、そう答えたのだろう。予のあやまちと言うべきであろう。小田原の領民はいま飢饉で苦しんでいる。これを救うのは二宮金次郎しかいない。だから『すぐ小田原へ行って飢えた領民を救ってほしい』とそう言って、もう一度頼んでくるように」

と、再度命じた。用人がふたたび金次郎にこのことを伝えると、金次郎は、

「わかりました。小田原の領民を救うというのであれば、お引き受けしないわけにはまいりませ

ん。ただちに参上いたします」

と承諾した。

天保七年（一八三六）十二月二十六日に、金次郎は江戸へ行った。五十歳のときである。

この時大久保忠真は、これまでの金次郎の功績を賞しようと、その方法を家臣にはかったが、なかなか結論が出なかった。それで忠真は、

「俸禄はわずかであるが、用人格に引き上げて、これを賞しよう」

と決め、それに先だって、まず、儀礼に用いる麻上下《あさがみしも》を授与することを決めた。

忠真は舌疽を病んで病床にあったので、用人が金次郎に会い、その旨を伝えると、金次郎は、

「麻上下では、飢餓を救うのになんの役にも立ちません。わたくしは、小田原の数万の領民が飢えているからというので来たので、このようなものを貰うために来たのではありません。もし、わたくしに何かを下さるのなら、麻上下でなく、たとえわずかでも穀物がありがたいのです。だから、折角ですがいただくわけにはまいりません」

と受け取らなかった。用人がこれを忠真に伝えると、

「なるほどその通りだ。では麻上下はやめて、用役だけを申し渡せ」

と命じた。しかし金次郎は用人格という恩賞の方も受けなかった。

「小田原の領民が餓死寸前だというのに、俸禄の恩賞を受けるなどということは、もっての外です。わたしの任務は数万の領民を救うことです。どうしても俸禄を下さるというのなら、千石を下さい。千石いただけたら、すぐその千石を領民を救う費用にあてます」

と皮肉まじりに用人に返事した。

忠真はそこまで徹底している金次郎の覚悟に感心して、

「二宮の言うことはもっともだ。恩賞のことはいずれ後日に考えることにして、いま予の手元には、いざというときのために用意した手許金が千両ある。これを当座の救援金として金次郎に与えよう。さらに、小田原藩の米倉も開いて、救援米を解放し、領民を救うことにしよう」

と、大久保忠真は大決心をした。

この時はすでに年を越して、天保八年二月七日になっていた。江戸へ来てからこの結論が出るまでに、一カ月以上かかっていた。

小田原へ行けばいろいろな仕事をやらねばならぬ。そのためには人手が要る。そこで金次郎は、十七歳になった長男の彌太郎と、忠次をはじめとする数人の者も呼びよせた。大久保忠真から与えられたお手許金千両と、それに桜町領仕法の報徳金四千両とを持ち、二月十一日に江戸を発ち、小田原へ向かった。

(二)

金次郎は、二月十二日に小田原に着いた。その七日後の二月十九日には、大坂で大塩平八郎の乱が起こるなど、天保七年の凶作の後を受けて、全国的に米価は高騰し、農村も市中も大動揺を来たしていた。相模の足柄二郡、駿河の駿東郡、伊豆の一部を領有する小田原藩（十一万三千石）とても、例外でなかった。

さて金次郎は、江戸で大久保忠真から小田原の飢餓を救うようにと命令を受けて、小田原に到着したのである。しかし、忠真の指示が、小田原藩の方へは届いていなかったので、城の方では、倉庫を開いて備蓄米を領民に施すなどということを、夢想もしていなかった。そこで金次郎は、

「忠真公はいま病床におられるが、領民が飢えに苦しむのを心配されて、わたしに救助に行くように命じられた。わたしは下野国桜町で蓄えた報徳金を救助のために持ってきたが、それでは足らないので、忠真公はお手元金の千両を下さり、その上、小田原の米倉を開いて、窮民を救助せよと命じられた。直ちに米倉を開いて、備蓄米を解放してほしい」

と説得した。これを聞いた家老たちは、いちおう趣旨は了解したけれども、

「しかし、まだ我らのところへは、正式の命令が来ていない。正式の指示がないのに米倉を開くのは越権であり、後日どのようなおとがめを受けるやもしれない。正式の指示があるまでは開けることはできない」

と、米倉を開くのに応じなかった。

そこで金次郎は、声を大にして、

「いま何万という人々が飢えに苦しんでいるのを、忠真公は病床にあるにもかかわらず、心配している。皆様の仕事も、それと同じく、領民を救うことにあるのではありませんか。それなのに『正式の命令がなければ米倉を開けない』というのでは、どうして主君に忠義をつくしているということがいえましょうか。本来であればわたしなどがここへ来なくても、皆さま方が領民を救って主君の心に沿うのが、その任務ではありませんか。それなのに、わたしが殿の命令で、『米倉を開けてください』と頼んでいるのに、これを疑って、江戸へ伺いをたてようとしているのは、どうしたことですか。江戸へ問い合わすには、数日を必要とします。その間に領民が飢え

死にしたら、どうしますか。だから、こうして下さい。どうしても米倉を開けないというのなら、江戸からの正式の命令が来るまで、わたしは食を断ちます。だからあなた方も断食してください」

とすさまじい勢いで金次郎が迫ると、家老たちは驚き、その気迫に負けて、

「わかりました。米倉を開けましょう」

と、やっと承諾した。

金次郎は米倉へ行き、すぐ米倉の扉を開くように言った。すると、その番人もまた、

「いまだ上の方から『米倉を開けろ』という命令を受けていないので、開けるわけにはいきません」

とさきほどと同じ返事だった。金次郎は声を張り上げて、

「わたしは江戸において殿から米倉を開くよう命令を受け、いま藩の家老たちの評議でもそう決まったのだ。そなたがどうしても開けないというなら、そなたも指示が来るまで断食せよ」

といましめると、番人も驚いて米倉を開けた。

こうして米倉が開けられると、金次郎は米俵の数を点検し、領内の村々への運送の手配を決めた。同時に、村々の飢餓の状況を調査するために、廻村に出た。ちょうどその頃になると、勘定奉行の鵜澤作右衛門が命令を受けて、江戸からやっと到着したので、金次郎といっしょに村を廻った。

廻村の順序は、箱根山中や富士山麓の十カ村を先にした。この方面は田圃が少なくて山畑が多く、平常でも粟《あわ》や玉蜀黍《とうもろこし》を食する、飢餓に陥りやすい地域だったからである。

金次郎は村内を巡回しながら、一村ごとの生活状況をよく調べ、その程度を、無難、中難、極難の三段階に分類した。

そして当面、中難と極難の村に食糧を給貸することとし、極難の村には一人あたり一日に米二合、中難の村には一合などと、その程度に応じて配分した。そして、藩の救助米が来るまでの間の緊急の食糧を手配し、忠真から与えられた千両の金は、領内三百七カ村の緊急日常費用として配布した。

しかし、小田原藩の米倉の米にも限度がある。それに反して食糧が欲しい者は限りなく多い。そこで、食糧給貸の目途としては、初夏の麦の収穫時までとした。

また村の中に多少でも米に余裕がある者がいれば、高い値段で商人に買い取らせた。そして商人からその米を買い取って、救助米に加えた。

こうして救助米として給貸した米は、五年間のうちに、無利息で返済させることとした。もし、どうしても返済することができない者がいた場合には、村中で返済することとした。

このように金次郎が手を尽くした結果、領内三百七カ村のうち百六十四カ村と、ほぼ半分の村が救済され、戸数としては八百八十九戸の多きにのぼった。供給した米の総量は三千二百七十五俵（金額換算四千六百六十四両）の多額であった。

この結果、小田原領内では一人の餓死者も出ず、無事、飢饉をまぬがれることが出来た。なお、この時給貸された食糧は、約束通り一人の未納者もなく、五年後には全部返済された。これをもってしても、領民がいかに感謝していたかがわかる。

小田原の窮民支援がいちおう終了すると、金次郎は天保八年四月二十五日、桜町へ帰った。

（三）

この小田原の飢饉救済の最中に、金次郎にとって大変なことが起こった。それは、天保八年三月九日、金次郎が敬愛し、金次郎の強力な後楯であった大久保忠真が死去したのである。そして、三月十九日に喪が発表された。

金次郎は茫《ぼう》然とした。

以前から大久保忠真は、難治の舌疽で病床にあったが、ある日、死が近いと悟った忠真は、家老の辻七郎右衛門、吉野図書、年寄の三幣又左衛門、勘定奉行の鵜澤作右衛門などを枕許に呼んで、次のような遺言を残した。

「予の病気の回復はもはや見込みなく、したがって、寿命もどうすることも出来ない。ただ心配になるのは、大きい問題としては、幕府の政治の衰退を防ぐことが出来なかったことと、小なる問題としては、領国である小田原の、わずか一年の凶作にさえ適切な手が打てなかったことである。しかし、幸い才徳抜群の二宮金次郎がいるので、これに領国復興を任せれば、必ずや成功すると思われる。しかし、どうしたわけか、わが家臣たちは二宮金次郎の起用に反対なので、やむをえず桜町の復興をやらせて、時の来るのを待っていた。才能のある者が他国の復興にのみ使われて残念に思っていたところ、このたび、小田原の飢餓対策に力を貸してくれたので、大変うれしかった。どうか二宮金次郎の力を飢餓対策に使うだけでなく、将来の小田原藩復興事業のために使って、予が計画を実現してくれ。そして予が死んだら、孫の仙丸を盛り立てて、小田原藩を安泰に治めてくれ」

そもそも大久保忠真は、二宮金次郎に小田原藩の復興事業を任すつもりでいた。ところが、家臣たちが反対するので、やむをえず分家である宇津家の桜町領の復興事業をさせ、時間を稼いでいたのである。

しかし、家臣たちは金次郎がやることに反対しておきながら、自分たちの手では目ぼしい事は何もやっていなかったのである。忠真にすれば歯がゆい限りである。

金次郎を桜町にやったのは、時間稼ぎと同時に、復興事業を手がけさせることによって、復興事業のノウハウを身につけさせ、そのノウハウで小田原藩の復興をさせるためであった。

幸い金次郎は見事桜町を復興し、充分なノウハウが出来た。

すると、飢饉が小田原藩を襲い、その緊急対策が迫られたのである。

(この機会こそ、二宮金次郎を小田原へ呼び戻す絶好の時である。当面の飢餓対策をやらすとともに、懸案の復興事業も始めてもらおう)

と忠真は決意していたのであった。

このような遺言を残すと、忠真は間もなくあの世へと旅立った。

忠真の死を知ると、金次郎は、

「ああ、わたしの人生もここで行き詰まってしまった。わたしの上に名君がいてくれたからこそ、いろいろな藩の財政復興の事業が出来たのである。わたしが忠真公の命令を受けてから十五年ばかりの間、ありとあらゆる辛苦に耐えたのは、ただひたすら殿の仁政のお役に立ちたいと思ったからである。だが、その殿がお亡くなりになってしまった。これからは誰のために仕事をしていけばよいのであろうか。わたしは人生の目標を失ってしまった」

となげき悲しんだ。

しかし今は、忠真から指示された小田原の領民の飢餓対策の真っ最中である。いたずらになげき悲しんでいるわけにはいかなかった。金次郎は心をふるい立たせて、救民対策に邁進した。


忠真が死去すると、遺言の通り、孫の忠懿《ただなお》（仙丸）が幼くして後を継ぎ、小田原藩主となった。忠真の嫡子の讃岐守忠修《ただのぶ》は、若くして世を去っていたからである。

新しい藩主は決定したが、問題は忠真が遺言した『二宮金次郎を使った小田原藩復興事業』のことである。


現在は、金次郎の手によって飢饉対策が行われ、その成果が挙がりつつあるが、小田原藩の問題はそれで解決したわけではない。それに引き続いて財政復興事業を行わなくては、先君忠真が遺言で指示したように、根本的な問題は解決しないのである。

そこで江戸藩邸において、新藩主忠懿を前にして重臣たちが集まり、先君の遺言である、

（二宮金次郎の手による小田原藩復興事業）

の評議が行われた。遺言を聞いた家老の辻七郎右衛門、吉野図書、昔から金次郎の信奉者である勘定奉行の鵜澤作右衛門などが中心になって、その事業を金次郎に命じることに決定した。

この時すでに、金次郎は小田原の飢餓救済を終わり、桜町に帰っていた。が、この旨を伝えると、金次郎は答えた。

「先君はいつも小田原領の仁政を考えておられ、その方法をしばしばわたしにお尋ねになりまし

た。それでわたしは『いまの小田原藩を四季にたとえると、秋冷の時季にあたっております』と申し上げました。そもそも秋は、春と夏に育った穀物が熟して、一年中で最も豊かな季節です。だから、世の人々は秋になると、春夏の耕作の苦労を忘れて、ただ目前の贅沢におぼれてしまいます。小田原藩の現状はこれに似ていて、藩の財政が苦しいといっては領民からの租税をふやし、借金をしても返さない。それなのに贅沢三昧《ぜいたくざんまい》にふけり、節倹をいやがり、より豊かさを望んで満足することを知らず、少しも困窮することを心配しません。残念ながら小田原藩のこの状態はまさに秋冷というべきであって、安泰の政策を立てろと言われても『なすべき方法がありません』と、申し上げました。先君はしばらく考えておられましたが、『今すぐには出来なくても、次の仙丸の世代になれば出来るようになるかもしれないから、今のうちから準備をしておいてくれ』と申されました。わたくしは『かしこまりました』とご返事いたしましたが、考えてみれば、その時がいま来たのです」

「まさにその通りである」

「しかし、新しく藩主になられた殿はまだ幼く、これを実行するのは容易ではありません。容易でないといって、これをやらないのは、先君の遺命にそむくことになります。ですから、渾身《こんしん》の力をこめて、わたしは実行いたしましょう。しかしやる以上は、桜町の復興方法でやる以外に、いい方法はありません。ご承知のように桜町の復興方法は、まず藩主の分度を立て、藩主はその分度の中で生活し、藩に余剰が出たときは分度外として、これを消費せずに備蓄し、あるいは復興事業の費用に投入して、領内の田畑の開発、整備に使い、復興をはかるのです。桜町や他の大名家の復興も、全部この方法でやったのです。したがって小田原藩も本当に復興を望むのであれば、過去十年間の租税の平均を出し、その数値をもって分度とし、支出をこの分度内で収まるように節約し、余剰が出た分で復興を行っていけば、出来ないことはありません。しかし、『分度は立てない、ただ領内の復興事業だけをやれ』というのであれば、お引き受けすることはできません。したがって、復興事業をやるか、やらないかを決めるのは、わたしではなくて、分度を立てるか立てないかを決める、ご家老がたにあるのです」

分度の決定とは、結果的には年貢の大幅減免である。それに伴い、藩主並びに家臣の俸禄が実質的に大幅に減額されるのだから、家臣たちにとっては大問題である。だから家老たちは、金次郎の復興方法が頭ではわかっていても、すぐには同意できないのだった。

「言われることはよくわかりますが、さりとて分度を立てろといっても、簡単にすぐには決められません。出来るだけ早いうちに分度を立てるよう努力いたしますから、とりあえず、小田原へ行って、領民の間で復興事業を始めてくれませんか」

「いや、分度が決まらないうちは、それは出来ません」

と金次郎は強く拒絶した。しかし家老たちが、復興事業の開始を懇願してやまず、また、

「村民たちもそれを熱望しています」

という言葉に金次郎は負けて、

(それでは、とりあえず一、二カ村をためしにやってみましょう)

とやむなく返事した。

（四）

（百姓が懇願している。領民が熱望している）

という言葉に金次郎は弱いのだった。武士からの要望には理詰めで対応し、強硬に抵抗するが、百姓からの要望だと、それが無理でも、あるいは理不尽《りふじん》でも、

（まあ、仕方がない、やってやろうか）

という気持になってしまうのである。金次郎が、いくら武士としての肩書きや身分を小田原藩からもらっていても、それは形だけのもので、金次郎の中味はあくまでも百姓なのである。あの栢山村で、鍬で田畑を耕し、鎌で草を刈り、水田に稲の苗を植え、川原に菜種をまいた少年金次郎がその原型なのであった。

小田原藩の分度がまだ立っていないというのに、

（領民が熱望している）

という言葉に動かされて、とりあえず一、二カ村の復興からでも始めてみようという気になった金次郎は、天保九年（一八三八）二月に、小田原へ行った。

金次郎が小田原へ来るというので、領民たちは大いによろこんだ。金次郎のお陰で昨年一人の餓死者も出さなくてすんだことが、金次郎の人気を圧倒的にしていた。その上、金次郎が桜町でも飢饉を救い、また農村を見事に復興させたという情報も耳に入っている。その金次郎が、いよいよ今度は、小田原の復興事業をやってくれるというのである。その期待で小田原の領民はふく

れ上がり、人々は各地から集まってきて、復興事業の開始を懇願した。

中でも特に熱心だったのが、足柄下郡鴨宮付近の、上新田の四軒、中新田の十九軒、下新田の二十一軒の、三カ村だった。名主の早野小八と、段蔵の二人があまりに熱心に頼むので、金次郎はその熱意に動かされ、この三新田から始めることにした。

この三カ村は、実は巨額な借金を負っていた。借財取調帳ではっきりしているだけでも、中新田の喜兵衛と栄左衛門、それに下新田の小八と段蔵の四人の分だけでも、千三百七十両の巨額に達していた。三カ村の総反別は四十八町八反で、村高は四百七十八石という村の規模から見ても、いかに巨額かがわかる。小八と段蔵が特に熱心に懇願した理由もここにあったのである。したがって、この三新田は復興といっても、主として借金の返済方法の工夫ということになった。

さて、借金を返済する方法は、財産のあるものはこれを売却し、財産のない者は一生懸命働き、節約し、それで返済する、この二つしか方法はない。

そのために金次郎は『日掛縄索手段帳《ひかけなわないしゆだんちよう》』を作り、一日一房の縄作りを提案した。一軒で毎日縄を一房作るか、または一房節約すれば、三新田では一年に三十三両の蓄積が出来る。これを十年続ければ三百三十両になるわけで、これである程度の返済が出来る。金次郎得意の積小為大（小を積んで大を為す）の方法である。今の言葉で言えば、塵《ちり》も積もれば山となるである。また、大口の借金については、資産を売却させて借金を返済させ、不足額は金次郎が報徳金から貸して、処理させた。大口の中でも、喜兵衛、栄左衛門、段蔵の借金返済は比較的早く解決したが、小八の借金だけは巨額であったので、解決までに曲折があった。

さて、三新田の復興事業が進むと、その評判は近辺に拡がって、近辺の七十二の村からも復興事業を願う声があがってきた。

金次郎は、すぐにでもその要求に応じたかった。しかし、そこまで一気に手を拡げるのは、まだ早いと思った。それは小田原藩としての分度が決まっていないからだった。七十二カ村に手をつけるとなれば、小田原藩の四分の一の村を手がけることになるわけであり、藩の分度なくして行うわけにはいかなかったからである。だからこれは、藩に分度決定を踏み切らせる、絶好のチャンスともいえた。

そこで、金次郎は家老たちに、分度確立の必要性を説いた。年寄の三幣又左衛門や勘定奉行の鵜澤作右衛門などは理解を示したが、家老たちや、多くの家臣には反対者が多く、なかなか分度が決まらなかった。

そこで業《ごう》を煮やした金次郎は、

（最早これまで……）

と、天保九年九月二十六日に桜町へ帰ってしまった。

桜町に帰っても金次郎は忙しかった。烏山や谷田部、茂木、青木村などの復興事業が重なっている上に、桜町の第二期復興事業の引き継ぎ事務も、完了しなければならなかったからである。

さて、金次郎が桜町へ帰ってしまうと、小田原藩の家老たちは大いに驚き、あわてて評議会を開いたけれども、評議するばかりで、いっこうに結論が出なかった。

（分度を決める）

これが出来ないのは、依然として小田原藩の武士の間に、金次郎に対する根強い反感があるか

らだった。まず、

(百姓ごとき者に藩財政を任せてよいものか)

という身分上の誇りである。そのために、藩主大久保忠真は小田原藩を避けて桜町の復興事業の方を先行させた。そして、桜町の成功を見れば、小田原藩の武士の、金次郎を見る目も少しは変わってくるのではないかと期待したのだが、桜町の事業が成功すればするほど、かえってその反感が強まってくるのだった。それは、

(二宮金次郎の復興事業は、百姓には得になるが、武士には得にならぬ)

ということが、実績となって明らかになったからである。

分度とは、藩主に入る年貢を、これまでより低い水準に決めることである。だから、復興事業で米の生産量が増えても、増えた米は百姓の方に行ってしまって、藩主の方には来ない。藩主に来なければ、そこから禄を受けている家臣の方にも来ないわけである。だから桜町でも、百姓はよくなっても、武士はちっともよくならないという不満が、小田原の方へも聞こえてきていた。

(困っているのは百姓だけじゃない、武士だって困っている。現に小田原の下級武士など、傘張りなどの内職でやっとその日を暮らし、百姓以下の生活をしている者も多い。それなのに良くなるのは百姓だけというのは不公平だ)

という理屈も尤もなのである。

(小田原の武士は、桜町の二の舞を踏むまいぞ)

という過剰警戒、過剰防衛ともいう意識に陥っていく。そうなると、金次郎の、

(一時は武士が犠牲になっても、それで領内が復興して豊かになれば、やがてはそれが武士にも

はね返って来る。廻り道のようだが、それが一番いいのだ)

という大局的な考えなど、どこかへふっ飛んでしまうのだった。

また桜町では、分度が確立したというが、その実、不足分を陰で小田原藩が相当援助していたから、表面上、分度が守れたのである。そういうことも小田原藩の重臣たちは知っていたから、

(二宮金次郎の言うことを、額面通りには受け取れない)

という考えになるのだった。小田原藩の場合には、陰で援助してくれる者はいないから、ことさら慎重でなくてはならない。

だから、評議の結果出る結論としては、

(分度を立てないで、復興事業だけをやってもらう)

という都合のいい案しか出ないのだった。

「そんな虫のいい案で、あの二宮が引き受けようか」

「でも、今のところはそれしか方法がない。なんとかそれで話をつけることだ」

復興事業を始めるとなると、その仕事を処理する場所が必要であろうということで、天保九年十二月に『報徳方』という仕法役所を設置した。

この役所は郡奉行の所属である。そして、金次郎の信奉者であり、復興事業推進者(したがって分度を立てることにも賛成)である、鵜澤作右衛門、山崎金吾衛門、入江万五郎などが、担当者として任命を受けた。

準備が整うと、年が明けた天保十年正月に、鵜澤、山崎、入江の三人は、桜町を訪れて、ふたたび復興事業の開始を依頼した。

「もう一度小田原へ戻って、復興事業を開始してほしいというのが、殿のご命令です。それを処理する場所として、仕法役所を作りました。広い場所ですから、数百人が集会しても大丈夫です」

とその図を見せると、金次郎は憤然として、

「復興事業に必要なのは、そんな仕法役所ではない。前から申し上げているように、復興事業の基本は分度です。その分度はもう決まりましたか」

と聞くと、鵜澤作右衛門は困惑の表情を顔に浮かべて、

「分度は一朝一夕に決まるものではありません。しかし、仕法役所が出来たのですから、おいおい分度も決まることと思います」

「仕法役所などどいう形は、どうでもいいのです。そもそも藩に分度がないのは、桶の底がないのと同じです。分度が立っていないのに、そんな無用な役所を作って何のためになりましょうや。分度を立てないでやれば、絶対失敗します。失敗すれば、こんな仕法役所など何の価値もないのです。腐って朽ちるのみです。わたくしは絶対小田原へは行きません」

と頑《がん》として受け付けなかった。

しかし、鵜澤作右衛門の方も金次郎の信奉者であるから、断られたからといって、すぐ小田原へ帰るようなことはしなかった。数カ月も桜町に滞在して復興事業を懇願したが、金次郎は首を縦に振らなかった。

一方、金次郎に農村復興の望みを託していた小田原の領民たちは、金次郎がいなくなってし

まって茫然とした。彼等は金次郎が桜町へ立ち去った理由も知らないのである。

（復興事業をつづけてもらうには、自分たちの誠意を示す以外にない）

ということで、とくに曽比村、竹松村、下新田村などが中心になって、衣類や家財道具までも売り払い、縄をない、草鞋を作り、これを集めて村の再建資金として積み立てはじめた。それに加えて、領民たちは金次郎を慕って、大勢桜町に集まり、復興事業の再開を懇願した。

金次郎は、領民の熱意に感嘆して、

「人間というものはひとたび決意すると、このような奇特なことまでするのだ。先君の忠真公がもしこの世においでになったら、さぞかしおよろこびになったことだろう。領民ですらこのように村の復興に一生懸命になっているというのに、領国を治める立場にある者が、これが出来ないのは、何故であろうか。一にかかって、分度が立っていないからだ。しかし、領民がこのように一生懸命になっている機会を失えば、小田原藩の復興事業は出来ないであろう」

と金次郎は、分度は決まっていないけれども、領民の熱意に負けて、ふたたび復興事業に立ち上がったのである。

（五）

かくして金次郎は、天保十年（一八三九）六月十一日、ふたたび小田原藩復興事業の再開のために、小田原へ向かった。同行した者は、小田原藩仕法役所の鵜澤作右衛門、山崎金吾右衛門に加えて、金次郎配下の豊田正作と、桜町領下物井村の岸右衛門、それに小田原から桜町へ懇願に来ていた下新田の小八と、その弟の作兵衛などであった。豊田正作は桜町復興のとき金次郎に反抗し、事業の妨害をしたが、その後はその非を悔い、すっかり改心して、今は忠実な金次郎の配下として働いていた。

今回の復興事業依頼については、足柄上郡の竹松村（現在の神奈川県南足柄市竹松）の河野幸内と、曽比村（現在の神奈川県小田原市曽比）の剣持広吉の二人が、金次郎の旧知であると同時に熱心であった。そこで、竹松村と曽比村から始めることにした。

金次郎がこの二カ村を巡廻していると、長男の彌太郎が大病になったという飛脚が来た。金次郎は驚いて、八月一日、作兵衛を一人だけつれて桜町へ帰った。

幸い秋に入ると彌太郎の病も治ったので、金次郎はふたたび天保十年十二月五日に、菅谷八郎右衛門、吉田半治、富田久助、大島儀左衛門などをつれて桜町を出発し、十二月十日に小田原へ到着した。金次郎を敬服していた烏山藩の菅谷八郎右衛門は、烏山藩の復興をやるかたわら、金次郎の仕事も手伝っていたのである。

竹松村と曽比村は、隣接した村であったので、ほとんど同時に着手された。この二カ村の復興事業は、後に復興事業の模範例として小田原領内でも有名になるのだが、実際に行われた方法は、桜町での十五カ年間の復興事業の体験から得た、エッセンスの集約といってよかった。実施した内容を摘記すれば、次の五項目となる。

一、農家の屋根替え

二、勤勉篤実な者の表彰

三、悪水抜工事（すなわち冷水堀の開墾）

四、吉田島の堰の改修

五、借金六千両の返済方法の決定（十カ年で返済完了した）

これをもう少しくわしく説明すると、金次郎は桜町のときと同じように、まず村内をくまなく巡回し、百姓の働きぶり、生活状況などをよく調べた。すると、借金を抱えているために、家屋の修理がなされていない家が目立った。よく働くためには、安息できる家屋が必要である。そこで、八十軒ほどの家の屋根を修繕させて、百姓たちを感動させた。

また、勤勉篤実な者を見出しては表彰し、士気を高めた。その中の一人に善兵衛という者がいたが、村内第一の善行者ということで、特別の賞として十両を与えた。

また借金で困っている者へは、困窮度に応じて無利息の貸出なども行い、その返済期限も五年から十年までの、無理のない年賦償還の方法をとった。その返済資源としては、日掛縄索法を実施して、その勤倹から生み出した余財をもって返済するように、返済資源の面倒まで見た。

貸出の資源としては、金次郎が桜町から持ってきた報徳善種金が中心になるのだが、村内の有志が差し出す土台金などもこれに加わり、その金額はふえていった。さきに特別賞を貰った善兵衛も、自分だけで貰っては申し訳ないと、貰った十両の金を報徳金に差し出した。

このように村内の気風が改善されていく中で、吉右衛門という放埒な徒もいたが、彼も金次郎の教えによって改心して農業に励むようになった。また、吉右衛門の家の西隣にあった竹林は、風よけにはなったが、隣家では日陰になり困っていた。するとこれを切って隣家からは感謝され、竹林の跡は根を掘って畑にした。

また、荒地の開発が推進された。そのため土質の善悪、用排水の利便性などが調査された。そ

の中に一カ所、曽比村にひどい湿地があった。そこで、この上に土を盛ったらよい、ということになった。すると金次郎は、

「そういうものは実際の土地を見てから決めないと駄目だ」

と言って、翌日すぐ視察した。金次郎は土地の湿る原因をよく調べていたが、

「これは地下から水が湧き出るからだ。しかしこの湧き水は、夏は冷水なので稲の発育を妨げ、また冬は温かな水なので、かえって雑草が茂ってしまう。だから、この上に土を盛れば、この湧水は隣接の田地に流れ出て、まわりの田畑に害を与える。土を盛るのでなく、水を抜く溝を掘るのが一番よいのだ」

と指示した。

人々はその卓見に感心し、村中が総出で泥水を下流にかき出し、一日で、長さ二十間ほどの溝が出来上がった。そこに湧き水を流し、四、五日たって見にいくと、湿地はことごとく乾いて、良い土地になっていた。人々は金次郎の知恵に感服し、この溝を『報徳堀』と呼ぶようになった。

また、竹松村にも湿田があった。これも金次郎が現地を調査して、

「悪い田圃ではないが、排水が悪い。溝を作って排水をよくすれば必ずいい田になる」

と曽比村の報徳堀を例にとり説明すると、村人たちがただちに三百人も集まり、工事に着工した。そして、鋭意作業の結果、二日ばかりで幅二間、長さ四百間ほどの排水溝が出来上がった。

こうして、豪雨のためにいつも沼沢のように水びたしになっていた田は、一変して良田になった。これが有名な竹松村の『冷水堀《ひやみずぼり》』である。

このような曽比村や竹松村の成果は、たちまち周辺の村々へ噂となって拡がっていった。吉田島付近の千間堀の修理も、その好例といえよう。

この千間堀は、吉田島、牛島、金井島の三村にわたって流れる堀であるが、幅は三間、長さは千間に及び、酒匂川から水を取り入れて、三カ村の田畑をうるおしていた。ところが、長い間修理を怠っていたので、所々が決壊したり、埋没したりして、充分に給水されなかった。また、堀の堤防へ田圃が突き出てしまった個所もあるなど、苦情がたえなかった。それなのに、五十年間、一度も修理されない、困った用水堀だった。

そこで、竹松村の冷水堀のことを聞いた、吉田島、牛島、金井島の村民が集まって、

「われらも二宮先生の教えによって、千間堀を修理しよう」

ということになった。すると、堀へ自分の田圃が突き出ている百姓が、

「おらの田圃が削られてしまうから反対だ」

と言って、賛成しなかった。すると金井島の彌太郎が、

「なんということを言うのだ。曽比村や竹松村では、田畑の中を通して溝を掘ったので、田畑を一部取られてしまった人もいた。それでも、文句を言わなかったという。たとえ、田圃を少しぐらい削られても、村民一同の利益になるのだから、反対する理由はない。どうしても田圃を削られるのが嫌だというのなら、わたしの田圃を替地に差し上げよう」

とまで言ったので、反対者は一言の反論も出来なかった。

間もなく金次郎の指示の下に修理工事が開始され、工事は三、四日で無事終了した。

こうして、金次郎の復興事業はあっというまに近隣の村々に伝わり、

（わが村へも復興を）

という要請が殺到し、多い日には百三十人もの人が、少ない日でも二、三十人の人が、金次郎のところへ詰めかける有様だった。こうして金次郎の指導で復興事業を開始する村々が、次々にふえていった。

天保十一年には、駿東郡竈《かまど》新田、下大井、御殿場、
天保十二年には、西大井、鬼柳、
天保十三年には、鴨宮、藤曲、御厨地方の数カ所、栢山、今井、
　山王、一色、飯泉地方、酒田地方

などの村々の復興事業方法を、金次郎はそれぞれの村の実情に合わせて立案してやった。また必要な場合は、資金の面倒も見てやった。とくに西大井や藤曲、それに御殿場の復興事業には範例となるものが多く、また今井村の借金返済については、前後八回も案が練り直されたほど、苦心した案だった。

こうして、小田原藩内で復興事業が行われた村は、ついに七十二カ村にもなり、天保十三年までの三年間は、金次郎は桜町と小田原の間をはげしく往来する多忙な時期であり、小田原藩領内の復興事業の最盛期であった。

しかし、金次郎が直接手を下して実施したのは、上新田、中新田、下新田の三カ村と、曽比村、竹松村、それに藤曲村の六カ村程度であり、その他の村々の復興運動は、これらを見習った村々が、力を併せた自発的な自力更生運動ともいうべきものだった。

所によっては村々が集団的に組合を作り、組合内の相互扶助によって領内の復興事業を行おうとする所も現れ、酒匂川から東に位置する三十三カ村では、仕法組合を作った。この三十三カ村は会合によって優良村を選び、当選村が復興事業を行うのを三十三カ村が援助し、逐次その数をふやしていくという計画であった。その第一回に西大友村が当選した。

かくして、小田原藩の領民は、藩の力を頼りにせずに、金次郎の指導と実例を見習った、下から盛り上がった農村復興を行ったのであり、その熱気によって領内の空気は一変していった。

(六)

このように、小田原藩の復興事業は、下からは大いに盛り上がってきたのだが、困ったことに、復興事業の基本である『藩の分度』が依然として決定しないのだった。

(分度が決まらなければ、正式な復興事業はやらない)

というのが金次郎の主義である。小田原藩の場合は、あまりにも領民からの懇願が熱心なので、その熱意に負け、情にほだされて、藩の分度が決まらないのに、とりあえず、部分的に復興事業を先行させているのである。したがって、その方法もやむなく自力更生という形を取っているものが多かった。

しかし、分度を決めないと困るのは、復興事業が進んで農産物の収穫高がふえると、藩が、

(それ、米の収穫高がふえてきた)

といって、直ちに年貢をふやすことである。一生懸命やって収穫高がふえたら、それは増税と

なって持っていかれてしまうのでは、領民にとって、何のための復興事業なのかわからない。それなら復興事業など、やらない方がいいのである。

藩が分度を決めるということは、領民の方から言えば、課税措置への配慮、もっとはっきり言えば、

(一定期間の減税)

なのである。復興事業をやっている間は、その復興事業の成果である余剰分には、税をかけないということである。その余剰が百姓に復興事業への励みとなり、また復興事業に必要な資力を生み出すのである。

そのため金次郎は、各村の復興事業に手を貸しながら、忍耐強く、分度の交渉を藩に対して行っているのだが、これがなかなか決定しないのだった。

金次郎が切歯扼腕《せっしやくわん》しても小田原藩の分度が決まらないのは、優柔不断《ゆうじゅう》であるとか、金次郎の事業方法が理解されないというのではなくて、根本的な考え方の対立があるからだった。

つきつめて言えば、年貢についての考え方の相違である。年貢は取る方と、納める方とでは、考え方が逆になる。藩は当然年貢を取る立場から考えており、金次郎は年貢を納める方の立場に立っている。

金次郎が要求する分度を設定すると、当然、現在の年貢より低い金額に設定されるから、領民にとっては減税になるが、藩にとっては減収になるわけである。領民は豊かになるのに、藩の方、すなわち武士は貧しさを強制されるということになる。こんな分度を、武士たちが承知するわけ

がないのである。

そしてこのことは、単に頭の中の理屈ではなくて、現に桜町の復興事業の結果として、答えが出ているのである。桜町の復興事業は成功したというが、

（そんなものはちっとも成功じゃない。武士の犠牲の上に成果をあげただけじゃないか）

という桜町の武士たちの不満が、小田原へも届いているのである。下手に金次郎の口車に乗って分度を設定すれば、今度は小田原藩が桜町の二の舞になるにちがいないと、小田原藩の武士は警戒するのである。

その上、最近のように、金次郎の指導によって多くの村で復興事業が始まり、金次郎の評判が高いのも、武士にとっては、

（我々をないがしろにするものだ）

と面白くないのである。だから小田原藩の中では、

「藩の財政を犠牲にして、領民に財を分け与えるのは愚劣きわまることであり、また、二宮の教えによって藩政の改革をするのは、藩の体面を損うものである。断じてこれを許すわけにはいかない」

と分度が決まらないのだった。それのみならず『二宮の言動は、奇人の綺語《きご》にすぎない』と蔑視したり、また『いたずらに民心を煽動する不届きな者である』という、個人攻撃にまで及ぶ始末だった。それのみならず議論は次第にエスカレートして、

「二宮のやり方は、領民には益があるが、藩政には利がない。すべからく二宮のやっている復興事業は中止して、藩が直接やる方向へ変更すべきである」

という、復興事業への反対論にまで進んでいくのだった。

言ってみれば、金次郎が主張する『分度』とは、このような大問題を抱える課題なのである。藩という立場にこだわる武士には、決定できないのは無理もないことかもしれなかった。

だから分度を決定するとすれば、それが出来るのは、絶対的権力者である藩主しかいない。それも、藩主が領民の心を思いやる、『仁』の心を持った場合に限るわけである。桜町の分度が確立されたのは、その背後に仁政の志の厚い、小田原藩主大久保忠真がいたからである。

しかし、今やその忠真は死し、後を継いだ忠懿はまだ幼く、とてもそれだけの見識も力量もない。とすれば、いくら金次郎が要求してみても、分度の決定が出来ないのは、仕方のないことかもしれなかった。

その上、幼君を補佐《ほさ》して、分度の決定を促進すべき家臣も、いまや人材がいなくなってしまった。かつては金次郎を理解する者として、家老の吉野図書や早川茂右衛門、年寄の三幣又左衛門などがいて、藩主の忠真を援《たす》けていたが、今は吉野図書も早川茂右衛門もこの世になく、また、三幣又左衛門は斥けられて発言力を失い、どうすることも出来なかった。

藩内のそうした膠着《こうちゃく》状態とは関係なく、領民たちの金次郎への信頼は厚く、それはまるで神仏への帰依に近くなっていた。これを見た武士たちの間に、

(この領民の動きを、藩の力で取り静めないと、大変なことになる)

という危機意識が湧いてきた。やがてそれは、

(二宮金次郎をこのまま放っておいてよいのか)

(二宮金次郎をどうにかしなければならぬ)

という危機感となっていった。

すると、ちょうどそれを待っていたかのように、幕府から、金次郎を幕府の役人に登用するという命令がでた。金次郎はそれをきっかけにして、小田原を追われるのであった。

（七）

世に有名な天保の改革は、天保十二年（一八四一）一月三十日に、前将軍の家斉が六十九歳でこの世を去ると、老中首座の水野忠邦の手によって、電光石火の如く開始された。

きびしい倹約令、贅沢《ぜいたく》禁止令が、矢を射《い》るように発せられたが、倹約令に併行して、下総国（千葉県）の印旛沼の開拓工事が計画された。印旛沼は、水深は三尺たらずの浅い沼で、長さ七里の細長い形をしていた。毎年、大雨のために水が溢れ、周辺の田畑が害を受けるので、これまでも何回も開墾を行い、水を放流しようとしたが、土質が弱いため成功しなかった。水野忠邦の考えは、印旛沼に堀割を作り、検見《けみ》川から江戸川に水路を開き、新田の開発をすると同時に、東北地方から江戸へ、米を直送する水路を作ろうというものだった。

しかし、これには難工事が予想された。そのため各地から人材が集められ、その中に金次郎が入ったのである。

桜町の復興を中心とする成功談や、天保七年の飢饉対策などで、金次郎の名声は、農村振興の必要性を痛感する、水野忠邦の耳にも届いていた。また、天保十三年には上総下総の代官の篠田藤四郎から、印旛沼視察の依頼を金次郎は受けたりもしていた。

それに加えて、金次郎の後楯だった大久保忠真が老中首座をしていた頃から、水野忠邦も同じ老中に座していたから、二人の間に金次郎についての共通認識があった、という遠因も働いていたと思われる。

とにかく、印旛沼開拓に賭けていた水野忠邦は、知るかぎりの技能者を集めたのであり、その中の有力なメンバーが金次郎だったのである。

金次郎は天保十三年（一八四二）七月二十二日付をもって、水野忠邦より召し出しの命を受け、十月三日に、二十俵二人扶持をもって、御普請役格に登用されたのである。すなわち、金次郎は幕臣になったのである。金次郎が五十六歳のときであり、そのため小田原を離れ、江戸へ行くことになった。それは、

（二宮金次郎をどうにかしなければならぬ）

という小田原藩の要望と、結果的にぴったり一致したのである。

あまりにそれが、ぴったり一致したので、

（二宮金次郎が幕府に登用されたのは、小田原藩が二宮金次郎を小田原から追放しようとして、幕府へ推挙したからではないか）

という噂が流れたくらいだった。

実際は、前述の如く、金次郎の実力のほどが、人材を求める水野忠邦の眼に留まったのである。

金次郎を登用するに当たっては、当然、幕府から事前に小田原藩の方へ、

「二宮金次郎なる者を幕府で採用しようと思うが、差し支えないか」

という事前の交渉があった。それに対し、小田原藩が『金次郎を追放する好機到れり』とばか

り、

「本人にとってもこれ以上の名誉はありませんから、ぜひ御採用をお願いいたします」

というような返事をして、引き止めるような応対をしなかったことは、十分に考えられることである。しかし、積極的に推挙までしたかどうかは疑問である。

ともかく小田原藩としては、幕府からそうした指示が来たので、これを金次郎に伝えた。すると金次郎は、

「わたしは二十年前に、先君忠真公より桜町領三カ村を復興せよとの命令を受け、ようやく復興しましたが、まだ完成はいたしておりません。また、小田原の飢えも救えということなので、桜町での復興方法を小田原にも移しました。復興の基本である分度はいまだ小田原藩では確立しておりませんが、領民は昼夜となく一生懸命やっております。今これを止めてしまったら、数万の領民が困惑し、また衰退してしまうのは目に見えています。これでは、せっかくの先君の仁政を廃止することになります。この先君の遺命を実現せんと努力している最中の、幕府からの命令ですから、幕府の命令をお受けするわけにはいきません。どうかそのように、幕府へ申し上げていただきたくお願い申し上げます」

と答えた。しかし家老は、

「そなたの先君への忠誠心はまことにもっともであるが、ひとたび幕府から命令が下れば、これが公事であり、小田原藩のことは私事である。私事を理由に公事を断れば、殿が公儀に対して忠義を欠いたことになる。したがって、殿のおん為にも命令を受けなくてはならない」

と一歩も引かなかった。そこまで言われては、金次郎も仕方なかった。

うか」

「わかりました。すると、今やっている小田原藩の復興事業も、終わりになってしまうのでしょうか」

「いや、先君以来の事業をどうして止めてしまうことが出来ようか。そなたが幕府の勤務の余暇にやるのなら、その程度のことは幕府も認めてくれるであろう。小田原藩のことは心配しなくてもいい」

小田原藩からは幕府へそのように返事をすると、天保十三年十月六日に幕府から、

「小田原や桜町の復興事業は、幕府の任務に差し支えない範囲でなら、やってもいい」

という承諾を得た。しかし金次郎は、

（それは表面上の形式的な返事で、幕府も小田原藩も、本気でわたしに小田原や桜町の復興事業を継続させる意思がないな）

と直感した。

その直感は当たった。金次郎はさっそく江戸へ行き、その年（天保十三年）十月二十一日に印旛沼の視察に出掛け、十一月十五日に江戸へ帰った。すると、その間に、小田原藩江戸邸に詰めていた復興事業関係のメンバーは引き払い、小田原へ帰ってしまっていた。江戸藩邸における復興事業態勢を解除してしまったのである。

そして、小田原の仕法役所でも、奉行の鵜澤作右衛門は他へ転勤させられ、山崎金吾右衛門は残っていたが、仕法役所の役人がやっている仕事は、これまでの事業の残務整理にすぎなかった。東三十三カ村で作った仕法組合での優良村選定も、最初一回あったきりで、中断してしまった。

それに反し、小田原藩の領民からの復興事業継続の要望は、ますます高まっていた。

金次郎は、二年後の弘化元年（一八四四）になると、日光神領の荒地開拓調査見込を幕府より命じられ、その仕事が忙しくて、ほとんど小田原藩の復興事業に手を出す暇がなかった。それでも、金次郎へ寄せる期待はますます高く、金次郎のところへ指導を受けに出掛ける者が後を断たなかった。

しかし、弘化三年（一八四六）になると最悪の事態が訪れた。金次郎は六十歳である。

弘化三年七月十六日に、小田原藩は、

「小田原領内仕法故障有之畳に致置」

という通告を金次郎のところへ届けて、

（小田原藩の復興事業を廃止する）

と決定し、さらにその上、領民へ、

「許可を受けずに小田原を離れ、二宮金次郎のところへ教えを受けに行ってはならない」

と、二宮金次郎との往き来を禁止した。

こうして、小田原藩における金次郎の報徳仕法は禁止され、かつ、金次郎は小田原から追放されたのである。

小田原では、金次郎の報徳仕法が下野国で施行されているので、野州論《やしゅう》という蔑称《べっしょう》で呼ばれていたが、天保八年に先藩主の大久保忠真が死去してからは、小田原藩の武士の間に野州論嫌いがますますふえ、この弘化三年には、その反抗勢力がピークに達したのだった。

それは、金次郎による報徳仕法は、

(藩に分度を設定するので、農業の生産量が上がった余剰分は、百姓へは分配されるが、武士の方へは少しも来ない、いや来ないどころか、分度の設定で武士は減俸を強制される)

という考えに立脚しているからだった。金次郎の報徳仕法は、百姓には有利なのだが、武士には不利である。もっとあからさまに言えば、武士の犠牲において百姓が有利になる仕法だともいえた。そのようなものを武士が受け入れ出来るはずがなかった。

しかし、報徳仕法は農村復興の正道であり、これが成功すれば米の生産量がふえる勧農の道である。だから、小田原藩としても奨励すべきものである。したがって、武士たちにとってよい方法というのは、

(藩の分度を設定しない報徳仕法)

ということになるわけである。そのために報徳仕法はやるにはやるが、それを金次郎にやらせないことである。報徳仕法による勧農はほしいが、分度の設定がいやなのである。そのために『分度設定』を強要する金次郎を追放し、農村復興事業を金次郎の手から、藩の報徳役所に移して、武士の管轄下に置いたのである。

そのような事態を知ると、金次郎はがっくりと肩を落とし、愁然となげいて、

「ああ、ついにわたしの事業もこれで終わった。先君忠真公は領民をわが子のごとくいつくしみ、その仕事をわたしに任せてくれた。わたしはその心にお応えしようと、一生懸命働いた。しかしいまの殿は、まだご幼少なので、残念ながらそこまでお気持が廻らず、それをいいことに藩政を担当している家老たちが、復興という大事な事業を廃止してしまったのだ。かえすがえすも残念である。しかし、時の勢いは如何ともしがたい。論語に『君子は天を恨まず、人をとがめず』と

いう言葉があるが、わたしは誰をも怨《うら》まない、ただ自分の真心が足らないのを怨むのみである。ただ、わたしの復興事業の本源ともいうべき小田原で、この事業を廃止してしまったのだから、今後わたしが他の藩で復興事業を行えば、小田原藩の面目を潰してしまうことになるであろう。だから、わたしが現在、他の藩で行っている復興事業は、すべて直ちにとり止めることにしよう。これが亡き殿に対する道である」

そう決意すると、現在関係している諸藩へ、金次郎はその旨を通知した。

この時の金次郎は、いろいろな藩から復興事業を頼まれ、継続中のものや、予定より長びいてしまっているもの、また新しく依頼されるものなどが重なり、輻輳《ふくそう》しているときだった。

通知を受けた各藩では、

「それは非常に残念である。二宮先生の復興事業の方法は、まことに天下の良法である。それを棄て去るとは、小田原藩の考え方はおかしいのではないか」

と金次郎の事業撤退を惜しみ、金次郎は、小田原藩と他の藩との間に挾まれて、非常に苦しい立場に立たされた。

金次郎は非常に悩んで、先君忠真公の青山の教学院の墓にもうでると、さすがの金次郎もこの時だけは涙を流して、時のたつのを忘れ悲しんだ。

なおこの年（弘化三年）、金次郎は忠真公の十年忌法要を期として、永代回向料三百両を、墓所である青山の教学院に寄付すると、有名な永安仕法の模範的施設を完了し、見事な霊牌を奉納した。高さ一尺五寸で、厨子の裏面に奉納の意が記されていた。

（八）

さて、小田原藩の復興事業の廃止には、もう一つ問題があった。それは廃止の通知とともに、

（金次郎が小田原の復興事業に使っていた五千両の報徳金を、金次郎へ返却する）

という通知が小田原藩から来たからである。その通知書には、

「これまでの労を謝し、報徳金五千両を返却し、かつ謝礼として白銀二百枚を与う」

と書かれていた。

報徳金の中には、金次郎が献納した金も入っていたが、大部分は桜町の復興事業以来、各所の事業資金を積み立てたものであるので、

「わたくしが受け取る筋合いのものではありません」

と断った。しかし、

「復興事業が終了した以上、これを返却するのは当然で、そう決定したのであるから是非受け取ってほしい」

と小田原藩は強硬だった。

その裏には、藩は金次郎の手による復興事業廃止を決定したが、領民の金次郎崇拝は少しも衰えていなかった。藩は、領民が金次郎のところへ面会に行くのを禁止したが、領民の往来は止まらず、

「私用で親戚に行く」

と言って、金次郎を訪れる者も後を断たなかった。

そんな状態であったので、金次郎が引き続き、ずるずると尾を引いて小田原に居残ってしまう危険がある、藩としては返却すべき金は返却して、白黒のけじめをつけたいということだった。

（言ってみれば手切金か）

金次郎は悲しくつぶやいた。

金次郎としても、突然五千両の金を目の前に突きつけられても、使うあてもなく、当惑するばかりである。それに、金次郎は今や幕府から任命を受けている身分であるから、これを受領してよいのかどうか、判断に迷った。それで、

（受領して差し支えなきや、否や）

と幕府へお伺いを立てた。幕府からは、

「幕府の御用筋とは関係のない、相対関係のことであるから、勝手にしてよろしい」

との返事が来たので、結局、弘化四年十二月になって、金次郎はその五千両を受け取ることにした。

しかし、弘化四年の次の年、嘉永元年（一八四八）に入ると、世情は変化し、小田原藩の財政が急迫し、返却すると言ったのに、返却できなくなってしまった。そのため、支払いは延期され、安政三年（一八五六）までに、数回に分割されて、やっと支払われるという有様だった。安政三年といえば嘉永元年より九年後であり、金次郎が七十歳で死亡した年であった。

なお受け取った金は、一千両は金次郎が生まれた栢山村の復興事業に使い、残り四千両は、金次郎が晩年全力をあげた日光神領の復興事業に投入し、一文たりとも私用することはなかった。

これこそ金次郎の教え、『推譲』（世の中のために尽くす）の最《さい》たるものではあるまいか。

小田原藩における仕法中止は、もう一つ大きな問題を金次郎に残した。それは二宮本家再興の問題であった。

二宮本家の再興は、金次郎が十九歳のときからの悲願である。そのために金次郎は、稲荷社の社地に竹木を植え、それを育てて売却して得た金を、再興資金（善種金）として積み立てていた。桜町領復興のためにその計画は中止されてしまっていたが、金次郎の心にその志が消えてしまったわけではなかった。

本家再興のための善種金三十一両は、桜町領へ持っていき、その復興資金として使いながら、これを積み増し、桜町領第二期復興事業が完了した天保七年（一八三六）には、千五十四両という大きな金額にふえていた。

そのような状況のとき、小田原藩の復興事業を始めることになったわけであるから、中止になっていた本家再興を、復活する絶好の機会が来たといってよかった。金次郎の出生地である栢山村はもちろんのこと、金次郎も、二宮一族も、二宮本家の再興を願い出た。そして、曽比村や竹松村の復興事業がその成果を挙げ始めると、その願望はますます高まるのだった。

しかし、小田原藩復興事業はあくまで公の仕事である。金次郎の出生地である栢山村の復興や、二宮本家の再興を、復興事業に優先させるわけにはいかなかった。

二宮本家の再興は、文政十二年（一八二九）に一族の中から二宮増五郎を本家相続人に定めて、金次郎と二宮一族の連繫の下に、少しずつ進められていた。天保十二年には、二宮本家の田畑は二町一反歩と、徐々に再興の効果が実現しつつあった。

村々への復興仕法が拡大するにつれて、天保十三年になると栢山村へも仕法が及び、従って二宮本家の再興も本格的に進められた。天保十三年末の二宮本家の田畑は三町四反にふえ、弘化三年（一八四六）には四町歩にまで増えた。

しかし、この弘化三年になると、前記のごとく、金次郎の小田原藩の復興仕法は中止となったので、二宮本家の再興仕法も中止せざるをえなくなった。

しかし、二宮本家の再興は、金次郎ならびに二宮一族の長年の宿願であるので、切々たる願い出の結果、二宮本家再興の仕法だけは特別許可された。

こうして金次郎は、十九歳で二宮本家の再興の志を立ててより、四十年後の六十歳にして、ようやく二宮本家再興の念願を達成することができたのであった。その方法は、今日の財団法人形式に似ていて、相続者である二宮増五郎と、本家伊右衛門とを合併して一家を興させ、その本家の家株を別途会計とし、親族一同の協同管理ということにしたのである。

金次郎のせっかくの努力にもかかわらず小田原藩の仕法は中止となり、郷里小田原との交流を禁止されてしまったが、この機会に二宮本家の再興が出来たのは、せめてもの救いであった。

第十二章　相模片岡村・大沢家の決断

（一）

小田原藩の復興事業に並行して、金次郎は、相模国大住郡片岡村（現神奈川県平塚市片岡）の復興事業を手がけていた。これは後世、農村復興の手本になるようなすばらしいものだった。

天保九年（一八三八）に金次郎は、小田原藩の上新田村、中新田村、下新田村の、いわゆる三新田の復興事業をやっていたが、天保九年四月十日に、小田原藩領外の伊勢原などに住む百姓が数人、金次郎を訪ねてきた。

やってきたのは、片岡村の大澤市左衛門と息子の小才太、伊勢原村の加藤宗兵衛、真田村の上野七兵衛、竈《かまど》新田の小林平兵衛など、数人であった。竈新田の小林平兵衛は小田原藩の領民であるが、金次郎の熱心なる信奉者であり、金次郎のことを、心学で知りあった加藤宗兵衛に教えたのである。加藤宗兵衛と大澤市左衛門とは親戚である。加藤宗兵衛も大澤市左衛門も、悩みごとを抱えていたので、小田原藩の領民ではないが、小林平兵衛に連れられて、金次郎のところを訪れたのである。

大澤市左衛門の相談というのは、片岡村の復興のことであった。

片岡村は旗本高井氏の領土であり、大澤市左衛門はその大地主であり、名主であった。片岡村も地域一帯の衰頽《すいたい》の中にあって、次第に衰微していたが、天保年間の二度の飢饉によって大打撃を受け、名主の大澤市左衛門はなんとか村を復興しなければと、苦慮していた。

村の戸数も増えるどころか減少し、以前は五十七軒あった家が、八軒減って今は四十九軒になっていた。四十九軒の生活程度を見ると、心配のない家は十六軒で、あとは生活困難な家が二十二軒、老人世帯などで極度に困難と思われる家が十一軒という、悲惨な状態だった。

村の出来高は七百二十八石であり、反別では六十七町九反余である。この中で大澤市左衛門の持分は三百十四石、反別で二十九町であり、シェアーが約四十三パーセントという巨大な数字であった。(この中には市左衛門が他村に持っている田の分も若干入っている)。

しかし、村勢衰退の中にあって、市左衛門のところへ入る小作人からの年貢米は、年々滞納がひどくなっていた。最近十年間の平均で見ても、毎年の年貢米八百九十四俵のうち、百八十六俵が未納であった。

大澤市左衛門の金次郎への相談とは、この村内の窮乏の救済と、年貢米の未納への対策だった。

金次郎はじっとその話を聞いていたが、片岡村における名主市左衛門の地位からして、

(片岡村の復興は、一にかかって大地主である市左衛門の決心いかんの問題だ。わしに相談せずともやれるのではないか)

と思ったので、

「わたしはいま小田原藩領内の復興事業に忙しくて、とてもそちらまで手が廻りません」

と断った。しかし、市左衛門があまり熱心に頼むので、

「物事の衰退には必ずその原因がある。その基は『道の衰退』である。道が盛んなときは国は栄

え、道が衰えるときは国が衰える」
「その道とは何でしょうか」
「道というのは、人の道です。人の道とは、人間が互いに協力し、一円融合を以って相養い、救助することです。昔の明君は、君民をもって一体となし、苦楽を共にし、憂いと喜びを同じくし、互いに助け、相養う道を盛んにしたのです。だから能ある者は、能なき者に目をかけ、富める者は貧しき者を助け、それぞれが有無相通じて、国は一家のごとく治《おさま》るのである。これが反対になれば、国は滅びる。

一つの村の復興も道理はこれと同じである。いま聞くと、片岡村の石高は七百二十八石で、家は四十九軒だという。すると一軒の平均は十四石八斗である。十四石八斗より少なき家は貧しい者であり、これより多き家は富める者である。富める者は、さきほどの『人の道』で言ったように、貧しき者へ『物を恵む徳』が備わっているのである。だから、富める者は貧しき者の生活を援助し、村内の富める者、貧しき者が相互に助け合って、村内の復興をはかるより外に道はないのではないか」

と諄《じゆん》諄《じゆん》とさとしたので、大澤市左衛門父子は、はっと気がついた。

片岡村の一軒の平均石高は十四石八斗と金次郎は計算したが、これは数字の魔法であって、大澤家は片岡村石高の四十三パーセントを占領しているのだから、大澤家を除いた石高で一軒平均を出せば、八石五斗にすぎないのである。すなわち金次郎の計算した十四石八斗よりさらに下回るわけで、言ってみれば片岡村で富める者は大澤市左衛門一人、あとの四十八軒は貧しき者ということになる。したがって、

（片岡村の復興とは、大澤一家が村民全部を助けることである）

ということを、金次郎はストレートな表現を避け、数字を使って、合理的に説明したのである。

（そうすれば年貢米の未納もなくなる）

というわけである。

これまでは年貢米の未納を防ごうと、督促のみをきびしくやってきた。すなわち収奪《しゅうだつ》のみで、与えることをしなかった。そのためますます村は衰退し、未納が多くなったのである。悪循環《じゅんかん》である。これを恵む方向へ舵《かじ》を切りかえれば、村力がつき、村力がつけば未納はなくなっていく、金次郎はそのことを教えたのである。

（二）

金次郎の教えによって、

（村の復興には、小作人の実力養成が先である）

と開眼した大澤市左衛門は、村に帰ると、さっそくそれに取り掛かった。

まず復興基金が必要なので、市左衛門は百七十両を基金に提供した。

次に、大澤家の親族の困窮救助は、大澤家の責任でやるべきだとして、一町一反の田圃を親族へ、年貢なしで貸すことにし、その収穫で復帰を図らせた。

次に一般の村民に対しては、村民の中から精勤者を投票で選ばせ、賞を与えた。賞としては、一等に田を一町歩、二等には七反歩、三等には五反歩、四等には三反歩、五等には二反歩と、それぞれ年貢なしで、一年間、田を貸した。もちろんこの田は大澤家のものであるから、領主に対しては大澤家が年貢を納め、大澤家が年貢を肩代わりしたわけである。そして、毎年これを繰り返し継続した。

しかし、これに該当しない者の方が多いわけであるから、彼らはたえず困窮し、家財を質に入れては、その高利に苦しんでいた。調べたところ、片岡村の村民が、隣村の長持村の八左衛門から借りている金が三十七両もあり、そのため百五十もの家財を質入れしていることがわかった。

そこで大澤市左衛門は、天保九年十月に、現金を持参して全部この質物を受け出して、十五人の借主に返し、利息なしで『都合のついたとき随時返済すればいい』という、分割返済貸金に切り替えた。また借金の整理だけでなく、夏には蚊帳、冬には蒲団を無料で貸し出すこともやった。

大澤市左衛門は、第一年目にはこのような施策をしたのであるが、その結果、村風は改まって、日夜一生懸命に働くようになり、また農業の暇に、糸をつむぎ、機を織り、縄をない、草鞋を作り、早起き、夜業につとめるようになった。こうして村人は倹約した生活を送り、相互に協力し、村内平穏になったので、自然と各家の暮らしも落ち着き、年末の大澤家への年貢の収納も案外良好で、未納者は減ってきた。

二年目も引き続き一年目と同じような施策を行い、その結果、二年目の末には、大澤家への年貢の未納者は零《ぜろ》となった。こうした実績を、大澤市左衛門父子が金次郎を訪れて報告すると、

「それはよくやった」

と金次郎は驚き、そしてよろこんだ。

「ほめていただいて光栄です。このやり方をずっと続けていけばよいのでしょうか」

「うむ、しかし、長く続けていくには、もう少しやり方を工夫する必要がある。というのは、今のやり方は大澤家から一方的に慈悲を村民に与えているだけである。それは非常に尊いことであるが、ただ、今後もこれをくり返すだけでは、慈悲の源である大澤家の財産が衰微してしまう。村全体を復興するには、大澤家の分度を立て、村民全体の自覚を促して、片岡村の復興は、村民全体の協力によって成しとげるようにせねばならぬ」

「わかりました」

「そのためには、まず大澤家の分度を定めねばならぬ」

こうしていよいよ、正式に金次郎指導による片岡村の復興事業が始まったのである。

大澤家は片岡村の石高の四十三パーセントと、とび抜けて高い占有度を持っており、これはあたかも五公五民と称して、年貢の半分を持っていってしまう、藩主の立場にも似ていた。

そこで、藩主が分度を立てるように、大澤家も分度を立て、藩を復興をするように、片岡村を復興しようというわけであった。

大澤家の慈悲に頼っていただけでは、安定性がないし、また永続性がない。また慈悲が行き過ぎて、大澤家自体を蝕《むしば》みすぎる危険もある。そうなっては元も子もない。また村民は慈悲を受けるだけでなく、慈悲によって蓄えられた力を、村内復興という方向に持っていかないと、せっかくの慈悲が生きてこない。

さて、その大澤家の分度を如何に決めるかという問題であるが、大澤家の石高は二百年以前からの記録が残っていて、一番古い慶長八年（一六〇三）の石高は八十七石となっていた。その後増減の経緯があって、天保九年（一八三八）の現在は三百十四石なのであるが、金次郎はその二

百三十五年間の平均値を出して、そこから、

（大澤家の分度は七十七石）

と計算し、復興期間を十年間と策定した。すなわち大澤家は、現在の石高は三百十四石であるが、七十七石と低い石高で我慢し、差額の二百三十七石を村復興のために、十年間、供出するわけである。なんと七十パーセントを放出せよというのである。


さて、これを決意するかどうかは、大澤市左衛門にとって、一大事だった。さすがの市左衛門も一人では決められず、家に帰り、一家一族を集めて相談した。市左衛門は金次郎の教えをよく説明し、また片岡村における大澤家の責任ある立場を力説した結果、一同の賛同を得ることが出来た。その決意を確定するために、

（家株永安相続趣法議定書《いえかぶえいあんそうぞくしゅほうぎていしょ》）

を作り、以後、決意がゆるがないようにした。

それが出来上がると、市左衛門は金次郎のところへ持って行って、

「大澤家の分度を先生のおっしゃる石高に決めました。これがその証明です」

とその決意をのべると、金次郎はにっこり笑って、

「よく決意された。立派だ。大澤家は慈悲を越えて、大慈悲に到達されたのだ」

と非常な満足であった。

この頃の金次郎は、小田原藩の分度がなかなか決定せず、いらいらしていた時だった。藩でさえ決定できない分度を、見事に大澤市左衛門が決定したのに感動して、

「大澤殿、よくぞ立派な分度をお立てなされた。これによって分度外の余剰を、村内復興の資金

に使っていけば、立派に片岡村は復興いたしましょう」

かくして片岡村は三年目から、いわゆる『慈悲復興方法』から『報徳復興方法』へと移ったのだった。


こうして、天保十一年（一八四〇）から嘉永二年（一八四九）に向けての、十カ年間の復興事業がスタートした。その方法は、精勤者の投票による表彰と、年貢なしの田の貸与、農具助成、肥料代の貸出、無利息の貸出金など、さまざまであったが、それは、後世に報徳仕法の模範となる見事な事業であった。一村の復興は、村の指導者の責任と、村民の奮起によって成立するものであることを立証した、見事な実例といえよう。このことは、藩でいえば、藩の復興は、藩主の責任と、藩士、領民の奮起によって成立する、ということを裏書きしていた。


復興事業は、嘉永二年をもっていちおう完了した。しかし、このまま終了してしまうのはいかにも惜しいということで、引き続き第二期の復興事業がスタートした。

第二期事業では、いつまでも大澤家の供出に頼る段階は過ぎたので、大澤家の分度はとりやめ、今後は、これまで十カ年間に積んであった報徳資金と、村民からの自主的な供出を財源とする、『永安仕法』に切りかえた。

ちなみに、嘉永四年十二月末の『御仕法金の十四年間惣寄諸払取調帳』によると、金次郎が報徳金へ授与した金が百六両、大澤家から供出した金が千六百八十一両、村民が供出した金が八十九両となっている。なお、このような復興事業の結果、大澤家に収納する小作米は、毎年ほとんど完納となり、未納はなくなった。

金次郎は、このような片岡村の復興事業の成功を非常によろこび、

(報徳克譲増益鏡《こくじょうぞうえきかがみ》)

という表彰書を作り、表彰金百両を添えて、大澤市左衛門に与えた。金次郎がめったに与えたことのない、特別表彰である。

この報徳克譲増益鏡は、片岡村の十年間の復興事業の由来を簡単に書き、金次郎が教えた事業方法の要旨を示し、その方法によって実行した結果の成績を記し、称賛したものである。

なお嘉永五年になると、村民の自治的結社である克譲社を創立し、これまで大澤家中心に動いていた復興事業を、そちらに移し、進展させた。

かくして片岡村の復興事業は、『自治的一村式仕法』として当時の模範例となり、金次郎もこれを称賛し、仕法談に及ぶと、必ず片岡村の事業を紹介し、報徳克譲増益鏡は多くの仕法書の中で、最も異彩を放つものになった。

なお、大澤市左衛門の五男を政吉といったが、幼時からよく勉学に励み、十四歳ですでに四書五経の素読をした。片岡村の復興事業がスタートした天保十一年(一八四〇)には十七歳であったが、十八歳のとき父市左衛門から、

(経世済民の志を持つように)

と諭《さと》され、二宮金次郎のところへ弟子入りすることを勧められ、弘化二年(一八四五)十月二十四日、二十二歳のとき、入門した。金次郎より三十七歳の年下だった。

入門当初は、政吉も多くの弟子たちの一人にすぎなかったが、二年後の弘化四年(一八四七)

に、六十一歳になった金次郎は、真岡代官の山内総左衛門の配下として、多くの弟子たちを江戸に置いたまま、野州真岡（栃木県真岡市）に行き、神宮寺に仮住まいすることになった。このとき政吉は、幸運にも金次郎の身のまわりの世話役として、同行した。

この時から、翌年の嘉永元年（一八四八）七月に、金次郎が東郷陣屋へ移転するまで、一年有余の間、政吉は金次郎の身近に仕えて、親しく教えを受けたり、また、金次郎の農村指導の実際をつぶさに見聞した。

政吉は嘉永三年（一八五〇）、二十七歳のとき、箱根湯本の旅館、福住家の養子に入り、九蔵を襲名し、家督を譲ってから正兄と称した。福住家と湯本村を復興させるとともに、明治以降、報徳運動の隆盛のために奔走し、小田原、箱根の地域振興にも尽力した。

福住正兄は金次郎のところへ入門したときから、金次郎からの教えを丹念に記録していたが、これを『如是我聞録《にょぜがもんろく》』といった。その後正兄は、これを基にして『二宮翁夜話』を編集し、明治十七年から二十年までの三年間で、第一巻から五巻まで出版され、富田高慶の著した『報徳記』と並ぶ、報徳古典の双璧となった。

福住正兄は、富田高慶、斉藤高行、岡田良一郎と並んで、後世、金次郎の四高弟と称せられた。

第十三章　大磯の商人孫右衛門の改心

(一)

天保九年（一八三八）四月十日に、大澤市左衛門父子は金次郎のところへ村内復興の依頼に訪れたが、その時いっしょに訪れた仲間の一人に、伊勢原村の加藤宗兵衛がいた。

加藤宗兵衛の妻は、大磯の川崎屋孫右衛門の妹であったが、その川崎屋孫右衛門のところでは、紛議が続いていた。それで加藤宗兵衛は、その解決方法を金次郎に相談した。

その紛議というのは、二年前の天保七年の飢饉による、米価暴騰のとき始まった。

天保七年七月の下旬、凶作のため大磯の米価は、一両につき四斗三升という高価になった。平常は一両につき約一石だったから、一気に二倍になったわけである。大麦も一両につき九斗、小麦も一両につき七斗八升という高価になった。

七月の大磯は、暴風の季節なので、沿岸の漁師は漁《りょう》の出来ない日がしばしばあり、また凶作なので旅行者も減って、大磯宿へ泊まる客も減り、町民は非常に困っていた。そこで町民は米穀商に対して、米の値段の引き下げを要求した。しかし、米商人は引き下げに応じないので、暴挙となった。その一番の標的が川崎屋孫右衛門だった。

川崎屋孫右衛門は代々、大磯で米穀を扱う大問屋だった。しかし、孫右衛門は大商人なのに、強欲《ごう》だったので、町人から嫌われ、『仙台通宝』と綽名《あだ》がついた。それは孫右衛門が強欲一徹で、他人の言うことを聞かず、富豪であるのに慈悲心が薄いので、粗悪なため仙台以外では通用しない貨幣である仙台通宝と同じように、「世間に通用しない人間」という意味であった。

大磯町内には孫右衛門のほかに、油屋藤兵衛など多くの米小売商があったが、米価高騰については互いに値段を協定していたので、少しも米価が下がらなかった。

米価の暴騰は庶民の生活を直撃した。やむにやまれず、代表者が集まって協議した上、名主の勘兵衛のところへ、小売りの米の値段を下げてくれるように頼みに行った。しかし、

「米の値段はどこでも高騰している。大磯だけではない。たとえ一升が五百文になったとしても仕方がないことだ」

と取り上げてくれなかった。

そこで人々は海辺に集合し、

「町を打ちこわして米商人に交渉すれば、要求に応じるのではないか」

という結論になった。

そこで、天保七年七月二十八日の夜、十四、五人が集まって、法螺貝を吹いて人を集めた。しかしその時は、わずかしか集まらなかった。そこで翌二十九日に再度、町内を巡回して無理やり人数を集め、その中から総代十二人を選んで米穀商に交渉させた。

すると川崎屋からは、

「米を安く売るよう、他の米商人たちと相談する」

という返事を受け取った。人々はさらに、

「その安い米の値段は、新米が穫れる秋までつづけくれるだろうな」

と念を押すと、暴発をおそれた川崎屋の利右衛門と番頭の伊三郎は、

「現在保有している米がなくなるまでは、安い値段を保証します。もし嘘だというのなら、米倉の鍵を渡してもいい」

と答えたので、総代の者たちは安心して引き上げていった。

ただ問題は、この時、肝心の孫右衛門が江戸へ行っていて、大磯にはいなかったことである。すなわち孫右衛門が留守なのに、番頭たちがそのような約束をしたのだった。

孫右衛門が江戸へ行っていたのは、大磯付近にはもはや仕入れる米がないので、江戸で買って大磯へ送るためだった。そして『米の値段を下げるべきか、それとも救助のために少しは施米しなければならないかな』などと考えているうちに、大磯で暴動が始まったのだった。

川崎屋へ談判に来た北組の者が、いちおう満足な返事を得たので集合所へ引き返そうとした時、南組の者たちは事を急ぎ、大衆の勢いに乗じて、打ちこわしを始めてしまった。そして、七軒の米商人の住居や米蔵を破壊し、やっと夜半になって鎮まった。

そしてこの時、川崎屋孫右衛門の店も被害を受けてしまった。被害は、住居、土蔵が破壊されたほか、米が八十二俵、大豆が二百十一俵、大麦が六十九俵、春麦が二十七俵、小麦が五百七十俵、斉田塩が百六十六俵という厖大なもので、無事だったのは、小麦が四百五十七俵と斉田塩が四俵にすぎなかった。

急の知らせを受けて、孫右衛門は八月三日に大磯に帰ったが、この惨状を見て激怒した。

大磯は幕府の直轄領であるので、八月四日に、韮山から検使が取り調べにやってきた。検使の

斉藤勘兵衛の取り調べによって、暴動に加わった者二十人が韮山の役所へ引き立てられ、同時に米商人も役所へ引き立てられた。

被害者である米商人が、引き立てられたとはおかしなことであるが、孫右衛門が慈悲心に欠ける商人であったので、そのこらしめの意味もあったのである。それに、この時点においては、町人も米商人も暴動の興奮のるつぼの中にあって、そのままにしておいたのでは、またどんな衝突が起こるかもしれぬ懸念があったので、治安を守るために、とりあえず両者を町から隔離する必要があったのである。米商人拘束の表向きの理由は、

（米価が高騰しているのに、米商人が取るべき措置を取らないのは不届《ふとど》きである）

というものだった。

この検使の措置によって、江戸から戻ってきた孫右衛門も、韮山の牢獄に投入されてしまったのである。

すると、次の災害が大磯宿に起きた。天保七年九月五日に暴風が大磯宿を襲い、火災が発生して大火となり、町の大半が類焼した。そのため米の値段はますます高くなり、人々は困窮した。さきの米騒動で、韮山の牢獄に投入されている者の中にも、家を焼かれた者が多かった。それで寺に手を廻したり、また町内から、

（牢から放免してほしい）

と頼んだが、なかなか実現しなかった。

川崎屋もその例に洩れず火災に遭い、孫右衛門の妻は二人の子供を抱えて悲歎にくれた。そして、心痛のあまり病気になり、番頭たちが一生懸命看病してくれたがその甲斐もなく、二人の子

供を残して、数カ月の後に死亡してしまった。

獄中の孫右衛門はそれを聞くと、

「そんな理不尽なことがあるか」

と烈火のごとく怒り、

「すぐおれを家に帰してくれ」

と役人をののしり、訴え、狂人のようになった。しかし役人は、

（このような狂人を放免するのはかえって危険である）

と、孫右衛門の言うことなど聞き入れなかった。そのため役所の取り調べもかえって進まず、いつのまにか一年半の月日が流れて、天保九年の春になった。


この天保九年四月十日に、伊勢原村の加藤宗兵衛が、片岡村の大澤市左衛門などといっしょに金次郎を訪ねたのである。そして、加藤宗兵衛の妻の兄が、川崎屋孫右衛門であるところから、妻の悩みを金次郎に訴えた。

このような孫右衛門の惨状を聞くと金次郎は、

「それは大変お気の毒なことではあるが、一般論として、富豪となる者は、人の道に反した商売をして大儲けした者が多い。これを米穀商人についていえば、米価が暴騰したときこそ、金儲けのいい機会である。孫右衛門の若い時代のことはよくは知らないが、おそらく天明の大飢饉に、米の値段が高騰して人々が困ったとき、その時をうまく摑んで大儲《もう》けしたのではないかと想像される。

このような商売をする時、商人は、人に恵みをかけようとはしないものである。人が困っている時に憐《あわれ》みをかけて、これを助けるのが人の道なのに、人が困っているときこそ商売をして自分だけが儲けるのは、『天道廃絶』というべきである。そのような孫右衛門がこれまで栄えてこられたのは、おそらく孫右衛門の祖先が善行を積み、その徳のおかげである。だが、その祖先の余徳もいまや尽きんとしている。だから暴徒の打ちこわしに遭い、火災に遭い、妻を亡くしたのだ。

それなのに孫右衛門は自分の昔の罪は反省せずに、他人ばかりを怨んでいる。自分はよい人間だと思い、他人が悪いのだとしている。こんな考えでは、自分が救われるどころか、自滅する道を歩いているようなものである。だから孫右衛門が間もなく衰退するのはまちがいない」

そのように金次郎が諄《じゅん》諄《じゅん》とさとすと、加藤宗兵衛にも物事の道理が次第にわかってきた。

金次郎はさらにつづけて、

「およそ天地の間で、万物の道理はみな同じである。瓜の実をまけば瓜の実がなり、茄子の種子をまいて、瓜の実がなることはない。人の世でもそれは同じで、孫右衛門が善の種をまいたのに、悪の実がなったのではない。悪の実がなったのは、悪の種をまいたからだ。孫右衛門の苦境を、あなたが親戚だというので救おうとしているのは非常に尊いことではあるが、孫右衛門の困窮は、孫右衛門自身の因果の上に成り立っているのであるから、残念ではあるが、他から救助の手をさしのべる方法はない」

と言い切った。宗兵衛は金次郎の言うことを聞いて大いに驚き、

「孫右衛門はまさに天明の大飢饉のとき大儲けをしました。だから孫右衛門の禍福吉凶、その存亡のよってくるところ、先生のおっしゃる通りです。どうして先生には、孫右衛門のそんな昔の

ことがおわかりになるのですか。そのような因果から孫右衛門の今の苦難が来ているとすれば、それは仕方のないことですが、これを救う道がないのは、わたしの誠意が足らないからでしょうか。もし救う道があるのでしたら、一身を投げ出してやりますから、お教えください」

あまり宗兵衛の懇願が熱心なので、

「それほど決意が固いのなら、一つだけお教えしましょう。あなたのおかみさんは孫右衛門の妹だと聞きますが、おかみさんも生家が危機とあっては、悲痛きわまりないでしょう。しかし着るものも、食べるものも、平素と何ら変らない生活をしているのでは、本当の悲痛とはいえません。おかみさんが嫁入りの時に持ってきた衣裳は、もとは川崎屋の金によって作ったものです。だから、そんな衣裳はこの際全部売却して、金にかえ、川崎屋を復興する資金に供出すべきである。たとえその金額はわずかでも、真心が通じれば、孫右衛門の心にも多少の善心はひそんでいるでしょうから、その善心が眼を覚まします。わずかな善心でも、年がたてば大木となります。これを『至誠天に通ず』といいます。早く帰って、まずこれを行うことです」

宗兵衛はよろこんで金次郎を伏し拝み、さっそく家に帰って妻に話した。すると妻も、

「これは大変よいことを教えていただきました。わたしのやることで、兄が救われるのなら、たとえ命がなくなってもかまいません。ましてや衣裳を売るなどということはたやすいことです」

とただちに賛成した。

そこで宗兵衛夫婦は衣裳や、すぐ必要のないものを売却し、

女物五十七点、五十四両

男物九十一点、四十九両

合計百三両の金を作ることが出来た。

(二)

加藤宗兵衛はこうして作った金を持って、天保九年五月に韮山の獄舎を訪れ、孫右衛門に会い、金次郎の教えと、その教えにしたがって衣類を売った金を、持参した旨を話した。

それを聞くとさすがの孫右衛門も、

「それはありがとうございました。世の中には、私を見棄てない神仏があることを知り、ありがたく思います。そう思うと私を牢屋へ入れた町民や役人を、怨んだことが恥ずかしく思われます」

と大いに悔い改め、袖で涙を拭《ぬぐ》った。

その日から孫右衛門は、自分の行動を反省し、怒り狂うこともなくなってきたので、代官所でも、

「孫右衛門もだいぶ改心したようだから、これ以上獄舎に入れておく必要もあるまい」

と思うようになった。そもそも孫右衛門を牢に入れたのは、罪があるというよりも、怒りのあまり町内で暴れ狂うのを防ぐためだったので、その危険がなくなれば釈放していいのである。そこで代官所では、もう一度孫右衛門を強く説きいましめた上で、釈放した。天保九年五月十七日のことで、なんと孫右衛門は一年九カ月も拘留されていたことになる。

孫右衛門はやっと大磯に帰ってきたが、帰ってみれば妻は死し、家は崩壊して、まさに地獄の

様相を呈していた。

それを見ると、出獄の時の反省はどこへやら、ふたたび孫右衛門の本性がむくむくと首をもたげて、

「誰がわしの家をこんなふうにしたのだ。この怨みをはらすまでは、死んでも死にきれぬ」

と激怒した。

そこで、宗兵衛をはじめとする親戚の者たちが、どうしたらよいかと集まり、相談した。集まったのは、孫右衛門の妻の父の宮原屋前田与右衛門、その一族の宮原屋清兵衛、さらに石井八郎右衛門その他であったが、孫右衛門の怒りは静まらず、

「入牢中の代官所の役人の取り扱いは、まことに不公平だった。長い間入牢させておきながら、取り調べもせず、たまに取り調べがあっても、わしの申し立てを一切取り上げてくれなかった。取り上げないどころか、ひどく叱責されるばかりで、『それ以上申し立てるなら拷問にかけて取り調べるぞ』と言うものだから、仕方なく代官所の作った取調書に印を押したのだ。裁決の結果は天に任すしかないとあきらめていたが、宗兵衛どのたちのお力により幸い無罪となり、これまで通り商売も出来るようになった。でも、商売をするにしても、韮山代官の江川様の支配の下でする気にはなれない。大磯の家は売り払い、大磯の村つづきの高麗寺村に移り、そこの酒造倉庫で、酒造と塩干鰯の商売をするようにしたい」

と考えを述べた。しかし親戚一同は、

「その気持はよくわかるが、酒造業といっても、昔からその地で商売していれば成り立とうが、大磯から移ってやっても、簡単には成功しないだろう。それよりも引き続き大磯で商売をやった

方がいい。金が必要なら、宮原屋の一族から二、三百両用意するから、加藤宗兵衛の方でも二、三百両用意してくれ」

　ということになった。

　これを聞いて加藤宗兵衛は、

（金を出すのはいいとしても、両方から集めた金、五、六百両という大金を、これ見よがしに使って商売を再開すれば、町民の感情を逆撫《さか》でにして、また暴動が起きる危険がある。これは一度、金次郎の意見を聞いた方がいい）

　と思って、

「こんな大事な計画は一度、二宮先生の教えを受けた方がいいのではないか。二宮先生は小田原領内の村復興、窮民救助には、無利息の金を貸してくれるというから、その再興資金も借用すればいい」

　と言葉巧みに孫右衛門をさそった。しかし孫右衛門はせせら笑って、

「金は利益を得るために貸すのであって、このせち辛い世に、無利息の金など貸す者がいる筈がない。もしいるとすれば、なにか謀《はかりごと》があるのだから、恐ろしいことである」

　と応じなかった。

「いや、いや、二宮先生は大人であり、世間の常識だけで考えてはならない人である。もし会って、わたしたちの願いがかなえられればそれに越したことはないし、かなえられなければ、そこで懇願をやめればいい。会わないうちから拒絶するのは、よくない」

　とさとしたので、しぶしぶ孫右衛門も承諾した。その頃（天保九年八月）の金次郎は、小田原

藩領内の復興事業のため、足柄郡竹松村に来ていた。

大磯から竹松村までは約五里（二十キロメートル）と、それ程の距離ではない。訪ねるには絶好の機会だと加藤宗兵衛は思い、孫右衛門と前田与右衛門、宮原屋清兵衛にも、

「いま会わなければ、会う時がありません。さあ参りましょう」

と三人を引っぱるようにして、夕方、竹松村に着いた。

金次郎は名主の河野幸内の家で、ちょうど入浴中であった。が、宗兵衛が孫右衛門を連れて来たと聞くと、

（孫右衛門という人間はしたたか者で、容易に人の道に従うような者ではない。まだ今の時点で簡単に会うべきではない）

と直感的に判断した金次郎は、ひそかに風呂場から裏口へ逃げ出した。そして、二里ほど離れた、下新田村の早野小八の家へ避難した。

名主の河野の家では、金次郎の入浴があまりに長いので、様子を見に行った。すると風呂場に金次郎の姿が見えなかった。あわてて近所を探したが見つからない。それで河野幸内は、

「先生は村内復興のために、このような夜中でも働いているのです。とても忙しいので、お会いすることは無理ですね」

宗兵衛、孫右衛門たちはやむをえず、いったん家へ帰った。

一方、河野家の方では心配なので、夜が明けると、隣村である曽比村をはじめ、あちこちを探した。そして、やっと下新田村の早野小八の家にいることがわかった。

宗兵衛にそのことを連絡してやると、宗兵衛、孫右衛門たちは、天保九年八月十六日に、やっ

と金次郎に会うことが出来た。しかし金次郎は、

「なんのためにわたしの仕事の邪魔をしに来るのか。わたしは私欲のために仕事をしているのではなくて、小田原藩主の命令によって公の仕事をしているのだ。孫右衛門の依頼は、小田原藩の領土以外の事業であるから、これを引き受けるわけにはいかない。すぐお帰りください」

その声は大鐘がひびかんばかりに大きく、聞く者は耳を両手で掩った。宗兵衛はその気迫に呑まれて一瞬絶句したが、ややあって、

「孫右衛門は先生の教えによって出獄を許されたので、そのご恩を感じ、一家再興の道をお教えいただきたいと参ったのですから、なにとぞお教えください」

と熱心に頼むと、金次郎は、

「しかし、孫右衛門はいまだに自分の罪を反省せずに、他人を怨んでいる。宗兵衛の妻（孫右衛門の妹）などは、わたしの一言で、兄のために衣裳を売り、献身している。それなのに兄の孫右衛門はいまだに我意を張り、怨《えん》に報ゆるに怨をもってしようとしている。女にも劣るものだ。だから孫右衛門が、わたしの所へ報徳の道を求めて来たのだとは思えない。誠の心をもって来たのではない。わたしの行う道とは相容れない。すぐ帰って、自分のやりたい道を勝手にやればいいのだ」

とその話し方は威風凛然《いふうりんぜん》とし、宗兵衛も孫右衛門も、金次郎の顔をまともに見上げることが出来なかった。とくに孫右衛門は、全身が雷に撃たれたようになり、全身に冷汗が流れ、金次郎の方ににじり寄ると、

「どうかわたしを見捨てないで、お教えください」

と頼みこんだ。それで金次郎は少し声を和らげて、

「よいか、米の種をまけば、米が実り、麦の種をまけば麦が実る。善の種をまけば善が実り、悪の種をまけば悪が実る。孫右衛門が災難にあったというが、それは自分がまいた種が実ったのである。昔から『積善の家に余慶あり、積不善の家に余殃あり』というが、おおよそ吉凶禍福には必ずよってくる所がある。孫右衛門の家は遠く天明の飢饉のとき、大勢の人間が飢え死したのに、財産を投げ出してこれを助けるということもせず、反対に、米を高く売って自分だけが儲けて、今の富を築いた。だから天も神も孫右衛門を見捨て、その家運が衰えるのは、時間の問題だった。その時が、一昨年の凶作のときに来たのだ。凶作なのだから、もし孫右衛門に人をあわれむ心があったなら、財産を投げ出して人を救うべきなのに、そんなことは少しも考えずに、江戸にいて、『米価高騰をうまく利用してどうやって儲けようか』と、そんな事ばかりを考えていた。町の人々は暴動を好んでやったのではないが、身に危機が迫ってきたので暴発したのだ。暴動は悪いことであるが、これを起こした根本《もと》は孫右衛門にある。もし孫右衛門が率先して救助を行っていたら、彼等は暴動など起こさなかったはずである」

聞いている孫右衛門の頭も次第に下がってきた。金次郎はその姿を見ながらさらに言葉をつづけて、

「よいかな、慈仁の道は、人の道の中でも、一番大きな道である。凶作が起きた場合は、富める者が慈仁の道を行う最もいい機会なのである。だが、孫右衛門はそれをしなかったのだから、災害は自分で呼び寄せたようなものである。天は、町民の手を借りて孫右衛門の家を壊し、火の力を借りて、その財宝を焼いたのだ。だから怨むなら町人でなく、自分自身を怨むべきだ。自分が

瓜の種をまいて、瓜の実がなったと怒るのは、おかしなことだ。孫右衛門が本当に家を再興しようと思うのなら、人の道の根本に立ちかえって、自分の非を反省し、天を恐れて、『他人の苦難を救うには、自分はどのような困難にあってもいい』という覚悟でこれからやっていくべきである。そうすれば禍はたちまち福に変わり、一家再興の道は開けてくるであろう」

聞き終わると孫右衛門は納得し、怒りの気持もすっかり消え、

「よくわかりました。それでは具体的にどのようなことをやったらいいのでしょうか」

と真剣なまなざしで質問した。

「孫右衛門の家は破壊され、米穀は略奪《りゃくだつ》され、財産は火災にあったといっても、もともとの旧家である。多少の財産は残っているであろう。それをよせ集めれば、どの位になるであろうか」

孫右衛門はちょっと頭の中で試算していたが、

「そうですな、かれこれ五百両ぐらいはあろうかと思います」

「それだけあれば結構だ。いいかな、その五百両を一両たりとも家に残しておいたら、家は再興どころか、瓦解してしまう。その財産があったために、あなたは世の人から怨みを買い、非常な災害にあったのだ。災害のときに、何一つ残らなくなったと思えばいいではないか。その五百両を残しておくのは、災害の根を残しておくようなものだ。ただちにこれを取り去る方法を考えるべきだ。そうでないと、家は再興どころか、滅亡してしまうであろう」

孫右衛門は緊張して、

「先生の尊き教え、よくわかりました。五百両を取り去るとは、具体的にはどのようにしたらよいのでしょうか」

「取り去れといっても、別に海や川へ捨てろと言っているのではない。五百両を町内へ差し出して、『凶年の時は互いに助け合わねばならないのに、わたしはそのことに気がつかず、皆さんにご苦労をかけて大変申しわけなかった。いまさら悔いても詮《せん》なきことだが、残っている余財が五百両あるので、町内に差し出します。どうか貧困救済のお役に立ててください』と申し出なさい。一両でも惜しむ気持があってはなりません。人を怨む気持を少しでも持ってはなりません。このようにすれば、孫右衛門のお陰で町内は安泰になるでしょう」

「よくわかりました」

「そして孫右衛門一家は、江戸との間を船で往復する運送業を始め、その運賃で生計を立てたらよいと思う。大いにその仕事に励み、節倹した生活をしていけば、艱難汝を玉となす、の譬《たとえ》のごとく、孫右衛門の家運は必ず開けるであろう。もし、この人の道を行っても、町の人々が認めず、うまくいかないようであれば、わたしが五百両を弁償いたします」

そうした金次郎の言葉に、孫右衛門も宗兵衛たちも、はっと夢から醒めたように感銘し、

「さっそくそのようにいたします」

と大磯へ帰っていった。

(三)

金次郎の教えを受けて大磯に帰ると、孫右衛門はさっそく家財の整理にとりかかった。

男物の衣類が四十点と、女物の衣類の百二点を売却して、百二十二両が出来た。その他にも現

金が六百両以上あったので、合計で七百五十両の資金が出来た。

孫右衛門はその金を持って、ふたたび宗兵衛といっしょに金次郎を訪れて、

「この金をどのようにしたらいいでしょうか」

とたずねた。金次郎の考えは、

「その中の五百両は町内へ差し出し、残り二百五十両は、自分の商売の資金として使えばいいのではないか」

というものであった。そこで孫右衛門は、金次郎の意見に従って五百両を町内へ寄贈し、自分の商売は番頭の伊三郎にすべてを任せて、自分は桜町の金次郎のところに行って修業をする決心をした。

しかし、大磯の町人たちは、突然そんな大金を孫右衛門から供出されて驚き、どのように処理したらいいのかとまどった。そこで町内で協議すると、

「孫右衛門はわれわれ町民を怨んでいるはずなのに、こんな金を供出するとは解《げ》せぬことである。暴動に対して町民がまだなんのお詫びもしていないのに、孫右衛門の方からこんな金を供出するとは、いくら孫右衛門の誠意とはいえ、簡単に受け取るわけにいかない」

というのが多くの意見であった。しかし、

「孫右衛門は二宮先生の教えを受けており、したがってその決意は非常に固いから、返却しても受け取らないと思う。そうかといってこれを無益に消費したのでは、その誠意に対し申し訳ないから、こうしたらどうであろうか。この金は報徳加入金へ差し出し、資金の必要な町人に、そこから無利息の年賦金として貸し付ければ、人々はよろこび、孫右衛門の誠意に報いることになる

のではないか」

　ということで受理し、それを報徳金へ差し出した。

　このことがあってからは、孫右衛門に対する町民の態度は一変し、両者の間は親睦になった。

　それからの孫右衛門は、桜町と小田原の間を往復して金次郎の教えを聞き、つつましい生活をし、番頭の伊三郎に任せた商売も、店員が一生懸命働いたので、次第に商売もうまくいくようになり、一家再興の曙光も見え始めてきた。


　しかし、天保十一年になると、大磯町にまたもや次の問題が起きた。というのは大磯宿駅の公式費用の負担も困難になるほど、町の財政疲弊がひどくなり、天保十一年の正月に、韮山代官江川太郎左衛門の手代の斉藤勘兵衛から、

「大磯宿が公から借りている金は、八、九百両にもなってしまったが、少しも返済されない。どうするつもりなのか、町民一人一人がその考えを書いて出せ」

　ときついお達しがあったのである。

　孫右衛門がこのことを金次郎に相談すると、

「それは絶好の機会が来たではないか。もし、あなたに余っている財産があったら、今こそ調べて差し出すべきだ。禍を転じて福となす時が来たのだと思え」

　そこで孫右衛門は、もう一度財産を調べ直した。すると現金が百十一両、米麦などの食糧その他で三百六十六両、貸付金が二百八十一両、合計で七百五十八両もあることがわかった。そこで孫右衛門は、この中から再び五百両を代官所への借金返済の資金として貸し出した。そして、孫

右衛門への返済は無利息で、十年年賦でいいということにした。それのみならず、もしその金を必要な人があれば、ふたたび貸出に使ってもいいと申し出た。

こうして孫右衛門が五百両を無利息十年年賦で肩代わりしたので、大磯宿の財政は大変楽になった。

代官所では孫右衛門のこの供出をほめたたえ、天保十一年三月に代官の江川太郎左衛門が大磯を通ったとき、太郎左衛門はじきじき孫右衛門に対面して、褒美として白銀二枚を与えた。またその後天保十一年六月に、金次郎が韮山に行ったときも、孫右衛門は供をして、太郎左衛門に面接している。

かくして孫右衛門の評判は近辺に知れ渡り、桜町や、江戸、小田原、大磯などの報徳連中が、立ち寄ったり、また孫右衛門のところは、報徳金を送ったり、受け取ったりする、資金のやり取りの中継基地のようになった。これも金次郎の感化の賜物といえよう。

第十四章　江川太郎左衛門からの依頼

（一）

韮山（現、静岡県田方郡韮山町）の仕法は、韮山の代官である江川太郎左衛門の懇望によって始まったものである。

領内の豪商多田彌次右衛門が、幕府の古金銀引替御用をつとめている間に、幕府への上納金が不足して返済に困り、それは、代官としても領内統治の上から、容易ならない問題となったからだった。

彌次右衛門は金次郎の報徳貸付金のことを聞くと、これを借用しようと、しばしば金次郎のところに行った。しかし、なかなか借りることが出来なかったので、ついに代官の江川太郎左衛門が乗り出したというわけだった。

古金銀引替というのは、幕府が金銀改鑄を行って、新しい貨幣を交付するとき、古い貨幣（金銀）を引き上げ回収するわけであり、その回収の仕事を地方の富豪の者に委任していた。ただし回収してから幕府に納めるまでに、ある程度の日数の余裕があり、その間、幕府に対しては無利息であった。そこで、委託を受けた富豪としては、この金を手許で遊ばせておくのはもったいないので、上納期限までの間、利息をつけて貸し出し、収益をあげるのが習慣となっていた。すなわち、現在でいえば、日本銀行の支店と、普通銀行の貸付業務を兼ねていたようなもので、その経済力は強大なものだった。

多田彌次右衛門は、古金銀引替の御用を勤め、その取引範囲は、駿河、遠州、伊豆、相模と手広く、韮山代官配下の取扱富豪の中では筆頭の位置にあった。古金銀上納帳によれば、文政六年に命を受けてから天保七年までの十四年間の、多田彌次右衛門の古金銀引替の扱い量は、十八万三千四百四十二両の巨額にのぼっていた。

しかし貸付というものは、金を貸すのはやさしいが、回収することは難しい。多田彌次右衛門の場合、取引地域が多いので、繁昌している時はいいが、行き詰まってくると、回収取り立ても容易でない。また彌次右衛門が所有している田圃の小作米の納入も、天保の二回の飢饉で未納者が多くなり、その面からも苦しくなっていた。

その財政面の逼迫《ひっぱく》から、天保九年の末になると、幕府への未納金が千三百八十八両も溜ってしまったのである。

だが、窮乏はそれだけではなかった。彌次右衛門はその他にもいろいろ事業に手を出しており、そちらの資金も忙しかった。生鯛御用も、その中の大きな仕事だった。生鯛御用とは、幕府の生魚納入の御用商で、伊豆、駿河沿岸の漁獲物を、江戸城へ送るのがその役目である。だから、いつでも魚の用意をしている必要があり、そのため苦労が多く、多額の資金が必要だった。

また、そうした種々の事業に関連して貸す金も多かったが、返済が停滞するのも多かった。帳簿は黒であるが現金がない、という状態である。こうした事業面の回収残金や、焦げ付いた貸付金などが積もり積もって、ついに四千七百十八両という巨大な数字になってしまったのである。

幕府への未納金千三百八十八両と併せると、六千百六両という巨額になる。幕府への未納金はいつまでも怠っているわけにはいかず、彌次右衛門は、はたと金融に行き詰まってしまった。

もっとも彌次右衛門は資産家であるから、田地だけでも四十二町四反もあった。いざとなればこれを売却すれば千五百両ぐらいの金にはなったが、そんな大きな土地をすぐ売ろうとしても買い手がない。また小作米が千百六十八俵も入ってくるので、年貢を差し引いても六百八十俵ぐらいは残る。だから、これを売ってもある程度の金は出来るのだが、それは秋にならないと実現しない。

彌次右衛門はあちこちに金策に走ったが、うまく調達が出来なかった。困っているところへ、(桜町から二宮先生が小田原藩へ来て復興事業を手がけ、無利息で救済資金を貸している)という評判を聞いた。そこで彌次右衛門は金次郎の報徳金を借りて、この急場を切り抜けようと考えた。幸い彌次右衛門は古金銀引替のために、小田原藩へしばしば出入りし、時には小田原藩から借入の御用を命じられたこともあったから、小田原藩の家臣とも面識があった。そこで彌次右衛門は、天保十年の春から冬にかけて、小田原藩の家臣に会ったり、また桜町へ出掛けて金次郎に懇願したけれども、金次郎はそう簡単には引き受けなかった。

そこで彌次右衛門は、ついに韮山の代官に頼みこんで、代官の手代から、小田原藩へ頼んでもらうことにした。しかし、天保十年十二月二十七日に、小田原藩士の坂部与八郎から、韮山の柴﨑助あてに返事がきて、

「二宮金次郎は今手がけている事業が多くて、とても韮山の方にまで手が届かないから、ご了解されたい」

と断ってきた。

しかし、彌次右衛門はあきらめず、引きつづき代官所へ頼み込んだ。代官所としても、事は幕府へ上納する金にかかわる問題であるので放置しておくわけにもいかず、ついに代官の江川太郎左衛門は天保十一年六月六日付で、金次郎へ、

（お願いしたき事業があるにつき、韮山までお出で下されたい）

と、次のような丁寧な書状を出した。


二宮様へわたくしはまだ一度もお会いいたしたことはありませんが、はじめてのお手紙を差し上げます。

暑さに向かっておりますが、御清栄のこととおよろこび申し上げます。

わたくしは五年前から代官を仰せつかり、支配所一同の進退を一身に引き受けておりますが、何事にも行き届かず、その任に堪えかねて、深く恥じ入っております。

二宮先生の御高名はつとにお聞きしておりますので、一度ぜひお宿の方へお伺いして、いろいろお教えいただきたいと思っておりましたが、なにぶんにも役所勤めの身ですので、私用で、箱根の関所を越えて他の領国へ出掛けるということが出来ません。

こちらへお出かけになるおついででもあれば、その時にお会い出来るかと待っておりました。しかし下野国の方へお帰りになるやもしれぬと聞きましたので、待ちきれずに、一度こちらへのお出掛けをお願いしようと、代理の者を差し向けた次第です。

大変失礼なことをお願いしてしまったかもしれませんが、お許しくだされ、ぜひこち

らへお出で下されますよう幾重にもお願い申し上げます。
すでにお聞きずみのこととは存じますが、今回のことはわたくし一人のためのものではなくて、支配所管内の公のための事であり、ひいては公儀（幕府）のためのものでありますので、その辺もお察しくだされ、くれぐれもお出掛けのほどよろしくお願い申し上げます。

以上

天保十一年六月六日

江川太郎左衛門

二宮金次郎様

この手紙を受け取ると金次郎は、六月六日に韮山に向かって、大磯を出発した。六月八日に韮山の彌次右衛門の家に着き、六月九日に金次郎は代官陣屋へ行き、江川太郎左衛門に会ったのである（第十三章「大磯の仕法」の中の、大磯の孫右衛門が金次郎に従って韮山に行き、江川太郎左衛門に面接したのは、この時のことである）。

金次郎と江川太郎左衛門との間で、彌次右衛門の上納金問題について協議が行われたが、田畑を売却すれば必要な金は調達できるが、一度に数十町歩の田畑が買える人もおらず、また田畑をいったん手離せば、将来一家を維持していくことが出来なくなり、さりとて親戚に資金の当てになるような者もおらず、一度で決まらなかった。

金次郎は、いったん代官所を退出していろいろ考えたが、六月二十二日になってやっと結論が出たので、ふたたび江川太郎左衛門と会い、次のような処理方法を決定した。

すなわち、小田原報徳金より六百九十四両、それに川崎屋孫右衛門が提供した報徳金の中から六百九十四両と、合計千三百八十八両を貸し付ける。それに対して、彌次右衛門の所有している田畑、三十一町六反を、担保として差し入れる。その返済資源としては、担保田地から毎年千俵の小作米が入るので、そこから年貢や経費を差し引いた四百十六俵をこれに充て、十カ年の年賦返済とする、という条件であった。

彌次右衛門は天保十二年にこの金を借りて、幕府への未納となっていた千三百八十八両を納入し、危機を脱した。まさに報徳金が多田彌次右衛門の一代を救ったのである。

（二）

さて、彌次右衛門はこうして救われたのであるが、借用した報徳金の返済については、問題が多かった。

すなわち、借りた報徳金の千三百八十八両は十カ年年賦であるから、毎年百三十八両ずつ返済すればよく、それには、担保田地から入る米の四百十六俵を充てればよかった。期限は天保十二年（一八四一）から数えて十年目の、嘉永三年（一八五〇）に完了するはずである。

ところが、六年目の弘化三年（一八四六）に彌次右衛門が死亡したので、実際にはなかなか計画通りには返済されず、完了予定年の前年、すなわち嘉永二年までの九年間に返済したのは、八百六十七両にとどまって、五百二十一両が残ってしまった。この五百二十一両を最後の一年間で返済するのは到底無理である。

彌次右衛門の死後、後を継いだ息子の藤五郎は、嘉永四年八月になってやっと、『今後七年間で返済する』と申し出た。金次郎は、これまでの約束が守られたためしがないので、承認しなかったが、しかし、それ以外に仕方がないので、承知するしかなかった。

しかしこれも、約束通りに七年間では完了されず、完済されたのはそれから十数年後の、文久、慶応の間であった。金次郎は安政三年（一八五六）に七十歳をもって没しているから、金次郎の死後、十年以上も後のことである。

報徳金を借りる時は誰でも感謝感激で大よろこびであるが、いざ返済となると、この多田彌次右衛門のように遅延して、すっきり解決しない例が多いのが、金次郎の悩みの一つであった。

第十五章　下館藩の仁政

（一）

常陸《ひたち》国下館藩（現在の茨城県下館市）の藩主の石川近江守総貨《ふさとみ》は、下館に一万三千石、河内に七千石と、合計二万石を領していた。

天明三、四年（一七八三、四）の大飢饉からこの方、人口が大幅に減り、ちなみに下館の人口は、享保の頃（一七二〇〜三〇頃）は一万人ほどだったものが、文政から天保にかけては六千人内外に減少してしまった。このため年貢も減少して、藩内は困窮し、藩主石川総貨の借金は、新古あわせて三万三千九百両にふえてしまった。利息だけでも一年間に千五百九十両を払わなくてはならなかったが、年貢収入から年々の経費を差し引けば、わずか五百九十両しか残らない。これでは利息さえ支払うに足りない金額であった。

しかし藩主は、必要があれば収入面を考慮することなく無計画に支出し、足らなければ借金で補うというやり方を続けてきたので、天保八年（一八三七）になると、家中の者に扶持米すら満足に与えることが出来なくなってしまった。

（なんとか救済する方法はないものか）

と苦悩しているところへ、隣接する桜町領での、金次郎の復興事業の成功を聞いたのである。

そこでわが藩でも、金次郎に依頼してみようと、天保八年八月十七日に、高田尉《じょう》右衛門を桜町にやって、下館藩の復興事業を依頼した。

ちょうどその頃の金次郎は、桜町の事業がそろそろ終わって、青木村をはじめ、谷田部、茂木、烏山藩などの依頼に応じる一方、小田原藩領内の救済に奔走するなど、忙しかったので、

「とてもそのような願いには応じられない」

と断った。

しかし、下館藩では一回や二回の拒絶ではこれを諦めず、天保八年十月十二日には、さらに郡奉行の衣笠兵太夫が高田尉右衛門と一緒に金次郎を訪れて、熱心に頼みこんだ。

衣笠兵太夫は情深い実直な人柄で、多くの人から人望を得ていた。その上、藩政を憂う気持が深いので、藩主からも大いに信頼され、今回の大役を命じられたのである。

しかし今回も、金次郎は仕事が多忙を理由に会わなかった。金次郎が最初から簡単に人と会おうとしないのは、勿体ぶっているからでも、意地悪からでもなかった。その依頼が『どのくらい真剣であるのか』その熱意の度合いと、復興事業への藩主の覚悟のほどを、金次郎の拒絶に対する反応の工合によって、確かめたかったからである。

天保九年九月になって、衣笠兵太夫の熱意に負けた金次郎は、やっと面会に応じた。

衣笠兵太夫は大いによろこんで、

「わが藩は年々窮迫して、借金は数万両に及び、元金、利息ともに返済する方法がありません。そのため毎年借金が増え、もはや家中の侍に給与を与えることもできません。とくに一昨年の凶作以来、困窮の極に達し、主君も家臣も、あれこれ焦っておりますが、いい考えが浮かびません。

主君は食事も睡眠も、ろくに取らずに心配しておりますが、幸い二宮先生の高徳と仁術の良法を聞いて非常によろこばれ、わたくしに藩の復興を依頼するよう命ぜられたのです。このような次第ですので、どうかわが藩の復興の方法をお教え願いたいのです」

すると金次郎は、

「わたしはいま桜町の復興に忙しくて、他の藩の事業などやる余裕はまったくありません。下館藩が困窮しているというが、困窮になるには、必ず原因があります。その基本的な原因を取り除かないで、ただ目先の心配だけを取り除こうとしても、ますます困窮を増大させるだけです。下館藩は天下の大名として、二万石を領しております。二万石も領していながら貧困だというのでは、それ以下の小禄の藩は、誰一人としてこの世で生きていくことはできないではないか。二万石の大名でありながら、そのような困窮に陥ったのは、大名としての任務を怠ったからに外なりません。

藩主のつとめは、領民に安心した生活を保証することです。それなのに大名が困窮するのは、その大名としての任務を怠ったからです。百姓が粒々辛苦して作った米を取り上げて、自分の贅沢のために使い、藩主は領民の父母であるという道を忘れてしまったからです。そのため領民は年々困窮し、耕作する力を失い、貧困に陥り、藩全体が困窮してしまったのです。それなのにその原因も反省せず、商人から金を借りて不足を埋めて、その日暮らしをしている。それのみならず自分の分限を自覚した『分度』を立てて節減することもせず、借金は国を滅ぼす仇敵であることも知らないので、ついに、そのような衰亡の極に達してしまったのです。だから、まず藩の基本方針を明確にして、仁政を行わなければ、藩の復興は出来ません」

これを聞くと衣笠兵太夫は深くうなずいて、

「まことに先生のおっしゃる通りです。下館藩は季節にたとえれば、春でも秋でもなく、いまは冬です。しかも厳冬です。この厳寒の中でどうやって仁政が出来ましょうか」

とため息をついた。すると金次郎は、

「いやいや、そうではない。陰極まれば一陽来復という。厳冬だからこそ、もうすぐ春がそこに来ているのではないか。下館藩には復興の時がやってきているのだといっていいのだ」

衣笠兵太夫は非常によろこんで、

「その春を迎えるにはどうしたらいいのでしょうか」

「万物は一つも同じところに止まっておらず、四季が循環するのと同じです。人間も富んでいると奢り、奢れば貧困になり、貧困も極限になると富に向かうのは、自然の原理です。だから困窮の極限の下館藩も、君臣ともに力を合わせ、挙藩一致、誠心誠意をもってこれに当たれば、再生出来ないはずはありません」

衣笠兵太夫は大いに感激して下館に帰り、主君の石川総貨にこれを報告した。総貨も深く同意して、家中にその旨を発表した。家臣たちも大いに賛同して、下館藩の復興事業の決意を固めた。

(二)

そこで下館藩では、天保九年十月に、家老の上牧甚五太夫を、桜町の金次郎のところに行かせ、復興事業の依頼をさせた。それに奥山小兵衛、衣笠兵太夫などが同行した。

しかし、今度も金次郎は、直ちには承諾しなかった。承諾するには、それなりの条件がととのわねばならない。それをするのが先決である。金次郎は、

「わたしがやっている桜町の復興事業は、小田原藩の先君忠真公の命令によってやっているのです。だから桜町の復興の方法は、わたしの方法というよりも、むしろ小田原藩の方法なのです。だから、まず、下館藩の殿様の方から、小田原藩の殿様の承認を得てほしいのです」

これまでの経験から、復興事業の成否の鍵を握るのは、藩主の決意如何にかかっていることを、金次郎は身に沁みて感じていた。だから、ことさら藩主の名前を持ち出し、その使命を強調したのである。

上牧甚五太夫がこの話を持ち帰り報告すると、藩主の石川総貨も、

「それはもっともなことだ」

とただちに藩主名で、小田原藩主へ、下館藩の復興事業指導の承認を求める使者を出した。すると小田原藩からは、

「二宮金次郎へは、桜町領の復興をさせている上に、最近は小田原領内のことも命じており、非常に多忙であるので、藩の方から二宮金次郎へ命令するわけにはいかない。しかし、二宮に余力があって、二宮が下館藩の委託に応じるのであれば、やってもよろしい」

という返事であった。

そこで天保九年十一月八日に、上牧甚五太夫と衣笠兵太夫たちはふたたび桜町を訪れて、

「下館藩では現在、租税の半分以上は、借金の利息の支払いに消え、家中の者へ扶持を払うことも出来ません。仁政を行うことはもちろん必要なことですが、そのような状況ですから、なかな

か領民に恵むことなど出来ません。借金を減らせば、領民に恵むことができます。どうか、まず、差し迫った借金を減らす方法をお教えください」

と熱心に頼んだ。金次郎は、

「その考え方は違っています。藩主の努めは、領民をいつくしむこと、すなわち仁政にあります。その仁政を忘れたので、下館藩は困窮に陥っているのです。それなのに、領民の苦しみを後まわしにして、目先の借金のことばかり気にする、それは本末転倒です。そのような本末転倒の依頼を、わたしは引き受けることはできません」

金次郎はきっぱり拒絶した。上牧甚五太夫と衣笠兵太夫は愕《がく》然として眼をみひらき、

「ではどのようにしたらよいのか、具体的にお教えください」

必死の形相でつめ寄った。金次郎は、

（やっと分度を話す雰囲気になってきた）

と、次の段階に話を進めた。

「借金、借金というけれども、なぜ借金がそんなにふえてしまったのか。それは藩の『分度』が明確に立っていないからです。『入るをはかって、出るを制す』という財政の大原則を無視し、金が足らなければ、一時金を借りて不足を補い、後々のことを考えないので、このような困窮を来したのです。そこで、借金の心配を解決しようと思ったら、まず藩財政の根元である『分度』を確立せねばなりません。分度がいったん確立すれば、貧富盛衰がなぜ起きたか、そして、衰廃をいかにしたら復興できるか、その方法がおのずから明らかになります」

「その分度はどうしたらわかるのでしょうか」

「それは下館藩の過去十年間の租税を調べ、その平均値を出すことです。十年間を調べれば、その中には豊作も凶作も実績として入ってきますから、この平均値が、下館藩の実力なのです。すなわち『分度』です。この分度を基準にして、毎年の支出を押さえていくことによって、藩財政の基本が確立するのです」

「わかりました」

「次にここ数年来の借金を、古い借金、新しい借金に分けて、それぞれの元金、利息をきちんと調べて、その返済方法を考えることです。そうでなければ、借金は減りません。ただちに調査の資料を下館から取り寄せ、計算が上手な家臣をここに集めて、調査、計算させなさい。そしたら、借金返済の方法をお教えしましょう」

上牧甚五太夫と衣笠兵太夫は、ただちに下館から計数に明るい家臣を桜町に集めて、調査を開始した。集められた家臣は、伊藤直記、雨森頼母、大島儀左衛門、町年寄の中村兵左衛門など、数十名の大がかりなものだった。

こうして過去十年間の計数を調べ上げ、分度を算出したが、なんといっても借金の利払いが大変であった。借金は最近でもじりじりと増えつづけて、三万三千九百両だったものが、三万五千六十六両になっており、金利だけでも毎年千六百両は必要である。利息を支払ったあとの残金で、藩の経費を賄うことなど、不可能であった。すなわち、引き続き赤字の垂れ流しで、借金が累増していった。

この赤字にストップをかけ、借金の累増を減少に持っていくのが、『分度』である。だから分度を実行するには、大幅な経費削減しかないわけである。経費削減はたんなる掛け声でなく、具体的な数字を目標にかかげて、実行していく以外にない。

そこで経費削減の目標を、江戸藩邸では十九パーセントを節約し、下館の領国の方では二十八パーセント節約することにした。その結果、下館藩内には三十カ村あるが、その中の二十カ村からの年貢で藩の費用を賄い、残りの十カ村からの年貢で、借金を返済することにした。

（三）

下館藩の分度はこうして計算されたが、下館藩の現状といえば、

（家臣に扶持米として与える米もなく、そのうち餓死者が出るかもしれない）

という急迫した状況であった。そのため金次郎は、この方を先に片付けねばならぬ破目に追いこまれた。

金次郎はとりあえず、天保十年一月二十一日に、桜町から百三十七俵の米を下館藩へ送って、急場をしのがせた。

金次郎はこうして緊急対応をしておいて、分度の実行にとりかかった。が、分度の実行には、

（挙藩一致で緊縮節倹を遂行する）

という、藩主の固い決心と、家臣の覚悟が必要である。

そこで金次郎は、下館藩の上位の家臣たちに、

（現在の下館藩の困窮を救うのは、分度を決定して、藩内協力一致して、大小にかかわらず節倹をする以外に方法がない）

と、分度の内容と、その必要性、その効果を、時間をかけて諄《じゅん》諄《じゅん》と説いた。

家老をはじめ家臣たちは、金次郎の教えを感激して聞き、

「わかりました。必ずその困難に耐えてみせます。さっそくこれを実行しましょう」

と誓った。

これを、主君の石川総貨に言上すると、

「うむ、二宮先生はよくそこまでやってくれた。二宮先生の言うのはもっともである。分度を立てて実行するしか方法がないのだとすれば、それを守るしかないだろう。これからはきびしい倹約生活に耐えねばならぬが、皆の者もそのつもりでしっかりやってくれ」

と賢明な石川総貨は決意した。

このようにして下館藩の分度は決定したので、家老を先頭に、家臣たちがふたたび金次郎を訪れてその旨を報告すると、金次郎は大変よろこび、

「下館藩は君主から家臣に至るまで天命を知り、これで藩復興の基本は固まったといえよう。ではいよいよ、借金を整理し、藩財政を再建する具体的な方法を考えることにしよう」

と引き受けてくれた。

この頃の金次郎は小田原藩の復興事業に取り組んでいたが、小田原藩の分度がなかなか決まらず、いらだち、苦悩していたときであったので、下館藩の分度決定は、殊のほか金次郎にはうれしかったのである。

金次郎が求めていたのは、君主と家臣全体への、問題意識の徹底と、分度決定への覚悟である。分度を決定すると、これまでよりは低い生活水準を強要されるから、当然苦しくなり、固い決意

が藩全体に浸透していないと、途中で崩れてしまう。それが下館藩では出来上がったのである。
だから金次郎の復興計画書を作る手にも、力が入った。計画の大体の構想は、すでに金次郎の頭の中に出来上がっていた。

金次郎は数日間、部屋にこもると、数巻の仕法書（計画書）にまとめ上げ、下館藩に提出した。

その内容を簡単に言うと次のようである。

天保十年一月の食糧は、とりあえずの処理として桜町から百三十七俵の米を送らせたが、これで解決したわけではない。

その米を買う資金をどうするのか、さらに、二月、三月はどうするのか、いや天保十年一年間はどうするのか、まず、復興のスタートの年の資金計画を、しっかり立てておく必要があった。

そこで、天保十年一月と二月の二カ月の資金は、金次郎の桜町の報徳金から無利息で貸すことにし、三月、四月、五月、六月の四カ月分は、これまで何回も藩の経費を用立ててきた下館城下の御用達商人たち八人から、無利息で調達する。そして七月、八月の二カ月分は、本家である伊勢亀山藩（六万石）の藩主石川日向守は、情け深い方だと聞いているから、そこから四百四両を、これも無利息で借り入れるように依頼する、という資金計画を立てた。

その内訳は次の如くである。

○一月・二月分

桜町より扶助米立替米金

五百五十八両（内訳、米が六百九十四俵、金が六十二両）

○三月・四月・五月・六月分

下館城下御用達商人八人からの調達米金

千三百六十四両（内訳、米が千三百十九俵、金が二百九十六両）

○七月・八月分

御本家立替金

四百四両

こうした資金繰りを立てておけば、この金はすべて無利息であるから、これによって生まれた余裕金で、借金が返済できる。そして、この返済をくり返していけば、巨大な借金も次第に減っていくわけである。

さて、案は出来たが、これを実行するのが一大難事であった。下館城下の商人や、本家である伊勢亀山藩の石川家を、説得せねばならないからである。

そこでまず金次郎は、八人の御用達商人を呼んで、下館藩の復興計画を説明し、それへの資金協力を依頼した。すると商人たちは、

「二宮先生は下館藩とは何の関係もないのに、下館藩にやってきて復興事業に尽力され、その上、多額の米や金まで贈ってくれた。わたしたちもいざ君命とあらば、家財をことごとく供出せねばならぬ立場にある者であるから、今回の申し出はよろこんでお受けいたします」

と承知してくれた。

また本家の石川家の方へは、家老の上牧甚五太夫が、分度の決定を中心とした復興計画を説明し、資金の協力援助を申し出ると、これも快く応じてくれた。

こうして資金の話がついたので、下館藩では、天保十年一年間の租税の大部分を、借金返済に

充てることが出来たのである。

(四)

こうして下館藩の復興事業がスタートしてしばらくたったある日、金次郎は家老の上牧甚五太夫に言った。

「下館藩の復興事業が始まり、分度の設定によって、藩主石川総貨公の租入は、ほぼ三分の二に減ってしまった。だから家臣の禄高も、三分の二になるように、辞退するのが臣下の道である。それなのに主君の禄高の減少も知らずに、自分の禄高が減少することばかり心配している家臣がいるのは、まことに嘆かわしい。そこで、まず藩政の中心にある家老のそなたが、減俸して、お手本を示すべきではなかろうか」

「まことにお説の通りで、恥じ入っております」

「しかし、家老が進んで減俸をしたとしても、それだけでは下級武士の怨望の声はやまないであろう。なぜならば、家老は下級武士の数倍、数十倍の俸禄をもらっている。だから、少しぐらい減俸したとしても、その困窮度は、下級武士が受けるほどひどくはない。上に立つ高禄の者が、下の者の困窮を察せずに減俸を強要しても、下の者は素直に従わないであろう」

「ごもっともです」

「そもそも家老の職にある者は、仁政を行うのが責任である。それが出来ないのなら、すぐ退職すべきである。もし退職しないのなら、ここに一つの方法があるから、それをすべきである」

「その方法とは何でしょうか。お教えください」

「それは大して難しいことではありません。家老の俸禄を、全部辞退することです。これ以外の方法で、家臣の上に立つことは出来ません」

これを聞いた上牧甚五太夫は大いに感じるところがあり、下館に帰ると、藩主の石川総貨に申し出て、禄高の三百石を返上した。

すると、これを聞いた家臣の大島儀左衛門や、小島という下級武士も大いに感動して、二人も俸禄を辞退した。

金次郎は、

「見事な出所進退だ」

とこれを賞賛した。しかし、まったく無禄では困るだろうと、上牧、大島、小島の三人の一家扶助米（食糧）だけは、特別に桜町から補給することにした。

このようにして下館藩における自発的減俸は、家老である上牧甚五太夫の率先垂範によって、下館藩全体に浸透し、多くの家臣が減俸の封書を差し出し、俸禄の中から何分《なんぶん》の献上を申し出た。中には俸禄だけでなく、その年の残米までも献上する者さえあった。


さて、金次郎は、この天保十年からは小田原藩内の復興事業に着手しており、天保十年十一月には、曽比村、竹松村の復興を行い、また天保十二年まで小田原に滞在して、三新田、藤曲、韮山、片岡村などの復興事業がつづいたので、ほとんど下館藩の方をかえりみる余裕がなかった。

下館藩の方では、とりあえず天保十年の分については、桜町や伊勢亀山の本家、下館城下の御用達商人などの資金協力によって無事に済んだが、本格的な復興事業が行われたわけではなかった。

本格的な復興事業には、天保十一年から取り掛かった。ということは、天保十一年からは復興計画で決めたきびしい『分度』を守ってやらなくてはならないわけである。

しかしその分度も、いざ実行となると、その苦しさに耐えかねて、反対者が出てきた。『分度』によれば、江戸藩邸では十九パーセント、下館の領国では二十八パーセントの経費削減をしなければならないが、二十八パーセントはとても削減できないと言い出してきた。

(計画の段階では、あれほど固かった決意が、いざ実行となると、やはり下館藩でも駄目だったのか)

と、金次郎は絶望感に捉われた。そして、

(こんなことになるのなら、桜町から米や金を援助したり、また本家や下館城下の御用達商人から、資金援助を頼んだりする必要はなかったのではないか)

と憤然とした。

こうしていざ実行という段階になって、下館藩と金次郎との間に意見の相違が出来、その調整が非常に手まどった。

そうした紛争《ふんそう》の結果、計画は立てたものの、天保十三年までは本格的な復興事業は進まなかった。せっかく家老の上牧甚五太夫が先頭に立った俸禄辞退運動も、二十八パーセント経費節減という分度も守られなかった。

しかしこの運動によって、ある程度の経費節減は行われたので、藩財政は少しずつ改善され、借金も次第に減った。計画の当初、三万五千六十六両あった下館藩の借金も、天保十四年の末には、一万六千五百両にまで減らすことが出来た。約二万両減らすことが出来たわけである。

しかし、このように改善が進んでくると、弘化元年（天保十四年の翌年）、ふたたび問題が起きた。いったん治まったかに見えた、二十八パーセント経費節減の引き下げ運動が、その節減の困窮に堪えかねて、ふたたび起こってきたのである。

そのため、藩主石川総貨は大坂勤番が終わり、江戸に帰ると、減俸復元を許した。金次郎は、「挙藩一致して不動の姿勢でやってこそ、復興計画は成功するものであるから、わたしは反対である。そんな余裕があるのなら、わたしが供出している桜町の報徳金は返してほしい」

と反対の考えを述べた。

しかし、この報徳金の返済はなかなか進まなかった。が、家臣の俸禄の一年間の臨時返上とか、資金肩替わりなどのいろいろな方法が行われて、いちおう完済の形になったのは、それから五年後の嘉永三年（一八五〇）であった。

（五）

下館藩の復興事業といっても、このように資金援助による借金減少と、分度設定による経費節減（それも『分度』通りには行われなかった）が主であって、復興事業本来の、農村の荒地開墾、農地改良などの食糧増産はほとんど行われなかった。

それは丁度この時期は、金次郎が日光神領の復興事業の方法書（御仕法雛形）を作成するのに忙しかったり、また、下館藩の方でも、せっかく分度を決定しても、なかなか守られないことに金次郎が嫌気がさしていたという、そんな事情からでもあった。

しかし嘉永五年になると、報徳金の返済もいちおう形がついたし、仕事の余裕も出来てきたので、いよいよ復興事業を始めることにした。

嘉永五年（一八五二）正月に、金次郎はその旨を郡奉行の衣笠兵太夫に伝えた。金次郎はすでに六十六歳の高齢である。矍鑠《かくしゃく》としているとはいえ、自ら陣頭に立って指揮というわけにはいかない。そこで門弟の富田高慶にその指導を任せた。

下館藩内には三十カ村あるが、この中の灰塚村（現在の茨城県下館市の内）と谷中村については、すでに若干着手されていたので、嘉永五年一月に選ばれたのは、下岡崎村と蕨《わらび》村（いずれも現在の茨城県下館市の内）であった。

選定方法は、灰塚村と谷中村を除いた二十八カ村について、どの村にするのか、一村一票の投票を行い、これによって決めた。

嘉永六年正月には、二回目の投票が行われ、蒔田村と大島村の二村が選定された。

選定された村では、村の中から勤勉な百姓を選んで表彰し、借金に苦しむ者には借金返済の資金援助をした。また家や小屋が破損している者には修理をしてやり、農具を支給し、道路を築き、橋をかけ、安定した生活が営め、農業に一生懸命励めるような措置をした。

かくして下館藩の復興事業は見事な成績を納めたのであるが、その成績の良好さは、後述する相馬藩の復興事業に次ぐといってよかった。

これを推進した人物は、上牧甚五太夫や牧志摩などの家老もさることながら、衣笠兵太夫や永島定人などの奉行、それに大島儀左衛門、町年寄の中村兵左衛門などの力によるところも大きかった。

とくに、衣笠兵太夫と大島儀左衛門の二人は、金次郎の信任厚く、金次郎が出掛けているときは、いつも桜町の留守を預かるという信頼ぶりだった。衣笠兵太夫は嘉永五年に金次郎の嫡男の彌太郎の結婚式のときには、その媒酌人になり、また同じ年に金次郎の長女文子が富田高慶と結婚した時にも、その取りもち役をした上に、金次郎の名代として相馬へ出張している。相馬藩の富田高慶を、下館藩の復興事業の指導者として迎えるときにも、下館藩主から相馬藩主への使者として、衣笠兵太夫が参上している。下館藩の復興事業の成功は、この二人に負うところが多かった。

このように嘉永五年以後、下館藩の復興事業は順調に進み、その地域も、灰塚村、谷中村、下岡崎村、蕨村、蒔田村、大島村、和泉村、中館村、下館村、江戸村、小林村などと拡がり、それにつれて下館藩主石川家の財政も次第に安泰となっていった。

それと同時に石川総貨の報徳思想への理解が深まった。そのため下館藩に報徳結社が出来、小田原社とともに、わが国報徳社のさきがけとなった。

下館藩の報徳社は、信友講といい、下館、江戸の両方に出来たが、ともに天保十四年の創立である。下館の方では最初四十七人の結社であったが、次第に増え七十人になり、江戸の方では最初十七人であったが、その後増えて四十八人にもなった。

第十六章　相馬藩の復興事業

（一）

相馬藩も多くの藩と同じように財政が行き詰まって、文政、天保の頃には、非常に財政が窮乏し、苦しんでいた。

陸奥国相馬藩（現在の福島県相馬市）の禄高は六万石である。村数は、相馬郡中村町（相馬市中村）を中心とする、宇田、行方、標葉の三郡から成り、二百二十六カ村である。

領主の相馬家は、桓武平氏の後胤で、平安時代に下総に拠ったが、頼朝が起こるや下総国相馬郡を領し、文治五年の奥州征伐に功があり、その後、戦国時代を経て徳川時代に至った、家系の古い家である。

元禄の頃には、禄高は六万石で、人口は八万人ほどだった。元禄の頃までは人口が増加し、土地が大いに開墾され、藩もこれを奨励し、そのため山や谷に至るまで田畑となり、藩内は非常に豊かになった。

しかし、隆盛のときは長続きしない。栄えれば必ず衰えるのが、世の常である。しかし、相馬藩ではこの繁栄が永久に続くものと誤認し、楽観し、田畑を検地して増税を考えた。すなわち、「わが藩がいま農業が隆盛なのは、山野を開墾して田畑とし、そこから穫れる米が多いからであり、禄高は六万石といっているが、実際はもっと多いはずである。一度検地し直して、その実態を調べれば、もっと年貢が増える筈である」

ということで、検地をし直すと、新しく三万八千石の田畑が発見された。表高は六万石であったが、実質は九万八千石にもなっていたのである。そこで、九万八千石を基準に年貢を徴収したので、年貢は一挙にふえて、藩の財政はますます豊かになった。藩士の俸禄もそれに応じて増加し、この一時の富裕状態が永久に続くものと思った。ちなみに、正徳五年（一七一五）の年貢米は、十七万五千九百十俵という巨額にのぼり、表面禄高六万石のときの年貢の、三倍近くになった。有頂天になった藩士たちは、

（相馬藩は表高は六万石でも、実質は十七万石の大名なのだ）

などと錯覚した。

古来より、国の衰亡の原因は重税にある。国が栄えるのは、百姓の生活が安定し、安定した農耕をして、豊かな収穫をあげるからである。しかし、相馬藩では調子に乗って、新しく発見された三万八千石にも年貢をかけてしまったので、百姓は農耕のゆとりをなくし、農地開墾の意欲を失い、ひいては農耕の意欲も低下して、年貢の納入力も衰えていった。それなのに藩内では節倹を忘れて奢侈に流れ、収入は減るのに支払いはふえ、それを借金で補っていった。その借金を返すために課税をふやし、ますます領民は窮乏に陥っていくという悪循環になった。

その結果、年貢米もピーク時は十七万五千俵もあったものが、六万俵台に落ち、とくに、天明と天保の飢饉の時にはその減少はすさまじく、天明三年の飢饉のときには、二万三百九十俵という惨状だった。

そのため、藩の借金は利息さえ払えず、家臣へ渡す俸禄もなく、まして領民の救済など思いも及ばず、百姓の飢渇、死亡、離散はおびただしい数にのぼり、人口は半減した。そして田畑は荒廃し、藩の借金も、文化年間には三十万両を越える巨額に達してしまった。

そこで、藩主相馬益胤《ますたね》は非常に心配して、藩復興の方策を家臣に指令した。すると地方係である郡代の草野正辰《まさとき》と池田胤直《たねなお》の二人が、

「わが藩が衰廃した原因は、節倹を守らず、奢侈に流れたからです。藩の安泰を築こうとしたら、殿みずからが節倹を行い、万民に先立って艱難に堪える以外に方法はありません。たとえ領民に命令しても、殿がみずから実行しなければ、領民は従いません」

と誠意をもって進言した。相馬益胤は、

「まことにその通りである。予もその艱難に耐えるから、そちたち二人が中心になって、藩政改革を実行してほしい。もし、従わない者があれば、予からきびしく規制しよう」

と決意をのべた。そして、草野正辰と池田胤直の二人を家老に抜擢して、改革に当たらせた。二人はこれまでの藩の財政状態を調べて、今後どの程度の財政規模でやっていかなければならぬかを想定した。その基準に従って、藩主の必要経費を減らし、家臣の扶持米も減らし、最低限度の線に財政支出の限度を設定した。

さらにそれに従って、役所の古い習慣を改め、誠実で節検を守る者を役人に抜擢し、約束を守る者を表彰し、節度を守らない者は罰し、役人の心を励まし、藩政を復興すること以外は念頭になかった。そのため家臣の中には、困窮のあまり深い意図が理解できず、家老たちや奉行などを怨む者もいたが、家老たちは動じることなく改革を実行した。

その基本的な方策としては、毎年の年貢米の六分の一を節約して、これを復興事業の資金とした。この資金で領民を保護、育成するほか、堤を築き、用水路を修復し、新しい用水路を掘り、堰を築き、他領へ逃げていた者を呼び戻して家屋を与え、食糧や農具を支給した。また、開墾した田畑については十年、十五年、あるいは二十年と、期限を切って年貢を免除し、貧乏な家の赤ん坊には養育料を与えるなどもしたので、その間の費用は莫大なものだった。

しかしその効果は実り、荒地の開墾は数千町歩に及び、民家も二十軒ほど増加した。

また、三十万両の借金も少しずつ返済することが出来、長期返済計画は目途が立つようになった。そして、艱難に堪えること十年、やっと復興の実績が上がりはじめた。

しかし、積年の大荒廃を完全に復興するのは並大抵のことではない。その復興が完成しないうちに、次の大凶事が襲ってきた。それは、天保の二回にわたる飢饉だった。

天保四年と天保七年の大飢饉は、天明の飢饉と同様に、領民に大打撃を与えた。とくに、天保七年の飢饉のときには、年貢はわずかに四千二百五十六俵に激減してしまい、六万石の大名ならぬ、四千石の藩並みになってしまった。

領民は食糧がなくて、山野をさまよって木の実を拾い、草の根まで掘って食べねばならなかった。

そのため藩では、文化・文政の復興期間に備蓄した食糧をすべて放出して、一人、一日二合五勺の米を与え、飢えをしのがせた。しかし、これだけでは足りず、大坂や、秋田、庄内などからも米を買い集めて、緊急対策を立てた。

こうして、天保四年と天保七年の二回の大飢饉を、相馬藩ではなんとか乗り切ったが、これもひとえに草野正辰と池田胤直の、二人の家老の功績というべきである。

この天保の飢饉の頃、藩主相馬益胤は、藩主の座を嫡子の充胤《みちたね》に譲った。

充胤も父の後をよく継いで、領民へは仁政を行い、藩財政の改革を熱心に進めたが、その資質は、幼少の頃受けたきびしい教育によるものだった。

充胤が幼い頃、父の益胤は充胤を溺愛したので、草野正辰はきびしくいさめて、

「あまり幼君を溺愛すると、必ず成長してから困った人間になってしまう。昔から、とかく深窓で女手で育てられた幼君は、大きくなってから贅沢《ぜいたく》で、我儘で、政治の道をあやまる者が少なくないといいます。現在の相馬藩は、藩内あげて困窮のときですから、充胤君が賢明に成人し、善政を継いでいただかなくてはなりません。だから、幼君の教育は非常に重要なのです。もし、賢君にお育ちにならねば、わが相馬藩の仁政は一朝にして崩れてしまいます。たとえ、生まれながら賢明な素質を持っておられても、きびしく教育をしなければ、その美点は育ちません。昔から藩主を継ぐ者は、きびしく教育されねばならぬと言われるゆえんです」

それを聞いて益胤は、

「なるほど、そちの言う通りである。今日からは充胤をそちに任すから、そちの思うように教育してくれ。予はいっさい口出しをしないから」

と、充胤の教育を草野正辰に命じた。

草野正辰はさっそく質素な家屋を修理すると、幼い充胤を御殿からそこへ移し、女性はいっさい近づけず、質実、誠実な武士を選んで仕えさせた。朝は未明から起こして書を学ばせ、仁義忠孝の道を教え、武道を鍛錬させた。衣類はもちろん木綿で絹は着せず、食事は一汁一菜で、艱難

に堪える教育をした。

そのため充胤は、益胤の後を継ぐに足りる、賢明な藩主に育った。

相馬藩の財政は、天保の二回の飢饉によって、振り出しに戻ってしまったので、新藩主充胤の課題は、もう一度、相馬藩を元の相馬藩へ復興することであった。

しかし、これまで復興事業のリーダーシップを取ってきた草野正辰の年令はすでに七十歳を越え、池田胤直も五十歳を越えて、この二人の力に頼ってこれからの復興事業を引っぱっていくことは不可能だった。藩内は途方に暮れた。

金次郎が相馬藩の復興にたずさわる時点までの、相馬藩の経緯を述べると、以上のような状態であった。

(二)

金次郎と相馬藩との接点が出来たのは、相馬藩がこの第二の危機に直面している時だったのである。

ちょうどその頃、桜町における金次郎の農村復興は大成功して各地に拡がり、その各地でも成功しつつあるというニュースが、草野正辰と池田胤直の耳にも入った。それを耳に入れたのは、家臣の富田高慶だった。

富田高慶は文化十一年(一八一四)六月一日、相馬藩の四十石の家臣、斉藤嘉隆の次男として生まれた。通称は久助。高慶はその諱《いみな》である。金次郎より二十七歳の年下である。

高慶は幼い頃から学問を好み、天保元年（一八三〇）十七歳のとき、相馬藩の財政難を救う志を持って江戸に出て、儒学者の屋代弘賢《ひろかた》の門に入り、勉学に励んだ。その後、昌平校の儒官、依田源太左衛門の塾生などにもなり、昼間は筆耕をし、夜間は読書に励んで、夜も寝床につかず、机によりかかって一睡するぐらいであった。

こうして、数年にして学業は大いに進み、屋代弘賢の代講までするようになったが、しかし、相馬藩の財政問題が解決できるような、実践的な学問には触れることができなかった。

（苦学十年すれども、得るところなし）

というわけで、心痛と苦学のために、ついに病床につくようになってしまった。

蘭方の名医といわれる磯野弘道の診察を受けると、

「この病気を完全に治そうとしたら、読書に励むのは禁物である。酒を呑み、肉を食べて、悠々自適の生活をし、神経を休める外に方法はない。このようにしていれば、三年たてば治るであろう」

ということだった。すると高慶は、

「わたしが学問を志すのは国を救うためです。病気のためにその志を捨てることは出来ません」

と答えた。磯野はそれを聞いて、

「たとえ志のために万巻の書を読んだとしても、病気で死んでしまえば、何にもならないではないか」

と、高慶の身を気づかった。

すると磯野弘道の門人に、常陸国真壁郡加草《かぞう》村の奥田幸民という者がいた。奥田は二人のやり

とりを側で聞いていたが、高慶の憂国の至誠に感心して、

「わたしの郷里の隣村に、物井村という村があります。その領主は旗本の宇津様ですが、土地が荒廃して人民が離散し、亡村のようになっていました。ところが、最近になって小田原から二宮金次郎という人が来て、村の復興に非常に好成績をあげた。そこで、近隣の村々が金次郎の名声を聞いて、青木、谷田部、茂木、烏山などの領主からも、農村復興を依頼されて、着々と効果をあげていると聞いております。したがって、あなたもこの二宮金次郎の教えを受ければ、その志を達成できるのではありませんか」

と教えてくれた。これを聞いた高慶は、

(それこそ自分の求めている師にちがいない)

と目が開かれる思いがした。

高慶は身のまわりの日常調度品や書籍などを売りはらって、天保十年(一八三九)六月に、桜町陣屋に金次郎を訪れて、入門を願った。高慶が二十六歳のときであった。

高慶は桜町領に入ると、加草村にある奥田幸民の家に泊めてもらった。

この頃の金次郎は、すでに小田原領の仕法にも手をつけ、また下館などからも仕法を依頼する者が、門前市をなすという有様であった。しかし、依頼にくるには、紹介者が必要であった。そこで、高田村の太助と、西沼村の丈八は、まるで周旋屋のように多くの人たちの世話をしていた。

高慶も、高田村の太助と、桜町陣屋へ出入りしている下館の畳屋源吉の二人の紹介によって、入門を懇願した。天保十年六月一日のことである。すると金次郎は、

「儒者や学者に会う必要はない」

といって入門を許さなかった。

「儒者や学者は、学んだ学問によって身を修め、国を治めることを教えればよいのである。自分は荒廃した農村を復興し、衰亡していく農家を救うのに忙しいのだ。とくにこの頃は、借金に苦しみ、日常の衣食にも困る村人が多いので、これを救うのに時間が足りないくらいである。それに引きかえ、学者はとかく理屈が多い。わたしはそんな理屈屋につきあっている暇はない」

と言って、会ってもくれなかった。

しかし高慶は、その拒絶の理由を聞けば聞くほど、

（二宮先生より外にわが師はない）

という確信がますます強まってくるのだった。そこで、

（ぜひ入門を……）

と切望して、六月四日、九日、十三日と、つづけて訪問したけれども、許されなかった。出入りの人々に聞くと、

（先生がいったん拒絶した以上は、その許可を得るのは容易なことではない。しかし熱心に頼めば、いつかは許されるであろう）

ということであった。

わずかの書籍を売った代金ぐらいでは、いつまでも生活できない。そこで、太助や源吉、名主の忠次などの世話によって、小栗村に漢学の寺小屋を開いて、その収入で生計を立て、六月一日から九月二十八日まで、実に百二十日もの長い間、入門の許可を待ちつづけた。

そんな頃、ある日金次郎が、

「あの富田という男はどうしたかな」

と門人に問うと、門人が、

「学習塾を開きながら、ひたすら、入門の許可を待ちつづけております」

と返事したので、金次郎はその熱意に打たれて、

「それでは会ってみようか」

ということで、初対面が実現した。その時金次郎は、

「お前は学者だそうだが、豆という字を知っているかな」

と聞いた。高慶は変なことを聞くものだなと思ったが、仕方なく、筆と硯を借りて、達筆で『豆』の字を書いて差し出した。

すると金次郎は、門人に倉庫から豆を持ってこさせ、縁側に、その豆と、紙に書いた豆の字を並べた。そして厩から馬をつれてくると、

「わたしの師はこの馬だ」

と言って、馬の鼻先を縁側にむけた。馬は紙に書いた豆の字などには目もくれずに、本物の豆を食べた。金次郎は、

「学者の豆はたとえ一千万字あったとしても、馬は見むきもしない。報徳の豆は、真実の豆である。わが家に来て実地の報徳仕法を学べば、相馬藩六万石は必ず復興するであろう」

と激励し、入門を許した。高慶は、

(机上の学問は、実社会では役にたたない)

ことを悟り、金次郎に心から感服した。

こうして、高慶は入門を許されるのに時間がかかったが、入門後は金次郎の信頼厚く、弟子の第一人者として、金次郎の事業をよく助けた。

高慶は後に金次郎の四大高弟の筆頭となり、三十八歳のとき金次郎の長女文子と結婚した。また弘化二年から相馬藩の仕法が開始されると、金次郎の代理としてその指導にあたり、金次郎の死後も、嫡子の彌太郎を助けて、日光仕法を推し進めた。


かくして富田高慶は、金次郎から入門を許されると、

（相馬藩を救うには、二宮先生の力によるほかはない。二宮先生の指導で相馬藩の復興をはかれば、必ず成功すること疑いない）

そう信じ、これを草野正辰、池田胤直の両家老に報告した。

これを聞くと、両家老とも非常によろこび、

「ぜひ二宮先生に藩政再建をお願いしよう」

ということで意見が一致した。

そして、藩主の相馬充胤に進言すると、充胤も非常に感心して、

「それは良法だ。ぜひ実現してくれ」

と大賛成であった。

そこで、天保十二年（一八四一）十月十八日に、郡代の一条七郎右衛門が桜町に金次郎を訪れた。富田高慶を通して相馬藩の復興事業を依頼し、藩主からの贈品を差し出した。

しかし金次郎は、

「多忙であるからそのような暇はない」

と拒絶した。一条は困惑して、富田高慶に、

「わたしは主君の命を受けて二宮先生のお教えを受けに来たのです。このまま帰ったのでは君命に背くことになり、また二宮先生のお教えを受けることも出来ません。ほんの少しでも結構ですから、お会い出来るようにしてください」

と非常に熱心に頼んだので、富田高慶ももう一度、金次郎へこの旨を取りついだ。すると金次郎はきびしく富田高慶に言った。

「わたしも、小田原藩主の命令によってこの桜町の復興事業をしているのであるから、理由もないのに相馬藩の事業をするわけにはいかない。だからたとえ会っても、これを承諾するわけにはいかないのだ」

「ごもっともです」

「だから、そなたから一条殿に申しなさい。大きい藩の復興でも、小さい藩の復興でも、その基本は同じである。その基本とは、藩の分度を決定し、その分度を基準に藩全体の復興計画を立て、仁による政治を行うことです。分度の確立が、そなたも知っているように、わたしの仕法の基本です。この分度が確立してこそ、復興事業は成功するのです。だからわたしの仕法は、分度が確立した後に実行するものであり、『分度が確立していないときには、何百回頼まれても応じるつもりはない』と、一条殿に申しなさい」

「わかりました」

「また、このように藩の基本に関するものは、藩主みずからが行うべきものである。藩主が本当

にやる気があるのなら、藩主が教えを聞きに来るべきである。しかし、藩主みずからというわけにはいかないとすれば、藩政の責任者（家老）がやって来るべきではないか。郡代の一条殿では、藩政の責任者だと、わたしは認めない。一条殿はわたしから復興の対策を聞きたいのであろうが、わたしの言いたいのは、そのような方法論ではなく、藩政の基本方針である。そもそも相馬藩には、分度が確立しておるのか」

「いいえ、とてもそんな段階にまでは、行っておりません」

富田高慶は、冷や汗の出る思いだった。

「分度も決まってないのに会う必要はない。会えばお互いが困るばかりだ」

「わかりました」

富田高慶がそう答えて、これを一条七郎右衛門に伝えると、一条も、

「二宮先生のお考えがそのように深いとも知らず、簡単に考えていて恥じ入るばかりです。さっそく領国へ帰り、藩主へ報告いたします」

金次郎は贈品も受け取る筋合いにないと言って、これを返却した。一条七郎右衛門は五日間桜町に滞在しただけで、帰国した。

一条が帰ると、富田高慶は金次郎へ、

「先生のお考えはよくわかりますが、どうして一回もお会いにならなかったのですか」

とその真意を聞くと、

「相馬藩の復興への気持はわかるが、まだその決意が浅い。だから最初の面会を断ったのだ。もう一度会いに来るようであれば、見込みはあるが、そのまま来ないようであれば、それまでであ

る。もう一度、やって来るかどうか、ためしてみたのだ」

「やはり相馬藩の復興は不可能なのでしょうか」

「いや、必ずしもそうとは考えぬ。しかし、郡代程度の人間をよこしているようでは、本気とは思われない。本当にやる気があるのであれば、必ず家老が教えを受けに来るであろう。そして、わたしの言葉を聞いて、本当に藩の分度を決定するようであれば、その時こそ、相馬藩復興の時期が来たのである」

富田高慶は、はじめて金次郎の大きな考え方、構想がわかった。

金次郎は、郡代程度の人間でなく、家老が来るようにと要求したのは、偉ぶっているからでもなく、尊大に構えているからでもなかった。藩の復興とは、口で言うのはやさしいが、実際は大変な難事業である。藩のトップ、すなわち藩主や家老たちが本気になってやらなければ成功しないことを、幾多の藩政改革の経験から、金次郎は嫌というほど身に沁みて感じていた。

だから、藩主や家老に、藩政改革の決意をさせるために、家老の来訪を要求したのである。それが出来ないような藩主や家老であれば、どうせやっても途中で挫折するに決まっているから、やらない方がいいというわけである。


その後、相馬藩の動きはどうかと金次郎は思っていたが、一年ほどは音沙汰がなかった。

その間、金次郎は天保十三年に幕臣に登用され、江戸の宇津邸（桜町領の藩主宇津氏の邸）の内に仮住いしていた。

すると、天保十三年九月二日に、相馬藩江戸家老の草野正辰が金次郎を訪ねてきた。昨年、一条七郎右衛門が帰ってより、ほぼ一カ年がたっていた。

草野正辰は金次郎に会うと、

「わたしは以前から二宮先生のご高名を承って、御教授を受けたいと思っておりましたが、今日はお会い下さいまして、これ以上の幸せはありません。わが藩の実情は……」

と、これまでの相馬藩の財政盛衰の歴史や、現状の困窮を詳細に説明した上で、

「わたしはもはや年老いて、とても復興の事業をなしとげる力がありません。どうか相馬藩の再興のために、二宮先生のお力をお貸し下さい」

と誠意をこめて懇願した。すると金次郎は、

「昨年、貴藩の一条七郎右衛門が来られたときも申し上げましたが、藩の政治を要約すれば、『取る』ことと、『施すこと』の二つになります。取ることを優先すれば藩は衰え、施すことを優先すれば藩は栄えるのです。相馬藩の政治は、取るのを優先するのか、施すのを優先するのか、どちらなのか、ということになります。施すことを優先すれば、藩の復興は必ず達成できます。

田を作り食を求めて施せば
命あるものみな服すらむ

草木でさえも、よく肥料を与えれば、よろこんで生長するのです。百姓だってそうなのです。与えなければ従いません」

「まことにおっしゃる通りです」

「これを中国の例で言うならば、与えるときは、古代中国の聖王とたたえられる堯舜《ぎょうしゅん》となり、取るときは、殷《いん》の最後の暴君といわれる紂《ちゅう》となりましょう。ところがいまの世は、租税を取るこ

とを第一とし、与えることを後まわしにしています。これでは、民は安心して働きません。相馬藩がたとえ困窮していても、この施すことを先にすれば、必ず復興します。まず施すことを先にすることです」

「わかりました。相馬藩ではその『施すを優先する』政治をいたします。ところで、藩内にある数千町歩の荒地を開発するにはどうしたらいいでしょうか。その方法をお教えください」

　すると金次郎は、

「それは小さなものを積み上げて、大きなものにする、それしか方法がありません。また、それが一番いい方法なのです。いま日本の国には何億何万町歩という田畑がありますが、これも一鍬一鍬耕し、それを積み上げたものです。一鍬一鍬積み重ねて怠らなければ、何万町歩の荒地といえども開発可能です。荒地を開墾するには、荒地をもってするのが、開墾の常道です」

「えっ、荒地をもって荒地を開墾するとは、どういうことですか」

「たとえば、最初の一反の荒地を開墾するのに、一両かかるとしましょう。その一反から穫れた米を次の荒地開墾費用に投入し、これを毎年重ねていけば、最初の一両だけで、何万町歩の荒地が開墾できるのです」

　草野正辰は、はじめてそのような話を聞き、感激して帰った。そして、

（わたしは年齢も七十四歳になってしまったが、わたしの人生の晩年に二宮先生のような偉大な人物に会えたのは、非常な幸であった。これからはその教えにしたがって、相馬藩の復興に生命をかけよう）

　と固く心に誓った。

金次郎の方でも草野正辰のことを、

「わたしはかねてから草野正辰の忠誠ぶりを聞いていたが、会ってみると、外見はおだやかであるのに度量はひろく、識見は高邁《まい》である。わたしの言うことを、流れる水を吸いこむようにすぐ理解するのは、卓見である証拠である。この人が相馬藩の政治をにない、私の言う方法によって行えば、相馬藩の復興は難しいことではない」

とほめたたえた。

（三）

草野正辰は、金次郎に会って、

（これでやっと念願の藩政復興が出来る）

と思うと、心も躍らんばかりで、さっそく帰って藩主の相馬充胤にその旨を報告した。

すると充胤も非常によろこんで、

「昨年、郡代の一条七郎右衛門を二宮金次郎のところにつかわしたと聞いていたが、その後、音沙汰がない。どうしたのかと思っていたのに、それはよい知らせじゃ」

草野正辰は金次郎からさとされた、藩政の考え方、復興の方法論などを、くわしく報告して、

「このように二宮先生はまことに傑《けつ》出した人物で、もし古代の賢人にたとえれば、周の太公望にたとえられましょうか。そのような偉大な人物が、相馬に近い下野国（桜町）に居ようとは、思いもよりませんでした」（太公望は世を嫌って釣を楽しんでいたが、周の文王に認められ、武王

を助けて殿を討った人）

「うむ、まことにそうじゃ」

「昔から、言うことは立派なことを言うが、さてその人が何をやったかということになると、実際の活動面では大した実績を残していない人が多いものです。しかし、二宮先生は違います。二宮先生はその教訓が偉大なこともさることながら、これまで数多くの藩財政改革の実績を残しておられます。たんなる学者、論客ではありません。実践家です。したがって、殿が礼を厚くして二宮先生を迎え、相馬藩復興を依頼されれば、その成功はまちがいありません」

藩主の相馬充胤も大いに感銘して、

「予も相馬藩がかつての隆盛期に戻り、民の平安を願うほかは、何も考えておらぬ。そちの言う通りであれば、二宮先生はまたと得られない偉人であろう。さっそくこのことを国許に命令して、二宮先生指導による復興事業を始めてくれ。すべてはそなたに一任する。責任をもって成しとげてくれ」

草野正辰は御前を退出すると、ただちに筆を取って、金次郎の、高徳、誠意、その事業の方法論、実績などを記すとともに、相馬藩の復興を金次郎に依頼するようにとの藩主の命令も記して、国許家老の池田胤直に送った。

また草野正辰は、国許へそのように手配すると同時に、江戸藩邸においても、金次郎のことを熱心に説き、説得につとめた。

しかし、大勢の人間を説得するということはなかなか困難なことである。どこにも必ず、素直に受け入れない者がいるものである。相馬藩の江戸藩邸にも、

「御家老は二宮なる人物をほめすぎる。今の世の中に太公望のような偉人がいる筈がない」

と、あざけり、信じない者も多かった。しかし、草野正辰はくじけることなく、何回も何回も説得をくり返して、次第に賛同者をふやしていった。

一方、草野正辰から書面を受け取った相馬藩国許では、家老の池田胤直も大いによろこんで、

「わたしも一度、二宮先生にお会いして教えを受けたいと思っていたが、なかなかその機会がなくて残念だった。ところが今回、江戸で草野殿が二宮先生にお目にかかり、このような書面が来るとは、わが藩の幸せであり、わが藩の復興の時期が到来したというべきである。二宮先生に依頼すれば、わが藩宿願の復興も必ず達成できるであろう。ただちに家臣にこれを知らせることにしよう」

池田胤直はただちに家臣を集めて、書状の内容を説明し、相馬藩の復興事業を金次郎に依頼することを話した。

しかし、国許においても、危機意識が低いためか、反対意見が強かった。

「わが相馬家は、代々この地を治めて六百年になり、その間に盛衰はあったが、一度も他から力を借りたことはありません。上下力を結集して難局を乗り越えてきた。たとえ二宮の力がどんなに抜群であろうとも、わが藩の長年の民政の力に、まさることがありましょうや」

という意見で、自分の藩への誇りからすれば、当然のことかも知れなかった。

「それに二宮の業績について調べてみますと、いろいろ疑わしい点が少なくありません。その一は、二宮は昔の聖賢に匹敵する人物だといいますが、いまの世にそのような聖人がいるはずがありません。その二は、二宮は復興事業をはじめるとき、最初に、そのための資金（種金）を贈っ

て始めるといいます。二宮の『貧国の中で財を生み、それによって富国とする』という方法が、本当の良法であるのなら、どうしてそんな種金が必要なのか。また、わが藩がいくら困窮しているといっても、そのぐらいの金はあります。それなのに二宮が金を出すのは、世によく言う『取らんがためには、まず与える』のたぐいではないか。第三は、藩財政が困ってくると、一般に後先の善悪も考えず、目先の利益だけを考えて、処理してしまいがちだが、わが藩もこれにならうと、とんでもない事になる。いったん二宮に藩政を依頼し、失敗したら、大きな憂いを後世に残し、天下に恥をさらすことになります。また、二宮は幕臣に登用されているといいますが、昔から金の力で地位を得た者も少なくありません。二宮もそのたぐいかもしれず、本当に賢明なる人物であるかどうか疑問です。したがって、偉人だという虚名にまどわされて、大事な藩政をゆだねるようなことなく、従来のわが藩のやり方によって一生懸命やっていった方が、たとえ進歩度は遅くても間違いはありません。江戸家老の草野様は心がひろく、実直な方なので、二宮の巧みな弁舌にだまされておりますが、これはお年のせいではありますまいか。以上の点をよく考える必要があります」

そこで池田胤直は、さらに熱心に家臣をさとした。

「おのおの方の考えには一理あるが、二宮先生の事業の実績を実際に見ていないので、そのように思うのである。二宮先生は、小田原藩主大久忠真公の命令による桜町の復興事業のほか、数多くの事業を手がけているが、いずれも見事に成功している。幕府に登用されたのも、その実績が評価されたからである。決して、おのおの方が疑うようなものではない。二宮先生の実績を疑うのなら、よく調査すればいい。そうしたならば、本当であることがわかるばかりか、同時に偉大な業績であることを発見するであろう。昔、賢い君主が国を治める場合、賢明な人物がいると、たとえ身分は卑しい者であっても登用して、政治を担当させたものである。賢人のほまれある二宮先生に教えを願い、藩を復興するのは、藩主充胤公の美徳でこそあれ、決して屈辱ではない。賢人を登用する場合、成功か、不成功か、などと疑っていたのでは、賢人を登用することはできない。また賢人といえども、地位を得なければ、事を成しとげることはできない。

そこで、とりあえずわが藩内の一、二カ村を、二宮先生にお願いして、それが如何に行われるかを、見るのが一番よいのではないか。いたずらに疑って、日数がすぎてしまうのは得策ではない。江戸家老の草野殿は度量、識見、ともに卓抜の方であるから、人を見る眼に過ちがあろうはずはない。殿も賛成されているのだから、すみやかに二宮先生に依頼すべきである」

と池田胤直は力説した。それでも家臣は、なかなか承知しなかった。彼等は、

「わたしたちは私心をもって言っているのではありません。藩のためを思えばこそ言っているのです。でも、草野、池田の両家老がどうしても実行するというのであれば、いたし方ありません。わたしたちは付いていくことが出来ませんから、どうか他の人たちに命じてください」

それを聞くと池田胤直は笑って、

「何を申すか。おのおの方とわたしとは、藩政を三十年も一緒にやってきた仲ではないか。いま二宮先生の良法を行おうとするのも、藩の安泰を願えばこそである。長年忠勤を励んできたおのおの方を退けて、復興事業を進めようとは決して思ってはおらぬ。しかし、おのおの方の決意がそのように固いのであれば、とにかくそれを、江戸の草野殿に報告することにいたそう。おのおの方がそう反対されるのは、まだ時が至らぬからかも知れぬ」

と池田胤直は評議の次第を、江戸家老の草野正辰へ報告した。

書面を受け取った草野正辰は、大いに嘆いて、

「今は国家百年の大計を立てている時である。池田胤直の言うように家中の者が全員承知して行うのが万全の道であるが、これを待っていたのでは、機を失する。日暮れて道遠しである」

そう考えると、ただちに次のような返事を池田胤直に送った。

「藩をあげての大改革を行う場合には、多くの人間の意見を聞いていたのでは、遂行するのが困難である。凡人の見るところ、千里の遠きに及ばないからである。それなのに家臣たちが、たんに二宮先生が疑わしいという理由で同意しないのは、藩の永久の安泰を妨害する者といわざるをえない。そう考えると、長年忠勤を励んできた忠臣といえども、不忠の臣といわざるを得ない。不忠の者を退け、賢人を登用しなければ、六十年衰微してきた相馬藩を再興することは出来ない。領国の家臣の進退については、殿は以前から貴殿に任せているのだから、ただちにそのような者の処分を決め、相馬藩の基本方針を決めるのが急務である。評議の次第にこだわってぐずぐずしていれば、藩復興の大事業が止まってしまう。わが藩の復興は、家臣の心にあるのではなくて、貴殿（池田胤直）の心ひとつにあるのである」

この草野正辰からの返事を受け取った池田胤直は、大いによろこび、力づけられて、ふたたび家臣を集めてその書面を見せ、よく説得した上で、

「意見があれば申し出てほしい」

と言った。家臣たちの中には、次第に、草野、池田両家老の意見に賛成する者も出てきたが、それでも依然として反対をとなえる者も多く、評議は決定しなかった。

一方、江戸藩邸では、このようにいつまでも事の決しないのを見るに見かねた藩主の相馬充胤は、ついに家老の草野正辰を呼んで、

「凡人はいつも眼の前のことにこだわって、事の本質が見抜けない。いつまでもそんな者の意見にこだわっている必要はない。国許の者は、百里をへだてた遠くから二宮のことを伝え聞いているだけだから、二宮の人物がよく理解できないのだ。藩の政治はそなたと池田に任せてあるのだから、ただちに、池田を江戸に呼んで、二宮に面会させて、すみやかに事を運ぶように」

と英断を下した。

草野正辰はすぐに使いを出して、池田胤直を江戸へ呼んだ。

そして、相馬充胤は池田へも、

「二宮先生の教えにしたがい、草野と力をあわせて相馬藩の復興を推進するように」

と強く命じた。

天保十三年（一八四二）十二月十二日、草野正辰、池田胤直、それに勘定奉行の阿部俊助たちが、金次郎を訪問した。

そして池田胤直が、

「相馬藩の困窮については、これまで草野の方からくわしくお話しした通りですが、わが藩はいくら財政再建しようとしても、財力に限りがあり、窮民は限りなく、荒地も限りない。『限りある財』で『限りなき需要』に応えなければならないのですから、いくら一生懸命やっても成功しません。どうか二宮先生の良法、妙法をお教えください」

と懇願した。すると金次郎は、

「成功しないのは、藩の『分度』が確立していないからです。分度を立ててこれを守れば、財は限りなくあり、領民はことごとくその恩恵を受けて、荒地は開発され、復興事業が成功することまちがいありません。だからあなたのように、『財に限りあり、需要に限りなし』と言うべきではない。逆に、『財は限りなくあり、窮民や荒地は限りある』と言うべきである。分度を立てれば、分度以外の余剰（財）が年々出てくるわけで、毎年累積《るい》していくその財力を使えば、窮民を救い、荒地を開発することは難事ではない。ところが、藩復興の基本である分度が確立していないのでは、毎年の年貢はすべて消費され、底のない桶に水を注ぐようなもので、復興にまわす余財が生まれてこないのです」

「よくわかりました」

「だから、相馬藩の分度を確立することが先決です。そのためには、過去十年ないし二十年間の租税を調査して、それを平均すれば、分度となすべき数値が出てきます」

金次郎の実績、体験から出た具体的な説明に、草野正辰も池田胤直も深く感動して、

「これで迷いの霧が晴れました。やっと相馬藩は宿願を果たすことが出来ます」

と深く頭を下げた。

両家老はよろこんで江戸藩邸に帰り、藩主に報告すると、藩主充胤もさっそく自筆で金次郎あての依頼書を書いた。両家老がこの依頼書を金次郎のところに届けると、金次郎はそれを読んで、

「藩主の相馬公がこのように仁の心が厚く、忠臣が多ければ、藩の復興はまちがいない」

と嘆賞された。

それから池田胤直は急いで国許相馬へ帰り、家臣たちにこの旨を伝えた。

それでも国許では、いまだに疑いを抱いて、あれこれ議論がたえず、政策は決定したのだが、すぐには実施できなかった。

しかし、池田胤直はあきらめずに誠意をもって説得につとめたので、時間がたつうちに、次第に賛同者もふえていった。

第十七章　藩の分度の確立

（一）

金次郎は、弘化元年（一八四四）四月五日に、日光神領開発調査を幕府より命じられ、その開発申答書を作成することになった。それは三年後の「富国方法書」（仕方雛形六十四巻）として完成するのだが、その作業は容易ならざる大作業であったので、住居を西久保の宇津家の邸から、日本橋石町にある前田瀛洲の借宅に移した。そして、門を閉じて来訪する客には一切会わず、中答書作成に没頭した。

中答書作成には大勢の人手が必要だったので、草野正辰は紺野織衛などを連れて、連日のように訪問しては作業を手伝った。さらに、同じ年の七月六日に作業場を、芝田町の海津伝兵衛の隠居所へ移したとき、その周旋をしたのも草野正辰だった。

このように、草野正辰や池田胤直たちは、金次郎と非常に懇意の間柄になっていたが、金次郎は中答書作成に忙しくて、なかなか相馬藩の復興事業にまで手が廻らなかった。しかし金次郎から、

（復興計画の基本は藩の分度の確立）

にあり、その分度の計算には、

（過去十年間の租税の実績の調査）

が必要であると教えられていた。

そこで、草野正辰や池田胤直たちは、自発的に過去の資料の調査を始めた。

そして、なんと明暦二年（一六五六）から弘化元年（一八四四）まで、過去百八十八年という長期間の資料を調べ上げたのである。これを金次郎に見せると、さすがの金次郎も驚いて、

「荒廃している藩というものは、とかく帳簿などの整理もいい加減で散逸しており、わずか二、三十年間の租税といえども、はっきりしないことが多い。それなのに、百八十八年もの長い間の記録を調べることが出来たというのは、相馬藩が古い歴史を持つ藩であるとはいえ、実に感心したものだ。この数字の中から分度の数値を決めれば、必ず適切な分度を求めることがまちがいなく出来るだろう」

と、やっと本格的に乗り出してくれた。

金次郎はこの資料を使って、日夜よく考え、反復計算して、『円相』によって相馬藩の分度を計算した。円相による計算とは、六十年をもって一周期とするのである。したがって、百八十年では三周期となる。しかし相馬藩の場合、この三周期は、陽から陰へ、盛から衰への、三周期である。したがって、最初の六十年（一期）は盛時であり、中の六十年（二期）は盛衰の中間であり、後の六十年（三期）は衰時となる。この盛衰の平均値をもって、相馬藩の分度とするわけであり、それにしたがって、今後六十年間で、藩政復興をしようという計画であった。

この三周期の年度別の租税収納の平均を計算すると、次の数字となった。

第一期　　十四万七十九俵

第二期　　十一万八千六十四俵
第三期　　六万三千七百九十三俵
　右平均　十万七千三百十二俵

この数字の実績を見ても、相馬藩百八十年間の、陰陽、盛衰は明瞭である。

金次郎は、この数字の中から、いずれを分度にすべきかといろいろと考えたが、結局、第三期の数字に、最近十カ年の実績とか、その他の数値をいろいろ加減して、相馬藩の分度を、（六万六千七百七十六俵）

と決定した。

復興事業計画は、今後、六十年間の長期にわたるわけであるが、それを十年ずつ区切って、一期、二期、三期、四期、五期、六期の六期間に分けた。

この六万六千七百七十六俵という分度は、この復興第一期、十年間の分度である。だからその間、この分度よりも多くの収納があれば、これは分度外余剰として、領内復興の費用として使うことが出来る。すなわち、道路を直し、橋をかけ、用水排水を整備し、民家の屋根を替えたり、灰小屋、木小屋、便所を修理し、あるいは借金を返済し、あるいは荒地開墾の費用、農具の購入など、領内復興のための費用にあて、一部を天災飢饉のための食糧として備えるわけである。

そして、復興第一期の十年がすぎた時点において、この分度を見直すわけである。第一期の十年間の開発復興によって、租税力が増加するはずであるから、その分を第一期の分度に加えて、第二期目の分度とするわけである。

この分度を中心とした計画書を『為政鑑土台帳』といい、合計八冊で成り立っていた。

出来上がった為政鑑土台帳を見ると、草野正辰や池田胤直はじめ、他の家臣たちも、

（これでやっと相馬藩の復興計画書が出来たわい）

と感激した。そして直ちに藩主相馬充胤にこれを報告すると、藩主も、

「さても二宮先生は、相馬藩の領土へ一回も行ったこともないのに、このようにわが藩の数百年の歴史や現状を、あたかも掌を指すが如くに解明されたとは、さすがに智慮が深遠宏大である。まさにわが藩の復興の方向はこれで決まったといえる。これにしたがって行えば、復興は必ず成功するであろう。すぐ実行するように」

と指示した。

（二）

家老の池田胤直は、藩主の命令を受けると直ちに国許へ帰り、復興計画書である『為政鑑土台帳』八冊を家臣たちへ見せ、金次郎の計画をくわしく数字を示して説明した。すると、これまで反対していた家臣たちもはじめて賛成し、

「では、どの村から復興事業を始めるかを決めて、二宮先生にお願いする必要がある」

ということで、その村の選定作業に入った。

議論が百出し、なかなか決まらなかったが、多数の意見では、山中郷の草野村がいいということになった。

理由は、山中郷は高山の谷間にあり、夏も気温が上がらず、冬はもっとも寒いところである。

そのために三年に一度は穀物が実らず、したがって貧民が多く、戸数は減少し、田畑は荒廃し、極めて困った村である。だから、

（草野村を復興事業の第一号にしよう）

と決めて、金次郎に願った。すると金次郎は熟慮した末に、次のように言った。

「報徳仕法は、よい者をほめ、よくない者に、これをならわせるやり方を主としている。善人をほめれば、不善の者もこれにならって、よくなるのだ。論語（顔淵篇）にも『直《なお》きを挙げて枉《まが》れるを措くときは、枉れる者をして直からしむ』とある。（曲がった人を罰するよりも、正直な人間を抜擢し、曲がった人間はそのままにしておけば、やがて曲がった人間も正直な者を見ならって、正直な者になる）。一つの村を復興するにも、この考え方が必要である。だから、最初の村を選ぶときは、他の村の手本になるような村を選ぶべきである。そうすれば、他の村も感化されて、復興が拡がっていく。水は高いところから、低いところへ流れていくように、物事はすべて善を先にする方がいいのである」

金次郎の人世に対する基本的な考え方に、草野正辰や池田胤直たちは、次第に頭が下がった。

金次郎はさらにつづけて、

「復興事業第一号の村は、困窮している村を救うためにやるのではなくて、相馬藩全体の村の復興の模範になる村を作るためである。だから、最も、復興事業の効果があがる村を、選ぶべきである。草野村は城下から七里も山の中にあり、夏も気温が上がらず、冬は厳寒という特殊地域にあるから、たとえ復興事業が成功しても、他の一般の村の模範とはなりにくい。また、草野村復興には非常に金がかかる。草野村に使う金があれば、他の村を五つも六つも復興できる。だから、

最初に手がける村は、復興する価値が高く、かつ経済的効果の高い村から選ぶべきである」

と草野村の復興に、金次郎は賛成しなかった。復興村を選定するにも、その波及効果や、復興事業の効率性、などの見通しの上に立って選定する金次郎の眼は、現代の経済性に通じるものがある。

金次郎の説明を聞いた草野正辰は、自分の考え方の至らなかったことに愕然《がくぜん》として、今度は山の中でなく、もっと中央にある村を選定し直すように命じた。

そこで役人たちは、もう一度評議して、

「領内の中央に、小高郷があるが、その中の大井村と塚原村の二村がもっとも適当ではなかろうか。大井村は貧しくて人々の気風が悪く、怠惰である。報徳仕法でこの気風を一変させることが出来れば、よき手本になるであろう。また、塚原村は海岸沿いなので、田畑に海水が入って、廃田になってしまっている。これを報徳仕法によって良田に変えることが出来れば、報徳仕法のすばらしさを世に伝える恰好の事例になるであろう。よい村を復興すれば、効果は上がるかもしれないが、そんなことは誰にも出来ることであって、わざわざ二宮先生に頼むまでもない。大井村、塚原村のような困った村を復興してこそ、他の村の模範となるのではあるまいか」

ということで、今度は大井村と塚原村の二カ村を金次郎のところへ依頼した。

金次郎はだまってこれを聞きながら、

（相馬藩の者たちには、復興の模範村という意味がちっともわかっていない）

経済の効率性というものがまったくわかっていないのだった。

（しかし、これ以上言っても、今の段階では無理であろう）

と思い、いちおうは承諾する形にした。

しかし、承諾はしたものの、金次郎はいつまでたっても、大井村と塚原村の復興事業を開始せず、何度懇願しても、

(幕府からの日光神領の仕事が忙しくて暇がない)

と着手もしなかった。金次郎は、

(相馬藩の家臣たちが、自分の本当の狙いを理解するまでは、もう少し待つより仕方がない)

と思ったのである。そして、家臣だけでなく、領民からも復興の熱意が盛り上がってくるのを待つ必要があると思った。今はまだ海の水が引いている。もう少し潮の高まりが欲しい、舟を出すには少し早い、そうした心境であろうか。


金次郎の態度が、復興計画をまるで無視しているようなので、草野正辰や池田胤直たちは心配して、

(これは、まだわれわれの誠意が足らないからだ)

と、地方の代官たちに推進策を説いていると、一つの動きが出てきた。

代官助役の高野丹吾は、かつてより、宇多郡成田村と坪田村の二カ村の復興を代官から命じられていた。それで、この二カ村へ住民の移住をすすめたり、農業の復興をはかったり、非常籾囲いを作ったりしたので、少しは効果が上がりはじめていた。しかし、もともと貧しい村なので、目ざましい効果が上がらずに苦しんでいた。

そんなとき高野丹吾は、金次郎の話を聞いたので、大いに感動した。高野丹吾は、

（二宮先生の報徳仕法によってやれば、成田村、坪田村の復興は成功まちがいなし）

と考え、村民に呼びかけると、両村の名主をはじめ村民も大賛成だった。

しかし、金次郎に依頼するには、村民の誠意を示さねばならない。それにはまず、自分が範を垂れねばならぬと、高野丹吾は籾五十俵を復興資金として供出した。すると両村の名主をはじめ多くの有志者も、これに感じて、相応の米や金を供出して、誠意を示した。

そして、成田村、坪田村の戸数、田畑の面積、荒地の面積、村民の貧富の度合いなどを調査し、復興事業歎願書とともに、家老の池田胤直のところに差し出した。

復興事業が壁にぶち当たって困っているところへ、このような歎願書が出てきたので、池田胤直は大変よろこび、

「さっそく高野自身が江戸へ行って、二宮先生に会ってお願いするように」

と命じ、富田高慶あてに紹介の書面を書いた。

高野丹吾はこの書面を持って江戸へ行き、江戸家老の草野正辰に会い、そして草野正辰と高野丹吾は、弘化二年（一八四五）八月十三日、金次郎に会った。金次郎が五十九歳のときである。

金次郎は、

「成田村、坪田村の両村が、そのように率先して誠意を示してきたのは賞賛すべきことである。では、さっそくこの両村から始めよう」

と、やっと復興事業へ腰を上げてくれ、草野正辰も高野丹吾も大いによろこんだ。

金次郎は、とりあえず成田村についていろいろ調査した結果、『成田村日掛縄索手段帳』という復興計画書を作った。しかし、金次郎は多忙でとても相馬へは行けないので、弘化二年十一月

六日に、金次郎がもっとも信頼する富田高慶を、金次郎の代理として、高野丹吾とともに相馬に派遣した。

二人は、弘化二年十一月二十三日の夕方、相馬に着き、十一月二十六日に登城して、藩主の相馬充胤に面接した。

そしてその後、毎日のように役所で復興事業のやり方について、打ち合わせをした。十二月一日には成田村に出張し、高野丹吾の家に、勘定奉行、出張代官、村民一同を呼び集めて、復興事業の内容をくわしく説明した。そして、まず勤勉な者を十二人、投票によって表彰した。受賞者はもちろん、村民一同、感激の涙を流し、ありがたさにその夜は眠られない者もいた。また十二月三日には、家の屋根の痛みのひどさを投票によって決め、三軒の屋根を修繕するようにした。

十二月四日には、今度は坪田村へ行き、成田村でやったのと同じように村民を集めて説明した後、ここでも二十一人を表彰し、また屋根の修繕なども申し渡した。

さて、この両村の復興費用であるが、二年目以後になれば、復興による増収の余剰分をこれに当てることが出来るわけであるが、着手の第一年目にはこれがないわけである。そこで、藩主の充胤や金次郎たちの拠出金によって、まかなったのである。

その内訳は、充胤が百両、金次郎が二百両、富田高慶が二十両、富田一族から四両、草野正辰が三両、池田胤直が三両、若年寄村田平左衛門、郡代野坂源太夫、郡代一条七郎右衛門、勘定方紺野織衛がそれぞれ一両、代官助役高野丹吾が十一両、丹吾の父親が二両、丹吾の兄が一両、その他をあわせて、合計三百五十二両と、米二俵であった。

また成田村、坪田村などで、準備貯蓄していた金七十二両と、米九十俵余がこれに加えられて、総計で四百二十四両と米九十二俵が用意されたのであった。富田高慶が拠出した二十両は、藩から給与された扶持、旅費、役料などを貯蓄したものだった。

この間、もともと病身な富田高慶は風邪をひいて苦痛であったが、十二月二十三日にはいちおう仕事も一段落したので、休養することが出来た。しかし年を越すと、またすぐ起き出して、弘化三年一月五日からは、ふたたび活動を始めた。

すると村にうれしい異変が起こりはじめていた。これまでは成田村の村民も、坪田村の村民も、正月は半ば頃まで、酒興におぼれ、遊びほうけていた。しかし、今年はちがっていた。富田高慶が早朝より廻村しても、そのような様子はまったく見られず、正月二日から、縄ないを始め、正月四日からは、山野へ入って薪を取り、柴を刈り、農作業を始めていた。

このように成田村、坪田村の復興活動が、活発に動き出すと、その評判は四方に拡まり、かつて復興の筆頭候補に上がっていた、小高郷の大井村や、塚原村が、

「復興事業はわが村の方が先に決まっているのに、成田村や坪田村の方が先に実施されたのはなぜであろうか」

と疑問を持った。そして、成田村や坪田村のやり方を調査、研究して、

（復興事業というものは、上からの指示を待っているだけでは駄目で、村民みずからが積極的に動かなければ駄目なんだ）

と悟った、その誠意を示すために、米や金を復興資金として供出して、復興事業の開始を請願してきた。

このように形勢も次第に熟してきたので、富田高慶は弘化三年三月十八日に江戸に行って、金

次郎に相談し、大井村と塚原村の復興事業も、弘化四年一月から開始された。

（三）

かくして相馬藩の復興事業は、成田村、坪田村に続いて、大井村、塚原村と、四カ村に及んだ。当時の一村は、ほぼ数十戸で構成されているのが普通だったが、その他の村々でもこの四カ村の復興事業の様子を聞いて、

（自分たちの村にも、早く復興事業をやってほしい）

と申し出る村が多くなった。そして、その熱意を示すために、米や金を集めて用意した。たとえば、宇多郷の赤木村や立谷村、中の郷の二十二カ村、小高郷の十二カ村、北標葉《しねは》郷の高瀬村などであった。

池田胤直は、この動きを大いによろこんで金次郎に報告し、さっそくこれらの村々の復興事業の開始も依頼した。すると金次郎は、

「大きな事業をするには、急いではならない。数十カ村を一時に行えば、どれも中途半端になり、失敗してしまう。最初に選定した村を徹底的に復興し、それが完成したら、次へ進むべきである。広大な復興計画を行うのであるから、一時に数十カ村を行うのは不可能である。これが大事業を成功させる鉄則である」

こう言って、池田胤直の願いを簡単には受け付けなかった。しかし、各村からは熱心に要望してくるので、金次郎もその熱意に打たれて、

「それでは、その中から五カ村だけ選んでやることにしよう」と、弘化四年三月に、赤木村、立谷村、村上村、深野村、高瀬村の、五カ村の復興事業が開始されることになった。

さて、復興事業の第一次村として、弘化二年にスタートした成田村は経過が順調で、嘉永三年までのわずか五カ年間で、村の荒廃は治まり、負債なども整理されて、復興事業は完了した。その結果、飢饉に備えて籾八百八十四俵を、備蓄することが出来た。

また成田村に並行して行われた坪田村は、成田村より戸数が多いので、二組に分けて施設された。そのため成田村より時間がかかったが、これも経過は順調で、安政元年までの十年間をもって完了した。坪田村でも飢饉用に、籾二千二百四十二俵を備蓄することができた。

この成田村と坪田村の二カ村は、その後の復興事業を行う村の模範例となった。

第二次村である大井村、塚原村の復興事業は弘化四年一月に始まったが、九カ年間を要し、安政二年九月に完了した。

復興第三次の五カ村は弘化四年に着手されたが、赤木村は嘉永五年までの六年間、立谷村は安政四年までの十一年間、村上村は嘉永三年までの四年間、深野村は安政元年までの八年間、高瀬村は嘉永三年までの四年間と、完了期間に長短はあったが、それぞれ良好に完了した。

相馬藩の復興計画は、六十年という長期遠大なもので、実施に当たっては十年ずつ区切って、一期から六期までを想定した。成田村から高瀬村に至る九カ村は、その復興事業期間は様々であったが、弘化二年から安政四年までの約十年間のうちにほぼ完了しており、この九カ村をもって第一期は終了した。

しかしこの第一期、九カ村の復興は、他の村々にも波及効果を及ぼして、領内全体でも、荒地の開発が進み、収穫高もふえ、分度外の余剰米もふえた。

さて、復興事業の第一期が完了したということは、相馬藩の六万六千俵という分度も、ここで完了したわけである。分度も改定する必要がある。そこで金次郎は、

「第一期復興事業が好成績で、米の収穫量もふえてきたから、第二期の相馬藩の分度は少し引き上げることにしよう」

ということで、六万六千俵から七万俵へと少し引き上げた。すなわち、相馬家としてはこれまでより四千俵だけ年貢がふえたわけである。これによって十年間我慢させていた家臣の給与もいくぶん増額することが出来たので、これまで復興事業の効果はどうかと疑問を持っていた家臣たちも、金次郎の報徳仕法に納得した。

この相馬藩第一期（最初の十年）復興計画の成功を、金次郎は次のようにのべている。

「相馬藩の復興事業は、わたしは幕府の仕事が忙しくて、一度も相馬の地に行くことが出来ず、江戸や桜町から指揮するだけであった。それなのに第一期の復興計画が見事に成功し、藩内が一変するほどの成功を納めたのは、君臣、領民が一体となって勤めたからである。今後もこのまま復興計画を実行していけば、やがては藩全体の復興はまちがいなく達成されるであろう。

わたしはこれまで三十余年、いろいろな藩の復興計画を行ってきたが、藩主が分度を守らずに、途中で中断してしまったものも多い。十年も連綿と分度を守り通したのは相馬公だけである。ただ残念なのは、復興計画の推進者で大忠臣ともいうべき、草野正辰、池田胤直のお二人が、復興

事業の完成を見ることなく、お亡くなりになったことである。しかし、藩内には二人に匹敵する大忠臣が大勢いるから、その中から次の忠臣を選んで、二人の意思を継いでいけば、相馬藩の将来は大丈夫である」

（四）

さて、相馬藩の復興計画は第一期から、第二期へ入ったわけであるが、その方法、内容は、第一期と変わったことをやるわけではない。これまでやってきたことと同じことを着実に実行し、その実施する村の数を着実にふやしていくだけであった。

その実施村を年次別に記すと次の如くである。

嘉永二年　益田村、行津村、鴻草村、渋川村
嘉永三年　横手村、中渡村、樋渡村、大堀村
嘉永四年　今田村、鶴谷村、矢川原橋村、長塚村、南幾世橋村、北幾世橋村
嘉永五年　権現堂村、岩子村　富澤村、小野田村、川添村、角部内村、大甕村、北尾形村、黒木村、馬場野村、大曲村
嘉永六年　本笑村、原釜村、尾浜村
安政元年　下浦村
安政二年　南鳩原村、浦尻村、川房村、下羽鳥村、岡和田村、田尻村、末森村、棚塩村、信田

澤村、程田村、和田村、北飯渕村、西山村、黒木村、長柄村
安政三年　草野村
安政四年　上羽鳥村、中田村、山田村、酒井村、北鳩原村、伊手村、雫村、寺内村、日下石村、南飯浦村
安政五年　浮田村、下太田村
安政六年　鹿島村
万延元年　北高平村、小谷村
文久元年　上海老村、北海老村、小池村、橲原村、立野村、新山村、永野村、北永野村、新田村
文久二年　椎木村
文久三年　飯崎村、中村村、嘉倉村、刈宿村、南右田村、小島田村、北新田村、中太田村、牛來村、谷津田村、石熊村、松迫村、熊村、佐山村、郡山村、細谷村、女場村、水谷村、小泉村、小野村、寺澤村、松倉村
元治元年　請戸村、小丸村

以上九十三カ村を第二期として実施したわけであり、第一期九カ村を加えると、合計で百二カ村が実施されたことになる。相馬藩内の村数は二百二十六カ村であるから、全村の四十五パーセントが実施されたわけである。

こうして、第一期は安政二年に終了し、第二期は慶応二年に終了し、つづいて第三期に入った。

しかし、第三期に入ると、時代はすぐ明治維新となった。そして明治新政府の考え方は、徳川幕府時代の方式のものは、中止するという方針であったので、相馬藩の復興計画も、残念ながら途中で中止となった。

明治四年に調べた報徳役所の統計によると、着手してから二十七年間の相馬藩の復興事業の業績は、次のようになっている。

一、分度外産米　二十四万八千二百二十俵
一、開墾田畑　一千三百七十九町歩（この費用二万千百八十両）
一、堤防と堰の工事　百余カ所（この費用　千百四十両）
一、溜池　六百九十二カ所（この費用　一万九千四百両）
一、溝渠工事（大が八、小が百）（この費用　一万七千六百二十両）
一、褒賞金　六千六百七十両
一、新家作　五百七十三軒（この費用　二万五十両）
一、屋根の修復　八百八十一軒（この費用　四千四百両）
一、穀物備蓄倉　五十二棟（この費用　二千六百両）
一、馬屋　千五十三棟
一、灰屋　七百四十一棟（この費用　一万三百両）
一、窮民救助米　一万四千八百二十俵
一、備蓄籾　七万千二百四十三俵
一、無利息年賦貸付金　二万四百三十九両

無利息年賦貸付米　一万五千俵
一、人口増加　二万千七百十五人
一、戸数増加　千百三十五戸
一、租税（米）増加合計　十万二千八百七十二俵

右のような莫大な費用を投じることによって、大きな効果もあげたのである。

なお相馬藩の復興事業が成功したのは、金次郎の報徳仕法の指導を得たこともさる事ながら、相馬藩に傑《けつ》出した人材が揃っていたことも大きな原因だった。

すなわち、藩主が相馬益胤と相馬充胤の、仁政と決断力に富んだ君主が二代つづいたことに加えて、報徳の仕法に生涯をかけた名家老、草野正辰、池田胤直の二人がおり、さらに彼等の周囲に、報徳仕法に力を注いだ門人、信奉者が蝟《い》集していたからである。

草野正辰については、これまでの記述の中で随所に記したが、ここにそれをまとめて摘記する。草野家は代々軍学をもって仕え、百五十石を受けていたが、正辰は生まれつき豪胆《たん》で、粗暴の行いがあるということで、一時罰せられたことがあったが、文化十年に許された。相馬藩の困窮を救うには、草野正辰をおいて他になしということで意見を求められ、その献策が受け入れられた。その後昇進して家老となったが、その頃の相馬藩は財政の危機にあり、三十万両の借金に苦しんでいた。当時、草野正辰は江戸家老をつとめ、池田胤直が国許家老をつとめていたが、両者はよく連絡をとりあって報徳仕法を行い、相馬藩復興事業を成功に導いた。草野正辰と池田胤直は、相馬報徳仕法の双璧と称せられる人物である。が、相馬復興事業の途中で、草野正辰は弘化四

年に七十六歳にて、池田胤直は安政二年に六十五歳にて死去した。

しかし、この二人が死去しても、相馬藩にはその後を継ぐ人材が揃っており、復興事業の推進に不便なことはなかった。その人材はほとんどが金次郎の門人であり、そうした意味において相馬藩の成功は、富田高慶の立案実施と、金次郎の間接指導という、両者のコンビネーションによる賜物といってよかった。（金次郎は相馬藩の仕法中、日光神領の開発や、病気などのことが重なり、一度も相馬の地に赴いたことはなかった）。

仕法指導者の富田高慶と斉藤高行の二人は、金次郎の四大弟子の中に教えられる人物であったが、その他にも、相馬藩で二宮門下に出入した者は数十人にも及んだ。その主な者を記すと、
高野丹吾、斉藤松蔵、志賀三左衛門、大槻久蔵、荒　専八、伊藤発身《はつみ》、大槻小助、新妻助惣、錦織良蔵、佐々木長左衛門、山中小左衛門、熊川兵庫、錦織壽助、山中四方八、紺野織衛などである。

彼等は数年間、二宮門下へ留学をしたり、あるいは何回も金次郎の指導を受けに往復した。富田高慶と斉藤高行が最も秀でているのはもちろんであったが、伊藤発身は、事務手腕、外交手腕が天才的であった。荒専八は土木工事の技術にすぐれた力を持ち、新妻助惣と佐々木長左衛門は、後年、幕府の要請によって北海道に行って、開発の任務に当たった。

このような、大勢の熱烈な報徳信奉者の努力によって、相馬藩復興事業は成功したのである。

明治維新になってからも、相馬では従来の仕法がひきつづき継続されていたが、明治四年の廃藩置県によって、政府の財政方針が変わった。

問題はそのときの士族の生活保障であった。相馬の中村県が廃止されて、平《たいら》県に合併され、磐《いわ》前《まえ》県になると、旧藩主は廃されて、士族の前途に光明がなくなった。

富田高慶は、農業一本に打ち込んできたこれまでの経験を生かして、四百四十余戸の士族を、すべて帰農させた。荒地を開いた田畑の一町歩ずつを、各人に支給したのである。士族は満足した。その後、すぐ明治政府も士族の帰農を奨励したが、相馬のように見事に処理された例は、ほとんどなかった。

もっとも廃藩置県後、一時、県に仕法を移して全県単位で実施する案もあったが、これを指導していた西郷隆盛が郷里鹿児島に引退し、渋沢栄一などはこれに反対した。そのため、相馬藩は政府の方針に従わざるをえず、富田高慶は明治十年（一八七七）に『興復社』を自主的に結成し、仕法の一部分である開墾だけを相続する、民間団体にその方法を移した。

しかし他方、旧相馬藩の君臣の間には、昔通りの仕法を廃止すべきではない、と強く主張する者が多かった。それで、引きつづき旧藩主の経済を分度によって賄うこととし、相馬仕法の第三期が、慶応四年（一八六六）に始まって、明治九年（一八七六）に終わった。さらに、第四期の仕法が明治十年（一八七七）に始まり、明治十九年（一八八六）に終わることにした。富田高慶と二宮尊親（尊徳の孫）の両名は、相馬子爵の依嘱によって、明治十九年（一八八六）に始まり、明治七十八年（一九四五・昭和二十年）までの、六十年間の分度を確立した。富田高慶はそのような大きな功績を残し、明治二十三年（一八九〇）一月五日、相馬郡石神村にて、七十七歳で没した。

第十八章　幕臣への登用

（一）

相馬藩復興事業の記述で、話が先へ行きすぎてしまったが、時点を天保十三年（一八四二）に戻すと、天保十三年という年は、相馬藩家老の草野正辰がはじめて金次郎を訪れた年である。この時金次郎は五十六歳になっていた。

この四月、金次郎は諱《いみな》を『尊徳』と名乗った。正式な呼び方は『たかのり』であるが、後世、『そんとく』と呼ばれるのが一般的になった。

この頃の金次郎は、小田原藩の復興事業にも入っていたが、天保十三年七月十一日、桜町陣屋にいた金次郎のところへ、突然、小田原藩の江戸藩邸から急飛脚が届いた。書状の内容は、

（近く幕府の代官である総州（千葉県）在職の篠田藤四郎殿から、依頼があるはずであるから、連絡あり次第、すぐ江戸へ来るように）

とあり、そして、

（この件は、老中水野越前守忠邦殿からのお達しでもあるから、そのつもりでいるように）

ということであった。ただ、その用件の内容が何であるかは、書いてなかった。

そして、豊田正作や小路只助などを一緒につれて来てもよい、ということだった。豊田正作は

十数年前の桜町の復興事業では金次郎の事業に反対し、金次郎を大変困らせたが、いまはすっかり改心し、金次郎の忠実な弟子の一人になっていた。

すると、天保十三年七月二十五日に、篠田代官からの公文書が金次郎のところへ届いた。その内容は、

わたしが所管している総州（千葉県）の村々は、水害が多くて領民は難渋しており、見るに忍びざる状態であるので、救助策を立てたいと思っている。貴殿は治水について非常なお力をお持ちと聞いており、各地でも新しく川を掘ったりして業績をあげていると聞くので、ぜひ、とくと相談にのっていただきたいことがある。

ついてはわたしの勤務地である上総国周准《すす》郡富津《ふっつ》御備場へ、ご苦労ながらお越しくだされたい。何事も領民の永年の宿願を果たすためであるので、よろしくお願いいたす。

ということであった。そして追記として、

（八月上旬までは富津に居る予定であるから、是非来てほしい。来る前に江戸に着いたなら、裏四番町通飯田町火消脇のわたしの留守宅へ寄って、手代の長山孝之助に会ってくれれば、よく仔細がわかる）

と書き添えてあった。

この書面によると篠田藤四郎は、金次郎を偉大なる農村復興者というよりも、たんなる治水や水理の技術者として評価し、その力を管内の治水に利用しようとしているのだった。

金次郎はとりあえず、

「明日（七月二十六日）出発します」

という返事を出した。


すると、同じ七月二十五日に、またもや小田原藩から金次郎のところへ書面が届いた。それは、

（老中水野越前守様よりお召しがあるので、準備が出来次第、ただちに江戸へ来るように）

という、金次郎呼び出しの通知だった。

この通知は、幕府勘定奉行から小田原藩へ指示があり、それによって小田原藩が発したものである。小田原藩は七月二十一日付で発したが、金次郎のところへは、篠田藤四郎からの書面と、同じ日に届いたわけである。

この二つの書面の内容が、一つの用件なのか、それとも別の用件なのか、金次郎には判別がつかなかった。が、とりあえず江戸へ行くことは絶対必要だと思われたので、豊田正作、小路只助、富田高慶、名主の忠次以下、二十七人の総勢で、桜町から江戸へ向かった。

江戸に着くと、ただちに芝にある小田原藩邸へ直行した。すると、

（小田原藩からの書面は、幕府勘定奉行からの直接のお達しによるものであるから、篠田代官の方は後まわしにし、勘定奉行の方を先にせよ）

と指示された。そこで七月三十日の朝、金次郎は豊田正作、忠次をつれて、勘定所へ出頭した。

すると、

「八月二日の午後、勘定奉行の岡本近江守の役宅へ出頭せよ」

と命じられた。金次郎は指定の日、小田原藩留守居役の日下部春右衛門といっしょに、岡本近江守の役宅へ出頭した。

岡本近江守と金次郎との面談は、まるで真剣勝負のような緊張感で行われ、夜になってやっと終わるという、内容の濃いものだった。岡本近江守は老中水野越前守の指示により、幕臣登用のための、金次郎の人物鑑定を行ったのである。金次郎はもちろん合格した。

なお金次郎の幕臣登用は、小田原藩が推薦したからだという説がある。金次郎を敬遠した小田原藩が、幕臣に推薦して、金次郎を小田原藩から追い出そうとした陰謀だというのである。

しかし金次郎の幕臣登用は、小田原藩の推薦に加えて、幕府の代官篠田藤四郎や、青木村の領主川副勝三郎の筋につながる、勘定吟味役の根本善左衛門からの線など、三つの糸が水野忠邦のところに集まって、登用ということになったので、小田原藩だけの陰謀ではない。水野忠邦は、金次郎のことについては、以前、同じ老中職にいた大久保忠真から、いろいろ業績などを聞いていたから、ただちに賛成したのであろう。

しかしちょうどその頃、水野忠邦は日光東照宮へ参詣中であったので、すぐその手続きをとることが出来ず、

(しばらく沙汰を待つように)

ということで、時間がかかった。それは水野忠邦自身が、登用の前に、

(二宮金次郎の報徳仕法はよい手法だとは思うが、これまでいろいろな方面から聞いているだけで、まとまった話を聞いたことがない。そこで一度、本人からじっくり話を聞きたい)

と強く希望して、その日程の調整に手間どっていたからだった。

その対面の予定がやっと天保十三年十月二日と決まった。が、その当日になって突然中止になった。それは小田原藩が、

「二宮という男は年中木綿の着物を着て、礼儀も知らず、報徳元恕金《がんじょきん》という貸付金を取り扱っているだけの人間であるから、老中首座ともあろう者が対面する人間ではない」

と強く反対したからだった。

小田原藩が推薦しておきながら、対面に反対するとはおかしなことであるが、それは、

（対面した金次郎が、必要以上に自分を売りこむようなことがあっては困る。また、対面の場で、金次郎が小田原藩のことをいろいろと批判して、それを老中首座が真《ま》に受けるようなことがあっては困る）

と、金次郎の対面を危惧したからであろう。

こうして予告があってから二カ月近くも待たされた挙句、水野忠邦と金次郎の対面は中止となってしまったのである。十月二日に金次郎は呼び出されて、

（幕府の御番帳入取扱）

を申し渡された。金次郎は正式に幕臣となり、勘定奉行の配下に入ることになったのである。

十月三日になると小田原藩邸から、

「御剪紙《きしがみ》到来につきまかり出でよ」

という連絡があった。出頭すると、家老の杉浦平太夫から、

「この度、幕府の御普請役格に召しかかえられ、御切米二十俵二人扶持を下される旨、水野越前守様からの書面によって通知されてきた」

と申し渡された。

引きつづき、小田原藩主大久保忠懿の御居間書院で、裃《かみしも》一揃いと、小袖一着が授与され、これまでの業績を賞賛され、幕府での新任務に励むよう言葉を賜った。

そして金次郎は、陪臣から幕府の直臣となったわけであるから、その所轄《かつ》も変わり、小田原藩江戸留守居役の日下部春右衛門から、幕府御請役元締の小田桂門太へと変わった。

十月十七日に金次郎は起請文を提出するなどの手続きを完了したが、このとき金次郎は桜町、小田原、烏山、下館、谷田部、茂木など多くの復興事業に関係していた。それで幕臣となってからも、これをそのまま続行してよいものかどうかが問題になった。

そこで金次郎は、今後はこれを取り止め、各藩が幕府に申請して、了解を取りつけた藩のもののみを取り扱うこととした。そこで各藩が幕府へ、金次郎による復興事業の継続を申請したところ、

（谷田部、茂木以外は、差し支えなし）

とのことで、引きつづき継続することにした。


さて、金次郎が幕臣に取り立てられたといっても、金次郎が配属されたのは、幕府直轄地や直轄河川を担当する、いわば土木建設部門にすぎなかった。そこには『元締』や『取締』がいて、その下にたくさんの『御普請役』がおり、その下にあるポストが金次郎に与えられた『御普請役格』なのだった。

このポストを見てもわかる通り、金次郎が評価されたのは、これまで数多くやってきた『藩の復興事業の成功』が認められたのではなくて、たんなる『土木技術』にすぎなかったのである。

このような組織と身分待遇の中では、金次郎の全能力が十分発揮できよう筈はなかった。案の定、金次郎に与えられた仕事というのが、

（利根川分水路疎通工事実施調査）

という土木技術の仕事だった。

すなわち、天保十三年十月十七日に、金次郎は幕府より、利根川分水路疎通工事実施調査を命じられ、代官篠田藤四郎の所管領内にある、印旛沼付近の実施調査をすることになったのである。これによって、篠田藤四郎からの通知と、勘定奉行からの通知が、一つの用件なのか、別の用件なのか、不明であったが、同じ用件であることがわかったのである。

（二）

老中首座の水野越前守忠邦による、幕政を刷新せんとする天保改革は、天保十二年（一八四一）から始まったが、その中の大きな柱の一つに、利根川の治水と、下総印旛沼の開鑿《かいさく》工事があった。

印旛沼は利根川下流の右岸にある、面積二十七平方キロの沼であったが、近世に入り利根川の水系が確立するようになると、利根川遊水池の役割を果たすようになった。利根川は洪水期に増水すると、印旛沼にむかって水を逆流させ、利根川の増水を吸収したのである。

しかし、それが嵩《こう》じると、今度は印旛沼が氾濫して、沿岸の村々が水びたしになって被害を受けた。これをなくすには、印旛沼から江戸湾（今の東京湾）に向かって運河を掘り、あふれた水

を海に落とすしかなかった。そのため、これまでにも幕府は、享保九年（一七二四）と天明五年（一七八五）の二回にわたり工事を行ったが、地盤が軟弱で難工事のため、いずれも失敗した。だから今度は、その難工事を、名声の高い金次郎にやらせようというわけであった。

しかし、運河の開鑿は、ただ沿岸の冠水を除くだけでなく、同時に、沼の近辺の河川を深くして満水を落とすのであるから、沼は自然に乾いて良質な土地となり、下総地帯だけでも十万石の新田を開発することが予想できた。

だが更に、メリットはそれだけではなかった。江戸湾に面した検見川村あたりから堀を掘って、手賀沼から印旛沼へとつなげ、それをさらに利根川に通じれば、江戸湾から鹿島灘（太平洋）へ通じる水路が出来るわけである。

この頃、諸国の物資は、繁栄の極に達した江戸へ集まっていた。その輸送は主に船であり、西よりのものは伊豆半島を廻って江戸湾に入り、東北からのものは房総半島を廻って江戸湾に入った。

東北からの貨物輸送の難所は房総沖だった。ほぼ十回に一回は房総沖で海難にあい、難破したので、仙台藩の二十万石、南部藩の三万石、その他津軽、山形、秋田、庄内などの米の輸送は、十分の一の損害は覚悟しなければならぬ、惨状であった。そこで、江戸湾と太平洋を結ぶ水路が出来れば、房総沖を通らずに運搬できるわけで、便利この上ない。

さらにこの頃は、黒船がさかんに来航し、不穏な空気が強くなっていた。万が一、江戸湾が外国船によって封鎖されるようなことがあれば、東北地方の物資をこの水路で直接江戸へ運ぶことが出来るという、戦略的な意味も見込まれていた。

である。

このような意図の下に、水野忠邦は印旛沼開鑿工事を、天保改革の重要な柱の一つとしたので

そして工事の総監督を、町奉行の鳥居耀蔵に命じた。

しかし工事は、非常な難工事の上に、莫《ばく》大な費用が必要だった。

工事地域の中ほどに、高山と名づけられた、高い岩山があった。これを掘るのは、固い石を掘るより大変だった。また海べに近いところに天神山という小山があったが、この二つの山の間は土地が低く、かつ泥土で、その深さを測ることが出来ないほどだった。その泥土はいくらさらっても、底から湧き出てきて、少しも減らなかった。

そのため幕府の中でも意見の対立が起きて、慎重な対応が必要となってきた。そして、

(誰か優秀な技術者を使う必要がある)

ということで、水野忠邦が白羽の矢を立てたのが、金次郎だったのである。そこで、金次郎を幕臣に登用して、御普請役格に任命し、利根川の分水路開鑿の調査計画を命じたのである。そして、その地域を所管する代官が篠田藤四郎であったので、藤四郎に金次郎との接触を命じたのである。水野忠邦からのお達しと並行して、篠田藤四郎からの書面が金次郎のところに届いたのは、こうした背景があったのである。

水野忠邦が金次郎を幕臣に登用したといっても、その偉大な農村復興の識見と力量を評価したのではなくて、たんなる治水にくわしい技術者として認めたにすぎなかった。金次郎としては、はなはだ不本意だったにちがいない。

金次郎が調査命令を受けたのは、天保十三年十月十七日である。そこで、十月二十一日に調査

に出発したのだが、実地を調査すると、非常な難工事であることがわかった。

しかし、急いで報告しろ、ということなので、現地を調査しながら報告書をまとめ、十一月十五日に江戸へ帰ると、すぐ報告書『利根川分水路掘割御普請見込之趣申上候書付』を提出した。

その内容は次のようなものだった。


この工事は歴史的な難工事であり、かつその地域が広いから、影響を受ける領民の数が非常に多い。また、大工事であるから、時間がかかる。そのため地域領民の合意と、協力が絶対必要である。それがなくては成功しない。これまで享保、天明と、二回やっても成功しなかったのは、領民の協力がなかったからである。

その領民の協力を得るためには、その対象地域の農村をまず復興し、領民の生活を安定させてから始めるべきである。水路掘割工事は、その基礎ともいうべき農村振興事業が成功すれば、必ず成功する。

次に、工事の資金として十四万両を必要とするというが、まずその中から六千六百六十六両を、地域村民を協力させるための、開発撫育資金に使うべきである。

次に十万両は五カ年年賦で領民に貸し出し、領民の生計を安定させた上で、工事を進めるべきである。残額は繰越し、第二年には第一年分の返金と合算した中から、第一年目と同様に六千六百六十六万両を開発撫育資金として貸し出す。そして、第七年目より毎年、六千六百六十六両を掘割工事に充当すれば、水路掘割工事を継続する間は資金がなくなることはない。こうすれば、元金十万両は永久に減少させることなく、また開鑿料も毎年支出することが出来る。

というような金次郎独得の正攻法の報徳仕法であった。

すなわち金次郎は、

（これは容易ならぬ難工事であるから、じっくり腰を据えてやらねば絶対成功しない）と思ったのである。そのためには、まず沿道の貧乏な村々を豊かにすることから着手しなければならない。その村人たちの心を開発し、工事を推進する協力体制を作ることが先決問題である。予定されている工事費の十四万両をわたしに任せてもらえば、沿道各村の建て直しをやりながら、工事が何十年かかろうとも、新たな資金を投下せずに、かつ財源を産出拡大しながら、工事を完成することが出来ると論じたものであって、それにいくつかの技術的説明を添付したのである。干拓によって生業を失う沿岸漁民の不満にまで配慮したもので、そのために仕法が完成するのに十五年を要するという、気の長い計画であった。

しかし、水野忠邦は事業の進行を急いでいる。出来れば突貫工事で、一、二年で完成させたい。この事業は農村復興のためにやっているのではない。村民の利益のためにやっているのではない。工事資金をまず農民に貸すなどということは、とんでもないことである。

貸した金を回収して循環させることによって、資金がなくならないようにする、などということをくどくど述べているが、水野忠邦に言わせれば、十万両の金がなくなれば、幕府の力で金を調達して注ぎこめばいいのである。金のなくならない工夫より、工事の工夫が必要なのである。

水野忠邦は運河掘割の技術的設計書が出来てくるものと期待していたのに、金次郎が提出したのは、『周辺農村の道徳経済たて直しの仕法書』とでもいうものであった。

そのような悠長な水路開鑿報告書は、事の成否を急いでいる水野忠邦の要望に沿えるものではなかった。

せっかくの金次郎の案は、採用されなかった。

もちろん金次郎は、水野忠邦がこの印旛沼開鑿事業を天保改革の一環として功を急ぎ、短期決着型の土木工事の具体的な計画書を要求していることを、当然知っていたはずである。知っていて、採用されない案をわざと提出した。

それは短期決着型では、形はついても、基本的な問題は解決しないからだった。水野忠邦の方は、開鑿工事が進んで、用水路や干拓が出来れば、それでいいのである。それが、水野忠邦の功績になる。しかし金次郎の考えは、それによって周辺の村民が豊かにならなければならない。村民が豊かにならない工事というものは、金次郎にとって何の価値もなかった。だから、金次郎の計画としては、『農村復興を土台にした印旛沼開鑿工事計画』という長期計画にならざるをえないのだった。

ところが、水野忠邦の頭の中には、村民への配慮など一切ない。言ってみれば水野忠邦の政治には、民に対する『仁』がないのである。そこが金次郎の考えと一致しなかった。だから、

(そうした仁政に立脚しない計画では、わたしは協力できません)

という主張を、『採用されないことがわかっている案』を出すことによって、主張したのではなかろうか。

予想した通り、金次郎の計画など水野忠邦は見向きもしなかった。幕府の財政は危機に瀕し、

諸大名の経済破綻も目をおおうばかり、海外からは黒船が押し寄せ、一刻の猶予も許されない、そんな緊迫した状態を打開するための天保改革であるから、金次郎ののんびりした案など採用する暇はないのである。

結局この工事は、幕府勘定所の地方技術者などを中心とした従来通りのやり方で、五つの藩が工事を受け持つことになった。そして、翌年(天保十四年)七月に着工され、毎日五万人の人夫が動員されるという大工事が展開された。しかし、厖《ぼう》大な人夫と、二十五万両という巨額な資金を使いながら、あまりの難工事のために、なんらの成果もあげられなかった。そして、水野忠邦の失脚を機に、天保十四年九月に中止されてしまった。

水野忠邦が失脚したのは、天保改革の最後の目玉である上知令《あげちれい》(江戸、大坂周辺の、大名、旗本の領地を、幕府の直轄領にしようとする計画)が、対象となる大名、旗本はもちろん、農民、商人、ついには幕閣内部からの反対によって、天保十四年九月に撤回され、老中を罷免されたからである。天保の改革は失敗し、これで終了した。

水野忠邦失脚によって、勘定吟味役の根本善左衛門も罷免された。根本善左衛門は金次郎を幕臣に推薦した人間であったが、しかし、金次郎には何の咎《とがめ》もなかった。これは金次郎の提出した印旛沼開鑿計画書が不採用になったことや、金次郎がたんなる土木関係の技術者にすぎないと、軽く見られていたからであろう。

しかし、金次郎が罷免されなかったのには、陰で小田原藩の罷免防止の動きがあったからでもあった。小田原藩がそのような働きかけをした理由の一つは、金次郎の報徳仕法に対する評価の問題である。

小田原藩では、報徳仕法の実施を正式に藩としては許可しなかった。しかしそれは、報徳仕法の価値を認めなかったのではなくて、金次郎の手にかかると、報徳仕法と、藩の分度設定がドッキングされてしまうので、認容できないのだった。

だから、分度が設定されなければ、小田原藩にとって報徳仕法は、勧農の法、農村復興の法として、良法なのである。そのことを、小田原藩は十分認識していた。小田原藩は金次郎は嫌いであるが、報徳仕法は好きなのである。だから、小田原藩は金次郎が罷免されることによって、その影響が報徳仕法にも及び、報徳仕法がこの世から消えてしまうのをおそれたのである。

すなわち、金次郎を救うのではなくて報徳仕法を救いたかった、その結果、報徳仕法と表裏一体となっている金次郎の罷免がまぬがれた、ということではなかろうか。

だが、小田原藩が金次郎罷免防止に動いたもう一つの理由には、金次郎が小田原藩に戻ってくるのを、阻《そ》止する狙いがあったのではなかろうか。

金次郎は幕臣となっているが、罷免されて、もとの小田原藩士に戻れば、小田原へ帰ってくる危険がある。金次郎の幕臣登用については、金次郎を小田原藩から遠ざけるために、小田原藩が推薦したくらいである。それがまた、帰ってきてしまったのでは、元の木阿弥である。金次郎が罷免されなかった裏には、このような小田原藩の複雑な動きもあったのである。

それを裏付けるように、後日、すなわち三年後の弘化三年（一八四六）に、小田原藩は金次郎が小田原に戻るのを徹底的に封じようとして、小田原藩における報徳仕法の中止と、小田原からの金次郎の追放を決めるのだった。

金次郎は、老中筆頭水野忠邦の意図によって幕臣となり、天保改革の一環である印旛沼開鑿の工事団に組み入れられた。しかし、金次郎の提出した計画書は受け入れられず、幕府内で金次郎のする仕事はなくなってしまった。

また金次郎の仕法は世間から非常に要望されているというのに、幕臣になったために、多くの藩の復興事業から手を引き、それをすることが許されないのである。なんという皮肉、矛盾であろうか。

(三)

そんな金次郎のところへ、幕府の直轄領である下総国岡田郡大生郷村《おおのごう》(現茨城県水海道市)を復興するために、現地を調査し、一村復興の計画書を提出せよという命令が、天保十三年十二月二十日に出た。

大生郷村は、かつて民家が百九十七軒もあったのに、今では九十八軒と半分に減少し、田畑の半分以上が荒地となり、荒廃の極に達していた。幕府は心配して天保十三年に救済のための巡視を行い、至急救済する必要があると感じて、手の空いている金次郎のところへ、その仕事が廻ってきたのだった。

金次郎は、年が明けた天保十四年一月二十一日に江戸を出発して、一月二十二日には大生郷村に着いた。一月二十三日には村内の事情を聞き、一月二十四日には村内を一巡し、一月二十五日から二十七日までの三日間、村内の状況をよく調べた。

聞いていた通り、村民は目も当てられないほど貧しく、田畑は荒れはて、民家は破損し、衣食は貧しく、普通に収穫のあった年でも、村民は飢えて青菜のような顔をしていた。

そこで金次郎は、ふたたび一月二十八日と二十九日の両日、村内を巡回すると、悲しみの色を顔に浮かべて、

「もう季節は早春で、温かな毎日がつづいているというのに、この村の貧苦の様子を見ると、きびしい寒さの中にいるようで、身体がわなわなと震えてくる。この村人も同じ人間である。それなのに、どうしてこんなに貧困にあえいでいるのであろうか……」

そう嘆き悲しんで、篤農家を表彰し、困窮者には金を与えてこれを救った。

二月二日に江戸に帰ると、復命書を下勘定所に提出した。

復命書の内容は、『大生郷村の村勢の大要と、村民の気風についての報告』と、『大生郷村復興の方法書』の二部に分かれ、全体七冊で構成されていた。

復興計画の骨子は、これまで金次郎が各地で行ってきた復興事業方法と同じで、幕府の補助に頼らず、自力復興の方法を中心としたものである。そのために、金次郎独得の日掛縄索手法を行い、租税は減額した定額法とし、荒地開墾を助成し、精勤者は村人の投票によって表彰してモラールアップをはかる。ただ、自力復興といっても、当初の開発資金は必要であるので、幕府から仕法金として二百五十両の貸し付けを行う。この方法を七年実行すれば、平均的な段階までは復興できる。幕府からの当初の二百五十両はあくまで貸付金であって、補助金ではないから、七年間の年賦で返済する、というような内容であった。

しかし、折角の金次郎の計画案も、なかなか実現しなかった。それは名主の久馬が、金次郎の

計画に賛成しないからだった。

久馬は大生郷村きっての大地主だった。大生郷村の村高が千三十四石であるのに、久馬の家産は村内外で千石余という、村の石高に匹敵する石高を持っていた。(久馬は大生郷村だけでなく、それ以外の村にも田畑を持っていたのである)。

そのような資産家であるのに、久馬は強欲で、貧民に二割の利子で金を貸し、金が返せないと田畑を取り上げて、自分の土地にしてしまっていた。このため、村人はますます困窮して流浪する者がふえ、大生郷村が現在のように困窮したのも、久馬が原因するところが大きかった。

幕府では金次郎の復興計画を認め、この実施を命じた。しかし、大生郷村を管轄《かんかつ》する代官の反対によって、復興事業はとりやめになってしまった。代官の背後で、久馬が糸を引いていたのである。

久馬がこれほどの資産を蓄積するには、相当あこぎな真似をし、また不正を行ってきたのだが、金次郎の復興計画が実施されると、それが出来なくなるので、裏から代官に手を廻し、賄賂《わいろ》を贈って、金次郎の計画を阻止したのである。村民は久馬に対し非難の声を放ったが、わずか一人の名主の強《ごう》欲のために、罪もない全村民がその犠牲になったのである。

こうして、金次郎の手によってせっかく一村復興の計画が作られたものの、実現せず、七、八年、そのまま放置されてしまった。

以下は、その後日談《だん》である。

七年後の嘉永三年(一八五〇)に、大生郷村へ所管代官の小林藤之助の巡視があった。村は以前にもまして貧しく、困窮しており、村人たちは、

「どうかこの村の惨《さん》状を救ってください。そのためには、以前、二宮先生が立てられた計画を行うしかありません」

と訴え、懇願した。小林藤之助は大生郷村が廃村となるのを心配し、嘉永三年三月五日に、金次郎のところへ大生郷村復興の依頼に来た。しかし、その時の金次郎は、以前の天保十四年とちがい、陣屋付手付となって、東郷陣屋に勤めていた。勘定奉行の指令がなくては、他の支配所の仕事に関わることはできないわけである。そこで金次郎はこれを断った。

そこで、小林藤之助は勘定奉行に、

（金次郎の大生郷村復興事業の実施）

を願い出て、その許可を取った。そして、ふたたび金次郎は、正式に大生郷村の復興を行うことになったのである。

大生郷村はあれから七年も放置されているのであるから、その荒廃はさらに甚だしく、見るに堪えざる惨状だった。

そこで金次郎は『仕法規定證文』という詳細な文書を作成し、おのおの調印の上、代官の承認まで取った。

ところが、その證文による指示が、またもや、なかなか下りないのだった。金次郎はとりあえず自分の金を数百両投入して、荒れた田を開墾し、民家を修理し、食料や農具を与えて、復興事業をさせ、村民はたいへんよろこんだ。

しかし、いつまでたっても代官からの指令は下りなかった。それは、依然として強欲で悪がしこい名主の久馬が、裏で代官の下役人に賄賂を贈り、金次郎の復興事業を妨害しているからだった。

村人たちはこれを嘆き、直接幕府へ訴えて、復興事業の推進を願い出た。すると幕府は、

「代官を通して訴えるという順序をふまずに、直接幕府へ直訴したのはよろしくない」

といって、代官の小林藤之助の方へ下げ渡してしまった。小林藤之助は、民をあわれむ心はあっても、お人好しだった。そのため藤之助は、久馬に買収された下役人の言いなりになって、金次郎の大生郷村の復興事業は又もや挫折《ざせつ》してしまった。

村人たちは久馬を憎み、復興事業の中止を残念に思ったが、どうすることも出来ず、嘉永四年、五年、六年と、歳月は流れていった。その間、金次郎の方は、真岡十四カ村の復興事業が始まり、日光神領復興事業も始まって多忙となったので、いつまでも大生郷村の復興にかかわっているわけにはいかなかった。結局、大生郷村の復興事業は実現を見ずに終わったのである。

(四)

そんな脾肉《ひにく》をかこっていた金次郎は、天保十四年(一八四三)七月十三日、幕府から下野国真岡《もうか》、下野国東郷《ひがしごう》、陸奥国小名浜の三代官の下役人である、『御勘定所付御料所陣屋付手付』を命じられた。金次郎五十七歳のときである。

真岡、東郷、小名浜は、いずれも幕府の直轄領で、御勘定所の所管である。金次郎は三人の代官の支配下に入り、三つの陣屋を掛け持ちするのである。なにか用件のある時には、いずれかの陣屋に行くというわけである。

代官などよりははるかに総合的な力量のある金次郎が、その配下になるというのもおかしなことであるが、能力よりも形式を重んじる武士社会では仕方がなかった。幕府としては、いったん幕臣にしたものの、その大物の処置に困っての、とりあえずの措置だったのにちがいない。

天保十四年九月十四日になると、金次郎は小川町にある御勘定所から呼び出され、

(真岡陣屋へ出張するように)

と命じられた。

金次郎は、亀蔵のほかに、西大井村為八郎、鬼柳村源治などをつれて、九月二十日に江戸を出発し、九月二十二日に真岡に着いた。

真岡陣屋への出張は、真岡地区を開発して、地域の窮民を救済すべきか、その実情調査のためであった。

しかし、真岡陣屋へ着いても、決まった仕事があるわけではなく、調査や挨拶などで日が暮れるだけだった。また代官に調査書や意見書をいろいろ提出したが、金次郎が希望する農村復興事業が実施される気配はなかった。

そこで金次郎は、代官から指示されたものではないが、村民からひたすら懇願された仕法を、とりあえずあれこれやってみた。

桜町に隣接して、西沼村という村があった。金次郎はその村の丈八という者の依頼によって、以前から、西沼村の復興事業をやっていたので、それを引きつづき続行し、さらに丈八の奔走によって、下高田村、大島村、阿部品村の復興事業などにも、手を拡げていた。

しかし、金次郎の力量と、仕事への意欲は、そんな程度のもので満足できなかった。

そこで、金次郎は天保十四年十二月十日に、

(勤方住居奉伺候書付)

と題する、美濃紙四十六枚にも及ぶ申請書を、代官の山内総左衛門へ提出した。その内容は、金次郎が幼少の頃からの労苦と体験の中から生み出した方法によって、桜町領の復興事業を行って成功し、その方法を使って、それ以後、青木村、谷田部、茂木、下館、烏山、小田原、相馬などの復興事業を行ってきたが、

(この方法によって農村の復興事業を行えば、必ず成果をあげることが出来る。したがって、もし幕府の直轄領の中にこのような村があれば、任命くだされば、まことにありがたき次第である。わたくしはもともと農家の生まれで、農業には熟練しておりますから、どのような荒地でも、空地でも、古河川敷でも結構ですから、ご用命くだされば見事に開発いたします。なにとぞお聞き届け願いたい)

というものだった。

これを受け取ると代官の山内総左衛門は、申請書を持って江戸へ行き、小川町の勘定奉行所へ差し出した。


翌年の弘化元年(一八四四)一月二十一日に、江戸へ来るようにとの指示があった。そこで江戸へ出て待っていると、四月四日に小川町勘定奉行所から呼び出しがあり、

「日光神領は長年にわたって荒廃し、領民も非常な困窮に陥っているので、ただちに現地をよく調査し、これを復興し、領民を安んじ、いつくしむ方法を答申せよ」

ということで、

（日光御神領村々荒地起返方見込）

の作成を命じられた。すなわち幕府の直轄領である日光神領の復興の可能性の調査と、その復興計画書を作成せよという命令である。その辞令は次の如くだった。

御普請役格　二宮金次郎

日光御神領村々荒地見分致し起返方仕法付見込之趣委細可申上候

弘化元年四月五日

これでやっと金次郎の望む事業が、幕府より明示されたわけであった。

（五）

日光神領復興計画書の命令を受けると、金次郎はよろこんで、上司の邸宅へお礼の挨拶に廻り、また青山教学院にある大久保忠真の墓に参った後、門人たちを集めて言った。

「日光の土地は東照神君家康公が鎮座ましします土地であり、したがって、村々はその神領である。その神領を復興し、その領民を安ずる方法を命ぜられたのは、報徳仕法としてこれ以上の名誉はない。そのために、わたしは長年やってきたこれまでのすべての仕法を集大成して、献上しようと思う。すなわち、万世に及んで朽ち果てることのない、仕法の仕法、すなわち仕法の理想型ともいうべき仕法の基本型を、この機会に作ろうと思う」

　金次郎はそのように決意していたので、勘定奉行所の役人が、ただちに現地へ行って調査するように命じると、金次郎は、

「日光神領はかしこくも神君家康公の鎮座まします御領ですから、復興事業といっても、最高の仕法でなくてはなりません。すなわち仕法の理想、仕法の基本となるもの、他のあらゆる仕法のお手本となるものです。そのためには個別的なものではなくて、普遍的なものでなくてはなりません。現地を調査して、仕法書を作ったのでは、個別的なものになり、普遍的なものは出来ません。普遍的なものを作るには、個別の土地の調査は必要ありません。わたくしには、これまでの多くの経験があります。その多くの資料を集めて分析すれば、より普遍的、客観的な資料が集まりますから、それを使った方が、よりよい仕法の基本型が出来ます。いったん基本型が出来上がれば、今後、日本全国どの地方で復興事業をやる場合にも、これが利用できます。わたしは日光神領仕法を、そのような理想型として作りたいのです」

　その金次郎の考え方に役人も賛意を示し、いよいよ日光神領仕法書作りの作業がスタートした。しかし、なんといっても、

（農村復興仕法の基本、規範）

を作ろうという規模の壮大なものであるから、その作業は大変なものとなり、慎重に行わねばならなかった。

　そのために、作成を担当する精鋭を大勢集めた。相馬藩の富田高慶、烏山藩の多賀文助、谷田

部藩の大島勇輔たちだけでは足りないので、長男の彌太郎も江戸へ呼び、さらに小田原の脇山喜藤太、小路只助、川副家の荒川泰助、韮山の町田時右衛門、谷田部藩の吉良八郎など、多くの門人を呼び集めた。

そのため編輯所も、西久保の宇津家の邸から、日本橋本石町三丁目にある、前田瀛洲の借宅に移った。しかし、書類作成事務が忙しくなるにしたがって、そこも手狭となったので、相馬藩家老の草野正辰の斡旋によって、芝田町五丁目にある海津伝兵衛の隠居宅を借り受けた。弘化元年七月六日に、そちらに全員が移り、日夜作業に精励した。

このように作業が厖大、困難をきわめたのは、金次郎が日光神領仕法書を、仕法の基本書、仕法の規範に作り上げ、復興事業の標準書として作ろうとしたからだった。普通の仕法書を作るように、実地を見分、調査して、その資料を基にして立案する方が、一つの地域を対象にするだけだから、むしろ簡単であった。

金次郎はこの仕事に専念するために、以前から頼まれていた各藩の復興事業からはいっさい手を引いた。そして、いっさいの来客を断って、日夜努力した。仕法の標準書を作ろうというのであるから、精度が高くなくてはならない。だから、わずかな短い文章を書くのにも数日考え、数十回の添削を加えて、文章を練り上げた。

そのため幕府の上司から催促があっても遅々として進まず、作業人員は増えるばかりだった。すると、非常災厄が突然起きた。弘化二年一月の江戸の大火である。一月二十四日、青山から出た火事は、麻布、芝と延焼して、芝田町五丁目にある金次郎の編輯所をも焼いた。門人たちが必死になって書類を運び出したので、書類はいちおう助かったが、その代わり、衣服、家財は全焼した。

そこで一同は、ふたたび西久保の宇津家の邸に避難し、主に岩本善八郎宅に仮住いをした。

火災に遭ったのは、長男の彌太郎をはじめとして、烏山の菅谷八郎右衛門、下館の衣笠兵太夫、富田高慶、鈴木喜八、大島勇輔、荒川泰助、波多晁八郎《ちょうはちろう》、下新田の小八夫婦、西大井村の勘右衛門、鬼柳村の常五郎、甲州小沼村の志兵衛、新田村の民次郎、青木村の勘右衛門、烏山の恕助、菅谷の家来文五郎、家僕の亀蔵、権左衛門など、随員二十一人だった。この中には烏山藩とか下館藩などの、金次郎信奉者も入っており、金次郎門人の層の厚さを物語っている。

以上のメンバーの外にも、宇津家の岩井眞八郎、小田原藩士の豊田正作、小路只助、脇山喜藤太、その他相馬藩士などに加えて、市中からも筆耕者を集めて、計算浄書をさせ、また資料蒐集整理に当たるなど、出入する者はふえてきた。そこで、宇津家の邸内に二間の建て増しをして、弘化二年二月十九日にはそちらに移転した。玄関その他の目立つところに、

> 日光御神領村々荒地起返仕法の取調御用相済み候までは、隋身の面々助成の外、仕法筋相談の輩堅く相断り、一切取りあえ申さず候事

と掲示した。日光神領の仕法書作成中であるから、仕法作成に協力する者以外の者とは、一切面会を謝絶したのである。金次郎のところへ来た手紙さえも、開封しないで、そのまま放置する

という徹底ぶりだった。

金次郎の思考方法は合理的で、すべて数字により実証し、数字によって論理を組み立てていく。だからその計算や、筆写も容易なことでなく、苦心惨憺《さんたん》たるものがあった。その浄書も江戸の編輯所だけでは間に合わず、桜町に送って写させたりもした。

また、作業は不眠不休なので、もともと身体の丈夫でなかった富田高慶はしばしば薬を飲むようになり、長男の彌太郎もときどき病床に倒れ、もともと頑健を誇っていた金次郎さえも風邪をひいて苦しむ有様だった。

弘化二年四月二十四日になると、

「すでに調製をはじめて一カ年になるから、早々に提出するように」

と幕府から督促があった。そこで、とりあえず五月二十八日に十八冊、六月十八日に六冊、六月二十七日に八冊などを、逐次、元締の渡辺棠之助に提出した。

弘化二年九月二十二日に斉藤高行（富田高慶の甥）が入門し、また十一月一日には福住正兄が入門するなど、強力メンバーが加わったので、戦力が増加し、作業もピッチを上げていった。

こうして仕法書が出来上がったのは、弘化三年六月で、作成にとりかかってから、二年三カ月が経過していた。

出来上がった仕法書は『富国方法書』と名づけられた。

（六）

日光神領の復興の計画書であるのに、『富国方法書』という一般論的な名前をつけたのは、報徳の仕法を、古今東西を問わず、何時何処にでも適用できる、普遍的な基準原則として作成したからである。

その内容は厖大で、形式は、八十四巻を十部に分け、その各部が六冊あるいは十冊によって構成されていた。内容を簡単に説明すると、次のようである。

まず『見込上申書』という一冊がある。この仕法を実施する場合の、土地の肥瘠、村の大小、家の大小、貧富などによって、その取扱方法を十五種類に分類し、仕法必成の方法が記してある。

次に『仕法雛形総目録』が一冊ある。題目の通り、八十四冊の総目録である。

次に『百行勤惰得失先見雛形』というのが六冊ある。これは善悪、正邪、貧富、受施、貸借、貧恵、およそ天地人の間の森羅万象は、すべて因縁によって結ばれ、原因があって結果が生じる。たとえば、一両の金も、年利を五朱（五パーセント）とすれば、百八十年たてば六千五百十七両という巨大な金額になり、もしも年利を一割とすれば、実に二千二十五万千七百四十七両にも達する。もし二割、三割としたならば、その積数はとても計算できない数字になる。このように人間のやる事をすべて先見性をもって当たれば、因果輪廻の法則によって、負債の償却も、積立の実績も、うまくいくというのである。

次に『窮民御救余荷作繰返積立雛形』が一冊、そして『報徳冥加米繰返積立雛形』が五冊ある。

いずれも、一両の元金で土地を開発すれば、六十年で莫大な開発が出来ることを明らかにしたものである。

次は『鍬下年季雛形』が十八冊ある。六冊が一組で、三種類ある。これは報徳開発の大徳を積算したものである。鍬下年季を与えて、開発しようとする方法である。一両積から六両積まで、十年、二十年、三十年に分け、十八種類に分類されている。

次に『無利息年賦金貸付雛形』が四十八冊ある。無利息十カ年、七カ年、五カ年が、それぞれ純無利息、撫育料下付、冥加金上納付、などの数種類に分かれている。更に、据置十年、七年、五年が、撫育諸色下付、肥代、主食などの貸付方法まで、あらゆる窮民を救済する場合を想定した雛形である。

次に『暮方取直日掛縄索手段帳』というのが六冊ある。報徳仕法を行う場合、もっとも重要なのは、村民の決意である。一村振興が可能かどうかを判断する基準は、その村民の勤倹力行である。その勤倹力行の美風を起こす最良の手段は、日掛縄索手段である。ここには五十軒から百軒にいたる範例が、六種類にわたって示されている。

そして最後に、『出精奇特人入札表彰並びに村役人入札』などと、表彰に関するものは、窮民撫育料諸色被下雛形を組み立て、その中に指導方法が書かれている。

以上が富国方法書の組み立てであるが、要は、

荒地起返し、

借財償還、

貧困救済、

難村取直し、

などの、必成の方法を実施することであった。

こうして出来上がった日光神領復興仕法書、すなわち『富国方法書』は、弘化三年（一八四六）六月二十八日に完成し、幕府に献上した。金次郎六十歳の時である。

しかし金次郎が、生涯の仕法の集大成として、二年三カ月の歳月をかけて心血を注いで書き上げたこの仕法書も、すぐには幕府によって実行されなかった。

それが実現されたのは嘉永六年で、七年間も待たねばならなかった。その時金次郎は六十七歳で、死の三年前であった。

第十九章　再びの真岡

（一）

金次郎は弘化三年（一八四六）六月二十八日に、日光神領復興仕法書である『富国方法書』を完成し、幕府に献上した。しかし、仕法書は出来上がったものの、幕府の反応は鈍く、ただちに復興事業の実地に踏み切らなかった。

幕府の対応が遅々として進まないのには、いろいろと理由はあった。

第一に、当時は諸外国からの黒船の来航が頻繁《ひんぱん》となり、国内外の政情が騒然として、幕府はその対応に追われ、日光神領復興という一地域の国内問題などに目を向けている余裕がなかった。

第二に、日光神領開発には、これまでの例から見ても莫大な費用が必要である。しかし、幕府の財政は困窮の極にあり、その費用を出す余地がなかった。

第三は、日光神領開発仕法書を命令した当時の、老中以下の関係者はほとんど変わってしまっていて、日光神領開発に関心を持つ者がいなくなってしまった。その上、富国方法書には数字の計算が多くて、担当の役人には難解だった。とくに、報徳仕法の根本原理を理解するのは容易でなく、そうしたことから幕府の役人から敬遠されていた。

以上のような原因が絡み合って、せっかく金次郎が、生涯の仕法の集大成として心血を注いだ富国方法書も、なかなか日の目を見るに至らないのだった。

金次郎は富国方法書を完成させるために、諸藩の復興事業からはいっさい手を引いたのだが、いつまでたっても日光神領開発が始まらないので、逆に金次郎の手が空いてしまうという、皮肉な現象が起きたのである。

そのため金次郎は、富国方法書が出来上がった翌年の弘化四年五月十一日に、御勘定所御料所付手付を解任され、真岡代官の山内総左衛門の手付となった。すなわち、ふたたび金次郎は真岡勤務となったのであり、一時中断していた真岡、東郷の復興を手がけながら、ひたすら日光神領開発の開始を待つということになったのである。


代官の山内総左衛門は、これまで東郷代官であったが、今回栄進して真岡代官になり、かつ、東郷代官をも引きつづき兼ねることになっていた。そのため、山内総左衛門が東郷陣屋から真岡陣屋へ移り、空いた東郷陣屋へ、金次郎が入ることになっていた。しかし、真岡代官の前任者の移転が完了しないので、東郷陣屋にいる山内総左衛門も動くことが出来ず、そのため金次郎は、赴任しても住居がない、という破目に陥ってしまった。

そのため大前《おおさき》神社の別当で、真岡町般若寺の末寺である神宮寺に、一時金次郎は、仮住いすることになった。しかし、神宮寺は長い間誰も住んでいなかったので、屋根も壁も破損し、畳は傷み、人間の住める状態になかった。そこでやっと二部屋だけを修繕してそこに入ったが、いっしょに住んだのは、門弟の福住正兄と吉良八郎、それに下僕の川久保民次郎の三人で、わびしい日常生活であった。

金次郎はふたたび、真岡代官山内総左衛門の手付となり、真岡領内の復興を手がけることになったといっても、困ったことに、いっこうにその指示が代官から出ないのだった。

日光神領仕法書は『富国方法書』と名づけて、日光神領の復興事業だけのものではなくて、一般的にどの復興事業にも使うことが出来る、汎用仕法書として作られたものである。したがって、真岡領内の復興事業にもわざわざ仕法書を作る必要がなく、この富国方法書を使えばいいのである。仕法書はすでにある。幕府はその仕法の実行を命じればいいのである。

しかし、実行の命令もいっこうにないし、仕法に必要な資金の調達を準備することも許されない。一体、どうなっているのか。金次郎は疑問と焦りを感じた。

そこで金次郎は、次のような内容の願い書を提出した。その内容とは、

仕法資金として幕府から下付金が支出されるのか、

他所にプールされている報徳金を流用してもよいのか、

金次郎の給料手当をこれに充当してもよいのか、

荒地を借りて開墾し、そこから得る利益を開発資金として使ったらどうか、

などと十一冊にもわたる願い書を出したのだが、いっこうに決まらなかった。

決まらないのには、代官の山内総左衛門にも問題があった。

山内総左衛門は学問を好み、田園類説など数種類の著書を書くなど、学識はあるのだが、優柔不断で決断力がなく、実行力がなかった。当時幕府の役人たちは、農村復興事業について、(昔から伝わる方法(旧法)で行うのが原則で、これに反する新法で行うのは重罰に処せられ

る）

と固く信じていた。報徳仕法は新法であるから、代官の山内総左衛門も、役人たちも、報徳仕法で行うことは違反であり、出来ないと考えているのだった。

旧法でやってきたから農村は荒廃してしまった、だから報徳仕法が出現して、すべて成功しているのである。要は旧法でも新法でも、どちらでもよい、一番効果のあがる方法でやれば、一番いいのである。しかし、無知といおうか、頑迷といおうか、保身のためなのか、それがちっともわからないのである。そこで金次郎は、

「真岡での復興事業をやらないならば、わたしは一日たりともこの地に留まっている必要はない。わたしは幕臣であることをやめて、昔の百姓に戻り、この地を去ります」

とその覚悟のほどをのべた。

そこまで言われては、山内総左衛門も考えを変えざるをえなかった。万が一、本当に金次郎が幕府へ、幕臣返上の申し出でもしたら、大変なことになる。総左衛門は監督不十分の責任を問われて、責任問題にもなりかねない。そこで、仕方なく、

「やれる所があれば、やってよろしい」

と許可を出した。

弘化四年の秋、金次郎は村々を巡視して、桑野川村の新田開拓を計画した。

さっそく測量、地割などをして、翌年の嘉永元年二月中旬から三月十九日まで開墾に当たった。

金次郎は毎日のように現地に行き、吉良八郎、福住正兄の二人が帳簿係を担当し、人夫千三百九

十九人を投入して、四町八反あまりの田畑を開墾した。村人たちは大よろこびだった。

三月二十四日には、代官の山内総左衛門をはじめ役人たちも現地を視察し、その日の午後には田植えも順調に行われた。

ところが役人たちが、

「たとえ成功したとしても、報徳仕法は新法であるから、旧法に反するものだ。桑野川村の開発は、代官所から公式に承認を受けたものではない。われらが知らない間に、管内で新法が行われるようなことがあっては、もはや我々は代官所に勤めている必要はない。我々は無用の役人であるから、退職させてもらおう」

と山内総左衛門に抗議した。

山内総左衛門が金次郎に「やってよろしい」と返事したのは、おそらく、金次郎に迫られたので、部下の役人たちに相談せずに、返事をしてしまったからであろう。自分たちの存在を無視された怒りが、ことさら役人たちを反対にかり立てたのにちがいない。

そう抗議されると、優柔不断な総左衛門は、騒ぎが大きくなり、また自分の責任問題に発展すると大変だと思って、

「桑野川村の開墾は、二宮金次郎が一人で勝手にやった独断行動だ」

と言って、金次郎を大勢の眼の前で叱責したのである。

「二宮金次郎がやったこの開墾は、誰の命令でやったのか、わしも知らないし、代官所の役人も誰も知らない。もし、これが江戸（幕府）へ聞こえて、お調べを受ければ、二宮金次郎一人の処罰ではすまない。代官所の方も処罰を受ける、重大事件である。二宮はいったい何の根拠をもっ

てこのような開発を行ったのか、くわしく説明せよ」

それをきいた金次郎の胸には、

(自分で開発事業の許可をしておきながら、部下の役人たちが反抗すれば、すぐ変節して、わたしを責める。責任逃れもいいところである)

と怒りがむらむらと湧いてきた。しかし、

(もし、ここでわたしが反論したならば、山内総左衛門は苦境に立たされ、代官の職を免ぜられるかもしれない。そうなっては、気の毒である。ここはわたしが罪を一身にかぶって、代官を助けてあげるべきだ)

そう決心すると、金次郎は従容として次のように答えた。

「わたしは農家の出身なので、これまで荒地を開墾して田畑を作ったり、村人たちを助けることばかりやってきたので、それ以外のことはよく知りません。幕臣としての処遇を受けてはおりますが、お役所での仕事のやり方も知らず、また法規法令などのことも知らないので、幕臣としての勤めを果たすことも出来ずに、心苦しく思っておりました。それで、何かわたしにも出来ることはないかと思っておりますと、桑野川村の田畑が荒廃して村人たちが困っているのが眼に入りました。それで、私財を投入して廃田を復興すれば、幕臣としてのお勤めの一端をいささかでも果たせるのではないかと思い、村人たちの歎願もありましたので、行ったわけです。本来ならば、行う前に代官所へ届け出て、許可を受けるべきであるのに、わたしの一存で独断専行したのは、わたしの罪であります。だからその責任をわたしが一人で負うのは当然のことです。もし、復興した田畑を、もとの廃田に戻せというのであれば、ただちにもとの荒地に戻し、掘り起した用水路を埋めてしまうのも、たやすくできます。復興するに千日かかる仕事でも、廃棄するには一日あれば出来ます。代官の命令に従い、如何ようにもいたします」

金次郎の鬼気迫る答弁に、山内総左衛門もたじたじとなって、

「いやいや、そこまでやる必要はない。せっかく復興した田畑だから、廃田へ戻さなくてもいい。とにかく、江戸（幕府）にお伺いをたてて、その返事を待つことにしよう」

「わかりました」

「だがこれからは、決して命令を受けないでやってはならぬぞ」

金次郎はそれ以上ものを言うのも空しく、無言でその場を立ち去る以外になかった。そして神宮寺の仮住いへ足を運びながら、

（こんなことで、今後の真岡の復興がうまくいくであろうか。今後はこの山内総左衛門とは、とても一緒にやっていけぬ。もう一日たりとも、こんな代官の下にはいたくない）

と嘆いた。

（しかし、わたしがここで身を退いてしまっては、多くの村々の困窮を救うことが出来なくなってしまう。だから何もやらなくても、時節の来るのを待つしかないであろう）

と、荒れはてた神宮寺の仮住いの破れ屋根の隙間から、夜空の月を眺めてふたたび嘆いた。

（二）

金次郎の信頼の厚い衣笠兵太夫は、その頃、桜町陣屋の留守居を頼まれていた。嘉永元年（一

八四八）四月十七日に、宇津家から頼まれて、
（宇津家では、桜町領の復興事業を今後もずっと先生にやってほしいと言っております）
という相談を金次郎のところに持ってきた。桜町領の復興事業は、第一期、第二期ともに、すでに十年以上も前に終了したが、その後も金次郎の指導によって実質的に継続されていた。そのために金次郎は、真岡に移ってからも、いまだに本拠は桜町陣屋に置き、家族も桜町に住んでいた。

そのとき衣笠兵太夫は、金次郎が、いくら仮住いとはいえ、神宮寺の荒れ寺に住んでいるのを心配して、代官所を訪れ、代官の山内総左衛門にその改善を要求した。

「二宮先生は、つねに身を領民の安泰に捧げており、立派な家に住むことなどちっとも願ってはおりません。だから、神宮寺の荒れ寺に住むのを、少しも苦にはしておりません。しかし、あのような生活ぶりでは、健康をそこね、門人たちの中から病人が出ないとも限りません。二宮先生はなぜ我慢しているのでしょう。どうか、改善をよろしくお願いしたい」

すると山内総左衛門は憤《ふん》然として、

「そのようなことは、よくわかっている。しかし、陣屋に空屋がないのだから、仕方がないのだ。神宮寺の仮住いも、しばらくの間である。それに別に神宮寺の修繕を禁止しているわけではない。二宮が勝手に修繕しないのだから仕方がない。責任は二宮の方にあるのだ」

そう答えた。衣笠兵太夫は下館藩の役人である。すなわち、徳川幕府の陪臣である。しかし、山内総左衛門は徳川幕府の幕臣である。陪臣が幕臣に文句をつけるのはけしからんと、山内総左衛門は怒ったのである。これは、金次郎が裏で糸を引いて、言わせているのではないかと疑った。

神宮寺に戻った衣笠兵太夫は、

「先生、この仮住いを少し修繕されたらいかがですか。代官所では、別に修繕を禁止していないと言っています」

と修繕をすすめたが、金次郎は、

「いや、これでいいんだ」

と言って、応じなかった。

するど、しばらくたった頃、代官所から、山内総左衛門の代理ということで、役人がやってきた。怒号で金次郎に向かって、

「さきほど衣笠という者がやってきて、『二宮先生を破れ寺に住まわすのはけしからん』と言ってきたが、衣笠はわれわれ幕臣から見れば陪臣（幕府の臣の臣）にすぎない。陪臣は、幕府のやることに口出しをすることは出来ないのだ。自分の身分を知らざる者である。われわれ代官の仕事は、われわれの考えによって行い、陪臣などの指示に従うつもりはない。だから、今後は、このようなことがないように、そなたからいましめておいてほしい。われわれが直接、衣笠の方に言っては、彼の立場もあろうから、そなたの方から言ってもらうようにしたのだ」

とまくしたてた。それに対して金次郎は従容として、

「わたしは荒れ寺に住んでいても、少しも困ったとは思っていない。世の中には、貧しくて、破れた屋根の家に住んで雨露をしのぐことさえも出来ず、米も腹いっぱい食べることも出来ず、寒さにふるえている者が多くおり、そのような人々を救うのが、わたしの仕事です。それなのに、わたしは扶持米をもらい、住居を与えられている。住居が荒れ寺だといっても、それほどひどい

ものではない。衣笠という男は、性格はよいのだが思慮が浅いので、たまたま荒れ寺を見て、くわしい事情も聞かないで、代官所の方へ申し上げてしまったのでしょう。これからは、きっと、このようなことがないようにします」

と答えた。すると役人は、

「では、その点を、あなたの方から直接、代官の方へ返事をしてほしい」

と言うので、金次郎は代官所を訪れ、山内総左衛門に会って、同じような返事をした。

すると総左衛門は、

「わたしは、そなたが発明した報徳仕法によって真岡領内の荒地を開墾し、領民を救おうと、長いあいだ考えていた。しかし、報徳仕法は私領（幕府直轄以外の大名、旗本の領地）で行う仕法であり、公領（幕府直轄地）ではそのまま適用できない。公領は私領とちがって、特別の制度や法令があり、その制度、法令によらなければ、何事もなすことが出来ないのだ。強いてこれを行おうとすれば、役人たちが従わない。そこで、江戸（幕府）へ指示を仰いだのだが、何の返事も来ない。そなたはこれから、その間《はざま》に挟まれて無為の日を過すよりも、むしろ幕臣から退官して、私領の復興事業をやった方がいいのではないかと思う。もしそうならば、わしは上官へ『二宮の報徳仕法は良法で、私領では有効であるが、公領では不適切である』と上申《しん》しよう。さすれば、そなたは幕臣を退いて、昔のように小田原藩の家臣に戻り、私領の復興事業に専念した方が、私領にも幸いであるし、公領（幕府）としても無用の人間に扶持を与えておく必要もなく、一挙両得ではなかろうか。あなたはどう考えるか」

と山内総左衛門は、金次郎の真岡からの追い出し作戦に出た。金次郎は仕方なく、

「わたしの一身の進退については、すべてお上にお任せしてありますから、とくに意見はありません。すべては代官のご指示に従います」

そう答えて神宮寺の仮住いに帰った。

この山内総左衛門とのやりとりを、くわしく衣笠兵太夫に話すと、兵太夫はたいへん怒って、

「山内代官は学問好きと聞くから、すこしは道理がわかる人間かと思ったが、物がわからないにも程がある。わたしが代官のところへ行って話したのは、代官のためを思ってやったことであるのに、その真意が少しもわかっていない。もう二度とふたたび、あの代官と話はしない」

憤然として桜町へ帰っていった。

（三）

いよいよ代官の山内総左衛門の住居が、東郷陣屋から真岡陣屋へ移ることになった。その嘉永元年六月十五日、金次郎の第一の門人富田高慶が、江戸から東郷に帰り、代官の真岡陣屋への移転祝いに参上した。

しかし富田高慶は、金次郎のこの地での処遇に憤激して、山内総左衛門に会うと、お祝いの言葉もそこそこに、

「幕府が二宮先生を真岡に派遣したのは、報徳仕法によって幕府直轄地である真岡の復興をはかり、村人の困窮を救うためではありませんか。それなのに真岡に来てから数年もたつというのに、少しも復興事業が行われていないのはどうしたことですか」

と詰問《きつ》した。山内総左衛門は、

「わたしは二宮の報徳仕法が、良法であることを知っている。しかし、これを実行しようとすれば、報徳仕法は新法であるから、旧法に違反するので、出来ないのだ。二宮の報徳仕法は、小田原藩をはじめ大小多くの藩で成功しているが、それは私領で実施されたためだ。いつまでも公領での実施にこだわって、せっかくの良法が日の目を見ないのは、残念なことである。だから、二宮は幕臣を退いて藩臣に戻り、私領で事業に腕を振われた方がいいと思う。そのことを近く幕府へ上申しようと思っているところだ」

と答えた。それを聞くと富田高慶は、

「報徳仕法は公領用、私領用と二つあるわけではなく、あくまで一つである。公領が駄目なら私領でも駄目で、私領で有益であれば、公領でも有益なのです。公領でも私領でも、根本は一つである。代官殿が、二宮先生に一カ所でも復興事業を実施させて、その結果、公領では駄目だ、と結論を出すのなら話はわかるが、一カ所もやらせないで駄目だというのは、どうしてでしょうか」

と詰め寄った。

「いや、そうではない、それはやったのだ。桑野川村の開発を行った。しかしうまくいかなかった。だから報徳仕法は、公領には向いていないとわかったのだ」

そこで、富田高慶は反論した。

「一カ所ばかりの開墾で、報徳仕法の全部を判断するのは間違っております。二宮先生は幕臣である。なぜ幕臣になったかといえば、報徳仕法が良法なので、公領でこれを実施するために、幕臣としたのではありませんか。公領で報徳仕法が行われれば、どこの藩でもそれにならって報徳仕法を実施しようと、待ちのぞんでいるのです」

「いや、わたしとても、報徳仕法が公領で行われるのを、願わないわけではない。これまでにも度々、そのことを幕府に願い出た。しかし、いっこうに音沙汰がないので、実はわたしも困っているのだ」

すると富田高慶は、さらに次のように反論した。

「いや、それは考え方が逆です。幕府としては、報徳仕法が公領でも本当に良法なのかわからないので、あなたに『真岡領で試せ』と言っているのではありませんか。だから幕府へ願い出るのなら、まず真岡領において報徳仕法を行って、可否を知り、その実績にもとづいて願い出るべきではありませんか。だから、幕府からの沙汰を待っているのではなくて、あなた一人の判断でまず指令を発し、この地で報徳仕法を実際に行うのが、最上の方法ではないでしょうか」

すると学問はあっても、小心な山内総左衛門は、

「公領のことを、わたし一人の独断でやることは出来ない。もしそのような事をしたならば、罪となる。わたしはその罪をおそれて、独断でやらないのである」

これを聞くと富田高慶はたいへん嘆いて、

「わたしがこれまでいろいろ申し上げてきたのも、あなたが代官としての職責を果たしてほしいからである。それなのに、自分のことしか考えないようなことでは、これ以上もはや何も言うことはありません」

そう言うと、すごすごと金次郎のところに戻ってきた。金次郎が、

「代官と何を話してきたのか」

と言うので、これまでのいきさつを話すと、金次郎は、きつく高慶をたしなめて、

「山内代官の人となりは、わたしも十分知っている。それで、わたしはあえて争わず、論争せず、空しく毎日を送っているのだ。しかし、それは決して本心ではない。やむをえないからだ。わが報徳仕法が行われないのは、代官のせいではなくて、その時がまだ来ないのだ。わたしは我慢して、その時の来るのを待っている。それなのに、そなたは代官に会って議論し、あまつさえ代官が身の処し方を心配するまで詰問するとは、どういうことなのか。わたしが苦労しているのも知らないで、このようなことをするとは、愚かにもほどがある。これこそ道を開こうとして、かえって道を塞ぐようなものだ」

と、こんこんと、さとした。

富田高慶は自分の思慮が浅かったことを恥じて、顔を上げることも出来なかった。


代官の山内総左衛門が東郷陣屋から真岡陣屋へ移り、その後へ金次郎が入居する予定になるのに、真岡陣屋にいる前任者が移転しないので、金次郎はやむなく一時、神宮寺の破れ寺に入って、東郷陣屋が空くのを待っていたのである。すると、その年（嘉永元年）七月十一日にはその問題も片付いて、山内総左衛門は東郷陣屋から真岡陣屋へ引っ越していった。

九月十七日には、金次郎一家はやっと、永年住み慣れた桜町陣屋を引き上げ、東郷陣屋へと移転することが出来た。

金次郎一家が桜町陣屋に居住していたのは、金次郎が桜町領復興事業に着手して以来、実に二

十六年の永きにわたっていたわけで、金次郎の第二の故郷となっていた。
しかし、金次郎一族が東郷陣屋へ移った後も、長男の彌太郎は江戸に滞在して、小田原報徳金や、烏山、谷田部細川家などとの交渉、その他幕府御用にかかわる連絡取次の仕事などをしていた。二年後の嘉永三年一月十五日になると、彌太郎たちも江戸を引き上げて、一月十七日に東郷陣屋に到着し、ようやく一家団欒を果たした。

(四)

真岡領内における報徳仕法による開発は、このようにして遅遅《ちち》として進まなかった。が、それは代官の山内総左衛門が反対しているからではなかった。総左衛門が小心で、自分の保身に窮《きゅう》窮《きゅう》とし、優柔不断の弱腰で、部下の役人の言いなりになっているからだった。

しかし、金次郎の誠意が次第に代官所へも浸透し、代官所の役人たちの考えも、金次郎の開発を認める方向に変わっていった。それは七月に、代官や役人たちが東郷陣屋から真岡陣屋へ移住し、東郷陣屋管轄のことについては、金次郎に任せざるを得なくなったという事情も働いていた。ともあれ金次郎にとっては、待っていた追い風が吹きはじめたといってよかった。

嘉永元年八月二日、金次郎が代官の手代の桑名唯次郎のところに行って、報徳仕法の内容や方法論をこまかに説明すると、

「それでは、まず一つの村で試してみて、成功したら次の村でもやる、ということにしたらどうか」

ということになった。

そこで八月四日から、金次郎は代官の山内総左衛門、桑名唯次郎、山崎などといっしょに、東郷村を中心に開発候補地を見て歩き、棹ケ島《そうしま》村の開発を命じられた。すなわちこれが幕府公領(真岡地区)における、正式な報徳仕法の第一号であり、後に一村式開発仕法の実例として、注目されたものである。


常陸国真壁郡棹ケ島村(現在の茨城県下館市掉ケ島)は、真岡陣屋の管轄下にあったが、ひどく貧しい村で、村民は困窮し、土地は荒廃して民家は減少し、まさに廃村にひとしい有様だった。

かつては、村高が三百七十三石、田畑は三十四町、戸数は四十三軒あったのが、次第に衰微して、天保五年の頃には極度の荒地に陥り、村高は三十石内外、戸数は五軒にまで減少した。そこで八丈島から島民を移住させて荒廃した土地を開墾させ、やっと村高が六十石内外、戸数も十軒へと戻ったが、その後は低迷していた。

そこで、西沼村の丈八が棹ケ島村の復興に奔走して、前代官の鈴木源内や、今の代官山内総左衛門に出願したが、実現しなかった。嘉永元年になって、はじめて金次郎の手で復興事業が開始されることになったのである。

復興事業が始まると、金次郎は報徳仕法の基本に従って、まず村内の巡回を始めた。村内を歩いてみると、その荒廃ぶりは聞きしにまさる、すさまじさだった。どの家も貧しくて、家屋はほとんど破損し、毎日の衣食は乏しく、村人は誰もまともには働かず、人情はうすく、博奕にふけり、無法者が横行していた。

そこでまず、金次郎は村人を全部集めて、なぜこのように貧しくなったのか、その理由を説明して、一村再興の方法を説き、それを実行した。

荒れた田畑を耕し起こし、用水路を修復し、道路や橋を直し、民家の屋根をふきかえたり、家を修理し、灰小屋の普請を行い、また、村の正八幡、若宮八幡、観音堂の普請なども行った。

さらに、農作業のおくれている家を手伝い、食料の不足を支給し、農作業や副業のやり方を指導し、よく働く者は表彰したりして、安心して農業が行えるようにした。

これに要した費用は、第一年度で二百五十八両に達し、わずか十軒ばかりの村に対しては莫大な金額であったが、復興事業の初期投資については『必要なものは惜しまない』というのが、金次郎の主義であった。

このようにして棹ケ島の復興事業は、嘉永元年から翌年（嘉永二年）十一月までを第一期とし、さらに嘉永二年十二月から嘉永三年十一月までを第二期とし、これをもっていちおう完了した。第一期は棹ケ島村崩壊の急を救うためであり、第二期はこれを完成して、一村立て直しの事業を進めるためだった。

こうして村人たちは生き返り、怠惰無頼の風習は改まり、村は見事に立ち直った。代官の山内総左衛門はある日、その様子を巡視に廻ったが、民家はきちんと整備され、田畑は見事に開発され、道路や用水路もよく改修され、その状態は、管轄の郡内で他に較べるところがなく、総左衛門は感心した。

ただ、ここに一つの問題があった。それはこの復興に最初に投資した資金が、すべて金次郎の金（俸禄）と、金次郎が個人的に取り扱っている報徳善種金だということだった。個人の資金に頼っていたのでは限度があり、幕府からの支出がなければ、開発事業を順次、他の村に拡げていくことが出来なかった。

そこで、棹ケ島村開発費用として四百両の下付願いと、かつ十年間、棹ケ島村の年貢米を二十パーセントだけ減らし、その減らした分を、開発経費に当てるように、幕府に申請した。すると嘉永三年に、幕府より四百両の開発費用と、申請通りの年貢の減額が認可された。

これによって資金の余裕も出来たので、次の花田村の開発にも着手することが出来た。

棹ケ島村開発は、嘉永三年十一月にはすっかり軌道に乗った。したがって、金次郎としてはこの段階で、いちおう終了とした。しかし、村ではその仕法に従って引き続き開発をつづけ、嘉永五年には永安方法を行って、以後、安定した永代仕法に入った。

永安方法とは、金次郎が嘉永二年に始めた、彰道院大久保忠真の回向料永代増益手段帳の様式にならって、社堂永安維持法を作ったのである。それは村内の、八幡宮や、観音堂などの境内の大木は保存するが、雑木は伐採して売却し、その売却代金と金次郎からの加入金、村人たちの加入金、代官からの寄付金などを集めて、十八両の金を作った。この金を村人たちに五カ年賦で貸し付け、その返納金や冥加金（借りたお礼。利息）を、また新たに貸し付け、それを繰り返し運用し、社堂の永代修復料をたえず生み出していくというシステムであった。

この計算を六十年つづければ、十八両は二百十七両となり、これで村人の負債は完済せられ、社堂永安の基礎は確立し、両々相まって繁栄する方法であった。

（五）

棹ケ島村の開発がうまくいったので、次に行われたのが、棹ケ島の南方にある、真壁郡花田村（現在の茨城県真壁郡関城町花田）であった。

嘉永三年九月十七日に、金次郎は、代官の山内総左衛門などといっしょに花田村を巡回したが、その衰亡ぶりは、かつての棹ケ島村よりもひどかった。かつては二十八軒あった家も、十軒に減ってしまい、これまで何度も復興を願い出たけれども、かえりみられなかった。

金次郎はまず一年目は、棹ケ島村のときと同じように緊急対策として、荒地の開発を行った。しかし、その荒地開発さえなかなか大変で、金次郎が宿泊できる家さえなかった。仕方なく、百姓の利右衛門の倉庫の二階に仮住いして、村人たちの家の修理や新築などを優先した。すると、やっと組頭の半兵衛の家が出来上がったので、そちらへ移るという有様であった。

こうして、住宅や付属建物を十七棟、小屋を四棟、神社の建物を一棟建て、荒地を耕し、道路を直し、農作業の援助などをし、それに百三十五両の金を投入した。これが一年目の仕法だった。

二年目は借財仕法により、借財償還を行った。花田村には百四両の借金があったが、この中から自力で処理できるものを除くと、六十九両となる。これを三等分して、三分の一は借主が一生懸命働いて返すこととし、三分の一は貸主の帳消しとし、残り三分の一は仕法出資金から借りてまかなった。そして、嘉永四年十二月に完了した。

残るは永安仕法であるが、これも棹ケ島村の例にならって、神社永代修復金のシステムを作った。花田村には、稲荷神社、十二天、山の神、熊野権現などの社堂があったが、いずれも荒れはて、また焼失などしていた。そこでこれらのご神木を白山権現に集めて祀り、この白山権現を永代維持する方法を考えた。

　そのため、棹ケ島村の社堂維持永安法と同じ様式で、十八両の土台金を積み立て、六十年間の貸付計画を作って、村人に実行させたのである。

　さて金次郎は、棹ケ島村、花田村の開発を行うかたわら、さらに真岡管内の数十カ村の巡回を行った。すると、多くの村々からあらそって開発の願いが出され、そのため、山本村、大島村、山口村、石那田村、徳次郎村、上金井村、下金井村、野沢村など、十三カ村もの開発が行われるようになっていくのだった。

（六）

　嘉永五年になると、仕法の範囲はさらに、山口村、石那田村、徳次郎村と、宇都宮付近の地域に拡がっていった。

　山口村は宇都宮から日光へ向かう街道沿いにある、河内郡内の一村で、その村高は二百九十三石、戸数は五十四軒という村だった。

　金次郎はこれまで通りの仕法で開発に着手したが、この地帯は水利が悪く、水に昔から苦労している地域だった。そのためせっかく開発した田畑も、その年の洪水でもとの荒地に戻ってしまう始末だった。

さらに永安仕法を行うためには、棹ケ島村同様に、ある程度の年貢の減額が必要である。そこで、嘉永六年四月に年貢の減額を幕府に申請して、七月に許可された。嘉永六年九月からふたたび開発事業と水道工事が行われ、これが第二次開発であった。

次は石那田《いしなだ》村と徳次郎村の開発である。

下野国河内郡石那田村と、その隣村の徳次郎村は、いずれも宇都宮から日光へ向かう、日光街道に沿う村だった。両村ともかつては宇都宮藩の領地であったが、嘉永の頃に幕府直轄地となり、真岡代官の支配下に置かれていた。

徳次郎村と石那田村とは、長い間、水の争いが絶えなかった。

徳次郎村の用水は、昔から、石那田村内にある上流の堰から取り入れていたのだが、同時に、石那田村もこの堰から分水して、用水を取り入れていた。

ところが、石那田村の土地は低かった。しかし、取入口の近くにある三反歩ばかりの土地だけは、土地が高かった。堰が高くないと、そこに水を取ることが出来ない。

しかし、堰を高くすると破損しやすいので、洪水時には堰が決壊《けっかい》して水が氾濫し、土砂が流出し、災害となった。また旱魃時には、土地の低い石那田村へは流入するが、反対に徳次郎村の方は水不足となる。

こうして両村の間には、昔から用水の争いが絶えず、田植えの頃になると、どちらの村民も水が心配で、おちおち眠ることも出来なかった。

そのような状態の中で、石那田村が先に幕府直轄領となったのである。そこで、徳次郎村は遠慮して、石那田村と争うのを止めた。その代わりに宇都宮藩に願い出て、新しく用水路を作った。

しかし、用水路の取入口がときどき決壊し、そのため用水路が不通になって、徳次郎村の村人は困りはてた。

ところが、徳次郎村も幕府直轄領となったのである。そうなると立場は平等である。そこで嘉永五年三月に、代官所へ用水問題が持ち出された。代官所が調べると、徳次郎村を救えば石那田村が困り、石那田村を救えば徳次郎村が困る。手にあまって金次郎のところに持ちこまれたというわけであった。

そこで、金次郎が代官の山内総左衛門へ、

「両村とも水が不足するので、争いが起こるのだから、用水が十分確保できれば、争いは治るわけです」

と答えると、総左衛門は、

「まことにその通りだが、それをどうやって達成したらよいのか、困っているのだ。さっそく調査してくれ」

ということで、金次郎は視察に出掛けた。

金次郎は石那田村と徳次郎村に着くと、川の流れ工合をよく調べ、堰の高低をよく測量して、実情を頭に入れた。そして、村内の代表者である長老を集めて、昔からの事情を聞いた。すると彼等は異口同音に、

「どうも、こうも、やりようがありません」

と嘆くのだった。そこで金次郎は、

「わたしが調べたところでは、この用水を十分修復できる工夫がある。わたしの言うことに全面的に従って、不服を言わなければ、それを実施しよう。だが、これまでのように争いをつづけた方がよいというのなら、それでもよい。しかし、隣同士の村が互いに仇敵のように争うのは、本意ではあるまい。もし、幸せになりたいのなら、兄弟のように交わるのが一番いいのだ。どのようにお考えか」

とさとすと、両村の長老たちは、

「永年争ってきたのは、用水が足りなくて、田畑の耕作が出来なかったからである。争わなければ、一滴の水も得られなかった。用水が十分であれば、なんで好んで争いなどしようか。二宮先生の御配慮に感謝いたします」

とよろこんだ。

さて、金次郎の工夫とは、いったいどんなやり方だろうかと、人々は関心を持った。

金次郎の工夫とは次のようだった。

問題は、石那田村の取入口付近の三反歩の土地が、二尺ばかり高いというところに、原因があるのだった。そこへ用水を取り入れるには堰を高くせねばならぬ。しかし堰が高いと、堰がしばしば破損し、徳次郎村へ用水がうまく流れないのである。

要は、取入口付近の石那田村の土地が、二尺ばかり高いのが原因なのである。これを解決するには、その高い土地を低くすればいいわけである。

そこで金次郎は、代官の山内総左衛門の認可を得て、高い三反歩の土地を二尺だけ掘り下げ、土地を低くした。この大胆な発想に村人は驚いたが、

「なるほど、これしか方法がないわい」

と感嘆した。

そのようにまず土地を低くしておいて、次はこれまでの堰の高さを三尺ほど低くした。そして、分水口も石垣で堅牢なものにしたので、堰も破損することなく、両村へ水を順調に送れるようになった。

工事は嘉永五年三月十三日から始まり、四月十三日には仮普請がいちおう出来た。しかし、田植えの季節が迫っていたので、本工事は秋までのばし、九月の末にすべて完了した。

これによって、石那田村、徳次郎村の長年にわたる水紛争は解決し、以後、両村では、長く金次郎の徳がたたえられた。

（七）

さて以上の如く、金次郎は、天保十三年に幕臣に登用されたが、水野忠邦が失脚するや、金次郎はいわば失業状態になり、日光神領復興のための仕法書『富国方法書』を作成した外は、真岡代官の支配下に入り、金次郎の本領とする本格的な復興事業をすることが出来ず、約十年というもの、いわば不遇な時代であったわけである。

それは、幕府役人や代官山内総左衛門の優柔不断な弱腰が原因であったが、しかしその裏に、当時、幕府を警戒させた客観情勢が、強く働いていたのではないかと思われる。それは、上総、下総に対する幕府の警戒的対応で、はっきり言えば下総国で農村改革を推めている、大原幽学への警戒であった。

大原幽学は金次郎よりも十歳若く、各地を遍歴して、農民思想、農村開発の指導者として活躍していた。天保六年になると下総国香取郡長部村に定住して、農村開発、農民指導に当たり、成果をあげ、名声を高めていた。その事業は、先祖株組合、耕地整理、交換分合などという画期《かっき》的なもので、農村開発というよりも、むしろ農村改革と呼ぶにふさわしいものだった。

しかしその成果が上がり、名声がひろまるにつれて、幕府は、大原幽学の農民改革事業、農民思想運動に、警戒の眼を向けるようになった。

それは、天保の大飢饉を背景にして、大坂では大塩平八郎の乱（天保八年）が起こり、また各地で百姓一揆や飢民蜂起などが頻発していたので、大原幽学の活動が、何時そのような農民蜂起に転化するかもしれぬという、警戒からであった。

すると、ちょうど時を同じくして、隣接した常陸国や下野国で、同じような農村開発に成功して、農民からの評判が高い、金次郎がいたのである。当時、農民の支持の高い人物は、百姓騒動のリーダーになる危険があるので、幕府の要警戒人物だった。したがって幕府は、金次郎の農村開発の効果は十分認めるとしても、大原幽学に対するのと同じ警戒の眼を、金次郎に向けていたとしても、おかしくはなかった。

だから、水野忠邦が失脚したとき、金次郎が罷免されなかったのは、印旛沼開鑿計画が採用されなかったので、水野忠邦とは無関係だったというよりは、

（罷免して金次郎を野に放ってしまうよりも、そのまま幕臣として幕府の中に足止めしておいて、幕府の監視《かんし》下に置いた方が安全である）

という配慮だったからではなかろうか。だが、

（それでは何をさせておいたらよかろうか）

ということになり、

（幕府の直轄領の計画でもやらせておけば、幕府の監視下で行われるから安心だ）

ということで、

（日光神領開発計画書の作成）

が下命されたのだった。

しかし、その計画書が出来上がっても、計画は長い間放置され、なかなか実現せず、金次郎を苦悩させた。それは、幕府が計画作成を、本気ですぐに実行するために命令したのではなかったからである。計画書は、とりあえず金次郎を遊ばせておかないための仕事といってよかったから、幕府としてはすぐ実行する意志はなかった。だから、日光神領開発計画書は出来上がったが、金次郎の手が空いてしまう、という現象が起きたのである。

では、手の空いた金次郎をどうするか。

幕府としては、引きつづき金次郎を監視する必要があるが、その監視を江戸でするよりも、現地にさせた方がいいということで、下野国を管轄《かんかつ》する、幕府直轄領地真岡の代官山内総左衛門のところへ、金次郎を預けたのである。したがって、真岡への金次郎の派遣は、真岡地区の開発をさせるというよりも、むしろ金次郎を監視《かんし》するためのものだったのである。

こうして、金次郎の開発事業が少しも進まず、金次郎の不遇時代が始まったのは、幕府の陰のそうした措置によるものであった。

そうした事実を裏付けるように、大原幽学は後日、嘉永四年（一八五一）になって、牛渡村《うしわた》事件という事件をきっかけに召喚され、取り調べは幕府評定所に移され、六年間にわたる永い取り調べを受けた。そして安政五年（一八五八）に裁決が下ったが、長部村に帰った幽学は自殺した。したがって一歩まちがえれば、金次郎にもそのような危険があったのである。その危険が回避できたのは、金次郎に幕臣という地位が与えられていたからではなかろうか。

幸い、隠忍自重した金次郎は、次第にその人柄、仕事の内容が理解され、ふたたび開発事業を復活させることが出来たのである。

（八）

そのような中で、六十六歳になった金次郎に、うれしいことが重なった。

まず小田原藩が、嘉永五年（一八五二）一月に、金次郎の小田原への帰郷を許したのである。これまで小田原藩は、金次郎の小田原での復興事業をいっさい禁止し、同時に、金次郎と領民の接触も禁止していた。したがって金次郎は、郷里へ墓参りに帰ることもできなかった。三年前の嘉永二年は、父の五十年忌であり、嘉永四年は母の五十年忌であったのに、その墓参りもできなかった。それは幕臣でありながら、身分も職務も定まっていないのに墓参りは不本意であり、職務上も許されるべきではないと、自ら戒めていたからでもあった。しかし今や、身分も仕事も一段落したので、墓参りの申請を幕府に出した。するとその許可書が、嘉永四年五月十二日に東郷陣屋に届いた。

しかし、幕府は了解したが、小田原藩の方が金次郎の帰郷を歓迎しなかった。そこで、その次に小田原藩の了解を取りつける手続きに入った。

この頃になると、真岡領内の復興事業の村が増えて、村巡回その他の仕事が多くなり、金次郎の手が廻らなくなった。そこで長男の彌太郎と吉良八郎の、二人の公式任用を幕府に申し出ていた。彌太郎は嘉永四年六月三日付をもって『御用向見習』となり、吉良八郎も七月八日付にて『手代抱入り』を許された。そこで領内開発地への巡回はこの二人に任せ、金次郎にも多少の余裕が出来てきた。

なお、金次郎と小田原藩の間には、小田原報徳金五千両の受け取りの問題が尾を引いていた。この五千両は、本来なら弘化四年に受け取るべきところを、金次郎は、そのとき受け取ってもすぐ使い途がないので、しばらく小田原藩で預かってもらっていたのである。

ところが、金次郎が真岡地区の復興事業資金が必要になってきたので、その返却を申し出ていた。しかし、小田原藩は、

(沿岸防備その他に金が要るので、しばらく待ってくれ)

と、延期を申し出てきた。しかし、真岡の復興事業は始まっているし、また日光神領開発も始まれば、なおさら資金が必要になる。いつまでも待っているわけにはいかず、この返却交渉を小田原藩とする必要が起きていた。

すなわち金次郎は、長年にわたる墓参りの願いと、報徳金の返却催促などを、仕事に余裕の出来たこの時期に、やってしまいたかったのである。

そこで金次郎は、嘉永四年十二月十一日に東郷陣屋を出発して、江戸へ行った。そしてまず青山教学院へ参り、彰道院殿大久保忠真（旧小田原藩主）の菩提を弔い、その永代回向料として、十二月二十三日に三百両を納入した。

十二月二十八日には、伊藤発身、久保田周介、それに下僕の民次郎をつれて、江戸を出発した。十二月二十九日に相模の片岡村に着くと、大澤小才太の家に泊まり、ただちに、小田原へ到着した旨を、小田原藩へ通知した。

すると、年が明けて嘉永五年（一八五二）一月八日になって、

「墓参りは許可する。そして近親者との間の復興事業なら、やってもよろしい。また報徳金については、とりあえず千両を返却し、残りは追々に返金したい」

という返事が来た。金次郎の小田原復帰が六年ぶりに実現されたのである。

そこで一月九日に、門弟の福住正兄が養子に入っている箱根湯本の旅館に行き、温泉につかりゆっくり滞在した。

しかし、小田原藩内では、金次郎に対する取り扱いについて、完全に意見が一致しているわけではなかった。墓参りについては異議はなかったが、近親者との間の復興事業開始と、残額四千両の報徳金の返却については、異議があり、表面上は解決した形になっていたが、本当の解決になっていなかった。そのため小田原との交渉に一カ月もかかってしまい、やっと二月七日になって、報徳金の返済方法その他の解決をみた。

こうしてやっと金次郎は、栢山村の善榮寺に墓参りが出来、親族や二十九軒の村人を次々と訪れ、なつかしい人々数十名に会うことが出来た。

親族に会うことが出来たのは、近親者との間の復興事業の計画が、小田原藩から認められていたからだった。しかし、金次郎に許されたのは近親者との間の仕法だけで、その他一般の仕法が許されたわけではなかった。したがって、金次郎は墓参りに帰れても、これを機会に、小田原領内に永住することが認められたわけではなかった。

墓参りがすむと、金次郎は小田原藩の山崎金五右衛門の家に一泊して、ふたたび箱根湯本に戻った。

箱根に滞在しているとき、金次郎は、湯本付近の風景が、京都嵐山の眺めに似ているのに、桜の木がないのは残念であると思い、江戸から桜の苗木を三千本取り寄せて植えさせた。

二月十四日の朝早く金次郎は湯本を出発すると、酒匂川で朝食をとり、片岡村に寄った。そこで一泊すると、二月十五日に片岡村を出発し、二月十七日には江戸に着き、二月二十五日に東郷陣屋に帰り着いた。正月のはじめから、約二カ月の旅行だった。

桜の花が咲き、四月になると、さらにめでたいことが待っていた。

長男の彌太郎の結婚が決まったのである。彌太郎は三十一歳になり、結婚が遅れていた。これまでにもいろいろ縁談はあったのだが、金次郎がなにぶんにも多忙であり、任地も定まらない状況だったので、彌太郎の結婚にまで手が廻りかねていた。

ところが、今回小田原への墓参りもかない、また彌太郎も江戸から東郷陣屋に戻り、金次郎の周辺にも落ち着きが戻ってきたので、彌太郎の縁談が進められたのである。

相手は近江の大溝藩二万石の領主、分部《わけべ》若狭守《わかさのかみ》の用人、三宅頼母の長女で、十七歳の鉸《こう》子であった。

婚儀は嘉永五年四月二十九日に行われたが、宇津家の横山周平の未亡人ちゑ子が新婦を連れてきて、衣笠兵太夫夫婦の媒酌で、式典があげられた。

めでたいことはさらに重なった。長女の文子も二十八歳になり、結婚がおくれていたが、金次郎の一番の高弟である、富田高慶（三十八歳）との縁談が決まった。

嘉永五年七月になると、富田高慶は郷里の相馬に帰り、結婚の準備に入った。八月十九日に、文子は衣笠兵太夫夫婦に伴われて相馬へ行き、八月二十八日にめでたく婚儀が行われた。

第二十章　日光神領開発に最後の力を

（一）

金次郎は、幕府直轄領である真岡管内の開発を、悪条件を克服しながら、大生郷《おおのごう》村、棹ケ島村、花田村、石那田村、徳次郎村と開発をすすめ、その功績をあげていったが、肝心の日光神領開発の認可はいっこうに発せられる気配がなく、五カ年の歳月が空しく流れていた。

しかしその頃になると、真岡管内での金次郎の開発実績を見て、やっと金次郎に対する幕府の姿勢も変わってきた。そして、幕府の日光神領開発への検討も進み、そろそろ日光神領開発許可の内意が出るのではないかという雰囲気になってきた。

そこで金次郎は、嘉永五年（一八五二）九月十日に、日光神領開発を推進するために、門人の斉藤高行などをつれて東郷陣屋を出発して、江戸へ向かった。金次郎は六十六歳という高齢になっていたが、開発事業への意欲は少しも衰えていなかった。

江戸へ出ると金次郎は、幕府役所の各方面をまわって、日光神領開発の仕法をよく説明すると同時に、

「わたしもすでに六十六歳となりました。余命いくばくもないと思われますから、たとえ一村でもいいから、仕法実行をお命じ下さい」

と歎願したので、各方面の理解も深まっていった。

十月二十二日には、江戸における住宅地の拝領の指令も受けた。かくしてその年も暮れ、金次郎は、斉藤高行とその弟の松蔵、伊藤発身などといっしょに、相馬藩の江戸中屋敷で年を越した。

年が明けて嘉永六年二月十三日になると、金次郎は日光奉行手付に任命され、待望の日光神領開発事業の開始を、日光奉行小出長左衛門から受けたのである。なお、同時に、日光神領の仕法中でも、他の藩の復興事業を並行して行ってもかまわないという、許可も受けた。

当時、日光神領の村々は、日光八十九カ村と言われていた。その内容は、神領の都賀、河内、塩谷三郡で五十四カ村、御霊屋《みたま》領の都賀、河内二郡で九カ村、御門跡領の都賀、安蘇二郡で二十六カ村だった。これに新田二カ村を加えると、合計で九十一カ村になる。

その村々を合計した石高は、二万九百六十五石であった。

これを反別《たん》でみると四千二十六町三反であるから、ちょっとした大名領に匹敵する規模であった。

しかし表向きはそうでも、その土地の四分の一にあたる九百四十一町一反が荒地であったから、これを差し引くと、耕作地としては三千八十五町二反（七十六パーセント）に減少してしまうのだった。

戸数としては四千百三十三軒

人口は一万千三百九十二人（男が六千二百五十七人、女が五千百三十五人）

馬が二千六百六十九頭

というような構成の村々であった。

やっと金次郎は、不遇な時期から解放され、前途に曙光が輝き出してきたのである。

この荒地九百四十一町一反を、今後三十年間で、幕府からの援助はいっさい受けないで、豊かな耕作地に、あるいは植林地にしようという遠大な計画が、金次郎の胸の中でふくれ上がっていった。

(二)

日光神領の開発命令が下ると、金次郎は門人たちに次のように言って、さとした。

「いよいよ日光仕法の大命を受けたが、わたしはもはや年老いて、健康も体力も昔のようではない。したがって、計画は立てたが、実行するのはあなた達の仕事である。仕法の基本をよく守り、長期間の事業が適切に行われるようにやってほしい」

門人たちは一同声をそろえて、

「かしこまりました。そのようにいたします。先生は八十四巻の日光神領仕法書をお書きになり、そのうちの六十四巻を富国方法書として幕府に献上しました。それが数年待って、やっと実施の命令を受けたのです。まさに至誠が天に通じたからに外なりません。ですから、ただちに日光山に登って、復興事業を開始し、領民を安心させてやっていただきたいと思います。機会《とき》を失してはなりません」

するとと金次郎は、

「天地間のあらゆるものには、すべて時機というものがある。その時機を捉えないと、物事は成功しない。とくに今度のような大事業を行うときは、そうである」

と言って、少しも急ぐ様子がなかった。

金次郎が日光神領開発をあわてなかったのには、ひとつ理由があった。それは日光神領の年貢について、ある問題が村々で起こっていたからだった。

その年貢についての問題というのは、次のようなものだった。

日光神領八十九カ村の年貢は、定免法になっていた。しかも神領であるということから、他国にくらべて、非常に安く決められ、優遇されていた。だから、なんとかこれまで租税を納めることが出来た。

しかし、日光神領が金次郎の手によって開発されるとなると、

「荒地を開墾して田畑にすれば、新しく出来た田畑には、新たな租税がかかってくるにちがいない。そうなれば新田が開発されたために、租税がふえることになり、村としては損をする。日光神領開発とは、村を復興させ、百姓を保護育成する名目の下に、年貢を増加させることが目的なのではあるまいか」

と、疑惑の眼で見る村人たちがいたのである。そして、

「もし二宮金次郎がこの土地に来たなら、日光の御陣屋へ、『神領開発の仕法は中止するように』と訴え出よう」

と煽動した。村人たちもこれに同意して、村中に疑惑の眼が強まっていた。

だから金次郎は、そのような混乱の中へあわてて飛び込んでいくよりも、少し時をおいて、そ

の動きが鎮静化するのを待った方がいいと思ったのである。

しかし、それに加えて、金次郎の健康の問題があった。すなわち嘉永六年四月十八日に、金次郎は病に倒れた。待望の日光神領仕法の発令を受けながら、金次郎がすぐ実行を急がなかったのは、実はこの病に侵されていたからだった。

さっそく小田原藩医の松本良庵を呼んで、診察を求めた。すると、

「先生は心身を使いすぎたのです。それに気候の影響を受けたのです。そのような原因ですから心配ありません。遠からず治ります。しかし、ふたたび身体を使いすぎて病気になれば、取り返しのつかないことになります。だから回復した後は、行動を慎重にされて、病気の再発を防がなくてはなりません」

金次郎は医師の指示に従い治療に当たったので、十日間ぐらいで回復した。

しかし、食欲が思うように進まず、門人たちは非常に心配した。が、やっと体力も回復してきたので、嘉永六年六月一日には江戸を出発して、六月三日には東郷陣屋へ帰った。

こうして金次郎は、日光神領開発に着手したわけであるが、健康が気づかわれたので、その開発事業を次のように分担して行うことにした。

日光神領　二宮金次郎
御料所村々　二宮彌太郎　吉良八郎
私　　領　富田高慶　久保田周助　斉藤松蔵
相　馬　領　伊藤発身　斉藤久米之助　荒専八　一条七郎右衛門　草野菅右衛門

このように定めたけれども、やはり、金次郎の病気が心配されたので、御料所（真岡支配地）

は吉良八郎一人でやり、彌太郎は日光を担当することにした。また、私領担当の者たちも、日光神領の開発へと比重を移した。

するとそんな頃、長女の文子に異変が起きた。文子は、昨年（嘉永五年）八月に、門人の富田高慶と結婚したのだが、金次郎が東郷陣屋へ帰ったその時、産後の肥《ひ》立ちが悪く、大変危険な状態にあった。

しかし、私事よりも公事を優先して考える金次郎は、そろそろ日光神領の村々へ出掛けようと思った。

その頃になると、日光神領の村々に吹き荒れていた悪質な煽動、すなわち、

（日光神領開発の本当の狙いは、開発に名を借りた年貢を増やすことなのだ）

というデマも次第に静まってきていた。というのは反対の狼煙《のろし》を上げようと待ちかまえていた村人も、なかなか金次郎がやって来ないので、

（金次郎は長患いのために来られなくなった）

とか、また、

（日光神領開発は取りやめになった）

などという別のデマが飛び交った。そのため煽動者たちも、反対運動を進めることも出来ず、そのうち、次第に疑惑の眼も消えて、平常に戻ってきたのである。

金次郎は、嘉永六年六月二十九日に、日光山へ登る決心をした。家族や門人たちが、

「まだ病後のお疲れがとれておりませんのに、この猛暑の中を日光山へ登ったら、病気が再発し

ます。涼しくなってからになさってはいかがですか」

といさめたが、金次郎は耳を傾けず、日光山に登った。

金次郎は日光奉行所に着くと、

「日光神領の廃田を開墾し、領民を安んずるようにとの命を受け、一日も早く実行したいと思っておりましたが、準備の都合もあって遅くなり、今日になってしまいました。まず領内の村々を巡回し、土地が肥えているか痩せているか、村人の貧富、人情の様子を視察して、それによって、わたしの具体的な計画書を作成して提出いたします」

と申し上げた。日光奉行は、

「病気がまだ完全に治っていないようであるから、駕籠に乗って巡回するように」

と気づかってくれた。しかし金次郎は、

「村々の細かいところまで視察するには、駕籠に乗っていたのではうまくいきません。歩いて見て廻らなくては駄目です」

と駕籠を辞退して、徒歩で巡回した。

長女の文子は、産後の肥立ちが悪く病床にあったが、金次郎のこの巡回の最中、七月七日に死亡した。

日光神領は反別で見ると四千二十六町あり、その中の九百四十一町が荒地ということになっているが、実際はもっとひどかった。

元来この地方は山地で、土地は痩せていた。しかし、神領ということで、租税が軽かったので、なんとかやっていけた。そのため田畑が荒地になっても、もともと租税が軽いので、百姓たちはあえて年貢の減免を申し出ていなかった。

そのため村々は衰微《すいび》して、今やその極限に達し、衣食は足りず、わずかの副業で生計を助けている状態だった。だから民心は荒れて、わずかな損益を争って、訴訟を起こし、その費用のために家財や田畑を売ったり、賭博のために破産する者も少なくなかった。

しかし、村人たちは、

(なぜそうなったのか)

反省することもなかった。

そのような現状をなんとかせねばならぬと、金次郎は村々を巡回しながら、諄《じゅん》諄《じゅん》と説いて聞かせた。

「そもそも貧困というものは、他所からやってきたものではなくて、みずからこれを招いたものである。当地は御神領であるので、租税が他所にくらべて非常に軽い。御神領の民ということで、特別軽くしてあるわけで、そのご恩はまことにありがたいと思わねばならぬ。ところが、この高い御恩を忘れて、農耕を怠って良田を荒地にしてしまい、賭博をやり、ささいな事で争い、先祖伝来の家産を失っても、まだその非をさとらないのはどうしたことか。ご公儀ではこれを心配して、わたしに村を救うように命令を下された。今からでも遅くはない、悪い習慣を改め、農耕に精を出し、倹約に励めば、村の復興は必ず出来る」

これまで、このようなことを言われたことのない村民たちは、神妙に聞いていた。

「そもそも人間は、衣、食、住がなくては、生きていけぬ。その基本である田畑を荒らしながら、食が豊かなことを求めている。泉の源を枯らしておいて、泉水の豊かさを求めるようなものだ。日光神領の荒地はほぼ千町歩ある。たとえ痩せた土地でも、一反について平均で四俵の米が穫れるから、千町歩では一年間に四万俵の米が穫れるわけである。十年間では四十万俵、五十年間では二百万俵になる。田畑の荒廃は実に五十年以上にも及んでいるから、二百万俵以上の米を失ってしまったことになる。ただちにこの荒地を開墾すべきである。この道理を理解して、開墾を行う者には、賃金を払うことにする。開墾が一年おくれれば、一年分の米を失うことになるわけだから、どうか頑張ってくれ」

と金次郎は、駕籠にも乗らず、熱意を持って説きながら、村々を歩いて巡回した。猛暑にもかかわらず、すべての村を視察して歩いた。どの村についても過去の歴史を調べて、将来進むべき方向を考え、大きい事であれ、小さい事であれ、どんな事でも理解しなければ、次の村へ進まない徹底ぶりだった。

そもそも日光神領の村々は、山が多く、平地は少なかった。だから、金次郎は山を越え、谷を渡り、非常な苦労であった。栗山郷十カ村などは深山幽谷で、道が険しく、若い者でも歩くのに苦しんだ。しかし、金次郎は六十七歳という年齢で、なおかつ病身なのに、このけわしい道のりを歩いて廻った。

どの村に行っても、村の衰退の状態をよく調べ頭に入れ、行いのよい者を表彰し、夫をなくした女や、妻をなくした男、みなしご、一人暮らしの老人など、身よりがなくて困っている人たちに恵んで歩き、それぞれの事情に応じて、一両から五両の金を与えた。村中あげて一生懸命働いている村には、十両から十五両の金を与えて、村民を表彰した。また親孝行の道を教え、田畑の尊い理由や、農業を勤める徳の大切さを説いた。

また堤を築いて、水田の水が渇れないようにし、用水路を作って水の流れをよくした。

金次郎は疲れると道ばたの石の上で休み、草むらに寝て、供の者が病気の再発を心配したけれども、金次郎は少しもかえりみるところがなかった。

また、金次郎は常に節倹につとめ、衣服については、たとえ高位高官の人の前へ出るときでも決して木綿以外のものを身につけなかった。食物についてはさらに徹底していて、朝は必ず茶漬、その他は一汁一菜が常食だった。金次郎はすでに老体の上に、病後の衰弱が甚だしいので、家人が心配して、もっと栄養をとるようにすすめても、

「わたしは公命を奉じて、民衆を指導している者である。たとえ病気の治療のためとはいえ、安眠美食をむさぼることはできない。わたしは倒れてのち止むの精神で、この仕事に当たっているのだ」

といって、頑として受け付けなかった。

また金次郎は、芋の皮のついたものが好きで、決して皮をむいて食べなかった。

「芋を作った百姓の苦労を思うと、皮でも捨てることができない」

という気持からだった。

金次郎はそのような教えを人々に示すために、宿舎の桜秀坊の玄関の正面に

たのしみは木綿着物にめしとしる
　その余は我れをせむるのみなり

という歌をかかげて、自分の気持を示すとともに、人々をさとした。

村を巡視する途中で、金次郎は時に民家に一泊することもあった。その頃の農民は、役人に対してはきわめて丁重に扱っていたから、金次郎に対しても、一般の役人と同じように、丁重な食事を用意した。すると金次郎は顔をしかめて、

「わたしはいつも一汁一菜であり、また百姓へも一汁一菜をすすめている。だからわたしに対しては、以後、このような馳走をしてはならない」

と言って、その中の一菜に箸をつけただけで、他は食べなかった。ところが村人は、金次郎の真意がなかなか解らず、一時の遠慮だろうと思って、翌日、ふたたび昨日と同じ膳を用意した。すると金次郎は大変怒って、その不心得を叱り、始末書まで書かせた。

また、金次郎はきわめて清廉で、百姓が金次郎の恩に感じて、反物、菓子折など、いろいろな品物を贈呈しても、決して受け取らなかった。しかし、百姓が丹精して作った野菜などを贈るのであれば、よろこんで受け取った。

夜はおそく寝て、朝は早く起きるのが金次郎の日常だった。村を巡視するときは、いつも握飯を腰に下げて、未明に出発するのが常だった。

村に入ると、まず第一に村人の早起きの様子をよく観察し、ついでに道路や橋の修繕が必要かどうかを検査し、百姓たちの働きぶり、生活ぶり、貧富の工合などを調べた。また、よく働く者がいれば直ちに表彰し、怠けている者がいればこれをいましめた。民家に立ち寄ったときには、必ず便所を見た。ある人がその理由を聞くと、

「便所がきれいになっているかどうか、そして肥料の溜桶の様子を見れば、農家の勤惰がわかるからだ」

と答えた。

また、ある日の朝だった。ある怠け者の百姓が、賭博に負けて襦袢一枚となり、家へ帰るに帰れず、困りはてて寒さにふるえて、田圃の中をうろうろとさまよっていた。早朝の巡視中の金次郎がそれを見つけて、

「どうしたのだ」

と声をかけた。すると百姓は、

「はい、わたしはこの村の貧しい百姓ですが、普通の働きではとても食べていけませんので、こうして早朝から田圃を耕しに出ているのです」

と言い逃れた。金次郎には百姓の本当のことがわかっていたが、わざと知らぬ顔で、

「それは感心なことだ、すこし申し渡すことがあるから、夕方、わたしの宿舎に来るように」

と言って、いったんそこで別れた。

夕方になって百姓が金次郎の宿舎に顔を出すと、金次郎は農業に精を出していることを褒め、多くの金品を与えて、

「これからも一生懸命働くように」

と励ました。こうまでされては、さすがの無頼漢の百姓も顔色を変えて、これまでの行いを悔い、金次郎の配慮に感泣して家に帰った。それ以後は、改心して日夜農作業に励み、順良な百姓に生まれかわった。

また、日光山の神領には昔から水田はなく、その多くは畑を耕して生計を立てていた。そのた

め、村民は雑穀を日常の食料としていた。米の飯は病人が出たときだけに、わずかに与えるにすぎなかった。

金次郎はこのような土地の形勢をよく観察した上で、

「この辺の土地は、西北に高い山があるので、西の方が高く、東の方が低い地形になっている。だから、大谷川は村の中央を、西から東へ流れている。この大谷川の両岸に水路を掘り、これを村々に注いだら、水はくまなく行きわたり、村々に豊かな水田が開けて、米が収穫できるではないか」

と提言した。村人たちは、

「そうだ、そうだ、なんで今までそのことに気づかなかったのか」

とさっそく、野口村から平が崎村、千本木《ちもとぎ》村にいたる、長さ二里あまりの水路を掘った。そして、大谷川の水を引いて数カ村の村々にそそぎ、荒れ地を開墾して水田にした。村人たちは大いによろこび、他の村々の者もこれを見て、競って新用水路の開掘を願い出た。そこで、その申し込みの順序により、さらに数カ所の水路が完成した。その水路の長さは、あるものは三千間、あるものは二千間と、長短さまざまであったが、いずれもが大谷川の水をうまく取り込んで、水田を作り、米の収穫に成功した。

このように、金次郎の実際の行動をみると、いかにその仕法が、領民をわが子のようにいつくしむ良法であったかがわかる。だから、金次郎の誠意が村人の心に沁み渡っていたのである。

村人たちは、かつて悪質な煽動者の口車に乗って、日光神領開発が、年貢を上げるための口実だ、と疑ったことを悔いた。人々の疑惑はここにまったく氷解し、こぞって開発仕法の推進を熱望したのである。

もし最初に、金次郎があわてて疑惑の中で開発を開始したならば、村人の大反対にあい、仕法は困難をきわめたに違いなかった。金次郎の、

（大事な物事は、その時機を捉えないと、成功しない）

という先見の明は、見事に的中したのである。


かくして金次郎は、猛暑をおかして八十九カ村を全部巡回し終わると、これらの村々を復興する対策を数十カ条にまとめ、『仕法入用金産出方下案書』や、『荒地起方下案書』などにまとめて、日光奉行に提出した。

（三）

しかし最後にもう一つ、日光神領開発には大きな問題点があった。開発には厖大な資金が必要であるが、その資金をどのようにして調達するかであった。

これまで金次郎は、各藩の開発復興をいろいろやってきたが、その資金調達の方法は、いずれも次のような方法だった。すなわち、その藩の数十年間の租税の平均を計算し、その平均値をもって、藩の分度を決める。そして、分度以外に生じる余剰金を、開発復興資金に当てる。これを毎年くり返せば、毎年、資金が捻出されて、つきることなく調達できるのである。

しかし、日光神領の場合には、そううまくいかないのだった。

というのは、日光神領は山岳地で瘦せ地であるので、米はほとんど穫れず、雑穀で生活している状態なので、定免制の安い租税に軽減されていた。だから分度を決めても、ほとんど余剰金が出ないのだった。

さらに考えてみると、日光神領は幕府の直轄地である。これまで復興開発をやってきた、藩の領土とはちがうのである。これまでは相手が大名や旗本であったから、『藩の分度を決める』ということが出来たのだが、今度は相手が幕府である。

（幕府の分度を決める）

などということが果たして出来るであろうか。いや、幕府の分度を決めるということは、とりも直さず将軍の分度を決めるということになる。それは出来ない。そんなことをしたら、たちまち金次郎は、

（お上をないがしろにする者）

（反逆者）

となって、投獄されるにちがいない。

したがって、日光神領開発の資金調達としては、『分度を決めて、そこからの余剰金をもってする』という方法はとれないのである。

しかし、資金がなくては、開発は出来ない。

考えられるのは幕府からの資金援助である。しかし、この頃の幕府は、内外ともに多難な時代で、開発資金の援助などとうてい不可能だった。

とすれば、後は金次郎が自分の手で、日光神領の開発資金を調達するより外に道はない。

幸い金次郎には、これまで他藩で数多くの復興事業をやってきた報徳金や、開発のために貸し出した金の返済などがある。その金を日光神領開発基金として、日光山陣屋の貸付所に預け入れ、それから生じる利子を開発資金に当てれば、永久に絶えることのない資金が得られると考えた。

そこでまず、小田原仕法の資金であった小田原報徳金を五千両、基金に繰り入れた。それに「彰道院殿為御菩提永代回向料」からの三百両に併せて、谷田部細川、下館石川、烏山大久保など、これまで復興事業をやってきた藩からの利子、返済金など、合計千二百両を加えた。これで六千二百両の目途がついた。しかしこれでもまだ充分ではない。

すると相馬藩の藩主相馬充胤から、相馬藩の開発復興の成功を感謝して、毎年五百両ずつ、十年間、献金するとの申し出があった。十年間合計すれば、五千両の献金である。金次郎は非常によろこんだ。

この相馬藩からの献金については、次のようないきさつがあった。

相馬藩の復興事業は成功裡に推移していて、この時点においてもなお進行中であったが、藩主の相馬充胤がこの成功の恩返しの意味で、献金を申し出たのである。相馬充胤は、金次郎の日光神領開発のことを聞くと、きっと莫大な資金が必要であろうと思い、家老の池田胤直へ、

「相馬藩の復興を二宮に任せたおかげで、復興の効果が上がり、これ以上のよろこびはない。したがって、この恩を忘れてはならない。わが相馬藩の復興事業もまだその途中であるので、十分なことは出来ないが、たとえ微力でもご恩返しが出来るように、資金援助を考えてやってくれ」

と命じたのである。

池田胤直はただちに家臣たちと相談したが、家臣たちは、

「わたしたちは相馬藩の復興に全力をつくしていますが、まだ途中で、半分にも達しておりません。領内の荒地の回復もまだ完全には回復していないし、また藩の借金もたくさん残っています。この復興事業が完了した時ならば、ご恩返しが出来ましょうが、今では無理です」

という返事だった。そこで池田胤直は、

「理屈ではたしかにその通りである。しかし今回の事業は、二宮先生が幕府の神領の事業を引き受けられたのである。だから、相馬藩の幕府へのご恩返しということにもなるのだから、そうした観点から考えねばならぬ。幕府は、これまで相馬藩の衰退をあわれんで、長い間、負担の重い公務を免除してくれているが、この恩に報いなくてはならない。それなのに、ただ現在困難だからという理由だけで報恩をしないのは、恩を受けた者のなすべき道ではない。事が成功した後に恩を返すのは、誰にでも出来ることだ。恩を返すのが困難な時に、歯を食いしばってでも恩返しをするのが、たとえささやかでも本当の報恩である。恩に報いるのに、時期を失してはならない。もし時期を失して、二宮先生の日光開発事業が完了した時に恩を返しても、もう二宮先生はおよろこびにならないであろう」

すると家臣たちは、

「わかりました。しかし、現在わが藩には、そのような余力が無いのに、ご家老はどのような方法でおやりになるつもりですか」

すると池田胤直は、

「わたしはこのように考えている。以前、わが藩の財政が困窮した時に、幕府に歎願して八千五

百両を借用した。その借金は、毎年五百両ずつ返済しているが、今年、最後の五百両を返済すれば、完済となる。そこで物は考えようで、まだその借金があると思って、来年からも引きつづき五百両を、日光神領開発の事業費に献金すれば、十年たてば五千両献金できるわけである。このように考えれば、献金できるではないか」

これを聞くと家臣たちも、

「なるほど、少し発想を変えれば可能なのだ」

と感心し、ただちに賛成した。

そこで、この方法を藩主の相馬充胤に言上し、幕府の許可も得て、毎年五百両を十年間、合計五千両の日光神領開発への献金が決まったのである。

金次郎はこのようにして、方々からの資金の調達によって、一万両を越す、日光神領開発の資金調達の目途を立てたのである。金次郎の多方面にわたる事業の功績と、その間に生まれた人徳とが、このような大きな数字として、結実したのだった。

(四)

安居院庄七という、金次郎を敬愛する人物が、岡田佐平治を先頭とする遠州報徳七人衆といっしょに金次郎を訪れたのは、嘉永六年九月四日で、金次郎が病魔とたたかいながら、日光で忙しく働いている時だった。

安居院庄七は、金次郎より二歳の年下であるが、相模国大住郡蓑毛《みのげ》村（現在の神奈川県伊勢原市大山）の、大山阿夫利《あふり》神社の修験者の家に生まれたが、大住郡曽屋村の米商人である安居院家へ聟に入った。しかし、米相場に失敗して、家産を失った。再起をはからんと、天保十三年に金次郎を訪れ、教えを乞うた。

しかし、その頃の金次郎は、桜町領の第二期復興事業、谷田部藩、烏山藩、下館藩、小田原藩の復興事業と、いくつもの事業が重なって目の廻るような忙しさだった。それで、突然訪れてきた安居院庄七などに、会っている暇はなかった。

そこで、庄七は風呂場の番をしたり、勝手場を手伝いながら、立ち聞きで金次郎の教えを学び取り、感動した。結局、金次郎から直接教えを受けることなく、自分なりに報徳の教えを身につけ、家に帰った。

家に帰って家業を復興すると、弟の浅田有信と一緒に、報徳の教えの普及のために、諸国遍歴の旅に出た。

弘化四年（一八四七）に、遠江国長上郡下石田村（現在の静岡県浜松市下石田）の神谷与平治と会い、与平治は報徳の教えにすっかり感動して、下石田報徳社を設立した。これが静岡県に報徳運動が広まる芽となった。

同じく遠江国佐野郡倉真村（現在の静岡県掛川市倉真）の庄屋の岡田佐平治は、精励恪勤《せいれいかっきん》、村の発展につとめていたが、

（さらによい、村の発展方法はないものだろうか）

と探していた。すると下石田報徳社のことが耳に入り、

（自分も報徳のことを勉強してみよう）

と思った。嘉永元年（一八四八）に佐平治も安居院庄七に会い、報徳の教えを受けて感動し、その年に倉真村にも倉真報徳社（その時点での名前は乙星耕地報徳社）を設立した。

こうして、遠江国の下石田村と倉真村に播かれた報徳の種子は、神谷与平治、岡田佐平治という素晴らしい育苗者の手によって、遠江国に拡がっていった。

歳月は五年ほど流れて、嘉永六年（一八五三）になった。その頃になると、遠江国には報徳運動が普及し、報徳社の数もふえ、岡田佐平治の報徳への信念がますます強まるにつれ、

（一度、二宮先生に会って、直接その教えを受けてみたい）

という思いが、やみがたいものになった。そこで遠州報徳衆四百十九名を代表して、

倉真村　岡田佐平治
下石田村　神谷与平治
森町　中村常蔵
森町　山中里助
気賀町　武田平左衛門
気賀町　松井藤太夫
影森村　内田啓助

以上の七名、いわゆる遠州報徳七人衆が、安居院庄七といっしょに、日光の旅館桜秀坊に金次郎を訪れたのである。

一行が遠州を出発したのは嘉永六年八月十日であったが、日光に着いたのは九月四日だった。

しかし、金次郎は多忙の上に、病状がはかばかしくなくて、すぐ会うわけにはいかなかった。岡田佐平治たちは仕方なく、九月十二日までの九日間、仕法書の筆写などをしながら、金次郎との面会をひたすら待った。

ところが、困ったことが起きた。一行が遠州を出たのは八月十日だったので、夏支度だった。それが一カ月が過ぎ、秋の早い日光では寒さが押し寄せ、夏支度では過ごせなかった。そこで、

「先生との面会がかなわなければ、また改めて出直してまいります」

と申し出ると、金次郎は、

「遠州報徳衆との面会は、去年わたしが約束したものだから、これ以上お待たせするわけにはいかない」

と言って、翌九月十三日に、病をおして、面会となった。

一行は金次郎に、遠州の報徳社が続々と増え、今では三十余社に及んでいるなど、遠州の報徳運動の活動状況をつぶさに説明すると、金次郎はそれを熱心に聞いていたが、

「よくやってくれた」

と、自分が許可して設立したものではなかったが、遠州の報徳社を、すべて金次郎直系のものとして許可した。

それが終わると金次郎は、

「ひとつ参考に、茄子を作る話をしよう。茄子を作って、実が五つになれば、食べるのは三つにして、二つは保存しておくとよい。そういうやり方で茄子を育てていけば、霜の降る頃まで茄子はなるから、茄子の保存量もふえていく。世の中のことは、すべてこのようにすれば、まちがい

ない。穫れたものを、すべて食べてしまっては駄目だ。ほどほどのところで食べて、あとは残しておく。その残したものを、世の中のために蓄積していくことが大切である」

と教えた。『ほどほどのところで食べる』は、金次郎の教えの『分度』であり、『世の中のために蓄積』は『推譲』であるが、金次郎は、はじめて会う人には、むずかしい言葉を使わずに、具体的な事例をあげて、やさしく訓戒した。

安居院庄七と遠州報徳七人衆は、金次郎からいろいろ教えを受けて、大いに得るところがあり、感激した。とくに、岡田佐平治は自分の家の家訓を作るモデルを教えてもらったりした。

さらに金次郎は『報徳安楽談』と『三新田仕法書』を一行に与えて激励し、佐平治たち一行はその翌日、すなわち九月十四日に日光を後にして、遠州へ帰った。

岡田佐平治は帰国すると、長男の良一郎に金次郎の教えをよく聞かせ、翌年（安政元年）八月四日に、良一郎を金次郎のところへ入門させた。金次郎は、良一郎を、

（遠州の小僧）

と呼んで、わが子のように可愛がった。

それに応えて良一郎もよく金次郎に仕え、安政六年（一八五九）に退塾して故郷に帰った。そして、遠州を中心に、報徳運動の日本全国への普及活動に専念した。

岡田良一郎は安政元年から安政六年まで、足かけ六年間、金次郎のところで勉学したわけである。その途中、安政三年に金次郎は死亡している。したがって、良一郎が金次郎から指導を受けた期間は、約三年間であった。

(五)

このように、金次郎は病を押《お》して猛暑の中をかけまわり、開発事業に努力したが、その無理がたたってか、嘉永六年九月十六日にふたたび病が再発し、医師の診療を受けることになった。そのため九月二十二日に、妻の波を東郷陣屋から日光へ呼んだ。医師の手塚新斉や綱木倉庵を呼んで治療に当たらせ、九月二十四日には、近辺で名医と言われる壬生《みぶ》の斉藤玄昌にも看てもらった。療養の結果、十月に入ると病状はやっと回復したので、金次郎は十月十六日に日光を出発して、十月十八日に東郷陣屋へ帰った。

しかし、病状は油断のならない状態だったので、十一月に入ると、相模から弟の三郎左衛門(幼名友吉)や、その他の親族などが呼び集められて、警戒態勢がしかれた。

年が明けて安政元年(一八五四)となった。金次郎は六十八歳の高齢に達した。

日光神領開発は金次郎が病気のため、門人たちの手によって行われていた。しかし、責任者である金次郎が開発に不在とあっては、事業の決裁、指導に差し支えがあるので、安政元年一月二十一日に、金次郎の長男の彌太郎が、開発の責任者として、(御普請役格見習)

を仰せつけられ、東郷陣屋の山内総左衛門手付から、日光奉行所付へ転任となった。そのため東郷管内の開発は、吉良八郎が責任者になるように命令を受けた。

そうした情勢の変化の中でも、金次郎は病状が少しよければ、じっとしていることが出来ず、二月二十八日には桜町領を駕籠に乗って巡回するという工合だった。しかし、さすがに日光への登山までには至らなかった。

一方、日光奉行所付となった長男の彌太郎は、二月二十九日になると、呼び出しによって江戸へ行き、三月十五日には東郷陣屋へ帰った。三月二十五日には日光山へ登り、金次郎の計画にしたがって、開発事業を進めた。

彌太郎には伊藤発身、志賀五太夫、斉藤松蔵などが同行し、また富田高慶も終始、彌太郎を援助したので、開発事業は順調に進んだ。

その年の暮れ、すなわち安政元年十二月六日に、念願だった日光仕法役所建設が決定した。これまで不安定であった金次郎の日光での住居が、決定したのである。

かつて、金次郎の住居は真岡管内の東郷陣屋であったが、日光開発が始まってからは、東郷陣屋に居るわけにはいかないので、家族を東郷陣屋に残し、金次郎のみ日光山に移り、仮住いをしていた。

最初は、日光宿諸坊の中の無住坊である桜秀坊に仮住いをし、また今市宿の三郎右衛門の隠居所を借用したりしていた。しかし、いつまでもそのような転々とした仮住いというわけにもいかず、仕法役所建設の計画が出来たのである。

その場所は今市宿で、敷地は一千坪ほどだった。江戸の御勘定所からの指令で絵図面を差し出し、十二月十一日に彌太郎は建造費として百両を受け取った。

建設工事は、今市の年寄の彌五右衛門に依頼し、破畑《はばた》万兵衛が地ならしをするなどして、順調に進み、年を越した安政二年四月二十二日に工事は完了し、引き渡しを行った。

その頃になると金次郎の病気も回復して、時々、壬生の斉藤玄昌が応診する程度で、少し気分がよくなれば、桜町や青木村などを巡回するまでになった。

日光仕法役所の引き渡しを受けると、東郷陣屋の方では、大前神社や、陣屋内にある稲荷神社に祈禱を行って、転居の準備を進めた。四月二十二日には、賃馬十三頭が荷物を積んで先発し、四月二十四日に金次郎は数年住みなれた東郷陣屋を三澤昇四郎に返し、駕籠三挺、両掛二個、馬四頭で、東郷陣屋を出発した。

金次郎は絹衣を着ることを桜町の領民に厳禁し、もちろん、自分も常に木綿の衣服を着ていた。しかし、この日は晴れの祝いの出発の日である。妻の波はひそかに絹の着物を新調して、出発の朝、無理やりこれを金次郎に着せた。供する者たちも、無理やり金次郎を駕籠に乗せ、これを護衛して出発した。

桜町の村民や、東郷の村民は総員で見送りに集まり、その代表者は途中まで見送った。ところが途中まで来ると、金次郎は駕籠の戸を開けて、外へころがり出た。供の者たちが驚いてかけ寄り、

「先生、どうなさいましたか」

と抱え起こし、駕籠に乗せようとすると、金次郎は顔をまっ赤にして、

「こんな着なれない絹の着物を着て、駕籠の中で窮屈な思いもするよりも、気ままに足で歩いた方がずっとよい」

と怒った。しかし、妻の波や、供の者たちが必死に取りなしたので、しぶしぶまた駕籠に戻っ

たというアクシデントもあった。

途中雨にあったので、宇都宮で一泊し、安政二年四月二十五日に、無事、今市の仕法役所に到着した。その途中まで、日光の村民たちが迎えに来てくれていたことは、東郷を出るときの見送り人と同じようであった。

金次郎は仕法役所に落ち着くと、邸の内に、門人たちの長屋や、文書を納める倉庫などを建てた。

しかし、新しい住居に移ってからも、金次郎の病気ははかばかしくなかった。特別に親しい者とは病床で面会したが、仕事のことはいっさい、長男の彌太郎や、富田高慶、伊藤発身などが代わって行った。

日光神領と並行して行われている、桜町、相馬、下館などの開発についても、すべて彌太郎を中心とした門人たちが行っていて、金次郎が心配する必要はなくなっていた。

すると新しい住居に移って間もなく、金次郎のところへ、『蝦夷地開発』というとんでもない命令が舞い込んだ。

嘉永六年（一八五三）六月に、大使ペリーが浦賀へ来航して以来、ロシア軍艦の南下も活発になってきた。幕府は北辺守備の必要に気づき、そのための北地の開拓を痛感した。しかし、北辺の武備は、北方への移民が必要である。そこで、移民と開拓の両方が出来る技術者として、白羽の矢が金次郎に向けられたのである。幕府の御普請役格という任にある金次郎が、候補に上がるのは当然だった。

安政二年三月に、函館奉行の堀織部正から、御勘定奉行へ蝦夷地開拓の要請があり、安政二年五月十一日に、御勘定奉行から、金次郎へ、

「蝦夷地を実地に検分し、開拓仕法を作成するように」

との達しがあった。

しかし金次郎は、日光神領開発で手一杯であり、その上、病気が日に日に重くなり、とても蝦夷地の開発までは出来ないので、これを辞退した。しかし、幕府はあきらめずに、

「もし金次郎に差し支えがあるのなら、門人の中から然るべき人間を選んで行うように」

という命令だった。それに対しても、

「わたしの手から離れて、一人でそのような大事業が出来る力のある者は、残念ながら一人もおりません」

と返事して、引き受けなかった。

これでは、幕府としても如何ともし難く、金次郎への蝦夷地開拓下命はあきらめた。

第二十一章　全生涯を世のために

（一）

安政二年七月二十三日に、六十九歳になった金次郎は珍しく駕籠に乗って、千本木まで堀筋を見廻りに行った。しかし、無理がたたって、翌日、小田原から菓子屋の多喜造が来たときには、病床で面会せざるをえないほどだった。

また猛暑のため、役所の中にも病人が多く出た。志賀五太夫が病気になり、召使いの平蔵が痢病で死亡し、金次郎の妻の波も病気で床につく始末だった。

とくに金次郎を悲しませたのは、この年、相馬藩の家老の池田胤直が死んだことだった。すでに相馬藩の家老草野正辰は死亡していたが、草野、池田ともに、金次郎に心酔し、報徳仕法による相馬藩復興の中心人物であっただけに、二人の死は金次郎の心を痛めた。

しかし、いい事もあった。

安政二年十一月十二日には、日光法親王から、

（日光開発の段、まことに丹誠奇特なり）

と称せられて、羽二重二疋が金次郎に賜られた。富田高慶、伊藤発身、吉良たちへも、金二百疋ずつ下賜され、光栄なことであった。

安政二年十一月十六日には、彌太郎の妻の鉸子が、長男の金之丞を出産した。金次郎が六十九歳にして、はじめて見る孫の顔である。金次郎は非常によろこんだ。

かくして、安政二年という年は暮れていったが、ふり返ってみると、この年はいろいろな出来事があったが、金次郎はそのほとんどを病床で過ごした。

暮れも押しつまった大晦日、この一年を振り返りながら、金次郎は自分の一生を振り返ってみた。そろそろ自分の生涯も終期に近づいているのではないかという、思いからであった。そして、年の暮れ、大晦日の日記の最後の行に、『千秋万歳楽』と記して、次のような文言を記した。

余《よ》が足を開け、余が手を開け、余が書簡を見よ、余が日記を見よ、戦々兢《きょうきょう》々深淵に臨むがごとく、薄氷をふむがごとし

金次郎の日記は天保の中頃からほとんど口授で、子女の彌太郎や文子、あるいは側近の人々に書き取らせていた。この日の日記も、大晦日に門人を招き、自分の心境をのべ、筆記担当の伊藤発身に記録させたものである。

曾子《そうし》は病気になったとき、弟子を集めて、

余が足を開け、余が手を開け、戦々兢々とし

て深き淵に臨むが如く、薄き氷をふむが如くにして、生涯を通じた。幸せにして過誤なくその憂を免るるを得た。

と語り、生涯を通じて孝道を尽くしたことをよろこんだ。

金次郎はこの曾子の言葉をかりて、自分の生涯を、孝道ならぬ『公道』のために捧げ切ったと、門人たちに伝えたのである。

金次郎は一介の百姓から身を起こして、今日まで、百姓のため、農村復興のため、世のため、人のため、世を思い、国を憂いやってきたが、その心情は、幾多の困難を乗り越え、戦々兢々として、薄氷をふむ思いの毎日だった。その苦労の跡は、わたしの日記や手紙に残してあるから、それを読んでくれ、ということであった。これは、漠然と自分の死期の迫っているのを予感した、金次郎の遺言であるのかもしれなかった。

いま金次郎の一生をふり返ってみると、その生涯はすべて、興国安民、救世救民にあったといえた。もし、金次郎が各地の農村の復興事業をやらずに、一生涯、生まれ故郷の栢山にとどまって、その手腕を自分の蓄財にのみ使ったならば、何千町歩、何万町歩の大地主となり、巨万の富を築くことも不可能ではなかった。しかし、金次郎はいっさい、そうしたことをしなかった。金次郎は私利私欲に走らなかった。

金次郎の念願したのは、いかにして貧村の困窮を救い、荒地を開墾し、村人の借金を返済させ、村人の生活を安泰にするかにあった。だから、自分の人生はすべてそのために投入し、死を前にして、金次郎には一反歩の自分所有の土地もなく、金銭はすべて報徳金として農村復興のために使ってしまっていた。自分の私有財産というものは、皆無だったのである。

金次郎の報徳の教えは、

勤労（よく働く）
分度（身分相応に暮らす）
推譲（世の中のために尽くす）

の三本柱であるが、その教えの「推譲」を、金次郎は身をもって実践したのである。その生涯は、まさに「大推譲」というべきである。

（二）

安政三年（一八五六）になった。金次郎は七十歳の高齢になった。

その年の二月二十三日に、金次郎は『御普請役』に取り立てられ、三十俵三人扶持を賜ることになった。これまで、幕府での金次郎の処遇は御普請役格ではあったが、その格がなくなって、御普請役となり、いわば待遇官から本官へと昇進したわけである。

しかし考えてみると、農村復興、藩財政復興と、金次郎は、藩主や幕府の老中以上の、徳望と識見、力量を持っていたのである。それが百姓出身というだけで、御普請役ていどの処遇に甘んじているのである。七十歳の金次郎が評価してほしいのは、御普請役というようなものではなくて、金次郎本来の農村復興の総合的力量だった。しかし、封建制のこの時代において、百姓出身者が幕臣に取り立てられ、御普請役にまで昇進したということだけでも、異例のことといわねばなるまい。

しかし、このような栄誉に引きかえて、金次郎の病状は一進一退で、日ごとに衰弱がましていった。

壬生の医師の斉藤玄昌も足しげく金次郎を診察し、日によっては、帰ったその日に、また迎えがくるというようなこともあった。しかし玄昌は、片道が九里もある遠隔地から、不便をかえりみず、金次郎の病床にかけつけた。

安政三年九月十五日頃から金次郎の病状が悪化して、診断や薬取りの頻度が急にふえた。

十月六日になると、病状が急を告げたので、門人、子弟たちを各地から呼び寄せた。また、桜町、相馬、東郷などへも通知したので、関係者は急いで日光へ集まり、相馬家や、宇津家(桜町)からも、見舞いの使者が来た。また村人たちは、神仏へ祈願し、その回復を祈った。

このような状態で、十月十三日に、金次郎はやや快方に向かったが、それは死期が迫ったときの一時的な回復現象にすぎなかった。

十月十五日にはふたたび食欲不振となった。

十月十九日には、弟の三郎左衛門が見舞いに来てくれた。死が眼の前に迫っている金次郎は、弟の顔を見て非常によろこんだ。これまで兄弟でありながら、まったく別々の世界に住んでいたのだが、幼児の頃がしびれるように金次郎の胸によみがえった。

死の前日、金次郎は門人たちを枕許によんで、次のような訓話をした。そして、これが遺言となった。

鳥のまさに死なんとする、その鳴くや悲し。人のまさに死なんとする、その言や善し。つつしめや小子、速やかならんことを欲するなかれ。速やかならんと欲すれば、大事乱る。勤めよや小子、倦《う》むことなかれ。

金次郎の頭の中には、日光をはじめ、諸国で行われている多くの報徳仕法が、一瞬のうちに浮かんできたのであろう。この事業は引きつづき行わねばならないが、その遂行は、居並ぶ門人たちの双肩にかかっている。その門人たちへ、最後の教えとして、

（いかなる大事業でも、決してあせってはならない。あせればあせるほど、うまくいかないものである。しかしそうかといって、あまりに沈着すぎては、倦怠を生ずる。怠けずに一生懸命に励むことだ。わたしが今日ここまでやってこられたのも、薄氷をふむ思いで、毎日毎日、そのようなつもりで苦難に堪えてきたからである）

とさとしたのである。そして最後に、

「わたしの死はま近であろう。わたしを葬るのに、分を越えてはならない。したがって、墓石を立ててはならない。碑も立ててはならない。ただ土を盛り上げて、その傍らに、松か杉の木を一

本植えておけばそれでよい。必ずわたしの言うことをたがえてはならない」

と厳命した。

(自分の生涯の業績は、墓石のようなものの中にだけ残るのではない。人々の心の中に残るのであり、世の中に残るのである。自分は生涯、そのようなつもりで復興事業をやってきた)

そうした思いが、このような厳命になったのだった。

翌日、すなわち安政三年十月二十日の朝になって金次郎の病状が急変し、午前十時頃に、ついに七十歳の生涯を閉じた。

十月二十二日には日光御門跡宮より、御饅頭が一箱下賜された。

十月二十三日に、遺体は、今市の星顕山如来寺(浄土宗)に葬られた。法名は、
誠明院功誉報徳中正居士
であった。

十月二十六日に、遺髪と遺歯が、弟の三郎左衛門に護られて、父母の霊が眠る、郷里の栢山村の菩提寺善榮寺へ送られ、父母、祖先のかたわらに葬られた。

一方、金次郎の訃報が伝わると、各地で、金次郎の開発事業の恩恵を受けた人々が、仏事供養を行った。

とくに、小田原藩の村人は熱心で、十二月三日に、豊田、栗原、山崎、久野村の政蔵など十一人が三乗寺に集まって、読経、追悼を行った。竹松村では廣吉と幸内を、名代として送り、二人は十二月二十六日に今市に到着した。そして、

「先生は生前中から、小田原の品物はなんでも味わいがよいと、たびたびおっしゃっていましたから、墓石をわれわれ一同が献上いたしたい」

と申し出て、伊豆石を材料とする図面と寸法書きを差し出した。

しかし、金次郎は遺言で、

(墓石を立ててはならない)

と言っている。そこで門人たちの間で、遺言を守るべきか、どうかについて、甲論乙駁の議論が持ち上がったが、

(たとえ先生の遺言がそうであろうとも、墓石を立てないなどということは、門弟としてしのびざるところがある。せっかくの申し出もあることであるし、やはり立てるべきである)

という結論になり、また金次郎の妻の波もこれに賛成したので、墓石の献上を受けることにした。

これによって、墓石は翌年(安政四年)四月十七日に出来上がり、今市に到着した。

墓石の文字は、相馬中村の西光寺の和尚に依頼し、四月二十一日に出来上がって、太田咬蔵が持参した。しかし、すっかり墓が出来上がったのは、翌年(安政五年)の四月で、四月二十日に、如来寺ほかの七人の僧によって、開眼供養が行われた。

次に金次郎の伝記編纂のことである。

七十年の偉大な生涯を送った金次郎のことであるから、その伝記は当然残されるべきであり、その編纂のことが門人たちの間で重要な問題になった。それは金次郎への追憶の意味と同時に、

これからの報徳仕法の指針にするためでもあった。

金次郎が生きている間は、開発事業が難関に直面しても、金次郎の直接指導によって難なく解決することが出来たが、これからはそうはいかない。かかれた仕法書は山と積まれてはあるが、金次郎の直接指導に遠く及ばない。そうかといって多くいる門人の中でも、金次郎の報徳活動のすべてを知っている者は希である。一同はこれから何を頼りに報徳仕法を行っていけばよいのか、途方《とほう》に暮れるばかりであった。

考えてみると、報徳仕法とは、金次郎の生涯の体験といってよい。とすれば、報徳仕法は、金次郎の全生涯をお手本にしてやっていけば、それが一番いい方法だということになる。そのために金次郎の伝記の編纂が不可欠であった。

伝記編纂が出来る者といえば、金次郎から直接指導を受け、その教えの正当引継者である長男の彌太郎を中心とした、数少ないメンバーになる。しかし彼等は、いずれも開発事業に直面していて、執筆の時間がまったく無かった。

そこで、『江戸繁昌記』の著者で、金次郎が生前に親しくしていた寺門静軒《てらかど》に著作を依頼した。そのため二宮彌太郎と富田高慶、斉藤条之助、小田又蔵の四人が、寺門静軒の家に集まって、金次郎の思い出や思想を語り合って、金次郎の全生涯を書く参考とした。

しかし、金次郎の偉大な思想と事業を中心とした全生涯を書くのは困難な仕事で、なかなか筆が進まなかった。やっと催促されて、寺門静軒が書き上げたものを読むと、さすがプロの筆になるだけあって、文章は流れるようで、要点をついた記述ぶりだったが、どうも、

(真に迫るもの)

がないのだった。これを読んだ富田高慶は、

（せっかく先生の伝記が出来ても、精神が躍動するような感動がない。これでは先生に申しわけない。やはり先生から直接教えを受けた自分が書くしかない）

と決意した。

そこで富田高慶は、喪中謹慎中であるという理由をつけて、いっさいの客と会うのを断って、執筆に専念し、一気呵成に、安政三年十一月に初稿を書き上げた。

そして翌年（安政四年）に、野州の湯西川の温泉で病を養いつつ、改稿を完成した。今に残る『報徳記』八巻がこれである。


さて金次郎は、この世を去ったけれども、後の事業は、長男の彌太郎が中心になって、富田高慶が主にこれを助け、さらに伊藤発身、大槻小助、新妻助惣、久保田周助、岡田良一郎などの門人たちが協力したので、金次郎が残した開発事業は、何ら支障なく進行した。

しかし、問題は公式の場における彌太郎の立場である。彌太郎が金次郎の正式な後継者として開発仕法を行っていくのには、彌太郎にも金次郎と同じ『御普請役』という公式の地位が与えられねばならない。しかし、幕府の手続きがすぐ間に合わなかった。

そこで、やむなく手続きが終わるまでは、金次郎は病気であることにしておいて、翌年（安政四年）十一月にやっと手続きが内定したので、その時点で金次郎が辞表を提出するという形にした。そして、安政四年十二月三日に、彌太郎は三十七歳で御普請役に昇進し、三十俵三人扶持となった。そして、正式に日光奉行付となり、日光神領開発の主任責任者となった。

彌太郎への正式バトンタッチの関係から、金次郎の死は、幕府に対して一年後とされたのである。ここにも瓦解寸前の、幕府の硬直した形式主義が見て取れる。

(三)

かくして、金次郎の日光神領開発事業は長男彌太郎に引き継がれ、明治元年まで十六年間(この内、金次郎が死亡した後が十二年間)続いたわけであるが、その実績の概要を記すと、次のようである。

開発事業が開始された嘉永六年の実績は、実施した村は二十カ村であり、開発した田地は二十一町歩、用水路などの造成普請は三千七百九十四間、そのための費用は三百七十両であった。

開発二年目にあたる安政元年の実績は、実施した村は三十八カ村で、開発した田地は六十町歩、用水路などの造成普請は三千八百八十九間であり、そのための費用は七百二十二両(開発費用が五百七十八両、年賦貸付金が百四十四両)であった。

三年目の安政二年の実績は、実施した村は四十二カ村で、開発した田畑は四十一町歩、用水路などの造成普請は実に一万千五百二十二間におよび、その費用は八百十四両(開発費用が五百八十八両、年賦貸付金が二百二十六両)であった。

四年目の安政三年の実績は、開発した田畑は二十三町歩、その費用は八百二十四両(開発費用が五百両、年賦貸付金が三百二十四両)であった。

こうした中で特筆すべきは、安政二年に、轟村の復興事業が始められたことだった。この轟村の復興事業は、翌年（安政三年）に開始した千本木村の復興事業と並んで、日光神領仕法の中で特筆すべきものとなった。

というのは、日光神領開発事業は、荒地の開発と、必要な用水路、道路、橋などの造成を中心とした、いわゆる開発のみの仕法だった。これまで他の藩で行ってきたような、困窮者の救済や、借金返済までも含めた、いわゆる一村復興の全体的な仕法ではなかった。それは、金も資材も指導員も不足していて、日光神領では総合的な復興事業をすることができなかったからである。

しかし実際やってみると、他の藩と同じように、一村復興の全体的仕法を要求する声が強かった。そこで、とくに熱心に希望する一、二カ村を選んで全体的仕法を行い、他の村はこれをお手本にするようにした。この特別の村として選び出されたのが、轟村と千本木村だった。

轟村は安政二年に着手し、千本木村は安政三年に着手した。荒地開発、用水路造成などは、その他の村と同じであるが、さらに、窮村復興のために、灰小屋、木小屋、屋根替えから、生活困窮者の救助、勤勉な者の表彰、無利息での年賦貸付金など、一村復興の全体的仕法が行われた。

轟村は石高が百二十一石で、農家は五十軒にまで半減していたが、安政二年には荒地開発を五町歩行い、道路改修は三百五十間、用水路は千五百間、その支出総計は百二両であり、また安政三年には、荒地開発は一町三反、五百間の用水路造成で、百一両を投入した。

千本木村は石高が百六十六石で、もともと四十軒あった農家が二十九軒に減っていた。安政三年の投入費用は六十一両であった。

轟村、千本木村の全体的仕法は、その後も引きつづき行われたが、他の村々と違って、指導者の巡回を頻繁《ひんぱん》に行った。一月に多い時には二十数日、少ない時でも十数日は巡回し、毎月、一、二回、村の集会を開いて、指導をし、重要事項の協議をした。

一年早く着手した轟村の方へ力を入れたので、その効果は轟村の方が著しかった。そして、文久三年になると、轟村の仕法は慶応二年までに完了する目途が立ってきたので、文久三年からは千本木村の方へも力を入れるようになった。

この全体的仕法は将来、全村に普及しようと願ったのだが、幕末の世相急変のために、轟村、千本木村、二カ村のみで終わったのは残念であった。

（四）

日光神領開発は、金次郎の生涯における、最後の大願望であり、大事業であった。その事業半ばにしてこの世を去ったのは、金次郎としてはさぞかし無念であったろうと思われる。しかしその事業は、長男の彌太郎や門人たちによって十六年間も受け継がれ、金次郎の亡き後も、明治元年まで、十二年間も続けられた。

この十六年間に開発された荒地は四百八十三町だった。

当初の計画では荒地九百四十一町を、三十年間で開発しようという遠大な計画を立てたのであるから、十六年間でその半分を完了したわけで、見事その目的を達成したといってよかった。幽《ゆう》界の金次郎も、

（よくやった）

と、さぞ満足の笑みをもらしていたことであろう。

しかし、この成績も決して容易に達成されたわけではなかった。毎年、毎年、必ずといってよいほど障碍《しょうげ》が起こり、とくに水利に苦労し、洪水や旱魃にあうことも少なくなかった。その都度、何度でも救済に当たり、また復興を行った。また、肥料代の貸付や、精勤者の表彰、病気災害の援助、生活の援助なども怠らなかった。

そのため一年間を通じて、報徳仕法役所の仕事は、村々をよく巡回してどのような開発工事をしたらよいのかを調査し、その進行の状態を調べ、その指導と奨励に、夜も日もなく当たった。そのため、村民たちは、仕法役所を敬服の念をもって信頼し、無利息年賦金の返済などについては、滞納者はほとんどなかった。

なお必要開発資金については、小田原報徳金からの繰入れ三千両、金次郎の報徳積立金からの繰入れ二千両、相馬藩からの寄贈金五百両、それに彰道院殿回向料、誠明院殿回向料などの預金利子、無利息で貸し付けた年賦金の返済などが集まって、年々その開発資金は増加し、ついに毎年一千両の開発資金が調達できるまでになった。

かくして嘉永六年から明治元年にいたる十六年間の、日光神領の開発内容を集計すると、次のごとき偉大な成果を上げることが出来たのである。

一、開発地の総面積　四百八十三町五反

（内訳）

荒田畑再興　四百三十八町五反

新田畑開発　二十五町一反
杉桧植込　十九町九反
二、土木関係
堤防　千五百四十五間
枠　百七十六組
堰　十二カ所
用水　二万九千四百八十五間
古堀浚渫　二万三千三百十間
筧　七カ所
水門　七カ所
溜池　五カ所
橋梁　三十カ所
新道造成　千七百五十一間
道路修繕　七千六百十間
三、困窮する村民の救済など
潰式取立新家作　九戸
勤勉な者の表彰　八百九十四人
困窮村民救助　八百七十五人
無利息貸付者　五千百二十八人

四、必要経費総額
一万六千三百六十五両
（内訳）
開発関係費用　七千九百五十両
貸付金　八千四百十五両

（五）

金次郎は安政三年（一八五六）に七十歳にて大往生をとげたが、その後のことについて若干述べる。

幕末の徳川幕府の財政は、国防と内政混乱から、ますます窮乏の度を高めていた。その財政策として、勘定奉行小栗上野介によって、関東地方の荒地開発が献言され、関東地方の荒地の実地調査が始まった。

荒地開墾の技術者としての二宮流は、検地技術者として伊奈流とともに、幕府勘定方における二大専門家だった。

そこで、慶応二年（一八六六）六月十四日、小栗上野介の命を受けた急使が、呼出しのために日光にやってきた。金次郎の死後、十年目のことである。

彌太郎は、志賀三左衛門ほかの一行五人とともに、六月十八日に江戸へ出た。幕府からの命令

は、

（関東地方の荒地開発）

のことだった。彌太郎は、

「現在、日光神領開発の最中ですので、とても手が廻りかねます」

と辞退したが、

「そなたが駄目なら、門人にやらせてもよい」

と重ねて命じられた。それ以上断るわけにもいかず、命令を受けることにした。

しかし、七月十八日になると彌太郎は風邪をひき、江戸で寝込んでしまった。そこで、志賀三左衛門、富田高慶などが、奉行との間を往復して調整に当たり、

「本当に病気ならば、仕方ないだろう。よく静養するように」

とのことで、九月九日に日光へ帰った。

すると、十月二十八日になると、ふたたび急使が来たので、十月三十日に彌太郎は江戸へ出た。そして、勘定奉行小栗上野介の一行に加わって、十一月二十二日に江戸を出発し、武蔵、相模の荒地を視察し、十二月十六日に日光に帰った。

その時のメンバーは、次の者を中心とする三十二名であった。

勘定奉行　小栗上野介
目付　木城安太郎
御勘定　太田録郎
御徒目付　柴山周蔵

御小人目付　　細野八兵衛
御普請役元締　二宮彌太郎
御普請役　　　石黒嘉十郎
御普請役代理　岡本彌一郎
仕法御手伝　　志賀三左衛門
仕法御手伝　　大槻小助

なお引き続いて、翌年（慶応三年）の春には、陸奥や房総方面の視察が予定されていたが、慶応二年十二月に孝明天皇が崩御されたので、それは一時延期となった。

そのため彌太郎たちは、慶応三年三月二十日には日光へ帰った。その後は政局の急変もあり、関東地方の荒地開発は、この視察だけで、終了してしまった。

そのようなうちに、時勢は急転回し、報徳仕法はついに終了を余儀なくされる破目に陥った。すなわち、慶応三年（一八六七）十月に、徳川慶喜は大政を奉還し、徳川幕府は終わりを告げた。新政権への移行とともに、年号も明治と改まった。

明治新政になった当時の各藩は、藩籍は奉還したが、一時、旧藩主が政治を行うことになった。しかし、徳川宗家だけは、徳川慶喜の後を徳川家達が継いで、駿府（静岡）七十万石に退隠した。すなわち、徳川直轄領は七十万石に激減してしまったわけで、そのため、これまでの幕臣を全部駿河へつれて行くことなど出来なくなってしまった。そこで、駿河に行けない幕臣は、新政府の役人になるか、それとも帰農するか、どちらかを選ぶしかなかった。

彌太郎のところへは、明治元年（一八六八）四月に、旧幕府当局より、
（勘定方元締格として駿河へ随行するように）
との指示がきた。しかしこれは、絶対命令ではなくて、
（もし新政府へ仕える気持があるならば、その希望によって取りはからってやる）
という意味だった。

彌太郎は病気のため江戸へ出向くことが出来ず、退隠を申し出た。そのための願書を明治元年七月に提出し、八月八日に認可された。そしてこの日をもって、日光神領の開発仕法も終わったのである。

そこで彌太郎たち家族五人は、戊辰戦争で混乱する中を、門人たちとともに、厖大な仕法書を持って、相馬藩へ避難した。

彌太郎（尊行）は相馬侯の好意によって藩士の待遇を受け、相馬郡石神村に住んだ。が、明治四年十二月に、五十一歳にて死亡した。

なお彌太郎の母、すなわち金次郎の未亡人の波も、この年七月に死亡した。

この時、彌太郎の子供の金之丞（後に尊親）はまだ十七歳であったが、富田高慶や斉藤高行などがこれを助けて、後に興復社を起こした。興復社の社長には富田高慶がなり、金之丞が副社長となり、相馬地方開発の組織を作った。

明治十二年には、皇室が二宮金次郎三代の功を賞して、金之丞に金百円を下賜された。また、富田高慶は正七位に叙せられ、また興復社の事業資金として金一万五千円を貸し下げられ、大いに興復社の事業を支援された。そのため興復社の事業が大いに拡大されて、開墾田畑は千余町歩

に達した。

明治二十三年になると、富田高慶が死去したので、金之丞が興復社の社長となった。

やがて、相馬藩における事業は完了したので、明治二十八年に、事業を北海道で行うことにした。そのため、北海道の各地を視察研究して、十勝国中川郡豊頃村牛首別《うししゅべつ》を候補地に決めた。そして、この地に四百万坪の土地を確保し、興復社ならびに二宮一家をあげて移転した。

北海道において、自作農による農村建設を目的として、堅い決意の下に荒野の開拓に当たった。もちろん農村建設の基本方針は、金次郎の開発した報徳仕法の方式であり、常会と、廻村と、実地指導による開拓技術の教授とが、熱心に行われた。そのためこれに参加する者が次第に増加して、百六十軒もの移民が集まり、田畑も六百余町歩も開発され、明治四十年に、予定した計画を完了したので、相馬へ帰った。

金之丞（尊親）は相馬に帰ると、それからは福島県の農村教化と農村開発事業に努力し、そのため御大礼には賜饌を受け、また、しばしば表彰されたが、大正五年三月十六日には、藍綬褒賞を賜った。そして、大正八年十一月十六日、六十五歳で死去した。


なお、富田高慶によって書かれた金次郎の一生『報徳記』は明治十三年（一八八〇）十月に、元相馬藩主である相馬充胤の手によって、明治天皇に献上された。

これを読んだ明治天皇は、いたく感銘されて、翌年（明治十四年）の東北巡幸のとき、福島において富田高慶を引見した。

そして、明治十六年（一八八三）十二月に、宮内省に命じて、『報徳記』は勅版として刊行され、全国の知事以上に配布された。

また、明治十八年（一八八五）三月には、農商務省から、さらに、明治二十三年（一八九〇）五月には大日本農会からも、『報徳記』が刊行された。とくに、大日本農会のものは一般にも販売され、広く世に普及するきっかけとなった。

なお、報徳運動は岡田佐平治、岡田良一郎親子二代にわたる努力によって、静岡県掛川を中心に全国的に展開されて、結成された報徳社の数は最盛時には一千余にのぼり、明治、大正、昭和、平成と、その運動は広く、今につづいている。

あとがき

薪を背負って読書する少年像、すなわち一生懸命働きながら、懸命に勉強する少年、これが現在、一般に行きわたっている、二宮金次郎の像である。しかしこれは、少年時代のみにスポットライトを当てた、二宮金次郎像の一部であって、全体像ではない。二宮金次郎の青年時代、壮年時代、晩年と、その全生涯の業績を眺めると、けなげな少年像からは想像もできない、偉大で、巨大な人物像が浮かび上がってくる。

二宮金次郎というと、思想家、道徳家、篤農家、農村指導者というイメージが定着しているが、これはその半面であって、他面にもう一つ、スケールの大きい実業家、したたかな商人、名藩主にまさるとも劣らぬ政治家、静かなる革命家という面を持っており、この両者を総合したものが、二宮金次郎の実像といえよう。

二宮金次郎は成長すると、小田原藩の家老の服部家へ仕えて財政再建をはかり、その功を認められて、桜町領の復興を行う。その後、烏山藩、谷田部・茂木の細川家、小田原藩、相馬藩などの復興、最後は日光神領の開発と、次々と、困窮した農村や藩財政の復興を行うが、その残した偉大な跡を眺めると、金次郎の、実業家、商人、破産管財人、政治家、革命家などの面が、鮮明に感じ取られる。

その結果、金次郎は生涯に、関東を中心に六百余カ村という村の復興を手がけ、何千町歩、何万町歩という、田畑を開発したのである。だから、もし金次郎がそのような復興開発をやらずに、故郷の小田原栢山に生涯とどまって、自分の財産形成に手腕を発揮したならば、何万町歩の大地主になり、

（二宮さまには及びもつかぬが、せめてなりたや殿様に）

というような大資産家になれたことは、間違いないと思われる。

しかし、金次郎が日光の地で死去したとき、金次郎所有の田畑は一坪もなく、また、庞大な資金もすべて報徳金として蓄積されて、農村復興資金に投入され、私有財産としてはまったく残していなかった。

すなわち、二宮金次郎は自分の全生涯を、自分のためでなく、農村のために捧げたのである。庞大な田畑や金銭は、自分の財産として蓄積したのではなく、世の中に蓄積したのである。二宮金次郎の報徳の教えの核心は、

勤労（よく働く）

分度（身分相応に暮らす）

推譲（世の中のために尽くす）

という三大徳目であるが、金次郎はまさにこの徳目の通り、

（自分の全生涯を農村に推譲した）

のである。金次郎の生涯そのものが推譲だったのである。

大推譲といわねばならぬ。

その農民への仁愛、無私の生涯は、キリストの人生を髣髴させる。そこに大なる感動がある。私はなんとかしてこの感動を、私なりに、多くの人に伝えたいと思った。その感動は、二宮金次郎の全生涯を記述することによって、はじめて可能になると思った。

幸いその感動を伝える名著があった。二宮金次郎の全生涯を緻密に記述した、佐々井信太郎著『二宮尊徳伝』である。しかし、この著作は昭和十年に出版されたものであり、かつ二宮尊徳の研究が凝縮されているので、現在の人々にはやや難解の感がある。そこで私は、これを現代風に訳せば、わかりやすく読めるのではないかと思った。しかし、この格調高い名著を、簡単に訳すことなど出来ようはずはなかった。そこで、この名著を底本とし、それにいささかの私の感想などを付け加えて出来上がったものが、本著である。

したがって本書は、伝記のようでもあり、小説のようなところもあり、解説やエッセイのようなところもあって、やや不統一のところがある。が、二宮金次郎は、伝記とか、小説とか、そうした一つのジャンルの中だけには納まりきれない、巨大な人物である。その偉大な感動の生涯を描くのには、伝記風に書いた方がいい場合には伝記風に書く、小説風に書いた方がいい場合には小説風に書く、それが二宮金次郎の全生涯を描くのに最もふさわしい方法だと思えたからである。

歴史上の人物の中には、二宮金次郎のように、表現形式の制約を超越した偉大な人物が、希にいるのである。

年表

年号	西暦	年齢	事項
天明七	一七八七	一	金次郎、小田原栢山《かやま》村に生まれる。
寛政三	一七九一	五	洪水で酒匂川決壊、二宮家の田畑流失。
寛政十二	一八〇〇	一四	父利右衛門死去。
享和二	一八〇二	一六	母よし死去。一家離散。金次郎は伯父萬兵衛の家へ、弟二人は母の実家へ引き取られる。
文化一	一八〇四	一八	萬兵衛方を去り、名主岡部方に住み込む。
文化二	一八〇五	一九	二宮七左衛門方に住み込む。
文化三	一八〇六	二十	生家に帰り、生家再興をはかる。
文化九	一八一二	二六	小田原藩家老服部十郎兵衛の若党となる。
文化十二	一八一五	二九	生家へ帰り、弟友吉と一緒に暮らす。
文化十三	一八一六	三十	弟友吉、萬兵衛本家の養子となる。
文化十四	一八一七	三一	中島キノと結婚。
文政一	一八一八	三二	服部十郎兵衛家の財政再建を引き受ける。 小田原藩主、大久保忠真老中入り。金次郎、大久保忠真より表彰さる。

文政二	一八一九	三三	キノと離婚。
文政三	一八二〇	三四	岡田波と再婚。小田原藩士へ五常講を創設。
文政四	一八二一	三五	大久保忠真の命により、旗本宇津釩之助の所領、桜町領（現在の栃木県二宮町）復興のため調査開始。
文政五	一八二二	三六	小田原藩に登用され、名主役格となる。桜町領復興事業開始（第一期は十年計画）
文政十二	一八二九	四三	成田山参籠。
天保二	一八三一	四五	桜町領復興事業第一期完了。第二期開始（五年計画） 大久保忠真より「以徳報徳」の褒賞を受ける。
天保四	一八三三	四七	青木村復興事業開始。
天保五	一八三四	四八	大久保忠真老中首座となる。
天保六	一八三五	四九	谷田部・茂木藩（細川家）の財政再建、農村復興事業開始。
天保七	一八三六	五十	烏山藩の飢饉を救い、烏山藩の復興事業開始。
天保八	一八三七	五一	大久保忠真死去。
天保九	一八三八	五二	小田原領での復興事業開始。
天保十三	一八四二	五六	幕府に登用される（御普請役格）。諱《いみな》を尊徳と名乗る。 老中水野忠邦の天保改革の一環として、印旛沼開発計画書を作成。
天保十四	一八四三	五七	真岡代官の陣屋手付となる。
弘化一	一八四四	五八	日光神領復興事業方法書作成を命じられる。

弘化二	一八四五	五九	相馬藩の復興事業開始。
弘化三	一八四六	六十	日光神領復興事業方法書（六十四巻）完成。
弘化四	一八四七	六一	再び真岡代官配下となる。
嘉永六	一八五三	六七	日光神領復興事業開始。
安政三	一八五六	七十	日光にて死去。

参考文献

○二宮尊徳伝　佐々井信太郎　経済往来社
○日本の名著「二宮尊徳」　児玉幸多責任編集　中央公論社
○二宮尊徳のすべて　長澤源夫編　新人物往来社
○二宮尊徳　奈良本辰也　岩波書店
○補注報徳記（上・下）　富田高慶原著　佐々井典比古訳注　一円融合会
○訳注二宮先生語録（上・下）　斉藤高行原著　佐々井典比古訳注　一円融合会
○よみがえる二宮金次郎　榛村純一編著　清水社
○報徳百話　堀内良　大日本報徳社
○大日本報徳社小史　堀内良　大日本報徳社
○草の根の思想　静岡新聞社編・発行
○二宮金次郎遺跡巡り　藤森自空　草輝出版

〈著者略歴〉

本名　大貫満雄（おおぬき　みつお）

日本ペンクラブ会員。

1928年　浜松市生まれ。

1953年　東京大学法学部卒業。

協和銀行副頭取を経て、作家活動に入る。

著書に「降格を命ず」「支店長の妻たち」「社長の椅子」「凄腕人事部長」「修羅の銀行」上下巻「手形無惨」「融資赤信号」「男たちの藩」「江戸妖草伝」「夏に狂う」「秋風高天神城」「冀北の人　岡田良一郎」「幻妖城異聞」「高齢化社会・17のボケ物語」「花ざかりの銀行」（いずれも小社より出版）「保科正之」「大山巖」（PHP研究所）「児玉源太郎」（学習研究社）がある。

二宮金次郎の一生

平成十四年六月一日　第一刷発行
平成十四年十月十日　第二刷発行

検印省略

著　者　三《み》戸《と》岡《おか》　道《みち》夫《お》
発行者　石澤　三　郎
発行所　株式会社　栄光出版社
郵便番号　一四〇－〇〇〇二
東京都品川区東品川一－三七－五
電　話　（〇三）三四七一－一二三五
ＦＡＸ　（〇三）三四七一－一二三七

印刷　江戸川印刷所
製本　田中製本印刷
カバーデザイン・本文カット　清水トム

ISBN 4－7541－0045－X